新民说

成为更好的人

国家社科基金重大项目资助

近代欧亚文学交流互鉴
主编 金雯　本卷主编 范若恩

世界公民
中国哲人信札

Oliver Goldsmith

〔英〕奥利弗·哥尔斯密 著　王巧红 译

The Citizen of the World
Letters from a Chinese Philosopher, Residing in London,
to His Friends in the East

GUANGXI NORMAL UNIVERSITY PRESS
广西师范大学出版社
·桂林·

世界公民：中国哲人信札
SHIJIE GONGMIN: ZHONGGUO ZHEREN XINZHA

图书在版编目（CIP）数据

世界公民：中国哲人信札 /（英）奥利弗·哥尔斯密著；王巧红译；范若恩本卷主编. -- 桂林：广西师范大学出版社，2024.10
（近代欧亚文学交流互鉴 / 金雯主编）
书名原文：The Citizen of the World
ISBN 978-7-5598-6617-2

Ⅰ. ①世… Ⅱ. ①奥… ②王… ③范… Ⅲ. ①书信体小说－英国－近代 Ⅳ. ①I561.44

中国国家版本馆 CIP 数据核字（2023）第 229265 号

广西师范大学出版社出版发行
（广西桂林市五里店路 9 号　邮政编码：541004）
　网址：http://www.bbtpress.com
出版人：黄轩庄
全国新华书店经销
广西广大印务有限责任公司印刷
（桂林市临桂区秧塘工业园西城大道北侧广西师范大学出版社集团有限公司创意产业园内　邮政编码：541199）
开本：880 mm × 1 240 mm　1/32
印张：16.75　　　　　字数：401 千
2024 年 10 月第 1 版　2024 年 10 月第 1 次印刷
定价：89.00 元

如发现印装质量问题，影响阅读，请与出版社发行部门联系调换。

序

范若恩

希腊文化和希伯来文化构成了西方现代文明的两大源头。在此之外，学界近年开始日益关注西方现代文明在两希文化之外的第三个源头，即启蒙思想兴起的18世纪。正是在这一世纪中，英国桂冠诗人怀特黑德（William Whitehead）咏叹道：

希腊和罗马已经使人厌倦
两国魅力不再……
今夜的诗人乘着鹰翼，
为着崭新的真理，向着光之源头翱翔
直至中国的东土，勇敢地带回
孔夫子的教诲，让英国人聆听。

回眸历史，这一时期所产生的理性、科学、自由、民主等启蒙思想观念塑造了现代之西方。然而，作为时间概念的18世纪，其空间内涵已经急剧扩张，发生了根本性转变。这一时期也是现代资本主义世界体系和西方的世界观念初步形成的关键时段。霍格森等学者认为世界体系出现于14世纪，在17世纪晚期之前，东方一直是这个体系的中心，而欧洲反而只是它的边缘。法国学者施瓦布（Raymond Schwab）在20世纪中期甚至认为，正是对东方的发现推动了西方的第二次文艺复兴。大航海时代使得欧洲与非洲、亚洲、美洲一系列他者文明相遇，加速了西方对固有的思想观念、知识体系的革新和启蒙思想的形成。他者的文明，尤其是东方的文明，并非仅仅作为西方的对立面或者器物层面的风尚而存在，而是深刻地融入到西方现代的历史进程中，成为后者学习借鉴的对象和反思构建自我的方式。这即杜克大学已故比较文学学者阿拉瓦穆登（Srinivas Aravamudan）提出的，世界并非从东西对立中产生，而是源于多种差异性、知识、认识与趋向，"世界文学发轫于在人类的探索中被置于一起的各种语言的语言学和文化解码"。

　　国家社科基金重大课题"18世纪欧亚文学交流互鉴研究"，研究团队于2021年组建，当年获准立项。本课题在18世纪世界体系建立的总体语境中思考欧亚文学交流的全貌。作为其子课题，"长18世纪欧洲涉东方题材文学目录汇编和精选译注"着力发掘在18世纪欧亚文学交流中有影响的欧洲文学作品，进行目录编纂，并从中选择部分关键作品进行注释译介，以供国内学界和读者跨越语种进行快速阅读和研究。子课题选择文本的标准为：（1）覆盖18世纪文学主要体裁；（2）包括本课题所研究的英、法、德三大欧洲语种在内的作品；（3）具有高度的时代意义，能代表18世纪欧洲文学的东方意识演进的不同阶段。在前期研究和专家咨询的基础上，本子课题于2022年拟定翻译五部对18世纪欧亚文学交流互鉴研究具有关键性意义且无中译本的作品，包括英语作品两部、法语作品一部、阿拉伯语作品一部、多语种东方题材作品合集一部。其中多语种作品集辑录的篇目处于开放状态，将不断根据目录编纂及目录数据定量分析计算的成果吸纳当时传播力最广、对中国学者最重要的文本。18世纪欧亚交流的成果纷繁耀眼，我们希望这个译作系列未来会被不断扩充。

第一辑首先推出《迪亚卜行记》《世界公民》《环游世界（1772—1775）》三部作品。下面先就这三部作品做一个简介。

一

《迪亚卜行记》的作者汉纳·迪亚卜（Ḥannā Diyāb）和法国东方学家加朗（Antoine Galland，又译作迦兰）合作，在18世纪初首次将《一千零一夜》译介到欧洲。对迪亚卜晚年撰写的《迪亚卜行记》的译介或许将推动我们部分重构18世纪世界文学历程。加朗对《一千零一夜》的翻译被认为是世界文学史上最重要的事件之一，其影响之于西方文学"犹如另一部东方故事集《圣经》对西方的影响"。旅居巴黎的奥斯曼土耳其青年学者迪亚卜在1709年参与合译，并和加朗一起伪译了16个原本不存在于古代阿拉伯《一千零一夜》手稿中的故事，其中就包括最为核心且已家喻户晓的《阿拉丁》和《阿里巴巴》。长期以来，加朗被认为主导了《一千零一夜》的翻译和伪译工作，他被认为对后者的口头语言和过于色情暴力的内容进行了雅化或删改，使之符合18世纪初法国人的阅读风尚。同时，他所伪译的《阿拉丁》《阿里巴巴》等故事富有欧洲特质，尤其是《阿拉丁》讲述主人公如何通过个人奋斗挑战出身，改变命运，是18世纪欧洲小说中耳熟能详的情节。而这一故事以"虚构的中国"为背景，传递了一个最终高度归约化的"东方"概念，并充满对来自非洲的魔法师和其精灵奴仆以及犹太人的歧视，折射出18世纪初兴起的西方对世界的野心。

迪亚卜的作用则从2015年起才开始获得一定关注。迪亚卜于1764年撰写旅欧行记，该行记于1945年被梵蒂冈图书馆收藏。由于头十页已经遗失，该行记长期被当作无名手稿，20世纪90年代，才被鉴定为迪亚卜所著。近年，这一游记先后被翻译为多种欧洲文字。霍塔（Paulo Lemos Horta）已经将其和《阿拉丁》进行比较，开始展示出《阿拉丁》生成的另一条路径：一方面，这位东方人对欧洲文明满怀欣赏，他在旅法期间游览凡尔赛宫，观看城市盛大庆典，甚至遭遇了一个法国少年含冤被处决，这些都构成了《阿拉丁》的部分背景；另一方面，更为重要的是，他以中国人／东方人阿拉丁战胜西来魔法师为主要情节，实质上隐喻了自十字军东侵以来西方对东方的觊觎和东方对此的抵抗，也暗含着对中国参与抵抗的期望。他刻画了魔法师对魔戒精灵的奴役和阿拉丁受冤，其笔下的东方首都和阿拉丁的豪华宫殿从外观上看更像巴黎和凡尔赛宫，这些都对当时法国"自由的土地"的对外宣传和法王路易十四的专制与穷奢极欲形成了讽刺，并解构了18世纪开始盛行于西方的将东方等同于专制、奴役、奢靡的本质主义。而他的《阿里巴巴》所描述的阿里巴巴靠盗窃而实现的暴富和杀死复仇强盗的残忍，嘲讽了身边的法国人的发迹，产生了某种道德批评，谴责他们在东方的肆意搜刮。

同时，他描绘的东西往返之旅，覆盖了土耳其、北非、意大利、法国等多个欧亚著名国家和地区，并且，他和西方上至法王路易十四下至各地平民百姓的各阶层人物有广泛接触，以生动幽默的语言道出各地风貌以及18世纪东西交往的种种画面。游记文学多以西方人游历东方为主，这一记载18世纪东方人眼中的西方的游记极为可贵。

二

当代著名比较文学学者勒菲弗尔（André Lefevere）认为，如果某一文化系统内部的作家仅凭自身作品难以推动系统变革，翻译则将变为他们使用的主要力量，甚至他们会选择以伪译的策略"掩护"其写作，以"免受攻击"或者"避免直接和主流诗学对抗"。具体到18世纪，当代政治学家本尼迪克特·安德森（Benedict Anderson）也认为："地理大发现已经使人们无须再从已消逝的远古中寻找模式了。在乌托邦作家之后接踵而至的是启蒙运动的先觉者，如维柯、孟德斯鸠、伏尔泰以及卢梭。他们愈来愈常借用一个'真实的'非欧洲为素材，从事密集的颠覆性写作，以攻击当时欧洲的社会和政治制度。"

英国作家哥尔斯密（Oliver Goldsmith，又译作戈德史密斯、戈尔德史密斯）的《世界公民：中国哲人信札》(The Citizen of the World: Letters from a Chinese Philosopher, Residing in London, to His Friends in the East)就是这样的一部跨文化作品。17—18世纪，大量中国的器物（如瓷器、漆器、织物、墙纸）和它们的欧洲仿制品掀起了风靡欧洲的中国热。与此同时，欧洲启蒙思想家在中国文化中更看到了自然、理性、道德等他们孜孜以求的理想精神。中国君主被伏尔泰等法国思想家视为柏拉图心目中的哲学王，而中国的政治制度则被认为是道德和法律完美结合的化身。在英国，坦普尔爵士（Sir William Temple）早在17世纪末就称赞中国人在孔子教诲下,"学习并致力完善自然理性,在一生所行中不会犯错或偏离自然理性"。将遥远的异邦理想化,其目的是引入对本国的思考甚至批评。18世纪的欧洲文学就流行以一个来自异邦的旁观者的视角,借助后者外国人的身份,深入对比不同文化的差异,进而针砭时弊,以求推动自我的革新。意大利人马拉纳的《土耳其间谍》、法国的孟德斯鸠的《波斯人信札》和德·阿尔让的《中国人信札》等18世纪名著均为此类代表。在英国,霍勒斯·沃波尔(Horace Walpole)于1757年推出了《旅居伦敦的中国哲学家叔和致北京友人李安济书》(*A Letter from Xo Ho, a Chinese Philosopher at London, to His Friend Lien Chi at Peking*),借中国人叔和之口抨击英国政治和英国人的性格,这就直接启发了哥尔斯密创作出18世纪欧洲涉中国题材文学中最主要也是最有影响力的作品《世界公民》。

哥尔斯密的《世界公民》采用书信体形式,借虚构旅英河南人李安济和友人、家人的通信,讽刺英国社会,介绍中国文化。当时英国著名的《绅士》杂志1756年1月卷刊登了一首中国乐曲的曲谱,作者化名A. B.,声称这首曲子是一位从葡萄牙辗转至伦敦的中国商人曾为其演奏的,"曲调简单,却有我国大多数乡村舞曲缺乏的勃勃生气"。这是中国音乐第一次在英国奏响。据考证,其演奏者名为林启(Loum Kiqua),曾与约翰逊博士会面。沃波尔和哥尔斯密斯有可能通过后者结识了这位中国商人,并将其名字转化为李安济。《世界公民》全集包括123封信件,涉及大量中国故事、寓言、语录、哲理,堪称面向18世纪读者的一部中国知识百科全书。哥尔斯密曾说:"如果一个作者弄不清楚什么是中国,什么不是中国,他完全可以聊以自慰,因为很少有读者能识别这是哄骗。"他笔下的李安济口吻、言辞夸张,让一部分研究者认为他塑造出一个滑稽丑陋的东方主义他者甚至东方主义骗子（带有东方色彩的骗子）；但如果我们将其作品放入英国从艾迪生以来的讽刺传统中，则可看出李安济属于艾迪生、斯梯尔创造的旁观者俱乐部中如考弗莱爵士等目光独特、语言辛辣的批评者类型。哥尔斯密借这一人物，并非只是讽刺英国，更是表达了一种对于未来的世界的愿景。与李安济形影不离的是其英国好友黑衣人，他性情古怪，却在和李安济的交往中不时显露出率真善良的一面。他既是哥尔斯密的自我投射，又何尝不是作者在借外国人之眼光对国人百般讽刺之余，塑造的一个理想的英国人形象？而在小说的尾声，李安济之子和黑衣人的侄女历经患难而终成佳偶定居英国，李安济则和黑衣人周游列国，更直接表达了作者对于东西融合，创建一个更美好世界的愿景。

三

与世界的遭遇在18世纪促使西方不断发展着新的知识体系和价值观。福斯特（Georg Forster）的《环游世界（1772—1775）》更是从德国人的视角记叙了18世纪英国著名的库克船长的南太平洋远征。福斯特十岁便跟随其父在俄罗斯长途考察，广泛收集生物标本。十八岁和父亲一起加入库克船长的第二次南太平洋探险。《环游世界（1772—1775）》先后以英德两种语言发表，以优美的散文形式描绘了波利尼西亚等南太平洋地区的社会文化风貌。

《环游世界（1772—1775）》尤其体现了启蒙时代欧洲的东方观。福斯特秉持时代的世界主义和科学精神，并未将南太平洋文化刻画为时人热衷的"高贵的野蛮人"或者原始落后状态。他认为"地球上的各个民族都值得我以善意对待。我的赞誉和指责都不带任何民族偏见"。他指出每个民族每种文化都有适合自身的独特的发展道路，即使不同文化发展程度的高低是客观存在的，也是其所处的自然环境的艰苦程度决定的。

此书甫一问世，便轰动全欧，产生了深刻的社会影响，福斯特由此在不满二十四岁时便被选入英国皇家协会，后又在其他国家获得此类殊荣。德国诗人克里斯托夫·马丁·维兰德称赞这本书是18世纪最重要的一本书。即使在今天，它仍是最重要的欧洲游记文学之一。这本书对德国文学、文化和科学也产生了重大影响，参与形塑了亚历山大·冯·洪堡等科学家和后来的许多人类学家。阅读此书，无疑会丰富我们对18世纪欧洲东方观乃至启蒙思想整体的内涵与外延的认识。

19世纪的文学家吉卜林曾说：

东方是东方，西方是西方。
两极永远不会相遇。

这或许是19世纪欧洲人的心态。但18世纪初的歌德，在阅读《一千零一夜》后完成了他的《浮士德》第二卷，并顺手在一张稿纸上写下一首诗，其中一部分为：

充分认识自己和他人的人，
就不会忽略：
西方和东方，
不再分开。

目 录

1　前　言

5　第1封信
　　介绍中国哲人。

6　第2封信
　　中国哲人到达伦敦。他旅行的动机。对街道与房屋的描绘。

10　第3封信
　　继续描写伦敦。英国人的奢华及其益处。英国的绅士与淑女。

15　第4封信
　　英国人的骄傲。自由。两者的例证。报纸。礼数。

19　第5封信
　　英国人对政治的热情。一份样报。各国的风俗特点。

24　第6封信
　　因追求高雅而失去幸福。中国哲人的耻辱。

26　第7封信
　　智慧是为了让人快乐。旅行对一个哲人道德上的益处。

30　第8封信
　　中国哲人在伦敦街头被一位妓女所骗。

33　第9封信

英国人对女性的放荡。一个讨女士欢心的男子。

36　第10封信

中国哲人从北京到莫斯科的路程。达斡尔国的风俗。

40　第11封信

奢华的益处：使人更聪明，更快乐。

43　第12封信

英国的葬礼庄严肃穆。英国人热衷于恭维性的墓志铭。

47　第13封信

威斯敏斯特大教堂。

53　第14封信

中国哲人受到一位英国贵妇人的招待。

56　第15封信

反对凶残地虐待动物。来自琐罗亚斯德教《阿维斯塔》经文及其评注的一则故事。

59　第16封信

貌似真挚的书籍宣扬虚假信息。

63　第17封信

正在进行的英法战争，其动机是轻率的。

67　第18封信

一则中国妇女的故事。

72　第19封信

英国人及俄国人对待通奸妇女的方式。

75　第20封信

英国文学界的现状。

80	第21封信
	中国哲人在英国剧院。
85	第22封信
	中国哲人的儿子在波斯沦为奴隶。
88	第23封信
	赞扬英国人为法国囚犯慈善募捐的行为。
92	第24封信
	嘲笑庸医和售卖灵丹妙药的小贩。
95	第25封信
	以劳国为例,说明王国的兴衰沉浮。
100	第26封信
	黑衣人的性格特点,其矛盾行为举例。
104	第27封信
	继续讲述黑衣人的故事。
112	第28封信
	伦敦有大量老姑娘和单身汉的原因。
116	第29封信
	伦敦的一个文学俱乐部。
119	第30封信
	接着描写文学俱乐部。
127	第31封信
	中国人的园林艺术精妙绝伦。描写一座中国园林。
131	第32封信
	英国一些贵族的堕落行为。鞑靼人的蘑菇盛宴。

135 第33封信

中国人的写作方式。嘲笑英国杂志上的东方传说。

140 第34封信

贵族们目前对绘画的荒唐热情。

145 第35封信

中国哲人的儿子与一位女俘虏。

148 第36封信

接续上一封信。美丽的女俘虏同意嫁给她的领主。

151 第37封信

接续上一封信。他开始厌恶对智慧的追求。一则寓言证明其徒劳无益。

157 第38封信

中国哲人颂扬英国最近一场判决的公正性,并以夏洛莱王子案件为例说明法国国王的不公正性。

161 第39封信

描述真正的文雅。两封来自不同国家的信,写信者是在国内被误认为文雅的女士。

167 第40封信

英国仍有诗人,却不是填词凑句的诗人。

170 第41封信

圣保罗教堂里教徒祈祷时的举止。

173 第42封信

中国的历史充满了伟大的行动,比欧洲的历史更甚。

178 第43封信

听闻伏尔泰去世伪消息之后的呼告。

182 　第44封信

　　　智慧和戒律可以减轻我们的痛苦，但永远不会增加我们的正向满足。

187 　第45封信

　　　伦敦人追求奇异景象和怪物的热情。

192 　第46封信

　　　一个梦境。

197 　第47封信

　　　消遣是缓解痛苦的最佳方式。

200 　第48封信

　　　身居高位之人从事地位低下的工作的荒谬性。用一则童话故事举例说明。

205 　第49封信

　　　继续讲童话故事。

209 　第50封信

　　　试界定什么是英国自由。

213 　第51封信

　　　一位书商拜访中国人。

218 　第52封信

　　　在英国难以通过衣着打扮区分人。两个例子。

222 　第53封信

　　　嘲讽《项狄传》等淫秽小说的荒唐品位。

226 　第54封信

　　　一个重要的小人物的特征。

230 第55封信

继续描写他的性格、妻子、房子和家具。

235 第56封信

关于欧洲各国当前局势的一些想法。

238 第57封信

没有阴谋或财富的情况下,提升文学声誉是困难的。

241 第58封信

描述一场探访晚宴。

246 第59封信

中国哲人的儿子带着美丽的女奴逃走。

249 第60封信

那位美丽女奴的故事。

255 第61封信

给初入人世的青年的适当训言;相关的寓言故事。

259 第62封信

彼得大帝的妻子叶卡捷琳娜·阿列克谢耶芙娜的真实故事。

264 第63封信

文学的兴衰不取决于人,而源于自然的变迁。

268 第64封信

大人物们用幸福换取炫耀。这类愚蠢行为对社会有益。

271 第65封信

一个富有哲思的修鞋匠的故事。

274 第66封信

爱与感激的区别。

279　第67封信

　　试图通过隐居来学习智慧是愚蠢的。

282　第68封信

　　嘲弄庸医。特别提及一些庸医。

287　第69封信

　　嘲笑人们对疯狗的恐惧。

292　第70封信

　　事实证明，财富女神并非盲目；贪婪的磨坊主的故事。

296　第71封信

　　花花公子、黑衣人和中国哲人等在沃克斯豪尔花园。

301　第72封信

　　谴责新颁布的婚姻法。

306　第73封信

　　生命因岁月流逝而日渐贵重。

310　第74封信

　　小小的大人物。

313　第75封信

　　有必要坚持用新书互相取乐。

317　第76封信

　　人们偏爱优雅胜于美貌：一则寓言故事。

321　第77封信

　　一个店主及其学徒的做法。

324　第78封信

　　用法国人自己的方式嘲笑他们。

327	第79封信	
	伦敦的两个剧院为冬季战斗做准备。	
330	第80封信	
	扩充刑法或严格执行现行刑法是邪恶的。	
334	第81封信	
	嘲笑女士的拖裾。	
337	第82封信	
	科学对人口众多的国家有用,对野蛮的国家有害。	
342	第83封信	
	一位中国现代哲人有关人生的一些警示。	
346	第84封信	
	几位诗人的逸事,他们生前和死后的境遇都很悲惨。	
350	第85封信	
	嘲笑舞台上演员们的琐碎争吵。	
355	第86封信	
	嘲笑纽马基特赛马中心的比赛,一场马车比赛。	
359	第87封信	
	欧洲西部地区雇佣俄国人打仗的愚蠢行为。	
362	第88封信	
	建议女士们要找丈夫,一则相关的故事。	
366	第89封信	
	在学者之间进行不着边际或徒劳的专题讨论是愚蠢的。	
370	第90封信	
	英国人屈从于忧郁。	

374 第91封信

气候和土壤对英国人的脾气和性情的影响。

377 第92封信

一些哲人人为制造痛苦的方式。

381 第93封信

有些人喜欢欣赏贵族之流的著作。

384 第94封信

哲人的儿子再次与他美丽的伴侣分离。

387 第95封信

父亲安慰此种境况下的儿子。

390 第96封信

嘲笑对先王去世的哀悼与祝贺；描述英国的哀悼。

394 第97封信

几乎所有的文学主题都已经被穷尽了。

398 第98封信

对威斯敏斯特大厅内法庭的描述。

402 第99封信

花花公子来访。亚洲一些地区对女性的纵容。

405 第100封信

赞扬独立的生活。

408 第101封信

人们必须满足于接受由其任命的治理者的教导。一则相关故事。

411 第102封信

嘲笑女士们对赌博的热情。

414 第103封信

中国哲人开始考虑离开英国。

416 第104封信

一些人为了显得博学多才而使用的技艺。

419 第105封信

对拟议中的加冕典礼的描述。

424 第106封信

嘲笑写给大人物们的悼文。一则样例。

428 第107封信

英国人太喜欢不加验证地听信每一份报道。一则煽动者的故事。

431 第108封信

东方之旅可能带来的效用和乐趣。

435 第109封信

中国哲人试图找出名人。

439 第110封信

将亚洲的职位引入英国官廷的计划。

443 第111封信

关于英国的不同教派，尤其是卫理公会派。

447 第112封信

描述一次选举。

451 第113封信

一场重要的文学竞赛。双方以警句进行竞赛。

457 第114封信

反对婚姻法。一则寓言。

462 第115封信

关于对人性评价过高的危险。

466 第116封信

爱情是自然的抑或虚构的激情。

470 第117封信

城市夜景。

473 第118封信

荷兰人在日本宫廷中的卑微表现。

476 第119封信

穷人的苦难,以一名列兵的生平为例。

482 第120封信

论某些英国头衔的荒谬性。

486 第121封信

英国人优柔寡断的原因。

489 第122封信

嘲笑旅行者惯常的叙述方式。

494 第123封信

结尾。

498 译后记

前　言

神学家有一套精准的方法来计算圣人或作家的能力。例如埃斯科瓦尔，据说他的学识有5分，天赋4分，庄重度7分；卡拉穆尔比埃斯科瓦尔更伟大：学识8分，天赋6分，庄重度13分。[1] 要是用同样的标准来衡量这位中国哲人[2]的优点，我会毫不犹豫地说，他的天赋还要更高，而至于他的学识和庄重度，我想我有把握将其评为999分，带着几近十足的拘谨。

---

[1] 埃斯科瓦尔（Escobar）和卡拉穆尔（Caramuel）均为17世纪西班牙神学家。这两个名字多次出现在布莱兹·帕斯卡尔的《致外省人信札》(Les Provinciales, ou Lettres écrites par Louis de Montalte à un provincial de ses amis)中。此外，埃斯科瓦尔一名还出现在德·阿尔让的《中国人信札》(Lettres Chinoises)中。（本书中的脚注，若无特殊说明，均为译者注）

[2] 在18世纪，"哲人"(philosopher)的概念与"世界公民"(citizen of the world)类似。L.A.德·拉·博梅勒在《我的思考》中指出："哲人不屑于只为自己的国家谋福祉……他对全人类一视同仁……他的心容纳一切美德，他关心全人类的进步……我将在这位世界公民的画像下……"(L.A.de La Beaumelle, Mes Pensées, London: D.Wilson &T.Durman, 1753, p.26) 德·阿尔让在《中国人信札》第116封信中指出："世界是哲人的故乡。"(Boyer D'Argens, Lettres Chinoises, Nouvelle édition, La Haye, 1751, tome 4, p. 330)

然而，中国哲人一亮相，许多人就气愤地发现他不像的黎波里[1]的大使或者穆贾克[2]的特使那般无知。他们惊讶地发现，一个出生在远离伦敦的地方的人，居然也审慎和睿智，甚至还有些才能。他们对他的学问同样表示了惊讶，就像中国人对我们表示惊讶那样。"这是为何，"中国人说，"欧洲和中国离得这样远，欧洲人却如此公正、严谨地思考？他们没有读过我们的书，几乎也不认得我们的文字，却能像我们一样说话、思辨！"[3]事实上，中国人和我们十分相似。人类的区别，不在距离的远近，而在受教化的深浅。生活在极端气候中的野蛮人，有一个共同点，即追求奢华且贪婪；而那些经过教化的国家，无论距离相隔多远，都在用同样的方法追求精致的享乐。

礼仪之邦之间的差异很小，但这位中国人独有的特点将出现在接下来的每一封信中。信中的隐喻和典故来自东方，作者小心翼翼地保留它们的形式，阐明中国人喜爱的道德信条。中国人往往喜欢简洁，他也如此。中国人是简朴的，他也如此。中国人是庄重、爱说教的，他也如此。然而，在所有的相似中，有一点最引人注目，即中国人通常很沉闷，他也如此。我也一直在向他提供帮助。有一则古老的浪漫传奇故事——一位骑士和他的马结下了深厚的友谊，通常是马驮着骑士，但在紧急情况下，作为回报，骑士也驮着他的马。我和作者的关

---

1 的黎波里（Tripoli，原文拼作 Tripoline，在 18 世纪亦拼作 Tripoly），位于撒哈拉沙漠西北部地中海南岸的绿洲沿海地区，今为利比亚首都。

2 穆贾克（Mujac），历史上的西非古国名。

3 李明：《中国近事报道》，第 1 卷，第 210 页。——原注（哥尔斯密未注明此书版本，似应为：Le Comte, *Nouveaux mémoires sur l'état present de la Chine,* third edition, Paris: Jean Anisson Directure de l'Imprimeric Royale, 1697。后文译者注提及此书，也即此版。本书正文中的楷体文字，在原文中为斜体。——译者注）

系也是如此，他经常带给我东方的高雅风格，作为回报，有时我也帮他把行文改得通俗、流畅。

在充满颂词的季节里，一位作家既没有被朋友夸奖，也没有自夸，这点看起来很奇怪，中国哲人的这种美德可能会被人忘记。巧妙的、丰富的、精美的、考究的修饰语在众多普通人中被滥用，正如加冕仪式上到处都是奖牌一样。奖牌颁给了每个人，却唯独没有颁给这个中国人。考虑到大众的趣味易变，命运无常，在这样的情况下，我本该沮丧难过，然而，恐怕读者会在这种说教的冲动中睡着，不如我自己先打个盹儿，醒来后再告诉读者我的梦境。

我梦见泰晤士河结冰了，我站在河边，看到冰面上有几个摊位。一个旁观者告诉我说，时尚品展会[1]就要开始了。他补充说，每个带着自己的作品来到展会的作者，都可能会受到欢迎。因为冰面显然在最好的情况下也并不稳固，且我在睡梦中总是有些怯懦，我决定先在岸边安全之处观察这个地方的状况。

我的几个熟人看起来比我勇敢，他们勇敢地走在冰面上。他们载着作品来到展会，有的用雪橇，有的用二轮马车，有的货物很重，用四轮运货马车来运送。他们的鲁莽让我很惊讶，我知道他们的货物很重，随时可能沉没到水中。然而，让我惊讶的是，他们都安全进入展会，又很快返回，并且对自己的娱乐和交易感到十分满意。

众多成功的例子对我影响很大。我大声说："如果这些作家受到喜爱，平安归来，总该还有些好运留给不幸的人。"我决定开启一段

---

[1] 时尚品展会（Fashion Fair），该展会与18世纪中叶英国喜好中国事物的潮流相关，这种潮流既包括物质上的"中国风"（茶叶、瓷器、丝绸等），也包括文学上的（在作品中加入中国传说、中国的主人公等）。

新的冒险历程。来自中国的家具、花哨饰品、烟花,一直作为时尚品被大量购买,而我将试着给展会带来一点中国道德。如果中国人使我们的趣味变得庸俗,那么我要试试中国人能在多大程度上帮助我们提升理解力。其他人用四轮运货马车运送作品,而我将谨慎地从一辆手推车开始。做好决定后,我打包好物品,蹑手蹑脚地开启我的展会之旅。然而,就在刚刚踏进展会的那一刻,我仿佛看到曾经承载过上百辆四轮运货马车的冰面在我脚下裂开了,手推车及车上的一切都沉入河底。

我从梦境中回过神来,仍心有余悸。我禁不住希望,这些苦心不是花费在给这些中国信札披上一件英国外衣上,而是用在设计新的政治制度或者编造新的闹剧剧情上。那时,我可能会在这个世界上站稳脚跟,成为一名诗人或哲人;在那些能提高彼此声望的社团中崭露头角。但现在,我不属于任何一个特定的阶层。我就像一头独居的动物,被迫离开森林来满足人类的好奇心。我最初的愿望就是终生悄无声息地逃离,如今我却被半便士牵绊,在铁链的尽头焦躁而惊惶地奔走。虽然我的愤怒并未伤害到任何人,但我太野蛮而无法讨好任何朋友,太顽固而学不会新把戏,我没有长远打算,不去关心将来发生的事。我得到安慰,却并不满足于此。我太懒惰了,不会算计,也太胆小了,不喜欢争宠。我就是我,我表现出什么样,就是什么样。

> 好运和希望,再见!我已看到了我的避风港。
> 我已被你们愚弄得太久,嘲弄其他人去吧。[1]

---

1 原文为希腊语。18世纪的作品中加入希腊语有显示博学之意。

第1封信

介绍中国哲人。

致伦敦商人×××先生。

阿姆斯特丹

先生：

您本月13日的来信包括两张账单，一张送达法国的 R. 梅斯先生和 D. 梅斯先生，价值共478英镑10先令，另一张送达英国的×××先生，价值285英镑。第一笔账已如期偿还，第二笔被轻视了，恐怕账单会被拒付、退回。

送信人是我的朋友，让他也成为您的朋友吧。他是中国河南人。我和他在广东相识，当时我在广东做代理人，他是广东的政府官员，曾给我提供过信息。他经常与那里的英国人交谈，学会了他们的语言，但完全不了解英国的风俗习惯。我听说他是一个哲人，确信他是个诚实的人。除他是我的朋友外，对您来说，这是他被推荐的最好理由。

您的，匆此

第2封信

中国哲人到达伦敦。他旅行的动机。对街道与房屋的描绘。

李安济·阿尔坦济[1]自伦敦寄阿姆斯特丹商人×××。

亲爱的朋友：

愿安宁之翼停留于您的居所，愿良心的盾牌保护您远离邪恶和痛苦。恳请您接受我的感激与敬意，这是一个可怜的哲学流浪者唯一能回报的赠礼。命运之神注定让我不快乐：她让别人有能力用行动来证明他们的友谊，而让我只能用语言表达我真诚的感激。

我完全明白，您试图通过这种方式来减少您自己的功劳，减轻我的义务。您说您最近的友好举动只是对过去恩惠的回报，这会使我将您的慷慨之情错认为正义感。我在广州为您提供的服务，是正义、人

---

[1] 李安济·阿尔坦济（Lien Chi Altangi），这个名字或出自霍勒斯·沃波尔的短篇讽刺作品《旅居伦敦的中国哲学家叔和致北京友人李安济书》。此外，Altangi 这个名字可能转化自阿拉伯人名，《一千零一夜》最早的英文译本——从法国东方学家加朗的法译本自由转译的《阿拉伯之夜趣谈》（The Arabian Nights' Entertainments，1706年首次出版，后不断再版，没有标注译者名，俗称"格拉布街译本"）中曾出现巴格达商人 Ali Cogia。此处采用的中文译名李安济·阿尔坦济，参考了范存忠在《哥尔斯密与〈世界公民〉》一文中使用的译名。（参见范存忠《中国文化在启蒙时期的英国》，南京：译林出版社，2010年，第185页）

道和我的职务要求我提供的；而您在我抵达阿姆斯特丹后为我提供服务，并非出于任何法律或正义的要求，您给予我的恩惠的一半甚至多过我在最乐观的情况下所期待的。当我离开荷兰时您私下把一笔钱放在我的行李中，而我到达伦敦后才发现，因此，我必须恳求您准许我归还这笔钱。您是一名商人，我是一位学者，您自然比我更爱钱。您以富余为乐，我则知足常乐。请拿回属于您的东西吧。即使您没有机会使用它，它也会给您带来快乐；它却无法让我更加幸福，因为我已经拥有了我想要的一切。

对我来说，从鹿特丹到英国的海上旅程比我在陆地上的所有旅程都要艰辛。我曾穿过蒙古鞑靼无尽的荒野，体验过西伯利亚严酷的天气；歇息时无数次遭到野蛮人侵扰；我曾毫不畏惧地目睹四周的荒沙如汪洋大海般汹涌澎湃。面对这些灾难，我有坚定的决心。然而，在我前往英国的途中，虽然没有发生任何让水手感到不安的事情，但对于一个从未在海上航行过的人来说，一切都令人震惊和恐惧。大陆逐渐从视野中消失，我看到航船穿越波涛，快如鞑靼人的弓箭，我听到风从绳索间穿过，发出呼啸声。我开始晕船。这是一种能腐蚀勇士斗志的恶心感。这是我不曾预料到的痛苦，它在我毫无防备之时向我袭来。

你们欧洲人认为海上航行没什么大不了的，但对我们中国人而言，那些曾远离陆地的人，回来后就会受到敬仰。据我所知，中国的一些省份甚至没有"海洋"一词。如今，我身处一个多么奇特的民族之中啊！他们在比提帕塔拉山还高的波涛上建造城市，大海的深渊比最狂暴的暴风雨更可怕。

我坦言，诸如此类的描述是我到英国游览的最初动机，这促使我进行了长达七百天的艰苦旅行，以便实地考察英国的财富、建筑、科学、艺术与制造业。然而当我来到伦敦时，我感到非常失望，因为我丝毫没有看到海外经常谈论的那种富丽堂皇的迹象。无论我转向哪里，看到的都是庄严而阴沉的房屋、街道和居民，看不到精美的镀金——中国建筑上的一种主要装饰。要知道，南京的街道上有时甚至点缀着金箔，而伦敦的街道截然不同：人行道坑坑洼洼、泥泞不堪，街道上拥堵着负重的、车轮宽大的机器。因此，一个陌生人非但没有时间观察，反而常常庆幸自己没被它碾碎。这里的房屋很少有建筑上的装饰，它们的主要装饰物似乎是挂在门窗上的一幅幅低劣的画，上面写满了贫穷与虚荣。虚荣使英国人把画挂在公众所见之处，而贫穷限制了所悬挂画作的品质。从这一点来说，英国画家的想象力也糟透了。您能相信么？在方圆不足半英里[1]的范围内，我就看到了五头黑狮子和三头蓝野猪。但您知道的，除了在欧洲天马行空的想象中，根本找不到这些颜色的动物。从他们的建筑状况和居民忧郁的神情，我可以断定，这个国家实际上是贫穷的。他们就像波斯人一样，除了在国内，在任何地方都树立华丽的形象。

徐索福有一句谚语说，看眼识贫富。如果我们据此来判断英国，那么天下没有比它更穷的国家了。我到这里才两天，还不能草率地得出结论。我写给莫斯科的福普斯的信件，恳请您尽力转交。[2]这些信不

1　1英里约为1609米。
2　徐索福（Xixofou）和福普斯（Fipsihi）这两个名字可能均来自伏尔泰的《哲学辞典》(*Dictionnaire philosophique*)，具体参见 Joseph.E. Brown, "Goldsmith's Indebtedness to Voltaire and Justus Van Effen," *Modern Philology*, 1926, vol.23(3), pp. 275–276。此外，这个名字有可能也受到霍勒斯·沃波尔《旅居伦敦的中国哲学家叔和致北京友人李安济书》中的"叔和"（Xo Ho）的启发，据此做了改动。并且，在18世纪的英语中，fou 指"佛"。

加封印，以便您抄写或翻译，因为您对荷兰语和汉语同样精通。亲爱的朋友，您为我的离开感到遗憾，就像我也真诚地为您不在这里感到遗憾一样；即使在我写信之时，我也在叹惋我们的分离。珍重。

第 3 封信

继续描写伦敦。英国人的奢华及其益处。英国的绅士与淑女。

李安济·阿尔坦济寄北京礼部尚书冯煌[1],信件由驻莫斯科的鞑靼人福普斯转交俄罗斯商队带回北京。

您是我青春的引路人,您现在的缺席不会妨碍我对您的敬意,您的身影也不会从我的记忆中消失。我走得越远,离别的痛苦就越强烈。那根将我与祖国紧紧联系在一起的纽带并未断开。我每次离开,都只会将这根纽带拉得更长。

如果我能从流浪到的这个如此遥远的地方找到值得递送的东西,我将非常乐意把它递送给您。但您只能满足于我对此前信念的新的剖白,以及我对一个我还不甚了解的国家做出的不完全的描述。一个在这个国家才待了三天的人所谈论的,只能是强加于想象力之上的显著状况:在这里,我把自己看作一个被创造的新人,来到一个新世界,

---

[1] 冯煌(Fum Hoam,又译作福洪),这一名字或出自托马-西蒙·格莱特的小说《达官冯皇的奇遇:中国故事集》(*Les Aventures merveilleuses du mandarin Fum-Hoam: Contes chinois*)。据考据,"冯皇"这个名字源自德语地区耶稣会士基歇尔的《中国图说》(*China Illustrata*),其中提到中国的神鸟凤凰(Fum Hoam),参见金雯《格莱特的〈中国故事集〉与18世纪欧亚文化交流》,《文学评论》,2023年第1期。考虑到清朝时期官员的名字避讳"皇"字,本书采用"冯煌"。

每一件事物都会给我带来好奇和惊喜。我的想象力仍未得到满足,似乎它是大脑中唯一活跃的法则,最琐碎的事物也会给我带来快乐,直到新奇感消失殆尽。当我不再感到惊奇时,我可能会变得睿智。那时,我将会借助理性把那些我以前在未经思索的情况下审视过的事物拿来进行比较。

我注视着伦敦的陌生人,他们也注视着我,似乎我身上有什么可笑之处。假如我不曾离开过家乡,我可能会在他们身上发现无数荒谬可笑之处。然而长期的旅行让我学会了只嘲笑愚蠢的人,除了罪行与恶习,我找不到任何真正可笑的东西。当我刚刚离开祖国,越过中国的城墙时,我认为一切异于中国风俗习惯的举动都是不自然的:我嘲笑通古斯人的蓝嘴唇和红额头,几乎不能容忍达斡尔人把牲畜犄角作为装饰品戴在头上,认为把红土作为粉料涂在脸上的奥斯蒂亚克人和穿着羊皮做的服装的卡尔梅克佳丽显得非常可笑。[1]但我很快就意识到,可笑的不是他们,而是我自己。我错误地指责别人荒谬可笑,仅仅是由于他们与最初建立在偏见之上的标准不同。

因此,我并不乐于嘲笑英国人的外貌背离了自然,这是我唯一了解的英国人特征。他们穿着夸张,可能是为了改变平凡的相貌,因为每一种奢华的服饰都源于想变得比天生的容貌更美丽的愿望。这是一种无害的虚荣,我不仅原谅而且完全赞同它。正是想要变得出众的愿望让我们得以出众,数以千计的人靠着想要变得更美的强烈愿望在社

---

[1] 通古斯人(Tonguese)、达斡尔人(Daures)、奥斯蒂亚克人(Ostiacs)、卡尔梅克(Calmuck),或借鉴了德·阿尔让《中国人信札》第28封信中的内容(Boyer D'Argens, *Lettres Chinoises*, tome 1, pp. 261–270)。但这里写到的风俗疑为本书作者虚构。真实的达斡尔族是我国的少数民族之一。

会上谋生。除了无知的谩骂者，没有人会抨击他们。

尊敬的冯煌大人，您一定知道，在中国也有无数人依靠这种无害的骄傲谋生：那些给鼻子钻孔上钻者、修脚匠、给牙齿上色者、修眉者，他们赚得食物而他们的邻居赚得虚荣。然而在中国，那些虚荣者需要雇用的人比在英国要少得多。在这里，打扮入时的绅士和淑女，似乎浑身上下没有一处不因艺术而在一定程度上遭到扭曲。

打造一位绅士，需要几个行当的人，但其中最主要的是理发师：您一定听说过犹太力士[1]的故事，其力量在于他的头发；人们可能会认为英国人也把所有的智慧都放在头发上了——一个人要想显得聪明，在这里所需要的不过是从他人头上借来头发，然后把它扣在自己的头上，使之像灌木丛一样。那些贩卖法律和医学知识的人，坚持要这样浓密的发量，这样，人们便无法分清他们的头和头发，连概念也混淆起来。

我刚刚描述的那些人，有狮子一样的威严；接下来我要描述的这些人则如小体型动物一般轻盈伶俐。理发师仍然是仪式的主宰者，他们将这些人靠近头顶的头发剃掉，然后将粗磨粉和猪油的混合物涂抹到头顶上，使他们看上去不知是戴着一顶帽子还是抹了一块石膏。为了使自己更加醒目，他们往往把一些动物的尾巴，如灵缇犬的尾巴或猪尾巴，贴到后脑勺上，一直垂落到动物长尾巴的地方。通过贴尾和用发粉，有品位的人开始觉得自己变得更美了，僵硬的脸上堆满笑容，试图让自己看起来温柔些，但这种温柔着实吓人。绅士们如此装扮，才有资格去求爱，成功的希望更多来自头上的发粉而不是内心的

---

[1] 疑指力士参孙，据说他因为被剪掉头发而失去了力量。

情感。

然而，当我得知他的求爱对象——那位美丽的女士是个什么样的人时，就不再为他以如此装扮取悦于人而感到奇怪。像绅士们一样，这里的淑女们也非常喜欢假发粉、尾巴与猪油。亲爱的冯煌大人，说句心里话，我觉得这里的女士们丑得出奇，简直令人不忍直视。她们跟中国佳丽一点也不一样。欧洲人对美的理解与我们截然不同。每当我想起东方女人完美的小脚时，我就难以直视一个脚有十寸长的女人。我永远不会忘记我的家乡河南南阳的美人：她们的脸庞多么宽大，她们的鼻子多么短，她们的眼睛多么小，她们的嘴唇多么薄，她们的牙齿多么黑，[1]她们的脸颊比山巅之雪更白皙，她们的眉毛细如铅笔画出的线条。但在这里，一个这般完美的女子却是吓人的。荷兰和中国的女人确有几分相似，但英国女人完全不同：红脸颊、大眼睛，白得令人生厌的牙齿，再加上她们有一双男性化的脚，而她们中某些人的脚真的是用来走路的！

她们似乎决心在不亲切方面超越野蛮的大自然。她们把白色、蓝色和黑色的美容粉涂抹在头发上，在某些特殊的场合，她们用红色的美容粉涂抹面部。

她们喜欢在脸上涂抹各种颜色，就像科里亚克[2]的鞑靼人一样，

---

[1] 疑指历史上越南、日本，以及中国南方的部分民族以黑齿为美的习俗。参见李勃《"黑齿"考略》，《中南民族大学学报》，2003年第1期。然而，目前在18世纪文献中尚未查阅到介绍日本或越南的黑齿风俗，哥尔斯密可能是将都铎时期英国贵族以黑齿为美的风俗移植到了中国人身上。关于都铎王朝贵族嗜糖导致牙齿变黑、脱落的情况，参见 Sidney Wilfred Mintz, *Sweetness and Power: The Place of Sugar in Modern History,* New York: Penguin Publish Group, 1986, p. 134。

[2] 科里亚克（Koreki），可能指 Koryak，现为俄罗斯堪察加州科里亚克自治区。

经常用唾沫在脸上各处贴上黑色绸片[1]，但鼻尖除外，我从未见过鼻尖上有黑色绸片。等我给您画一张英国人脸上贴美人斑的图后，您就会对她们贴美人斑的方式有一个更好的了解。我很快就会把这张图寄给您，以增加您关于画作、奖章和怪物的稀奇收藏。

最让人吃惊的是我刚刚从一位英国人那里得到的、听上去可信的消息。"这里的大多数女士，"他说，"都有两张面孔：一张是睡觉时的面孔，另一张是社交时的面孔。一般来说，第一张面孔是留给丈夫和家人看的，而另一张则是取悦于外面的陌生人的。在家时，她们的面容往往很冷淡；在外交际时，她们的面容姣好很多——这个面容是在盥洗室装扮出来的，在那里，梳妆镜和谄媚者共同商讨，决定她们一天的面容。"

我无法确定这种说法是否属实，但可以肯定的是，她们在家时穿的衣服比出门社交时多。我曾见过一位女士，她在家里似乎特别怕冷，一阵微风都会吹得她瑟瑟发抖，但她出门上街时几乎半裸着身体。珍重。

---

[1] 又称美人斑，指17—18世纪欧洲的女性为了衬托其面部的白皙而贴在脸上的一种黑色绸片。

14

第4封信

英国人的骄傲。自由。两者的例证。报纸。礼数。

李安济·阿尔坦济寄北京礼部尚书冯煌，信件由驻莫斯科的鞑靼人福普斯转交俄罗斯商队带回北京。

英国人似乎和日本人一样沉默寡言，却比暹罗的居民还自负。我最初把英国人的沉默寡言归因于谦逊，现在却发现其根源是骄傲。他们不愿首先开口打招呼，必须让人先问候他们。屈尊奉承他们，可赢得他们的友谊和尊敬。他们能忍受饥饿、寒冷、疲倦和生活中的其他所有苦难而毫不退缩，危险只会激发他们的毅力，灾难甚至让他们感到欢欣鼓舞。然而，他们绝对无法容忍被人蔑视。英国人惧怕蔑视甚于惧怕死亡。为躲避受人蔑视的压力，英国人常把死亡作为逃遁之地；当他认为世界不再尊重他时，他就选择死亡。

骄傲似乎不仅是这个国家恶习的根源，也是民族美德的根源。英国人被教导要像爱护朋友一样爱护君王，但除了他们自己制定的法律，他们不承认任何其他主宰。他们鄙视那些民族：仅一人自由，人人甘愿做奴隶；先是让暴君惶恐不安，然后又在他的权力下畏缩不前，仿佛他是上天派来的。自由在英国所有的集会中回响，成千上万的人随时准备为之献出生命，尽管可能没有一人理解它的含义。然而，最底层的劳工认为，他有责任成为国家自由的守卫者，并经常使用一种甚至从古代伟大的皇帝口中讲来都显得傲慢无比的语言谈论它。

几天前，我路过一所监狱，忍不住停下脚步听一段谈话，我想这可能会给我带来一些乐趣。对话是在一个债务人、一个停下来歇脚的搬运工和一个狱卒之间进行的。话题是法国入侵的威胁，每个人似乎都非常渴望挽救自己的国家，使之摆脱即将到来的危险。债务人大声说："对我来说，我最担心的是我们的自由，如果法国人入侵，英国人的自由会变成什么样子？我亲爱的朋友啊，自由是英国人的特权，我们必须誓死捍卫自由，法国人永远不能剥夺我们的自由；要是他们征服了我们，不能指望那些本身就是奴隶的人还会维护我们的自由。"搬运工大声回应道："啊，奴隶！他们都是奴隶，他们只适合挑担子。在我屈身为奴之前，愿这就是我的毒药（他手里举着高脚杯），愿这就是我的毒药——然而我宁愿成为一名士兵。"

狱卒从他的朋友手中接过酒杯，满怀敬畏地热切道："受这些变故影响更大的，与其说是我们的自由，不如说是我们的宗教信仰。是啊，我们的宗教信仰，伙计们！如果法国人打进来，我宁可让那些恶魔将我烧死（他的宣誓如此庄严），也不能让他们动我们的宗教分毫。"说罢，他没有敬酒，而是把酒杯放在嘴边，以最虔诚的仪式表达了自己的情感。

简言之，这里人人都假装自己是政治家。甚至女性有时也会在讨人欢心的爱之蜜语中混杂关于国家冲突的严肃内容，这些往往成为她们的武器，比她们的眼睛更有杀伤力。

《每日公报》满足了人们对政治的普遍热情，这和我们中国一样。但在中国，皇帝努力教导人民，而在这里，人民指导政府。然而，您千万不要以为编写这些报纸的人真正了解一个国家的政治或政府。他们只是从咖啡馆先知那里收集材料,而这些材料都是这些先知在前一天晚上的赌桌上从某浪荡子那里收集来的,浪荡子的消息则来自一位大人物的脚夫,而脚夫从大人物那里听来的故事,是前一天晚上大人物自己为了找乐子编造的。

一般来说,英国人进行交谈似乎更是为了赢得与其交谈之人的尊敬,而不是出于对话题的喜爱。这为他们的娱乐活动增添了正式感。哪怕是在最愉快的谈话中都有一些过于深奥的东西让人无法放松。在人群中,你很少因愚蠢之人的荒谬感到厌恶,很少因谈话中的乐趣而沉浸在欢乐中,哪怕是那种不长久的、即时的欢乐。然而,英国人在欢乐方面的欠缺,在文雅方面得到了弥补。听到我称赞英国人的文雅,您会心一笑:您从北京的传教士那里听到了截然不同的说法,在国内看到了商人和海员身上完全不同的举止。然而,我还是要说,英国人似乎比他们的所有邻居都更为文雅,其文雅的绝妙之处在于,他们在施恩的同时,努力减轻受惠者的压力。其他国家的人也喜欢对陌生人施恩,但似乎希望受惠者能意识到自己所受的恩惠。英国人以一副漠不关心的样子施恩,以一副不屑一顾的神情为别人提供帮助。几天前,我和一位英国人、一位法国人在郊区散步,突然下起大雨。我没有准备雨具,但他俩都穿着可以防雨的大衣。这雨在我看来真是一场大雨。英国人见我被这天气吓得退缩了,就说:"哎,老兄,你退缩什么;来,拿着这件外套,我不想要它,它对我一点用也没有,我还不如不穿它呢。"接着,法国人也展示他的文雅说道:"我亲爱的朋友,您为什么不穿上我的外套呢?您看它防雨防得多好,我不舍得把它借给别人,但对您这样的朋友,我甘愿把心爱之物借给您。"最尊敬的冯煌大人，我知道以您的睿智，您定能从这样的小事例中获得启发。大自然就是一本知识之书；谁能做出最明智的选择，谁就是最睿智之人。珍重。

第 5 封信

英国人对政治的热情。一份样报。各国的风俗特点。

李安济·阿尔坦济寄北京礼部尚书冯煌。

我已经告诉过您，这个国家的人对政治有着独特的热情。一个英国人并不满足于凭借自己的成功窥见欧洲各国竞争势力之间达成了均衡，他还渴望知道天平两端每一个砝码的精确价值。为了满足这种好奇心，每天早上，人们会在喝茶的时候阅读一整页的政治指南。政治家享用完报纸上的信息后，就会去咖啡馆，以思考他读到的内容，并收集新的信息。在这里，他向普通大众打探消息，并且重视获得的每一条消息。他整个晚上都在四处寻找更多的消息，并仔细地把它们补充到已获消息中去。深夜回家时，他满脑子都是当天的重要建议。第二天早上醒来，哎呀！他发现昨天的信息都是些荒谬的或明显虚假的东西。有人可能会视之为追求智慧途中令人难堪的打击，但政治家丝毫没有气馁，而是继续追寻，以便收集新的材料，并再次感到失望。

我常常敬佩盛行于欧洲的商业精神。我惊讶地看到，他们在进行一种亚洲外来者会认为完全无用的产品交易。中国有句谚语："欧洲人连唾沫都舍不得丢。"然而这句谚语还不够有力，因为连他们的谎言都卖得很好。欧洲的每个国家都与邻国进行大量的谎言贸易。

例如，一个英国商人只需来到他的工作室，炮制一篇据说会在众议院发表的煽动性演讲，或是一份据说是在法庭上公布的报告，或是一则针对一名当红官员的丑闻，或是两个邻国之间的秘密条约——完成后，将这商品打包，交给一名国外的代理商，该代理商就会回赠两场战役、三场围攻，或者是一封写法高明、大量使用破折号和星号***的重要信件。

由此，您会注意到，一份公报是由欧洲联合生产的。一个人若用哲学的眼光审视它，可以从每一段落中看出它所属国家的一些特点。地图对每个国家的疆界和形势的展示，并不如报纸对其居民的才智和道德的描绘更清晰。意大利之迷信和错误的精致、西班牙之拘谨、葡萄牙之残酷、奥地利之恐惧、普鲁士之自信、法兰西之轻率、荷兰之贪婪、英格兰之骄傲、爱尔兰之荒谬，以及苏格兰之民族偏见，这些特征在每一页中都是显而易见的。但是，也许您从一份真正的报纸上获得的满足感，会比从我的描述中获得的更多。因此，我寄送一份样报，以展示它们的书写方式，并区分各个民族的特征。

那不勒斯。最近，我们在这里挖到了一块奇特的伊特鲁里亚石碑，其在出土过程中断成两截。碑上字迹模糊不清，但博学的古物学家纽格斯推测它是为纪念拉丁国王皮库斯而立，因为其中一行可以明显看出是以字母 P 开头的。希望这一发现能产生有价值的成果，因为十二个学院的学者都在深入研究这一问题。

比萨。自从圣吉尔伯特隐修院的福吉院长去罗马居住后，圣吉尔伯特教堂的圣坛就再也没有出现过奇迹。信徒们开始变得不安，有些人甚至开始担心圣吉尔伯特已经和这位尊敬的神父一起抛弃了他们。

卢卡。我们宁静共和国的行政长官经常开会讨论他们在当前欧洲的动乱中应当扮演的角色。有些人主张派遣一支由一队步兵和六名骑兵组成的军队，为保卫女皇而发动一次佯攻；有些则坚决主张捍卫普鲁士的利益：这些争论的结果只有时间才能揭晓，不过，可以肯定的是，在下一次战役开始时，我们将能够把七十五名武装人员、一名总司令和两名经验丰富的鼓手带入战场。

西班牙。昨天新国王[1]在他的臣民前亮相，在阳台上停留了半个小时后，回到了王家寓所。在这个非同寻常的夜晚，灯火辉煌，喜气洋洋。

王后比初升的太阳还要美丽，被认为是欧洲最聪明的人之一：最近在宫廷里，她有一个绝好的机会来展示她随机应变的能力和对答技巧。莱尔马公爵低头微笑着走到她面前，献上一个镶满宝石的花束："夫人，我是您最恭顺的仆人。""哦，先生，"王后回答说（她不需要提词人，也没有丝毫犹豫），"您献上的崇高敬意令我深感自豪。"说完，她深深行了个礼。她应对自如的、机敏的回答，让所有朝臣都笑了。

---

[1] 指1759年登基的西班牙国王卡洛斯三世。

里斯本。昨天，我们举行了一场火刑[1]，烧死了三名被指控为异端的年轻女子，其中一人美貌动人；两名犹太人和一名老妇人，她们被判定为女巫。参与这次仪式的修士说，他在火刑柱上看到魔鬼从老妇人体内飞出，化作一团火焰。民众在这一刻表现得非常幽默、欢乐和虔诚。

我们仁慈的**君主**已经从惊吓中恢复过来一段时间了：虽然如此残暴的企图[2]值得消灭半个国家来应对，但他还是仁慈地饶恕了臣民，在这次可怕的事件中，被马车撞死或以其他方式处死的人没有超过五百名。

维也纳。我们获悉，一支由两万奥地利人组成的队伍袭击了普鲁士人的优势兵力，将他们全部击溃，并把余下没跑掉的人抓为战俘。

柏林。我们获悉，一支由两万名普鲁士人组成的队伍袭击了奥地利的一支强大队伍，将他们打得溃逃，并带走了大批俘虏，以及他们的军用箱子、大炮和行李。虽然这次战役我们没有如愿以偿，但只要想到指挥我们的国王，我们就会安心，我们休息时，国王在关注着我们的安全。

巴黎。我们很快就会发出信号。我们在阿弗尔有十七艘平底船。人民情绪高涨，大臣在筹集物资方面也毫不费力。

我们全军覆没，人民不满到了极点；大臣们不得不采取

---

1 原文为 auto da fe，指15—19世纪西班牙、葡萄牙对叛教者和异端进行的信仰审判。其极端的形式是火刑处死。哥尔斯密崇敬的法国作家伏尔泰在其中篇小说《老实人》(*Candide*)中使用过该词。
2 疑指1758年葡萄牙国王若泽一世遇刺事件。他在马车中遭遇枪击，右臂中弹。

最严厉的手段来筹集战争费用。

我们陷入巨大的灾难中，但蓬巴杜夫人依然每晚都会为年迈的国王献上一个年轻女子。谢天谢地，他的健康状况良好，并不像报道的那样，丝毫不适合任何王室活动。达米安事件[1]把他吓坏了，医生都担心他的理智会受到影响，但那个可怜虫遭受了折磨，国王很快重建了王者威严。

英格兰。招收一位学院助理教员。**备注**：他必须识字，会梳头，已经得过天花。

都柏林。据说，这个王国的贵族和乡绅——功勋卓著的赞助者——正在进行慈善募捐，以帮助举办布莱克纯种黑马与帕德伦母马的竞赛[2]。

我们从德国获悉，费迪南德王子大获全胜，并俘获了十二面铜鼓、五面军旗，以及四战车的战俘。

爱丁堡。我们确定，最近因偷窃马匹而被处死的桑德斯·麦格雷戈不是苏格兰人，他出生在卡里克弗格斯。[3]

珍重。

---

1 指1757年达米安企图刺杀法国国王路易十五一事。
2 两匹马为爱尔兰地区赛马比赛的获胜者，但没有证据表明它们之间进行过比赛。参见 Michael F. Cox, "The Padoreen Mare," *Notes and Queries*, 8th ser., ix, 1896。
3 卡里克弗格斯（Carrickfergus），北爱尔兰城镇名。

第6封信

因追求高雅而失去幸福。中国哲人的耻辱。

北京礼部尚书冯煌寄李安济——一位永不满足的流浪者，信件在莫斯科中转。

无论是行走在额尔齐斯河[1]河畔的花丛中，还是攀登杜切努尔的陡峭山脉，无论是穿越黑色的鞑靼戈壁[2]，还是给欧洲的野蛮居民带去礼仪的教化，无论在哪个国家，无论处在什么气候中，无论在何种情况下，唯愿苍天能庇护你、激励你。

我的朋友，你对知识的狂热阻碍你追求幸福，使你远离所有生活中的愉悦多久了？你从一个地方流浪到另一个地方，周围面孔万千，你却没有一个朋友，在陌生的人群中感受到种种不便，感受孤独带来的种种焦虑，这样的日子还要持续多久？

我知道你会回答，每日增长智慧的高雅乐趣足以弥补一切不便。

---

1 额尔齐斯河（Irtis），或借鉴自德·阿尔让《中国人信札》第30封信中的Iritis（Boyer D'Argens, *Lettres Chinoises*, tome 1, p. 288），该书称此河位于西伯利亚。此外，真实的额尔齐斯河（Irtysh），发源于中国的新疆维吾尔自治区，流经俄罗斯的西伯利亚，最后汇入鄂毕河。

2 鞑靼戈壁，原文作 kobe，可能是 kobi 之讹。杜赫德在《中华帝国全志》中指出鞑靼人将沙漠称为 kobi（J. B. Du Halde, *A Description of the Empire of China,* vol. 4, p. 26）。

我知道你会谈及人们从单纯的感官享乐中寻求幸福的庸俗满足；你可能还会详述感伤的狂喜。然而，请相信我，朋友，你被骗了；我们所有的快乐，虽然看起来都远离感官，但它们都源于某种感官。最精致的数学演算，或最令人愉快的形而上学，如果最终不是以增加某种感官满足为目的，那就只有傻瓜或那些长期对快乐有着错误认识的人才会喜欢。把感官享受和感伤乐趣分开、只从心灵中寻求快乐的人，实际上就和森林中赤身裸体的野人——他只把幸福寄托于前者而不顾后者——一样可悲。在这方面有两种极端：一种是野蛮人，他一饮而尽，享受快乐，却没有停下来思考自己的幸福；另一种是圣人，他一边端起酒杯，一边反思饮酒是否合宜。

亲爱的阿尔坦济，我怀着悲痛的心情告诉你，世人所谓的幸福此后将不再属于你。我们伟大的皇帝对你离开中国表示不满，认为这违反了朝廷的规定，也违背了帝国自古以来的习俗。由此产生了可怕的后果：你的妻子、女儿和其他家人都被下令抓捕监禁，归他所有；除了你的儿子，其他人现在都是他的私产。我把你的儿子藏起来，没有让奉命行事的军官发现。哪怕冒着生命危险，我也要把你的儿子藏起来。这个年轻人执意要找到你，无论你在哪里，他下定决心面对一切阻碍他实现目标的危险。虽然他只有十五岁，但他的眼睛里闪烁着他父亲的美德和固执，他注定不会是一个平庸的人。

我最亲爱的朋友，看看轻率给你带来了什么：你远离了一个富裕、温馨的家庭，远离了周围的朋友和主人的尊敬，陷入匮乏和迫害之中；更糟的是，它使我们强大的君主不悦。缺乏谨慎往往就是缺乏美德；世上没有比贫穷更能招致恶行的了。我将努力使你远离前一条，你也要努力使自己远离后一条，并仍对我怀有爱戴和尊敬之意。珍重。

第 7 封信

智慧是为了让人快乐。旅行对一个哲人道德上的益处。

李安济·阿尔坦济寄北京礼部尚书冯煌。

编者认为有必要向读者说明，在他看来，下面这封信的大部分内容不过是借用中国哲人孔子的句子写成的狂文。[1]

我的妻女为我抵罪而被囚禁，我尚未成年的儿子决心冒着一切危险，虔诚地追寻一个给他带来不安的人的踪迹。这些境况真是令人痛苦；即使我的眼泪比戈尔孔达的宝石还要珍贵，但面对此情此景，我

---

[1] 哥尔斯密在本书中多次提及孔子、孟子的语录或故事，但这些内容似并非直接来自中国典籍。英国18世纪流通的儒家思想主要有以下几个源头：法国传教士李明的《中国近事报道》、法国耶稣会士杜赫德的《中华帝国全志》(*A Description of the Empire of China and Chinese-Tartary, Together with the Kingdoms of Korea, and Tibet: Containing the Geography and History of those Countries* [后文简称 *A Description of the Empire of China*])、比利时传教士柏应理用拉丁文编撰的《中国哲学家孔夫子》(*Confucius Sinarum Philosophus, sive Scientia sinensis Latine exposita*) 的节译《孔子的道德》(*The Morals of Confucius, a Chinese Philosopher, Who Flourished above Five Hundred Years before the Coming of our Lord and Saviour Jesus Christ: Being One of the Choicest Pieces of Learning Remaining of That Nation* [后文简称 *The Morals of Confucius*]) 和外交家坦普尔爵士的《论英雄的美德》("Of Heroic Virtue") 等。

还是会掉下泪来。

我顺从天意。我手捧孔子的书卷,在阅读中变得谦逊、坚忍和睿智。孔子说,我们应该感到悲伤,但不能在悲伤的重压下沉沦。智者之心,应如明镜,能照出万物却不被污染。命运之轮旋转不歇,谁又能在内心说,我今天一定会站在命运之轮的制高点上。[1] 我们应该在麻木和痛苦之间找到永恒不变的中庸之道。我们不是要泯灭天性,而是要压制它;不是要在痛苦面前无动于衷,而是要努力把每一次灾难都转化为优势。我们最大的荣耀不是永远不跌倒,而是在每次跌倒时都能站起来。[2]

尊敬的道[3]的弟子啊,我想我现在已经能够应付一切可能发生的事情了;我一生的主要事业是获得智慧,而获得智慧的主要目的是获得幸福。我对您教诲的聆听,与欧洲传教士的会面,以及后来离开中国后进行的所有冒险,都是为了增加我的幸福感,而不是满足我的好奇心。欧洲旅行者漂洋过海、穿越沙漠,仅仅是为了测量一座山的高度,描述一条河的奔流,或者告诉人们每个国家出产什么商品;商人或地理学家也许会从这些发现中获益,但这样的描述能给一名哲人带

---

[1] 此句或参考了杜赫德《中华帝国全志》中的表述:"若一切都按照我们的意愿发展,那么持续不断的成功就会蒙蔽我们的双眼,我们就会被命运的逆转所影响,而这种逆转总是在巨大的成功之后悄然而至。熟悉生活中各种意外的人,在这些琐碎的不便中丝毫不会失去平日的宁静。"(J. B. Du Halde, *A Description of the Empire of China*, London: Edward Cave, 1741, vol. 2, p. 48)

[2] 此句或参考了李明《中国近事报道》中的表述:"在我们所处的状态中,坚守善良与其说在于不跌倒,不如说在于每次跌倒后都能爬起来。"(Le Comte, *Nouveaux mémoires sur l'état present de la Chine*, vol.1, p. 350)

[3] 道(Tao),或借鉴自杜赫德《中华帝国全志》中的 Tau Tse(道子,即道家,J. B. Du Halde, *A Description of the Empire of China*, vol. 1, p. 649)。

来什么好处呢？他渴望了解人心，了解一个国家的人，发现那些因气候、宗教、教育、偏见和偏袒而产生的差异。

伦敦的商人住在比我们伟大皇帝的宫殿都高三倍的房子里，女士穿的衣服比男士的长，牧师穿着我们厌恶的颜色，士兵穿着在我们看来象征着和平与纯真的大红色衣服。如果我冒险的唯一成果仅仅是告诉大家这些，那我就是在浪费时间。有多少旅行者仅仅局限在这些微小而无用的细节里。有多少旅行者，能深入了解那些与之交谈过的民族的天姿，了解他们的道德、观点、对宗教崇拜的想法，他们的大臣的阴谋，以及他们在科学方面的技能；有二十人，他们只提到一些无关紧要的细节，而这些细节对一个真正的哲人来说毫无用处。他们所说的一切，既不能使自己也不能使别人更快乐，无助于控制自己的感情来承受逆境，无助于激发真正的美德，也无助于引起对恶习的厌恶。

一个人可能学识渊博，却痛苦悲惨。成为一个有深度的几何学家或崇高的天文学家并不难，但成为一个好人很难。因此，我推崇能指导心灵的旅行者，但鄙视只沉溺于想象的人。离家远行以修补自己和他人的人是哲人，而在好奇心的驱动下盲目地从一个国家到另一个国家的人只是流浪者。从古代的旅行者琐罗亚斯德[1]到提亚纳[2]，我向所有那些致力于通过旅行将世界连接在一起的伟大人物致敬。这些人离家越远，就越聪明，也越良善。他们就像溪流一样，离开源头，不仅变得更加丰沛，而且更加清澈。

1　琐罗亚斯德（Zoroastre，公元前628—前551），又称查拉图斯特拉（Zerdusht），创立琐罗亚斯德教，又称拜火教或祆教。
2　提亚纳（Tyanea），即提亚纳的阿波罗尼乌斯，古希腊时期的哲人，曾游历至印度、埃及等地。

就我而言，旅行带给我的最大荣耀是，我的体魄更强健，能抵御气候的变化和疲劳的消磨，我的心智也更坚强，能抵挡命运的不测和绝望的侵袭。珍重。

第8封信

中国哲人在伦敦街头被一位妓女所骗。

李安济·阿尔坦济寄北京礼部尚书冯煌。

我的朋友，如果我不能在纸上描述我的心，不能每天给您——一位拥有天之智慧的人——寄去我的思想地图，那么我们的分离，与朋友们难以估量的距离，将是多么令人难以忍受！现在，我与我住处的人们的关系一天比一天融洽，我相信，假以时日，我将发现他们比我最初想的得更加富裕，更加慈善，更加好客。我开始对他们的礼仪和习俗有了一些了解，也明白了他们与我们——与所有拥有同样的礼仪起源的其他国家——有一些不同之处的原因。

尽管我和他们的趣味存在差异，偏见依然存在，但我现在开始认为这个国家的女人是可以容忍的；我现在可以看着一双无精打采的蓝眼睛而不感到厌恶，可以原谅一副比象牙还白的牙齿。我现在开始相信，美是没有统一标准的。事实上，这座城市的女士的举止如此开放，如此令人着迷，以至于我越发倾向于忽略她们身上明显的缺陷，因为她们潜在的心灵美越发坚实，能够弥补这些缺陷。尽管她们没有黑牙，没有拇指般的小脚，但她们依然有灵魂，我的朋友，她们的灵魂如此自由，如此迫切，如此好客，如此迷人：我在伦敦街头一夜之间收到的异性的邀请，比我在北京一年收到的还多。

每天傍晚，当我结束惯常的独自远足归来时，都会在不同的时间、不同的街道上遇到几个好客的女人，她们衣着华丽，心灵之高贵不亚于外表。要知道，大自然使我的容貌并不讨人喜欢，但她们慷慨大方，不嫌弃我的容貌。她们对我的宽脸和塌鼻子并不反感；她们认定我是一个外来者，仅此一点就足以让我具备优势。她们甚至认为，她们有责任在力所能及的范围内以自己的顺从行为为国争光。一位女士拽住我的胳膊，拉着我往前走；另一个搂着我的脖子，希望参与这项招待工作；第三位女士则更亲切，邀请我用酒来提神。在英国，酒是留给富人喝的，但在这些女士这里，酒也会赠送给陌生人。

几天前的晚上，其中一个大方的女人，穿着一身白衣，像流星一样在我身边卖弄风情，强行把我送回公寓。她似乎被我公寓里高雅的家具和便利的环境吸引住了。她的确应当如此想，因为这套公寓每周的租金不少于两先令。她的客套还不止于此。临别时，她想知道时间，又发现我的手表坏了，便好心地提出拿去让她的一个亲戚修理。您可以想到，这将节省一些开支，她向我保证，这不会令她破费。我将在几天内拿到修好的手表，在这种情况下，为表达感激之情，我准备了这样的演讲词：上苍啊！在经历了诸多痛苦的冒险之后，我很高兴地发现了一片纯洁的土地和一个富有人道主义的民族；我可能会去其他地方漫游，与未知的国家的人交谈，但我在哪里能遇到在您胸中的这如此纯洁的灵魂呢？您肯定是在猩猩的爱抚下被养育的，或者吮吸过人熊的母乳；[1]您的声音的旋律可以抢走仲伏的幼崽，也可以诱骗水中的伯。[2]我，您的仆人将永远记住您的恩惠；有朝一日，您的美德、真诚和正直将在中国的女儿中间广为流传。别过。

1　猩猩（Shin Shin）与人熊（Gin Hiung）或借鉴自杜赫德《中华帝国全志》中的 sin-sin 和 Jin-hyung, or Man-Bear（J. B. Du Halde, *A Description of the Empire of China*, vol. 1, p. 14）。
2　仲伏（Chong Fou）和伯（Boh），应为哥尔斯密杜撰的名字，意为"护崽的女性"和"水中的奇物"。这些形象的源头可能为《阿拉伯之夜趣谈》，其中包含欺骗行人喂养自己孩子的女怪、凶狠的海中老人等。此外，从 18 世纪晚期开始，Boh 成为拟声词，表示惊讶或惊吓之情。

第9封信

英国人对女性的放荡。一个讨女士欢心的男子。

李安济·阿尔坦济寄北京礼部尚书冯煌。

我被骗了！我以为她是天国的女儿，但事实证明她是臭名昭著的可汗的一名信徒。我失去了不足挂齿之物，但得到了揭穿骗子的安慰。我再次对英国女士变得冷漠，她们在我眼中又开始变得令人讨厌了；我花费大量时间刚刚得出结论，而下一分钟的经历可能就会改变这些结论。当下成为对过去的评论。我在谦虚而不是智慧方面有所进步。

这里的法律和宗教禁止英国男人有一个以上的女人，据此我得出结论，英国社会没有妓女。但我被骗了，这里的每个男人会在力所能及的范围内养多个妻子。法律用鲜血巩固，被赞美也被漠视。中国的男人——宗教允许他娶两个妻子[1]——在这方面却没有英国人一半的自

---

[1] 这显然与中国历史上的实际情况不符，这个说法可能参考了杜赫德在《中华帝国全志》中描述有人养年轻女孩卖给富商做妾时使用的"二手妻子"（second-hand wives）的说法，参见 J. B. Du Halde, *A Description of the Empire of China*, vol. 1, p. 76。

由。英国的法律好比是《西卜林书》[1]，受人敬仰，但很少有人阅读它，也更少有人理解它；甚至那些自称是法律捍卫者的人也对其中许多含义争论不休，并承认他们对其他法律一无所知。因此，只有那些娶一个妻子就足够的人，或者没有钱买两个妻子的人，才会严格遵守只娶一位妻子的法律规定。至于其他人，他们则公开违反法律，有些人还以此为荣。[2]他们似乎和波斯人一样，认为增加妻室就能彰显自己的男子汉气概。因此，这里的官员一般有四个妻子，绅士有三个妻子，演员有两个妻子。至于地方官、乡间法官和乡绅，他们先忙于诱使年轻少女腐化堕落，随后惩罚违法行为。

从这样的描述中，您很容易得出这样的结论：娶四位妻子的人，其体质之好是只娶一位妻子的人的四倍；官员比绅士聪明得多，绅士比演员聪明得多。然而事实恰恰相反，官员经常用像纺锤柄一样的细腿支撑身体，因奢靡而显得憔悴，不得不求助于各种手段，这只是因为他体质虚弱，而不是因为他精力旺盛。他妻子的数量最不足以体现他的阳刚之气。

除了乡绅，还有另一群男人全部的工作就是引诱女子堕落。愚蠢的女性反而认为这些男人和蔼亲切；然而，明智的女性却给他们冠以恶人的称号。您可能会问，这样一个被大多数异性喜爱的男人有什么才能？他有什么出众的才能或容貌？我直截了当地回答您吧，他既没有才华也没有美貌。但他厚颜无耻且会献殷勤。有了这两样，任何年

---

[1] 《西卜林书》(*Sybils*)，一部女先知神谕汇编，以希腊语六音部格律写成，约成书于公元前6世纪早期。

[2] 本段至此的内容与德·阿尔让《中国人信札》第21封信开头的内容（Boyer D'Argens, *Lettres Chinoises,* tome 1, pp. 183–184）相似。

龄、任何身材的男人都能获得异性的崇拜。我甚至听说,有些人在世人都能看出他们即将老死的时候,还声称要为爱献身。更令人惊讶的是,这样的花花公子都是最臭名昭著的成功者。

这种人每天早上都要花三个小时来装扮自己的脑袋,不过他们的脑袋不外乎头发。

他是一个忠实的仰慕者,不是仰慕某位女士,而是仰慕所有的女性。

他每晚都假设每一位女士都感冒了,这样他就有机会第二天打电话去问候。

在任何场合,他都要表现出为女士们感到非常痛苦的样子;如果一位女士掉了哪怕是一根针,他都要飞身去捡。

他对一位女士说话时,总把嘴凑到她的耳边,他经常以此来表达更多的情感。

在适当的场合,他看起来非常温柔。他把手放在心口,闭上眼睛,露齿微笑。

他非常喜欢和女士们跳小步舞,戴着帽子在地板上走八到十圈,神情非常严肃,有时还温柔地看着舞伴。

他从不冒犯任何人,也不怨恨别人的冒犯。

在任何场合,他都有说不完的闲话,无话可说时就哈哈大笑。

他就是这种具有杀戮性的生物,他对女性俯首称臣,直到把她们俘获;他所有的屈服都是设计好的结果,为了取悦女士,他几乎把自己变成了一位女士。

第10封信

中国哲人从北京到莫斯科的路程。达斡尔国的风俗。[1]

李安济·阿尔坦济寄北京礼部尚书冯煌。

迄今为止，我还没有向您讲述我从中国到欧洲的旅程，也没有介绍过我游历的国家。在这些国家里，大自然以原始的粗鲁方式运行，在孤独中展示她的奇迹；在这些国家里，严酷的气候、肆虐的洪水、漂移的沙漠、咆哮的森林和高得难以估量的山脉驱逐着农夫，散布大片的荒芜之地；在这些国家里，褐色的鞑靼人为了勉强糊口而游荡不定，毫无悲悯之心，他本人比荒野更加可怕。

您不难想象[2]，穿越如此广袤的土地多么辛苦——这些土地要么荒凉，要么因其居民而更加危险。这里的人似乎被赶出了社会，准备向全人类开战；他们声称臣服于莫斯科或中国，但与其所依附的国家毫无相似之处。

越过长城后，我首先看到的是一座荒废城市的遗迹以及令人肃然

---

[1] 本文所写的达斡尔国的情况，疑为虚构。
[2] 这封信从此处开始直至结尾，内容与德·阿尔让《中国人信札》中的第28封信（Boyer D'Argens, *Lettres Chinoises,* tome 1, pp. 259–266）相近。

起敬的宏伟废墟。我看到了结构精巧的寺庙、能工巧匠雕刻的塑像，随处可见繁茂的迹象。但无一人能享受大自然的恩惠。这些景象足以削弱国王的傲慢，压制人类的虚荣心。我问向导这里为何变得如此荒凉。他说，这里曾是一位鞑靼王子的领地，这片废墟曾是艺术、优雅和舒适之地。这位王子对中国的皇帝发动了一场战争，他战败了，城池被洗劫一空，所有的臣民都被俘虏。这就是国王野心的后果！正如印度谚语所言："十个托钵僧能在一张地毯上安睡，而两个国王却在分隔的领土上争吵不休。"确实如此，我的朋友，人类的残忍和傲慢比大自然制造了更多的灾难！大自然是仁慈的，但人类是忘恩负义的！穿过这片令人沉思的荒凉景色，继续我的旅程。几日后，我来到了达斡尔国，它是中国的附属国。塞西加[1]是其主要城市，与欧洲的城市相比，它几乎配不上这一名称。每年从北京派来的总督和其他官员滥用职权，霸占居民的妻女。习惯了卑躬屈膝的达斡尔国人对这些伤害毫无怨言，或者说他们压抑了自己的感情。习俗和需求甚至教会了野蛮人同样的伪装艺术，这一艺术在有教养的人那里被野心和阴谋激发。我看到这种无节制的权力滥用时，我想，唉！我们英明的皇帝对这些令人不堪重负的苛政知之甚少！这些属地太遥远了，抱怨是徒劳的，这些属地也太微不足道了，不足以期望得到补偿。

越是远离政府，被委托的行政长官就越需要诚实；免受惩罚的期望是违法行为的强大诱因。

---

1 塞西加（Xaixigar），或借鉴自德·阿尔让《中国人信札》第28封信中的内容（Boyer D'Argens, *Lettres Chinoises*, tome 1, p. 261），且该地名可能为德·阿尔让杜撰。

达斡尔国的宗教甚至比伏羲教[1]还要荒谬。大人，您是孔子的圣徒和追随者，相信万物源于一种永恒的智性存在。您要是能在场看看这个狂热民族的野蛮仪式，您会感到无比惊讶，痛惜人类的盲目和愚蠢。人类自诩的理性似乎只会让他们误入歧途，而野蛮的本能则更多地指出通往幸福的道路。他们信奉一个邪恶的神灵，他们惧怕它又崇拜它；他们把它想象成一个恶毒的人，随时准备伤害它，也随时准备安抚它。午夜时分，男男女女聚在一间小寺庙中，一位祭司伸展四肢趴在地上，众人发出可怖的叫声，鼓声则使这场地狱般的音乐会更加热闹。这种不和谐的混杂之声持续了大约两个小时，随后，祭司从地上爬起来，装出一副灵感迸发的样子，变得高大起来，并装出一副能占卜未来的样子。

我的朋友，在任何一个国家，僧侣、印度婆罗门和牧师都在欺骗人民。所有的改革都从俗人中开始。牧师用手指为我们指出通往天堂的道路，他们自己却站着不动，似乎也并未朝着所看到的地方行进。

这个民族的习俗与他们的宗教信仰一致；他们把死者安放在去世时躺的床上三天，而后将他埋在一个深浅适中的坟墓里，但死者的头

---

[1] 伏羲教（Fohi），此处哥尔斯密很可能是将中国传说中的始祖"伏羲"（Fohi；Fo-hi）与"佛教"（Fo；Foë）的拼写混淆了，误用Fohi来指代"佛教"。后文提及"伏羲教"之处亦同，不再一一注出。欧洲人对"伏羲"的介绍，参见杜赫德《中华帝国全志》(J. B. Du Halde, *A Description of the Empire of China*, vol. 2, p. 2)。欧洲人对佛教的认识始于16世纪利玛窦等传教士的介绍，且对佛教的态度以否定居多，参见Thierry Meynard, "Chinese Buddhism and the Threat of Atheism in Seventeenth-Century Europe," *Buddhist-Christian Studies,* 2011, vol.31, pp. 3–23. 此外，德·阿尔让在《中国人信札》第11封信中提及Foé与Foë（Boyer D'Argens, *Lettres Chinoises*, tome 1, pp. 81–91）；李明的《中国近事报道》中也出现了Fo与Foë的表达（Le Comte, *Nouveaux mémoires sur l'état present de la Chine,* vol.2, pp. 123–124）。

部露在外面。接下来的几天里,他们会给死者送上各种肉食;当他们发现死者不吃这些东西时,就会把坟墓填平,不再希望他以后会来吃这些东西。

人类怎么会做如此奇怪荒唐之事,竟然恳求一具已经腐烂的尸体来参加宴会?我再说一遍,人类的理性在哪里!在这里,不仅是一些人,整个国家似乎都失去了理性。在这里,我们看到的是整个国家因为恐惧而崇拜神灵,并试图给死者喂食。这些都是他们最严肃、最虔诚的宗教事务。是这些人理性,还是婆罗洲的猿猴更有智慧?

您是我年轻时的导师!我确信,如果没有哲人,如果没有一些品德高尚的人——他们的本质似乎与其他人不同——如果没有这些人,对邪恶神灵的崇拜将会遍布世界上的每一个角落。恐惧比感激更能引导他们履行职责:如果有一个人因为热爱美德、因为他认为自己对万物的给予者负有义务而成为有德之人,就有一万个人只是因为担心受到惩罚而变得良善。如果这些人能像伊壁鸠鲁学派[1]一样被说服,相信天堂不会为恶棍准备雷霆,他们就不会再继续承认从属地位,也不再感谢那个使之存在的神了。惜别!

---

[1] 伊壁鸠鲁学派(Epicureans),创建于公元前307年的一个哲学思想体系,反对迷信,否认神的干预。

第11封信

奢华的益处：使人更聪明，更快乐。

李安济·阿尔坦济寄北京礼部尚书冯煌。

我最敬爱的朋友，因为这样一幅原始淳朴的自然画卷，您是否爱上了疲劳和孤独？您是否为流浪的鞑靼人严苛的节俭而叹息，抑或为生在文雅人的奢华和虚伪之中而遗憾？请告诉我，每一种生活都有自己独特的恶习，难道不是这样么？高雅的国家有更多的恶习，而那些不那么可怕的、野蛮的、拥有最难看的肤色的国家却很少有恶习，难道不是这样？背信弃义和欺诈是文明国家的恶习，轻信和暴力是沙漠居民的恶习。难道一国之奢侈所产生的恶果只有后者之不人道所产生的恶果的一半么？那些抨击奢侈的哲人对奢侈的好处了解甚少；他们似乎没有意识到，我们的知识，乃至美德，大部分都要归功于奢侈。

当一个宣扬者说要抑制我们的欲望，教导每一处感官安于最低限度的满足，仅给自己提供基本的生活必需品，这听起来可能很美好。但是，如果是在纯真和安全的情况下放纵这些欲望，难道不比克制它们更令人满意？我在享受中得到满足，难道不比认为我只能毫无享受地闷闷不乐地生活更好吗？我们的人为需求越多，我们的快乐范围就越广。因为所有的快乐都不是在拥有必需品之时出现的；因此，奢侈品在增加我们的需求时，也增加了我们获得快乐的能力。

审视任何一个以富足和智慧著称的国家的历史，您都会发现，他们如果不是先有奢华，就不会有智慧；您会发现诗人、哲人，甚至爱国者，都在奢华的队伍中。原因是显而易见的：只有当我们发现知识与感官的愉悦密切相关时，我们才会对知识充满好奇。感官总是先指明道路，而思考则是对发现的评判。告诉一个鞑靼戈壁里的人月球视差的准确值，他对这条信息一点也不会感到满意，他感到疑惑，怎么会有人花这么大的精力和财力来解决一个如此无用的难题。但如果能将这条信息和他的幸福联系起来，告诉他这个数值可以有利于航海，通过这项研究，他可以有一件更暖和的衣服、一把更好的枪或一把更精致的刀，他立刻就会为这么巨大的进步而欣喜若狂。总之，我们只想了解我们渴望拥有的东西。无论我们怎么反对，奢侈品都会刺激我们的好奇心，让我们渴望变得更聪明。

奢侈不仅能提高我们的知识，还能提高我们的美德。看看中国的西藏的棕色野人[1]，随处可见的石榴果实是他们的食物，石榴树干是其居所。我承认这样的人很少有恶习，但他的恶习是最可怕的，在他眼里，强暴和残忍几乎都不是罪行，怜悯和温柔——让每一种美德都变得高贵的品质——在他的心里没有占据任何位置。他憎恨他的敌人，杀死被他制服的人。另一方面，彬彬有礼的中原人和文明的欧洲人似乎甚至爱他们的敌人。我刚才看到一个例子，英国人救助了一些他们

---

[1] 此处关于西藏的描写，疑为作者虚构。

自己的同胞都拒绝救助的敌人。

一个国家的奢侈品越多，这个国家在政治上就越团结。奢侈品是社会的产物，使用奢侈品的人需要千千万万个艺术家来供应他的幸福；因此，出于自身利益的动机而与许多人建立联系的人，比不与任何人建立联系的人更有可能成为一名好公民。

因此，无论我们从哪个角度来看待奢侈品，无论它的生产是能雇用一些天生体弱无法从事更繁重工作的人，还是为其他可能完全无所事事的人找到了各种职业，抑或是在不侵犯共同财产的情况下为人们提供了通往幸福的新途径，无论从哪个角度看待它，我们都有理由站出来为它辩护。孔子的观点仍然站得住脚：我们应该在保证自身安全与他人繁荣的前提下尽可能多地享受生活中的奢华，而且发现新乐趣的人是社会中最有用的成员之一。

第12封信

英国的葬礼庄严肃穆。英国人热衷于恭维性的墓志铭。

李安济·阿尔坦济寄北京礼部尚书冯煌。

谈过了自认为是世界上最文雅者的达斡尔人葬礼上的庄重仪式,现在我要转而谈谈英国人的葬礼,他们自认为与达斡尔人一样文雅。这里的人生病时会举行种种仪式,在我看来,这显然是恐惧和忧虑的表现。然而,如果问一个英国人是否惧怕死亡,他一定会断然否认,但若观察他在生病时的所作所为,您就会发现他的行为让断言成为谎言。在这方面,[1]中国人是很坦诚的,他们怕死,也大胆地承认自己惧怕死亡:他们一生中的很大一部分时间都花在为自己的葬礼做准备上,一个贫穷的工匠要提前二十年花费他一半的积蓄来准备他的坟墓。他在生前省吃俭用,以便在死后能得到充足的供给。

但在英国,杰出人物确实值得同情,因为他们是在最痛苦的情况下死去的。在英国,不让病人知道自己濒临死亡是一条既定的规则。

---

1 这封信从此处开始至第五段第一句话,与德·阿尔让《中国人信札》第5—6封信中的内容相似,参见 Boyer D'Argens, *Lettres Chinoises,* tome 1, pp. 34–35, pp. 40–43。

医生及神职人员被叫来，一切都在病床前肃穆庄严地进行，病人痛苦不堪，四处寻求安慰，却没有一个人说他快要死了。如果他拥有财产，他的亲属会恳求他立下遗嘱，好像这可以让他的心灵恢复平静。出于体面的考虑，人们需要他接受宗教仪式。他的朋友们不想看他受病痛之苦而离开他。总之，人们用了上百种计谋，让他去做别人告诉他的事：先生，您已经没有任何希望了，还是体面地死去吧。

随后，房间里暗淡下来，整个屋子都回荡着妻子的哭声、孩子的哀号、仆人和朋友的叹息。病榻边立着身穿黑衣的神父和医生，四周只有一点微弱的光。无论多么无畏的人，都会在如此可怖的庄严中退缩。英国人不想惊吓到垂死的朋友，就采取了一切让他们感到恐惧的做法。本想温柔地对待将死之人，却未奏效。这是人类偏见带来的奇怪后果！

我的朋友，您看到了吧，这些岛民的脾气是多么矛盾。在野心、复仇或失落之意的驱使下以最大的决心迎战死亡的人，正是那些躺在病床上看到医生就发抖之人；一个无畏地攻克堡垒的人，也正是用吊袜带自杀的人。

欧洲人和中国人一样热衷于气派的葬礼。一个欧洲商人死后，他那张吓人的脸会被葬礼承办者涂涂抹抹，然后被摆放在一个合适的位置上供人瞻仰。在遗体告别仪式上，镇上所有的闲散人员都会蜂拥而至观看这令人不快的场面，并憎恨这个死去的可怜虫，他在生前就遭他们鄙视。有些人对待最亲密的朋友，连花一先令救他一命都不舍得，却愿意花几千先令来装饰他腐烂的尸体。我听说一个以血腥方式敛财之人，死前在遗嘱中写道，他应该举行遗体告别仪式，结果不知不觉间他让自己声名狼藉，而他本可以悄无声息地被人遗忘。

将某人下葬后，接下来要做的就是为他撰写墓志铭；最能体现谄媚的墓志铭，通常被认为是最好的。因此，那些从死者身上获益最多的人就会履行这一友好的职责；他们通常会根据自己的喜悦程度来谄媚死者。当我们在墓志铭上读到逝者的不朽历史时，我们可以公正地说一句：尘世中人人平等！因为墓主个个都是那个时代最真诚的基督徒、最仁慈的邻居和最诚实的人。参观完欧洲的公墓，人们不禁感到诧异，拥有如此优秀的祖先的人类怎么会堕落到如此卑劣的地步。每座墓碑都在装模作样地述说着崇敬和惋惜。有些人在碑文中被赞颂为虔诚的信徒，但他们直到死都没有走进过庙宇；有些人被称赞为优秀的诗人，但他们生前鲜少被人提及，即便有人关注，也称其无趣；有些人被赞颂为崇高的演说家，但除了厚颜无耻，他们从未有别的什么被人注意过；还有些人被称赞取得军事成就，实际上他们连一场小规模的战斗也从未参加过。有些人甚至为自己撰写墓志铭，对读者的善意预先提出要求。真希望人人都能早日学会用这种方式为自己撰写墓志铭，希望他能以极尽谄媚的措辞为自己撰写墓志铭，希望他能以此为毕生志业以求名副其实。

我还没有去过威斯敏斯特大教堂，近期打算去那里参观。据说那里能公正地对待已故之人的功绩；据说只有为人类做出杰出贡献的人才能获准葬于此地，人情关系或财富不起作用。不光彩的骨灰不被准许与伟大哲人、英雄和诗人的骨灰混在一起。在那个庄严的圣殿里，只有真正有功德之人才能占据一席之地。坟墓交由几位虔诚的牧师看守，他们决不会为了优厚的报酬而取下好人的名字，给其他品行不端的人腾出地方，也决不会用后人无从知晓的人物的照片来亵渎圣墙。我一直认为，这种墓葬的荣誉应该由国家来关注，而不应该委托给任何牧师来管理，无论他们是多么令人尊敬。但是，从这些令人尊敬的牧师的行为来看，我不得不收回以前的看法，我很快发现了他们无私的爱国精神。诚然，斯巴达人和波斯人在政治上很好地利用了人们对坟墓的虚荣心，他们不允许这样安葬任何没有为国捐躯之人；纪念碑是真正杰出之人的标志，它激励着英雄们以十倍的活力无畏地战斗，为赢得坟墓之位而战！珍重。

第13封信

威斯敏斯特大教堂。

李安济·阿尔坦济寄北京礼部尚书冯煌。

我刚从威斯敏斯特大教堂回来,这里是英国的哲人、英雄和国王的墓地。不朽的铭文和已故功勋的可敬的遗骨,营造了一种多么阴郁的氛围啊!这座镌刻着古老印记的神殿庄严肃穆,带着令人敬畏的宗教庄严感,装饰着野蛮的华丽,昏暗的窗户、磨损的柱子、长长的柱廊和阴暗的天顶。想象一下,当我置身这样的场景时会是怎样的感受。我站在神殿中央,环顾四周,墙上挂满了雕像、碑文和死者的纪念碑。

我对自己说:天啊!骄傲是如何伴随渺小的尘土之子走向坟墓的!卑微如我,此刻也比他们中最伟大的英雄更有影响力。他们折腾了一个小时,只为获得短暂的不朽,最终却要归于坟墓,那里没有侍从,没有谄媚者,只有蠕虫和墓志铭。

在我沉思之际,一位身着黑衣的绅士走了过来,看我是个陌生人,便与我交谈起来,并礼貌地提出愿意做我的向导,带领我参观神殿。

他说:"如果有什么纪念碑引起了好奇心,我会尽力满足你的要求。"[1]我感激地接受了这位先生的好意,补充说:"我来这里是为了观察英国人对待死者功绩的政策、智慧和正义的。如果这样的赞美进行得当,不仅不会伤害被奉承之人,而且还有可能光荣地激励当下享受奉承之人。每一届优秀的政府都有责任充分地利用人们在追求不朽方面的自豪感。如果只有真正的伟人能在这个宝地中占有一席之地,那么像这样的圣殿就会给人们上一堂最好的道德课,并有力地激励人们树立真正的雄心壮志。我听说,只有功勋卓著的人,才能在这里占有一席之地。"黑衣人似乎对我的评论感到不耐烦,我停止了发言,我们一起向前走去,依序参观每一座纪念碑。

最精美的东西自然会吸引人的眼球。我不禁对一座纪念碑特别好奇,它看起来似乎比其他纪念碑更美。我问向导:"我想那一定是一位伟人的纪念碑。从其精湛的工艺和华丽的设计来看,它一定是为了纪念某位拯救国家于危难的国王,或是纪念某位将同胞从无政府状态变为臣服状态的立法者。"我的同伴微笑着回答说:"要想在这里拥有一座非常精美的纪念碑,并不需要具备这样的资质。远不及此的能力就足够了。""什么!难道他只要赢两三场战斗,或者攻下半个城镇,就具备足够的资格了么?"黑衣人回答说:"打仗、攻城,这些可能有用,但一位绅士可能从未经历过战斗或攻城,而在这里拥有一座非常精美的纪念碑。""那么这是某个诗人的纪念碑,我想他的才智使他永垂不朽?"我的向导回答说:"不,先生,躺在这里的那位先生从未作过诗;

---

[1] 本书中的部分直接引语在原文中没有引号。为避免歧义、便于读者阅读,译者加上了引号。

至于机智,他鄙视别人的机智,因为他自己没有。"我气愤地说:"那么请快点告诉我,躺在这里的这位先生有何过人之处?""他很了不起,先生!"我的同伴说,"您居然问有何过人之处,先生!他当然有过人之处,所以才在威斯敏斯特拥有一座墓碑。""他怎么会在这里?天啊!他该不会是贿赂了教堂的守护者给他一个位置吧?他难道不会感到羞愧么?在这里即使是拥有中等的功绩,也会被视为不光彩的。"黑衣人回答说:"我猜这位先生很有钱,他的朋友们往往告诉他,他很了不起。他很容易就相信了他们的话。教堂的守护者也自欺欺人地相信了。所以他花钱买了一座精美的纪念碑。正如你看到的,工匠将他塑造成了最美的人。"

不过,不要以为只有这位先生想埋葬在伟人中间,圣殿里还有几位先生,他们生前遭伟人憎恨,死后也葬在这里与伟人做伴。当我们走到教堂一处特别的地方时,我的同伴用手指着那里说:"那就是诗人角,那里有莎士比亚、弥尔顿、普赖尔[1]和德莱顿[2]的纪念碑。"我说:"德莱顿?我从未听说过他,但我听过一位叫蒲柏的诗人,他也在那里吗?"我的向导回答说:"时间够久了,他已经死了一百年了,人们还一直憎恨他。"我说:"真奇怪!他一生都在娱乐和教导他的同胞,怎么会有人憎恨他?"我的向导说:"是的!他们就是因为这个原因才憎恨他的。有一群人被称作书籍批评人,他们负责监视文学共和国,并根据纸张颁发名誉;他们有点像后宫里的太监,自己不能享乐,却阻碍那些享乐之人。这些书籍批评人别无其他工作,只是大喊'呆厮'

---

[1] 马修·普赖尔(Matthew Prior,1664—1721),英国诗人。
[2] 约翰·德莱顿(John Dryden,原文作 Drayton,1631—1700),英国桂冠诗人(1668—1688)。

和'涂鸦文人'，他们赞美死者，谩骂生者，给一个有能力的人一点功绩，为二十个笨蛋鼓掌以博得直率的名声，他们诋毁他们无法攻击其作品的人的道德品质。这些无耻之徒被一些唯利是图的书商收买，或者更常见的是，书商自己从他们手中接过这些肮脏的活儿，因为需要的只是恶言谩骂和无趣至极。每一个天才诗人一定都会遇到这样的敌人。尽管诗人似乎鄙视他们的恶意，但他们让他感到痛苦，在追求名望的途中，诗人终日焦虑不安。"我问道："我在这里看到的每位诗人都是如此么？"他回答说："是的，人人如此，除非他碰巧为官员。如果他很富有，他可以从书籍批评人那里买到名声，也可以从圣殿的守护者那里买到纪念碑。""但是，难道没有一些有品位的人，像在中国一样，愿意资助那些有功德之人，以中和那些恶毒无趣之人的怨恨么？"黑衣人回答说："有很多这样的人，但是，唉！先生，书籍批评人蜂拥而上，自称是书的作者；赞助人太懒惰而无法分辨。因此，诗人被远远地拒之门外，相反，他们的敌人却在官员的餐桌上吞噬了对他们的奖赏。"

离开圣殿的这一处，我们来到一扇铁门前，我的同伴告诉我，我们要穿过这扇门才能看到国王的纪念碑。于是，我不再多礼，径直走了上去，正要进门时，一个用手把着门的人告诉我，我必须先付钱。我对这样的要求感到惊讶，便问那个人：难道英国人是把历史当作娱乐售卖么？他索要的那点小钱难道不是国家的耻辱吗？让人们公开地观赏国家的宏伟建筑或古迹，难道不比这样吝啬地向想了解国家荣誉的好奇之人征税更能维护国家荣誉吗？看门人回答说："说起你的问题，它们可能都对，因为我并没有听懂。至于那三个便士，这块地是我从一个人那里租来的，他又从另一个人那里租来，另一个人又从第三个人那里租来，而他又是从圣殿的守护者那里租来的，我们都要生活啊。"

我本以为花了钱就能在这里看到一些非同寻常的东西，既然刚才免费看到的东西让我感到诧异，但我失望了。这里除了黑色的棺材、生锈的盔甲、破烂的旗帜和几尊邋遢的蜡像外，几乎没有别的东西。我很后悔付了钱，安慰自己说这是我最后一次付钱了。陪我们的那个人面不改色地说了许多谎话，他说有位女士扎破手指就死了，有位国王长着金色的头，还说了二十多个诸如此类的荒唐故事。他指着一张旧橡木椅子说："先生们，你们看，它会满足你们的好奇心，英国的国王是在那把椅子上加冕的，你们看下面还有一块石头，那就是雅各的枕头[1]。"我看不出橡木椅和石头有什么奇特之处。如果我看到英国的一位老国王坐在这把椅子上，或者雅各的头放在另一把椅子上，也许会觉得有些奇特；但眼下，我没有理由感到惊奇，就像我从街道上捡起一块石头，仅仅因为国王在游行时碰巧踩到了这块石头，我无法称它为奇石。

随后，向导带着我们穿过几条幽暗的人行道和弯弯曲曲的小路，他说着谎话，自言自语，还挥舞着手里的魔杖，他让我想起了鞑靼戈壁的黑魔法师。各种各样的东西让我们疲惫不堪。向导最后希望我仔细观察一套盔甲，而它似乎没有什么特别之处。他说："这件盔甲是蒙

---

[1] 雅各的枕头（Jacob's pillow），即斯昆石（Stone of Scone），苏格兰历代国王加冕时使用的一块砂岩，又称命运石、加冕石。1296年，英格兰国王爱德华一世将斯昆石作为战利品掳回英格兰，安置在威斯敏斯特英格兰国王加冕宝座之下。

克将军[1]的。""一个将军本就应该穿盔甲啊。"他又说道:"请看这顶帽子,这是蒙克将军的帽子。""非常奇怪,确实非常奇怪,一个将军本就要戴帽子的!请问朋友,这顶帽子原来的价格是多少?"他说:"先生,我不知道,但恐怕值我所有的薪水。""那你的薪水非常少啊。"他回答说:"也不算太少,因为来参观的绅士们都会往里面投点钱,而我可以拿走这些钱。""什么!还要钱!还要钱!""先生,每位绅士都会给一点钱。"我回答说:"我一分也不给你!圣殿的守护者应该付你工资,朋友,而且也不应该允许你这样榨取每个参观者的钱财。我们在门口已经付过参观费了,出门时绝不会再多交。"当然,圣殿的守护者永远不会觉得他们已经得到了足够多的钱。我要离开这里。如果我再多待一会儿,可能会遇到更多的教会乞丐。就这样,我匆匆离开教堂回到了住处,思索今天发生的伟大之事,轻视这一天的卑劣之事。

---

[1] 蒙克将军(general Monk),即第一代阿博马尔公爵乔治·蒙克(George Monck,1608—1670),英国军人、政治家,促成1660年斯图亚特王朝复辟的主要人物。

第14封信

中国哲人受到一位英国贵妇人的招待。

李安济·阿尔坦济寄北京礼部尚书冯煌。

几天前，我收到一位贵妇人的来信，说她非常希望能认识我，并迫不及待地想与我会面。亲爱的冯煌大人，我不否认这样的邀请助长了我的虚荣心，我自以为是地认为她在某个公共场所见过我，并对我本人产生了好感，因而逾越了女性的惯常礼仪。我想象她青春靓丽，被爱和优雅围绕。我怀着最愉快的心情出发，希望看到青睐于我的那位女士。

当我被引入她的房间时，我的期望很快就落空了；我看到一个干瘪瘦小的身影懒洋洋地歪在沙发上，对我的靠近点头示意。后来我得知，这就是那位女士本人，一位在地位、文雅、品位和理解力方面都同样出类拔萃的女性。由于我的着装紧跟欧洲人的时尚潮流，她把我当成了英国人，用普通的方式向我行礼。但当男仆告诉她，我是来自中国的绅士时，她立刻从沙发上站了起来，眼睛闪烁着异乎寻常的活力。"天啊！这就是那位出生在遥远国度的绅士吗？他外表中的某些部分是多么与众不同啊。天啊，他那奇特的脸型多么令我着迷；他那异国情调的宽额头多么迷人。我愿意付出一切只为看看他穿上自己的民族服装。请转过身去，先生，让我看看你的身后。正是！你身上有一种旅行的气质。你们那些侍从，端一盘切成小块的牛肉上来，我很想看他吃东西。先生，请问您带筷子吗？肉被猛地送嘴里，一定很好看。请说一点中国话，我自己也学过一点中国话。大人！你身上有没有从中国带来的漂亮东西，一些其他人不知道如何使用的东西？我有二十件来自中国的东西，它们完全没有什么用处。你看那些罐子，它们是真正的豆绿色。还有这些家具！""亲爱的夫人，"我说，"这些东西虽然在您眼里很精致，对中国人来说却很低劣；它们是实用的器皿，在每个房间里都配备有这些器皿。"夫人回答说："实用？先生，您肯定弄错了，它们在世界上毫无用处。"我说："什么！难道这些器皿不是像在中国时那样斟满茶水吗？""先生，我保证，它们空空如也，它们是没有用处的。""那么它们就是世界上最粗笨的家具了。因为除了美观实用的东西，没有什么是真正优雅的。"夫人回答说："我抗议！我开始怀疑你是个真正的野蛮人。我想你也在蔑视我的两件美丽的宝塔吧。"我大声说："什么！难道伏羲教也在这里传播他那粗俗的迷信？我讨厌各种塔。""一个中国人，一个旅行者，竟然没有品位！真让我很吃惊。先生，请你看看花园尽头的那座中国寺庙有多美。中国还有比这更美的东西吗？""夫人，我在花园尽头看到的与其说是中国寺庙，毋宁说是埃及的金字塔；因为眼前的那座小建筑与其他建筑并无二致。""什么！先生，那不是一座中国的寺庙？你一定弄错了。设计它的弗里兹先生说它是中国寺庙，没有人质疑他的品位。"现在我发现，在这位女士认准的事上，我再反驳她也是徒劳无益的。所以我决定在她面前宁可做弟子也不做导师。她带我参观了几个房间，正如她告诉我的那样，配备的家具都是中国式的，每一个架子上都摆着龙、宝塔和笨拙的中国人的塑像。转身的时候，必须小心翼翼，以免碰掉那些不牢固的家具的一部分。我想，在这样的房子里，人们必须时时刻刻提心吊胆；住在这里的人一定就像魔法城堡里的骑士，在每一处转弯都会遇到冒险。我说："夫人，难道这些华丽的装饰就没有发生过意外吗？"夫人回答说："先生，人生来就是会遭遇不幸的，我也不能例外。三周前，一个粗心的仆人把我最喜欢的塑像的头折断了，我还没来得及为此悲伤，一只猴子又打碎了一个漂亮的罐子。我的一个朋友把物件弄坏了，我对此更加耿耿于怀，但我还是挺过了这一切——昨天这个朋友撞掉了大理石壁炉上的六条龙。但我还活着，挺了过来。你无法想象我在苦难中从哲学里找到了怎样的安慰。塞涅卡[1]、博林布鲁克子爵[2]和其他一些人，他们引导我走过人生，教我如何挨过生活的苦难。"我只能对一个自找不幸又痛惜自己悲惨处境的女人报以微笑。我厌倦了伪装，更愿意在孤独中沉思。就在仆人按照女主人的吩咐端来一盘牛肉时，我离开了。惜别。

---

1 塞涅卡（Lucius Annaeus Seneca，约公元前4—公元65），古罗马哲人、戏剧家，代表作为《美狄亚》《提俄斯忒斯》等。
2 博林布鲁克子爵，即亨利·圣约翰（Henry St. John，1678—1751），英国政治家、作家。

第15封信

反对凶残地虐待动物。来自琐罗亚斯德教《阿维斯塔》[1]经文及其评注的一则故事。

李安济·阿尔坦济寄北京礼部尚书冯煌。

在这里,高等的人假装对各种动物都表现出最大的同情心。听他们说话,外来者会以为他们连蜇伤他们的小虫子都不忍心伤害。他们看起来是那么温柔,那么充满怜悯,让人以为他们是所有生灵无害的朋友,是最卑微的昆虫或爬行动物的保护者。然而,您相信吗,我曾看到那些如此自诩温柔的人,同时还吃着六种不同动物的肉。他们的言与行背道而驰,他们吃掉他们怜悯的对象。狮子对猎获物发出恐怖的吼叫;老虎发出狰狞的叫声来恐吓猎物;除人和猫外,没有任何生物对其短命的俘虏表现出丝毫喜爱之情。

人生来就应该天真淳朴地生活,却背离了自然;人生来就应该分享上天的恩赐,却独占了这些恩赐;人生来就应该管理野蛮的生灵,却成了动物的暴君。如果一个饕餮之徒在昨晚的盛宴上吃得过饱,第二天就会有二十只动物遭受最残酷的折磨,以刺激他的食欲,让他再

---

[1] 《阿维斯塔》(*Avesta*),琐罗亚斯德教经文,在本书原文中拼写作 Zendevest。

吃一顿罪恶的大餐。致敬，你们这些东方的、淳朴正直的高雅之士，你们是生来和你们一样享受幸福的一切生灵的无害的朋友，你们从不从其他生灵的苦难中寻求短暂的快乐。你们从来没有研究过精细的折磨艺术，你们从未在罪恶的大餐中饱餐一顿。你们的所有感觉比我们的纯洁和精致得多：你们极其精确地分辨出每一种元素；一条未曾尝过的溪流就是新的奢华，空气的变化就是新的盛宴，其精致程度是西方人无法想象的。

尽管欧洲人不相信灵魂转世说，但他们的一位医生却以有力的论证和可信的推理，竭力证明动物的躯体是恶魔和恶灵的栖息地。恶魔和恶灵不得不住在这些监狱里，直到最后审判日宣布对它们的永恒惩罚；但在此之前，它们注定要遭受人类给它们的或它们给彼此的一切痛苦和磨难。如果真是这样的话，就会经常出现这样的情况：当我们鞭打猪或活煮龙虾时，我们就是在折磨某个熟人、某个亲人，并把他端上他曾经最受欢迎的那张桌子。

根据《阿维斯塔》经文及其评注，喀布尔出生在马尔瓦[1]河畔的沼

---

1 马尔瓦（Mawra，今作 Marwa），在克什米尔地区。这个故事估计为哥尔斯密杜撰。结合该地点和故事中提到的婆罗门可以推知，哥尔斯密认为琐罗亚斯德源自印度，琐罗亚斯德教与印度教有亲缘关系。这个理论并非毫无依据，说明哥尔斯密对东方宗教有一定了解。琐罗亚斯德教和印度教有着相似的起源，向相同的先知致敬，崇敬相同的神灵，甚至二者早期的经文中都有相同的诗句。琐罗亚斯德肯定是来自克什米尔地区的婆罗门，因为他是阿闼婆（Atharvan），自称为"左塔""曼特朗""达塔"。他还佩戴圣线，穿着像传统的克什米尔潘迪特（印度教祭司），编纂了包含吠陀诗句的《伽萨》，崇拜伐楼拿（Ahura Mazda），并敬仰其他神圣的吠陀阿修罗。《伽萨》中的转生信念很有可能来自印度教。在18世纪，随着自然神论者对异教神话的发现研究，琐罗亚斯德教、印度教神话出现在英国读者的视野之中。威廉·博莱斯在《康沃尔古物》中写道："德鲁伊特人、波斯人、天衣教徒、婆罗门教徒，还有埃及人之间存在巨大的相似。"（William Borlase, *Antiquities of Cornwall*, 1754, p. 139）

泽地上。他财产丰厚、奢侈品良多：他憎恨无害的婆罗门，鄙视他们神圣的宗教；每天，他的餐桌上都摆满了上百种不同动物的肉，厨师有上百种不同的做法。尽管吃了那么多，他还是没有活到老年，而是死于暴食。死后，他的灵魂被带走，在一个由于他的暴食而被杀的动物的灵魂组成的集会上接受审判。这些动物的灵魂现在被任命为他的审判者。他在法庭上战战兢兢，而以前他曾像一个无情的暴君一样对待法庭上的每一个成员；他寻求怜悯，却发现没有一个灵魂愿意给予他怜悯。愤怒的野猪喊道："他难道不记得，为了满足他的虚荣而非饥饿，我曾经遭受过怎样的痛苦！我最先被猎杀，但我的肉几乎不配上他的餐桌。如果听从我的建议，他就应该以猪的身形来忏悔，因为他生前最像猪。"一只羊在凳子上叫喊："让他以羔羊的身形受苦，我们就可以在一个月内让他经历四五次变身。"小牛喊道："如果我的声音在大会上有分量的话，他应该变成我的模样：我每天都被放血，以便让我的肉变白，最后再被毫不留情地杀死。"一只母鸡叫道："把他变成一只家禽的形状，然后像我一样在自己的血中窒息再变成一道菜肴，这不是更明智吗？"会上的大多数都对这一惩罚方式感到满意，正准备毫不迟疑地判处他死刑时，公牛站起来发表意见说："我得知，这个囚犯在世上留有一个怀着身孕的妻子。据占卜，我预见这个孩子会是一个衰弱多病的男孩，会给他自己和他周围的人带来祸患。同伴们，如果我们判决这个父亲被赋予自己儿子的身体，通过这种方式让他自己感受到他的不节制给后代带来的痛苦，你们觉得怎么样？"整个法庭都在称赞这巧妙的刑罚。喀布尔再一次转世到人间，他的灵魂在自己儿子的身体里，度过了充满痛苦、焦虑和疾病的三十年。

第16封信

貌似真挚的书籍宣扬虚假信息。

李安济·阿尔坦济寄北京礼部尚书冯煌。

我不知道我是应该感谢中国传教士给我的指导，还是被他们让我相信的谬误所蒙蔽。他们告诉我，教皇是教会之首，通常是一位男士。然而在英国，人们明确地证明他就是一个披着男人外衣的妓女，并经常把他当作冒名顶替者烧成灰烬。关于这个问题，有成千上万本著作；牧师们永远都在争论不休，不愿争论的人则满嘴都是谩骂。我该信哪一方？还是两方都不信呢？当我看到欧洲人的书中充斥着荒谬和谬误时，我感谢上天让我生在中国，让我有足够的智慧来识破骗局。

欧洲人用虚假的历史和神话般的年表来指责我们；他们看到自己的书籍——其中许多由他们的宗教博士撰写，充满了最畸形的寓言，并以最严肃的方式加以证明——时应该感到十分羞愧。限于篇幅，我无法一一列举我在阅读过程中遇到的所有荒诞不经的事情。我只想谈谈他们的一些文人对地球上一些居民的描述。他们不满足于最庄严的声明，有时还假装亲睹了他们所描述的一切。

一位基督教博士在他的一部重要著作中说，有一个民族，所有人只有一只眼睛且长在前额中间,这并非不可能。[1]他并不满足于存疑,而是在另一部著作中向我们保证,这一事实是确定无疑的,他本人就是目击者。[2]他说:"当我与其他几位基督徒一起前往埃塞俄比亚传福音时,我在该国的南部省份看到一个民族,他们只有一只眼睛,且长在额头中间。"

尊敬的冯煌大人,您无疑会对作者的这种放肆感到惊讶,但可惜的是,他并不是唯一编造这个故事的人,他只是借用了在他之前其他几个人写的故事。索利努斯[3]创造了另一个独眼巨人民族——居住在里海沿岸国家的阿里马斯皮亚人。作者接着告诉我们印度有一个民族,人们只有一条腿和一只眼睛,但非常活跃,跑得非常快,以狩猎为生。我们不知道该如何怜悯或钦佩这些人。那些被普林尼[4]称为塞纳摩斯的人,他们长着狗头,确实值得我们同情。他们不使用语言,而是通过吠叫来表达自己的情感。索利努斯证实了普林尼的说法,法国主教西蒙·梅奥莱[5]说他们是特别熟悉的朋友。索利努斯说:"在经过埃及沙漠之后,我们遇到了狗头人部落[6],他们居住在与埃塞俄比亚接壤的

---

1 奥古斯丁:《上帝之城》,第16卷,第422页。——原注
2 奥古斯丁:《布道集》,第37卷。——原注(《布道集》在17世纪被认定为伪奥古斯丁作品。其作者曾被认为是12世纪的若弗鲁瓦·巴比昂[Geoffroy Babion],现在公认为是14世纪一位匿名的比利时人。——译者注)
3 盖乌斯·尤利乌斯·索利努斯(Gaius Julius Solinus),罗马时期作家、拉丁语法家。
4 普林尼(Pliny),又称老普林尼(Pliny the Elder),即盖乌斯·普利乌斯·塞康达斯(Gaius Pliius Secundus,约23—79),罗马帝国早期的作家、博物学家。
5 西蒙·梅奥莱(Simon Mayole),疑为作者杜撰。
6 狗头人部落(kynokephaloi,本书原文作 Kunokephaloi),狗头人指具有犬科动物头部特征的人,是一种广泛流传的神话传说。在世界许多地方,包括古埃及、印度、希腊和中国,都出现过犬首人身怪。这种传说可能起源于古代旅行者对非洲狒狒的描述。希腊语中"狗头"(κῠνοκέφᾰλοι)一词也可表示一种长着狗脸的埃及狒狒。

地区，他们以狩猎为生；他们不会说话，但会吹口哨；他们的下巴像蛇的头；他们的手上长着长长的锋利的爪子；他们的胸部像灰色的灵缇犬，他们十分敏捷灵活。"我的朋友，您会不会觉得，抛开这些怪人的身形不谈，他们非常娇贵；在这方面，甚至连市议员的妻子或中国的官僚都比不上他们。我们忠实的主教接着说："他们从不拒绝酒；他们喜欢吃烤肉和水煮肉；他们特别喜欢吃经过精心烹调的肉，只要有一点腐坏就会断然拒绝。当托勒密王朝[1]在埃及统治的时候（他接着说），那些长着狗头的人教语法和音乐。"不发声的人教音乐，不会说话的人教语法，我得承认这有点不同寻常。伏羲教的信徒们曾说过比这更荒唐的事吗？

目前，我们已经看到头部畸形的人，长着狗头的人，但是如果你听到有人压根没有长脑袋，你会作何感想？庞波尼乌斯·梅拉[2]、索利努斯、革利乌斯[3]向我们描述了这样的人："布勒米人[4]的鼻子、眼睛和嘴巴长在胸前，或者像其他人说的那样，长在肩膀上。"有人会认为，这些作者很反感人类的外形，决心要创造一个属于他们自己的新形象；但是，让我们为他们说句公道话，尽管他们有时会剥夺我们的一条腿、一只胳膊、一个头，或者身体的其他一些微不足道的部分，但他们慷慨地赐予我们一些我们以前想要的东西。在这方面，西蒙·梅

---

[1] 托勒密王朝（Ptolemies，本书原文作 Ptolomies），马其顿君主亚历山大的部将托勒密一世在埃及开创的王朝，首都亚历山大港。

[2] 庞波尼乌斯·梅拉（Pomponius Mela），卒于约公元45年，古罗马地理学家，著有《世界概述》。

[3] 奥卢斯·革利乌斯（Aulus Gellius，约125—180后），古罗马文学家、语法学家，著有《阿提卡之夜》。

[4] 布勒米人（blemiæ），神话传说中的无头人（拉丁语：Blemmyae），据说他们的面部特征长在胸部。

奥莱似乎是位特别的朋友：如果说他认为一些民族没有头，那么他却认为另外一些民族长着尾巴。他描述他那个时代，也就是一百多年前，许多英国人长着尾巴。他的原话如下："在英格兰，有些家族的人长着尾巴，作为对他们嘲笑格里高利教皇派到多塞特郡传教的奥古斯丁修士的惩罚。他们把各种动物的尾巴缝在修士的斗篷上，但很快他们发现这些尾巴永远留在了他们及其后代的身上。"可以肯定的是，作者的描述是有一定根据的；许多英国人至今还在假发上戴着尾巴，我想这是他们家族古老的标志，或许也象征着他们以前在自然界与众不同的地位。

我的朋友，您看，没有什么荒谬之事不是某位哲人在某时说过的。欧洲的作家似乎认为他们有权随心所欲地发表自己的看法；其中一位聪慧的哲人宣称，只要他能得到六位哲人的支持，他就可以说服整个共和国的读者相信，太阳既不是光的来源，也不是热的来源。珍重。

第17封信

正在进行的英法战争,其动机是轻率的。

李安济·阿尔坦济寄北京礼部尚书冯煌。

如果一个亚洲的政治家读读一百多年来欧洲居民之间每年都缔结的和平条约,他可能会感到惊讶,基督教徒的国君们之间怎么会发生争吵呢?和平条约以最精确的方式起草,并以最庄严的方式批准;每一方都承认这些条约不可违背,承诺他们会真诚地遵守条约,看起来都表现出公开的友好,以及毫无保留的和解之意。

然而,尽管有这些条约,欧洲人民却几乎一直在打仗。没有什么比破坏以各种平常形式批准的条约更容易的事了,但双方都不应是挑衅者。例如,一方不小心破坏了一项微不足道的条款;另一方因此进行了小规模但有预谋的报复;这导致了对方更大的回击;双方都抱怨受到伤害和违反约定;宣战、战胜、被打败;二三十万人被杀,他们疲惫了,离开了开战的地方;冷静地坐下来制定新的条约。

在欧洲一流国家中,英国和法国似乎首屈一指。虽然隔海相望,但双方的性格完全相反;相邻地区的人彼此恐惧又互相钦佩。两国目前正在进行一场极具破坏性的战争,已经造成了很大的伤亡,双方都被激怒了；而这一切都是因为一方希望比另一方拥有更多的毛皮。

战争的借口是千里之外的一些土地，一个寒冷、荒凉且可怕的国家；一个属于自古以来在此居住的民族的国家。加拿大的野蛮人声称他们在这片有争议的地区拥有财产，他们拥有因长期占有这里而被赋予的一切权利。他们在这里统治了漫长的岁月，除了徘徊的熊或阴险的老虎，他们没有任何对手；原始森林提供一切生活必需品，他们在享用森林馈赠的时候发现了足够的奢侈品。如果不是英国人得知这些国家生产大量毛皮，他们可能会一直这样生活下去。从那时起，这个国家就成了人们向往的地方；人们发现毛皮是英国人非常需要的东西；女士们在斗篷上镶上了毛皮，绅士和淑女们都戴上了皮手筒。总之，人们发现毛皮对于国家幸福是不可或缺的东西；因此，人们请求国王不仅将加拿大这个国家，而且将属于这个国家的所有野蛮人都赐予英国的臣民，以便为人民提供适量的这种必需品。

如此合理的请求立即得到了满足，大量的殖民队被派往国外采购毛皮，并取得了所有权。同样需要毛皮的法国人（因为他们和英国人一样，都喜欢戴皮手筒和毛皮披巾）也向他们的国王提出了同样的请求，并得到了他们的国王同样盛情的款待，被慷慨地赐予了不属于他们的东西。法国人在哪里登陆，哪里就是他们的领地；英国人也以同样公平的姿态占领土地。无害的土著人没有反抗。如果入侵者们能够达成一致，他们本可以和平地分享这片荒凉的区域。但是，他们却为各自据点的边界、土地和河流争吵不休，双方都无法证明自己对这些土地和河流拥有权利，只能依靠篡夺。对这样的较量，任何一个诚实的人都不会衷心祝愿任何一方取得成功。

战争持续了一段时间，双方各有胜负。起初，法国人似乎取得了胜利，但英国人最近又把他们赶出了有争端的整个国家。然而，不要以为一方取得胜利就是和平的先兆，必须双方都疲惫不堪才有可能实现哪怕是暂时的和解。胜利的一方似乎应该提出和平的条件，但英国有许多人在成功的鼓舞下，主张继续延长战争。

然而，英国最优秀的政治家们都认识到，保持目前的征服态势，对他们来说与其说是一种优势，不如说是一种负担，与其说是增强他们的力量，不如说是削弱了他们的实力。政治体制同人体构造一样，如果四肢过大，与身体不相称，那么过大的四肢非但不会增强，反而会减弱整个身体的活力。殖民地应始终与母国保持一个准确的比例。殖民地人口增长，就会变得强大，变得强大后，它们也会变得独立；这样，从属关系就会被破坏，一个国家就会被自己的疆域所吞噬。如果土耳其帝国的疆域不那么辽阔，它将会更加强大。如果不是因为那些它既不能指挥，也不能完全放弃的国家，不是因为那些它有义务保护却没有权利要求它们服从的国家，它就会更加强大。

然而，尽管这些道理显而易见，仍有许多英国人主张将新的移民队移植到这一最近新获得的土地上，主张用他们同胞中的垃圾（正如他们所表述的那样）和丰富多产民族中的废物来填充美洲的荒漠。但是，那些不幸被驱逐的人是谁呢？不是体弱多病的人，因为他们在国外和国内都是不受欢迎的人；也不是游手好闲的人，因为他们在阿巴拉契亚山脉后面和在伦敦街头一样会挨饿。这些废物是由勤劳而有进取心的人组成的，是由那些在国内可以为国家服务的人组成的，是由那些应该被视为人民的筋骨，并获得各种程度的政治宽容的人组成的。那么，这个殖民地建立后，将生产什么商品作为回报呢？生丝、大麻和烟草。因此，英国必须用她最优秀、最勇敢的臣民来换取生丝、大麻和烟草；必须用她坚韧的老兵和诚实的商人来换取一盒鼻烟或一件丝绸衬裙。荒谬至极！那些为了一颗玻璃珠或一把微不足道的小刀而出卖他们的信仰、妻子和自由的达斡尔人也没有比之更奇特。珍重。

第18封信

一则中国妇女的故事。

李安济·阿尔坦济寄阿姆斯特丹商人×××。

英国人对妻子的爱十分炽热,荷兰人则非常谨慎。英国人伸出手答应结婚时,往往也会献出自己的心;荷兰人虽然伸手,却明智地保留自己的心。英国人猛烈地爱着,并期望得到猛烈的爱作为回报;荷兰人付出不多,因而得到一点就感到满意。英国人在结婚第一年就尽情享受婚姻生活的好处;荷兰人节制地享受他们的快乐,并且始终如一,因为他们总是淡漠的。

在荷兰,新郎和丈夫之间似乎没有什么区别。他们都拥有同样的冷酷无情的宁静;他们既看不到幕后的极乐世界,也看不到幕后的天堂;在新婚之夜,伊芙罗[1]并不比在婚姻中相识二十年后更像女神。相反,许多英国人结婚是为了在他们的一生中拥有一个月的幸福时光。他们似乎无法将目光投向那段时光之外。他们结婚是希望找到极致的

---

1 伊芙罗(Yiffrow),应为哥尔斯密杜撰的荷兰语女性名字。此词形似 yiff thow,后者在古英语中表示 if you(假如你),因此,哥尔斯密在这里可能是经由古英语来想象同样源于西日耳曼语支的荷兰语。

快乐，失望之后，他们就再也不屑于接受幸福了。此后，他们之间表现出公开的仇恨；或者更糟糕的是，在殷勤爱慕的表象下隐藏着厌恶。在公共场合，他们会表现得很文雅，会刻意地恭维对方；而在私下里，他们则是横眉冷对、闷闷不乐、沉默不语或公然指责对方。

因此，每当我看到一对新婚夫妇在众人面前表现出比平常人更多的爱意时，我就会被教导把这看作在欺骗众人或他们自己，他们要么极其厌恶对方，要么在一开始就耗尽了本该为整个旅程储备的爱意。双方都不应该期待那些与真正的自由或幸福不符的仁慈之举。爱，如果发自内心，就会在无数次毫无预谋的爱慕中显露出来；但每一次冷酷而刻意的激情展示，都只能证明双方缺乏理解或者极不真诚。

在朝鲜国里，庄子是最深情的丈夫，韩氏是最可爱的妻子，他们是夫妻幸福的典范。[1]周围的居民看到并羡慕他们的幸福。庄子到哪里，韩氏就一定会跟到哪里；韩氏所有的快乐，都离不开庄子。无论到哪里，他们都手牵手一起走。拥抱、亲吻，是彼此满意的迹象，而他们的嘴永远连在一起，用解剖学的话说，他们就是一个永久的吻合体。

他们的爱是如此深厚，人们认为没有什么能破坏他们的和睦。然而发生的一场意外，在某种程度上让丈夫不那么相信妻子的忠诚；因为像他这样雅致的爱情，会遭遇无数次小小的不安。有一天，庄子碰巧独自一人来到离他家不远的坟茔间，看到一位身穿丧服的女士（全身白衣）正用手中的大扇子扇着坟墓上的湿土。庄子早年曾经学过老

---

[1] 将庄子的故事描述为"在朝鲜国"，疑为哥尔斯密之误。杜赫德在《中华帝国全志》中记有《田氏，或中国妇女》(J. B. Du Halde, *A Description of the Empire of China*, vol. 2, pp. 168–174)。关于这则故事在欧洲的流传，具体可参看邹雅艳《"中国以弗所妇女"——〈庄子休鼓盆成大道〉源流与在启蒙时代欧洲的影响》，《中国比较文学》，2016年第3期。

子的道家智慧，他无法理解那位女士这样的做法，于是走上前去，礼貌地询问原因。女士眼泪汪汪地回答说："唉！如何能从丧夫之痛中挺过来呢，我的丈夫埋在这里！他是最好的男人，最温柔的丈夫。他临终前嘱咐我，在他的坟上的泥土干透之前，一定不要改嫁。你看，我在坚定地遵从他的遗愿，努力用扇子扇干泥土。我已经用了整整两天时间来完成他的嘱托，决心在完全遵守他的嘱托的情况下才嫁人，即使他的坟墓要花四天时间才能变干。"

庄子虽被这个寡妇的美貌所吸引，但仍不免笑她急于改嫁的举动。庄子掩饰了自己发笑的原因，礼貌地邀请她回家，并补充说，他的妻子也许能给她一些安慰。他们回家后，庄子私下里把他看到的情况告诉了韩氏，也不免流露出他的不安，他担心如果他先于最亲爱的妻子而亡，他自己也可能面对这种情况。这种不怀好意的猜疑让韩氏恼怒不已。由于她对庄子的感情不仅深厚，而且极其细腻，她用眼泪、愤怒、皱眉、叹息来斥责他的猜疑。她也谩骂寡妇本人。韩氏表示她坚决不和这样一个无耻之人睡在同一个屋檐下，这位妇人本应为如此公然的变节感到羞愧。韩氏执意如此，庄子也不愿意违逆妻子的意愿，因而，在那个寒冷的暴风雨夜，这位外来者不得不另寻住处。

寡妇刚走了不到一个小时，庄子的一位多年未见的弟子来拜访他。庄子盛情款待了他，晚饭时让他坐在尊位上，畅饮不停。庄子和韩氏深情款款地对待彼此，真诚地和解，没有什么比得上他们表面上的幸福。如此深情的丈夫，如此顺从的妻子，任何看到他们的人都会感慨自己不够幸运。然而，他们的幸福马上被一场致命的意外打破了。庄子突然中风倒在地上，没有了生命迹象。为了救他，韩氏用尽了一切办法，但都徒劳无功。韩氏一开始为他的死亡感到悲痛欲绝，但过了几个小时,她就打起精神来读他的遗嘱。第二天,她开始说教、谈智慧;再过一天,她能够安慰那位年轻的弟子;再过一天,长话短说,他们都同意结婚了。

此时,屋中哀乐已止,庄子被胡乱殓入一口旧棺,停于寒陋下房,直至法定入土时分,无人守灵。在此期间,韩氏和这位年轻的弟子都穿上了最华丽的衣服。新娘的鼻子上戴着一颗价值连城的珠宝,她的爱人则穿上了前主人的华服,还戴着一对垂到脚趾的人造胡须。他们举行婚礼的时辰到了。全家人都为他们即将到来的幸福感到高兴。屋内灯火通明,比正午还要明亮,还散发着最迷人的香气。韩氏在内室迫不及待地等着她年轻的爱人,这时,仆人满脸惊恐地跑来告诉她,他的主人突然发病,除非能得到一个刚刚死去的人的心脏,把它敷在胸口,否则他肯定会丧命。不等仆人说完,韩氏提起衣服,拿着镢头跑到庄子的棺材前,她决心用死去丈夫的心脏来给活人治病。她用最大的力气敲击棺材盖。敲了几下,棺材盖就被劈开了,这时,看起来已经死了的人却开始动了起来。韩氏被这一幕吓坏了,扔下了镢头。庄子从棺材里爬了出来,惊讶于眼下的场景:他的妻子不同寻常的华丽装扮,以及她脸上更惊讶的神情。他在屋内走来走去,无法想象屋内为何装扮得如此富丽堂皇。没来得及多想,他的仆人就告诉他自从他第一次失去知觉以来的所有事情。他简直不敢相信他们的话,去找韩氏本人,想得到更确切的消息,或是责备她的不忠。但是她阻止了他的责备:她因为无法忍受羞耻和失望,刺穿了自己的心脏,浑身是血。

庄子是一位哲人,他十分明智,不会大声悲叹。他认为最好平静地承受他的损失。他修补好自己躺过的旧棺材,把他不忠的配偶安置在自己的那间陋室。他不愿这么多为婚礼做的准备白费,当天晚上就娶了那个拿着大扇子的寡妇。由于他们事先都了解了对方的缺点,所以婚后也知道如何原谅对方。他们在一起平静地生活了很多年,并不奢望有什么狂喜,而是换了一种方式来寻找满足。珍重。

第19封信

英国人及俄国人对待通奸妇女的方式。

李安济·阿尔坦济寄北京礼部尚书冯煌。

昨天，陪同我参观威斯敏斯特教堂的那位黑衣绅士来拜访我。喝完茶后，我们决定一起出去走走，享受一下乡村的清新气息，现在乡村已经开始恢复绿意盎然。然而，还没走到郊区，我们就停下了，看到街上一群人围成一圈，围着一个男人和他的妻子，两人激愤地大声争吵着，听不清在吵什么。人们津津有味地看着他们争吵，经打听得知，争吵双方是药剂师卡卡福戈医生和他的妻子。医生似乎是突然来到他妻子的房间，发现里面有一位先生，情况十分可疑。医生是个体面人，他决心报复这种公然的侮辱，立即飞奔到烟囱旁，拿起一把锈迹斑斑的猎枪，对着床上破坏他婚姻的人扣动了扳机。本该射穿头部，但这把枪已经很多年没有装子弹了，那位英勇的男子转身从窗户逃走了。但那位女士仍然留在原地；由于她很了解她丈夫的脾气，两人立刻争吵开战。他怒不可遏，她也大发雷霆，他们的吵闹声吸引了一群人围观。人们并不劝阻他们，而是欣赏他们的争吵。

我对同伴说："唉！这个不幸的女人通奸被抓，会有什么后果呢？

我真是发自内心地同情她,我想,她的丈夫不会对她手下留情。他们会像在印度那样把她烧死,或者像在波斯那样把她砍头;他们会像在土耳其那样把她打得皮开肉绽,或者像在中国那样把她永远监禁起来?在英国,妻子犯了这种罪会受到什么惩罚?"我的同伴回答说:"女士通奸被抓时,人们从不惩罚她,而是惩罚她的丈夫。""你肯定是在开玩笑,"我打断他的话,"我是个外国人,你欺负我对此一无所知。""我是认真的,"他答道,"卡卡福戈医生抓了他妻子的现行,但由于没有证人,他微弱的证词根本起不到任何作用。因此,他发现妻子通奸的后果是,她可能会被送到她的亲戚家生活,而医生必须付给她赡养费。""真怪啊!"我大声说,"难道允许她与她所厌恶的人分开生活还不够么?医生还必须给她钱让她保持精神愉悦么?"我的向导说:"他必须这样做,而且还要被邻居们说成是戴绿帽子的人。男人们会嘲笑他,女士们会同情他;而他最热情的朋友能说的有利于他的话就是:'这个可怜的善良的灵魂从未受到过任何伤害。'"我不耐烦地打断他:"什么!难道没有对妻子的惩罚?没有忏悔的地方让她知道自己的愚蠢?没有对这种犯错之人的惩罚么?"他笑着回答说:"得了老兄,如果以你的方式处置这类犯错者,那么这个国家的一半人就要鞭打另一半人了。"

我必须承认,亲爱的冯煌大人,如果我是一个英国丈夫,我一定会十分小心谨慎,既不嫉妒,也不忙于打探妻子乐于对我保守的秘密。如果我发现了她的不忠,会有什么后果?如果我忍气吞声,就会被她和她的情人嘲笑;如果我像一个悲剧主角一样大声说出我的悲痛,就会被全世界嘲笑。因此,我的做法是,每次外出,都要告诉妻子我要去哪里,以免在公共场合与她和某个亲爱的骗子不期而遇;每当我回来时，都会用一种特别的方式拍门，并在上楼时故意发出四声响声。我从来不会好奇地窥探她的床底，也不会往窗帘后面看。即使我知道上尉就在那里，我也会心平气和地端起妻子的凉茶，满怀敬意地谈起军队。

在所有民族中，我认为俄罗斯人在这种情况下的表现最为明智。妻子向丈夫保证，决不让他看到她这种性质的越轨行为；而丈夫也同样保证，一旦发现她的这种行为，就会打她一顿，毫不留情，也毫不生气。这样，他们都知道各自应该抱有什么期望。妻子越轨，被打，重获宠爱，一切照旧。

因此，当一位俄罗斯姑娘出嫁时，她的父亲就会手持木棒，问新郎是否愿意娶这位姑娘作为新娘。在对方做出肯定答复后，父亲把新娘转三圈，用木棒在她背上打三下，大声说："亲爱的女儿，这是你温柔的父亲最后一次打你了，我把我的权力和木棒都交给你丈夫，他比我更懂得如何使用它们。"新郎深知礼节，不会立刻接住木棒，他向父亲保证，夫人永远不会需要它，他也不会用它。但父亲比新郎更清楚姑娘想要什么，坚持要新郎收下木棒。于是就出现了一个俄罗斯式的文雅场面，一人送出木棒，另一人拒绝接受它。然而，整个过程以新郎接过木棒而告终，对此，女士则鞠躬表示服从，仪式照常进行。这种求爱方式十分公平、公开，双方都为接下来的婚姻冒险做好了准备。人们把婚姻比作一场生活技巧竞赛。因此，双方在一开始就宣称自己会作弊，这是一种慷慨的表现。在英国，我听说双方在婚前都用尽各种技巧向对方隐瞒自己的缺陷，他们的余生可以说是在为以前的掩饰赎罪。珍重。

第20封信

英国文学界的现状。

李安济·阿尔坦济寄北京礼部尚书冯煌。

对欧洲人而言,文学共和国是一个非常常见的说法,但对欧洲的学者而言,它十分荒谬,因为它虽以共和国为名,却全然不像共和国。从这一表述,人们很容易联想到,学识渊博的人组成一个整体,共同发展兴趣,致力于同一个目标。由此,人们可能会将之比作我们中国的文学社团,在那里,每个人都承认公正的从属关系,所有人都为建造科学的殿堂做出贡献,而不是因为无知或嫉妒而相互阻挠。

然而,这里的情况却完全不同。在这个想象的共和国里,每个成员都渴望掌权,却没一个人愿意服从。每个人都把同伴视为竞争对手而不是同道中人。他们互相诽谤,互相伤害,互相蔑视,互相嘲弄。如果有人写了一本让大众满意的书,其他人就会发表意见说他的作品本可以给大众带来更多的欢乐,或者说他的书不应该受到欢迎;如果作品碰巧因为有新意而畅销,就会有人随时准备向公众保证,这种新颖对他们或有学识的人来说并不新鲜；卡尔达努斯或布鲁努斯[1]，或其他一些太枯燥乏味而没有在大众中流行的作家，已经预料到了这一发现。因此，他们并没有像一个联邦的成员那样团结起来，而是分成了人数相当的派别。这种令人震惊的构成方式，与其说是一个文学共和国，不如说是文学的无政府状态。

诚然，文学共和国也有少数能力出众的人彼此敬重，但他们的相互敬佩不足以掩饰众人之间的蔑视。智者寥寥，赞美之声微弱；庸人众多，责骂之音喧哗。真正伟大的人很少会联合在一起，很少聚会，没有阴谋小集团；愚蠢的人大肆喧闹攻击，名声扫地后为瓜分战利品而咆哮争斗不休。在这里，您可能每个月都会看到，当图书编纂者和批评者分食完那些令人尊敬之人的作品后，就会经常相互指责对方的愚蠢和无趣。他们就像俄罗斯森林里的狼，能得到鹿肉或马肉时，就会大肆捕食。当他们有新书要攻击时，他们就会大快朵颐；但如果不幸失去了这种资源，那就变成评论家吞掉评论家，编纂者劫掠编纂者。

孔子认为，有学识之人的职责是使社会更加紧密地团结起来，并说服人们成为世界公民。[2] 但我提到的这些作者，不仅破坏社会的团结，也破坏王国之间的团结。如果英法交战，法国文学界的蠢材就会认为

---

[1] 卡尔达努斯或布鲁努斯（Cardanus or Brunus），此处泛指冷门作者。Cardanus 或指意大利文艺复兴时期的作家吉罗拉莫·卡尔达诺（Girolamo Cardano, 1501—1576）；Brunus 可能是哥尔斯密杜撰出来的与 Cardanus 押韵的名字。

[2] 可能出自《孔子的道德》中的句子："……整个世界都应该保持和谐一致，为了这个目的每个人都应该尽力阻止诉讼案的发生，或者在其发生的时候调和冲突双方，激发其热爱和平之情。"（*The Morals of Confucius*, London: F. Fayram, 1724, pp. 48–49）这句话不精确地对应《大学》中的："子曰：'听讼，吾犹人也，必也使无讼乎！'无情者不得尽其辞。大畏民志。此谓知本。"

他们有责任与英国的那些蠢材开战。因此，他们的一流涂鸦者弗雷龙[1]认为，应当这样来概括所有英国作家的特点，他说："他们的全部优点在于夸大其词，而且常常是极尽夸张之能事。无论你如何修改他们的作品，都仍然有一种发酵剂腐蚀着整个作品。他们有时会发现天才，但他们毫无品位，英国无法为天才的茁壮成长提供土壤。"这段话说得够坦率，没有丝毫的奉承之词。但请听听一位公认有能力的法国人对这一问题的看法："我不知道我们在哪些方面胜过英国人，也不知道他们在哪些方面胜过我们。当我比较两国在任何一种文学创作方面的优点时，我发现两国都有那么多声誉卓著、令人愉悦的作家出现，我无法做出判断。我对这一探究结果感到满意，却没有找到研究对象。"但是，为了避免您认为只有法国人在这方面有问题，请听听一位英国报刊作家是如何评价法国人的，他说："我们惊讶地发现，从法语翻译过来的作品如此之多，而我们自己众多的作品却被忽略了。在我们看来，尽管法国人在欧洲其他国家享有盛名，但他们是最可鄙的说理家（我们几乎无法称之为作家）。"然而，另一位英国作家沙夫茨伯里[2]，如果我记得准确的话，他说法国作家比他自己国家的作家更令人愉快，更明智，更清晰，更有条理，也更有趣。

从这些截然相反的描述中，您会发现任何一个国家的优秀作者都会互相赞美，而劣等作者则会互相谩骂。也许令您感到惊讶的是，越

---

[1] 当指埃莱·凯瑟琳·弗雷龙（Élie Catherine Fréron，1718—1776），法国作家、评论家。创办《文学年鉴》（*Année littéraire*），对抗法国启蒙运动哲学的影响，他和伏尔泰、百科全书派之间不乏笔战。伏尔泰的小说《老实人》中粗鲁的评论家的名字即为"弗雷龙"。
[2] 当指第三代沙夫茨伯里伯爵安东尼·阿什利－库珀（Anthony Ashley Cooper, 3rd Earl of Shaftesbury，原文拼作 Shaftsbury，1671—1713），英国政治家、哲人和作家。

是不知名的作家越容易受到责难，因为责难对他们的伤害更大。也许您认为，那些本身就拥有名望的人应该最愿意发表自己的意见，他们所说的话可能会被当作定论。但事实却是，伟人只顾提高自己的声誉，而与之相反的阶层却希望把有名望的人的声誉拉低到与他们自己相等的水平。

但是，让我们不要责备作家们的恶意和嫉妒吧，批评家的动机往往与作者相同。作者努力说服我们，他写了一本好书，批评家则恳切地表明，要是考虑得当的话，他可以写一本更好的书。批评家具有学者的自负，但没有学者的天赋。由于天生的弱点，他无法使自己从底层爬上来，只能依靠与写作临近的优点来支撑自己，把评论别人想象力的俏皮嬉闹当作自己的正经工作，假装关心我们的感情，教导我们在什么地方该谴责，什么地方该赞美。由于公正的评判，他也许应当被称为一个有品位的人，就像中国人以指甲的长短来衡量智慧一样。[1]

如果一本激昂的或幽默的书碰巧出现在文学共和国，几位评论家就会等在那里，嘱咐公众不要因其中的一句话而发笑，因为他们自己也读过这本书，知道什么最适合激起笑声；另一些评论家则反驳裁判所的谴责，称他们都是蜘蛛，并向公众保证，他们应该无拘无束地大笑。与此同时，另一些人则被悄悄地雇来为这本书写注释，意在指出逗人发笑的特定段落；当这些注释写完后，还有一些人在注释上再写注释。因此，一本新书不仅需要造纸工人、印刷工人、装订工人、小商贩，还需要二十个评论家和同样多的编者。总之，一个有学问的团

---

[1] 杜赫德在《中华帝国全志》中描述鞑靼人的特点时指出，他们留长指甲以显示自己并未为生计所迫而劳作。（J. B. Du Halde, *A Description of the Empire of China*, vol. 4, p. 103）

体好比是一支波斯军队,在这支队伍里,有众多先锋、几名随军小商贩、数不清的仆人、大量的妇女和儿童,但士兵寥寥无几。惜别。

第 21 封信

中国哲人在英国剧院。

李安济·阿尔坦济寄北京礼部尚书冯煌。

英国人和中国人一样喜欢看戏,但演戏的方式却大相径庭。我们在露天的地方演出,英国人则在隐蔽处演出;我们在日光下演出,英国人则在火把下演出。我们的一出戏要连续演八天或十天,英国人的一出戏很少超过四小时。

几天前的夜晚,我的黑衣人同伴——我们现在关系亲密——带我去看戏,我们的座位靠近舞台。我们到达后,舞台上的帷幕还没有拉开,我有机会观察观众的行为举止,并沉浸在新奇事物通常会激发的思考中。

一般来说,富人被安排在剧场最低处的座位上,而穷人则按其贫困程度被安排在他们上方。在这里,先后顺序似乎颠倒了。那些整天处于最下层的人现在享有暂时显赫的地位,成了仪式的主人。正是他们要求奏乐,放纵一切喧闹的自由,在高处见证了乞丐的所有放肆行为。

占据中间区域的人似乎不像上面的人那么暴躁,也不像下面的人那么温顺。从他们的神情来看,他们中的许多人似乎和我一样是不熟悉剧院的观众。在这段等待的时间里，他们的主要活动是吃橙子、阅读剧本或幽会。

剧场最下面的那几排被称为正厅后排，坐在这里面的人似乎认为自己是诗人和表演者的评判者。他们聚集在一起，一方面是为了取乐，另一方面是为了显示自己的品位；他们假装有高超的鉴赏力，并因此在批评中表现得相当克制。然而，我的同伴告诉我，他们一百个人中没有一个人懂得批评的基本原则。他们自以为是审查员，因为没有人反对他们的自命不凡。现在每个自称为鉴赏家的人都成了鉴赏家。

坐在正厅后排的观众的处境是最不幸的。其余的观众只是来自娱自乐的；而正厅后排的这些人与其说是来自娱自乐的，倒不如说是在演戏。我不能不认为他们是在演哑剧——他们的行礼或点头不是艺术的结果，而是刻意的矫饰；他们的眼神或微笑，都像是为了谋杀而设计的。绅士和淑女们用望远镜互相注视着对方；我的同伴注意到，近来视力低下成为一种时尚；所有人都装出一副漠不关心、轻松自在的样子，而他们的内心同时又燃烧着征服的火焰。总之，灯光、音乐、穿着最漂亮衣服的女士们、神情欢快而又充满期待的男士们，共同构成了一幅令人愉悦的画面，让一颗同情人类幸福的心充满难以言表的安宁。期待的开演时间终于到了，幕布拉开，演员上场。一位扮演王后的女士走上台，向观众行屈膝礼。她一出现，观众就拍手叫好。鼓掌似乎是英国表示赞许的方式：这种方式很荒谬，但您知道，每个国家都有其独特的荒谬之处。然而，同样令我感到惊讶的是，这位本应将自己视为王后的女演员竟然如此谦卑，观众的鉴别力太差了，他们在她配得上掌声前就已经给了她掌声。她和观众之间的预备工作就此完成，她和一位充满希望的青年之间展开对话，这位青年扮作她的知己。他们两人都显得非常痛苦，因为王后失去了一个孩子，这似乎是她悲痛的原因之一。她的哀叹声越来越大。有人安慰她，但她厌恶这种声音，她盼咐他们去安慰吹过的风。这时，她的丈夫走了进来，看到王后如此痛苦，他也难以抑制自己的眼泪，无法避免分担这轻柔的痛苦。在经历三场悲痛的场景后，第一幕落下了帷幕。

我对同伴说："这些国王和王后并没有遭受什么大的不幸，却非常不安；我敢肯定，如果地位卑下的人也这样做，他们一定会被认为失去了常识。"我还没有说完，幕布就拉开了，国王气冲冲地走了进来。看来，他的妻子似乎拒绝了他的柔情蜜意，拒绝了来自国王的拥抱；而他似乎决心不再忍受她强烈的鄙视。他如此焦躁不安，王后在第二幕也如此焦躁不安，之后，幕布再次落下。

我的同伴说："你注意到，国王是一个情感激烈之人，他的每一个毛孔都在感受。如果是你们这些黏液体质的凡胎肉身，就会让女王自行其是，让她慢慢地醒悟过来；但国王要的是即刻的温柔，或即刻的死亡——死亡和温柔是每一个现代悲剧主人公的主要激情。这一刻他们拥抱，下一刻他们捅刺，在每个时期都混合着匕首和亲吻。"

我正想附和他的话，注意力却被一个新的东西吸引住了：一个人走上台，用鼻子顶着一根稻草，观众们都在热烈地鼓掌。我喊道："出现这个毫无意义的人物是为了什么？他是剧情的一部分吗？"我的黑衣朋友回答说："你说他毫无意义？他是整部剧中最重要的角色之一。没有什么比看到一根稻草平衡更让人高兴了。稻草蕴含着丰富的意义。这一场景适合眼前有忧虑的人。拥有这样才能的人肯定会发大财。"

第三幕开始了，一个演员登台告诉我们，他是剧中的恶棍，打算在一切结束之前揭露一些奇怪的事情。另一个演员也加入了他的行列,似乎和他一样想搞恶作剧。他们的阴谋一直持续到这一幕结束。我说:"如果他是个恶棍,那他一定是个非常愚蠢的恶棍。不经追问就说出他的秘密,这种独白不会出现在中国戏中。"

鼓掌声再次打断了我;一个六岁的孩子正在舞台上学习跳舞,这让女士们和官员们感到无限满足。我说:"我很遗憾看到这个漂亮的孩子这么早就学会了如此糟糕的技艺。我想,舞蹈在这里和在中国一样,都是可鄙的。"我的同伴打断了我的话:"恰恰相反,在这里,跳舞是一种非常有名望、有风度的职业。男舞伴靠脚后跟的优势获得鼓励的机会比靠脑袋获得鼓励的机会更大。一个舞者跳起来,在落地前旋转三次,一年就能得到三百英镑,转四圈,就能得到四百镑;能转五圈者,其价值是不可估量的,他可以要求他认为合适的薪水。女舞者也会因这种跳跃和旋转而受到重视;她们之间有句俗语,谁跳得最高,谁就最值钱。第四幕要开始了,让我们专注看戏。"

在第四幕中,王后找到了她失散多年的孩子,他现在已经长大成人,是一个聪明伶俐、资质出众的年轻人。因此女王明智地认为,他比她的丈夫更适合头戴王冠,因为她知道她的丈夫幼稚无能。国王发现了她的计划,陷入了深深的苦恼之中。他爱王后,也爱王国。因此,为了拥有这两样东西,他决心让王后的儿子去死。王后为他的野蛮行径愤怒发狂,最后悲痛欲绝,一病不起。此时帷幕落下,这一幕结束。

我的同伴大声说:"看看诗人的艺术,当王后说不出来话时,她就昏厥过去。当她闭上眼睛时,当她被阿比盖尔[1]抱在怀里时,我们不

---

1 阿比盖尔(Abigail),此处可能指一名女仆。这个名字来源于希伯来语,意为"父亲的喜悦"。

禁想到，我们的每一根神经都能感受到这是多么可怕的事情。请相信我的话，主人公昏厥是现代悲剧的真正起源。"

第五幕开始了，这是嘈杂的一幕。场景变换，号角响起，暴徒喧哗，地毯铺开，卫兵熙熙攘攘地从一扇门走到另一扇门；神灵、恶魔、匕首、架子和鼠药。但国王是否被杀，王后是否被淹死，儿子是否被毒死，我完全忘记了。

演出结束后，我不禁注意到，剧中人物在第一幕和最后一幕中都显得很痛苦。我说："怎么可能在长长的五幕中同情他们。怜悯不过是一种短暂的激情。[1] 我讨厌听到演员口中念念有词的琐事，除非道明原因，否则怎样的态度都不会影响我：在我被那些无意义的预警欺骗了一两次后，我的心就会安然入睡，可能不会受到剧中痛苦的影响。演员和诗人都应该有一种伟大的激情，其余的感情都应该是次要的，它们的存在只是为了使这种激情变得更加伟大。如果演员在每一个场合都用绝望的语调感叹，那么他试图打动我们就太早了。他预料到了打击，尽管赢得了我们的掌声，但他不再有影响力。"

不知不觉中观众几乎都离开了；因此，我和同伴混在人群中，来到了街上。我们躲过街上众多的马车车轮和轿子轿杆，就像鸟儿在森林的树枝间飞行一样，经过弯弯绕绕，我们终于安全地回到了家。惜别。

---

[1] 1759年5月，哥尔斯密在《批评评论》(*The Critical Review*)上评论英语剧作家亚瑟·墨菲的戏剧作品《中国孤儿》时也有同样的表述。(Oliver Goldsmith, *Collected Works of Oliver Goldsmith,* Arthur Friedman ed., London: Oxford University Press, 1966, vol. 1, p. 172)

第22封信

中国哲人的儿子在波斯沦为奴隶。

李安济·阿尔坦济寄阿姆斯特丹商人×××。

您从士麦那[1]寄给我的那封没有拆封的信,是我儿子写给我的。既然我允许您抄录我寄往中国的所有信件,那么您也可以毫不客气地拆开寄给我的信件。无论喜怒哀乐,我的朋友都应与我分享。看到一个好人为我的成功而高兴,我会感到快乐;看到他对我的失望表示同情,我几乎也会同样地感到快乐。

我从东方收到的每一封信似乎都充满了新的苦难。我的妻子和女儿被夺走了,但我无畏地承受了这一损失。我的儿子沦为蛮族的奴隶,这是对我心灵的唯一打击:是的,我将暂时放纵一下天性中的强烈情感,以证明我最终能战胜它们。真正的崇高不在于永不跌倒,而在于每次跌倒时都站起来。

当我们强大的皇帝对我的离开表示不满,并夺走了我的一切时,我的儿子被私下里藏了起来,以免遭受皇帝的怨恨。在冯煌大人——

---

[1] 士麦那(Symrna),古希腊时的中心城市与战略要地。1930年后,该地被命名为"伊兹密尔",位于今土耳其境内。

中国所有人中最优秀、最有智慧的一个——的保护和监护下，我的儿子有一段时间接受了传教士的学问和东方智慧的教导。但听说了我的冒险经历，在孝心的驱使下，他决心追随我，与我共患难。

他乔装打扮，给一支穿过西藏沙漠的商队赶骆驼，越过了中国的边境。他用了一天的行程就到了将中国与印度隔开的劳尔河[1]。这时，一群流浪的鞑靼人出其不意地袭击了商队，将其掠夺一空，并把那些躲过了他们第一轮怒火的人变成了奴隶。在这些人的带领下，他来到了咸海[2]湖畔广阔而荒凉的地区。在这里，他以打猎为生，每天都要提供一定比例的战利品来供养他的野蛮主人。他的学识、美德甚至美貌都不起作用。除了能为他们提供大量的牛奶和生肉，鞑靼人不知道有什么是优点；除了大吃未经烹饪的肉食，他们不知道有其他的快乐。

一些来自马什哈德[3]的商人来与鞑靼人交易奴隶，他和一群人被卖到波斯王国，现在被关在那里。在那里，他不得不看一个纵欲而残忍的主人的脸色，这个人喜欢享乐，却没有修养，多年的征战教会了他骄傲，但没有教会他勇敢。我怀中的宝贝，我的孩子，我的一切，他现在成了奴隶。[4]天哪，为什么会这样；为什么我会来到世间，成为我自己和我的同胞的不幸的旁观者！无论我走到哪里，都会出现一个充满疑惑、错误和失望的迷宫。我为何而生，为何而造，从何处来，往何处去，又将驶向何方？理性无法给出答案，它只能提供一束光来

---

1 劳尔河（Laur），可能是作者杜撰的河名，替代了雅鲁藏布江。
2 咸海（Aral Sea），位于中亚的咸水湖，为哈萨克斯坦和乌兹别克斯坦所共有。
3 马什哈德（Mashhad），伊朗城市。
4 整句呼喊似乎全部直译自阿拉伯诗人安布拉奥哈迈德。——原注（阿拉伯诗人的名字安布拉奥哈迈德［Ambulaaohamed］疑为哥尔斯密为使行文更具东方化特征所虚构。——译者注）

使我看清我处境的恐怖，却不能用一束光来引导我逃出困境。你们这些人自诩为尘世的启示者，对我的探究又有多少帮助呢？我十分惊讶于琐罗亚斯德教祭司[1]的前后矛盾，他们的善恶两种原则让我感到惊恐万分。印度人用尿液沐浴容颜，却称之为虔诚，这让我大吃一惊。信奉三神的基督徒是非常荒谬的。那些认为神灵会因鲜血流淌而喜悦的犹太人，也同样令人不快。同样令我感到惊讶的是，有理性的人竟能从地球的另一端来到这里，为了亲吻一块石头或撒下鹅卵石。这些是多么与理性背道而驰啊，然而他们却都假装教我幸福。人类都是盲目的，对真理一无所知。人类一天到晚都在迷茫中徘徊。我们该向何处追寻幸福，还是放弃追求才是最明智的选择？我们就像在巨大宫殿角落里的爬行动物，从洞里探出头来，环顾四周，对所见的一切惊叹不已，却对伟大建筑师的设计一无所知：啊，我们需要一个人类自己的启示，需要我们被创造的原因；或者说，为什么我们被创造得如此不幸福。如果我们除了今生所拥有的，别无其他幸福可言，那么我们的确是悲惨的。如果我们生来只是为了四处寻找，怨天尤人，然后死去，那么上天就太不公正了。如果今生是我生命的终结，我就会鄙视天意的眷顾和赐予者的智慧。如果此生是我的全部，那么就将下面的墓志铭写在阿尔坦济的坟墓上吧：因我父亲的罪行，我蒙受此生。因我自己的罪行，我又将此生传给后人。

---

[1] 琐罗亚斯德教祭司，原文为 Magi，是琐罗亚斯德教和伊朗西部早期宗教中的祭司。在《圣经》中指赶来看耶稣诞生的魔法师。

第23封信

赞扬英国人为法国囚犯慈善募捐的行为。

李安济·阿尔坦济寄北京礼部尚书冯煌。

尽管我有时对人道主义和人性的堕落感到悲哀，但时不时也会出现一些伟大的闪光点，它们有助于缓和眼睛看到的可怕场景，就像在亚洲的荒野中有时会发现开化的地方。我在英国人身上看到了许多卓越的品德，他们的所有愚蠢行为都无法掩盖这些品德。在这里，我看到了各个阶层都在实践的一种美德，而这种美德在其他国家只有少数人身上才有。

英国人比其他人更乐善好施。我不知道这是否因为他们的富裕；是否因为他们自己拥有生活上的一切便利，而有更多的闲情逸致去体察苦难者的不安处境。不管动机如何，他们不仅是其他民族中最乐善好施的，而且在区分最适当的同情对象方面也是最明智的。

在其他国家，施舍者通常受到怜悯的直接冲动的影响；其慷慨既是为了安慰处于困境中的人，也是为了缓解自己的不安。在英国，施舍具有更普遍的性质。一些富有的和仁慈的人提出适当的资助对象；请求资助者的需求和优点由人民讨论，冷静的讨论中既没有激情也没有怜悯。慈善活动只有在得到理性的认可后才会进行。

最近的一个事例让这种精心指导的仁慈一直留在我脑海中,它在某种程度上让我重拾快乐,并让我再次成为所有人类的朋友。并没有政治上的原因使英国人和法国人相互仇恨,往往是更普遍的私人利益动机扩大了裂痕。其他国家之间的战争是集体进行的,是军队与军队之间的战斗,一个人的私人怨恨在社会的怨恨中消失了。但在英国和法国,两国人在海上互相掠夺而没有得到纠正,因此彼此的敌意就像乘客对强盗的敌意一样。一段时间以来,他们进行了一场代价高昂的战争,双方抓了一些俘虏。那些被法国人俘虏的人被残酷地利用,并受到不必要的谨慎看管。被英国人俘虏的人要多得多,他们被以普通的方式囚禁;由于没有被他们的同胞解救,他们开始感受到因缺乏衣物和被长期关押而产生的种种不便。

他们的同胞获知了他们的悲惨处境,但他们更想激怒敌人而不是解救他们的士兵,拒绝提供最起码的援助。现在,英国人看到成千上万的法国人在监狱里挨饿,被那些本应该保护他们的人遗弃,在疾病中挣扎,没有衣物来抵御季节的严寒。民族的仁爱战胜了民族的仇恨——这些俘虏确实是敌人,但他们是处于困境中的敌人;当他们不再可怕时,他们就不再可恨了。因此,忘记了民族仇恨、勇于征服的人们慷慨地原谅了他们:他们,这些似乎被全世界遗弃的人们,最终从他们试图征服的人那里得到了怜悯和补偿。人们开始募捐,募集了大量的善款,购买了适当的必需品。一个欢乐国家的可怜的浪荡子们再次学会重拾往昔的欢愉。

当我把目光投向这次捐款的名单时,我发现其中几乎全都是英国人,几乎没有一个外国人。只有英国人才有如此崇高的美德。我承认,翻开这本写满好心人和哲人名字的名录,我不能不为自己感到庆幸,因为这让我对人类产生了更多的好感。其中一位在他的捐款附言中写下了这样的话,令我印象尤为深刻:"一个英国人,一个世界公民的微薄之力,献给赤身裸体的法国战俘。"我只希望他能从自己的美德中获得快乐,就像我在思考这些美德时一样,只有这样他才能获得足够的回报。我的朋友,这样的人是人性的荣光;他不分党派;所有被造物主的神圣形象所印证的人都是他的朋友;他是一位世界公民,中国的皇帝可以为他有这样一位同胞而感到骄傲。

为敌人的毁灭而欢欣鼓舞,是人类天性中的一种缺陷。它是嫁接在人性上的一个缺点,我们必须被允许放纵它:为这种没有根据的快乐赎罪的真正方法,就是将我们的胜利转化成一种仁慈的行为,通过努力地消除他人的焦虑来证明我们自己的快乐。

汗穆提[1]是有史以来最优秀、最英明的皇帝,他在对入侵其领地的鞑靼人取得了三次重大胜利后,回到了南京,以享受征服的荣耀。在他休息了几天之后,天生喜欢游行的人们迫不及待地期待展示胜利,皇帝在这种场合下通常都会这样做。他们的窃窃私语传到了皇帝的耳朵里。他爱他的子民,愿意尽其所能满足他们的正当愿望。因此,他向他们保证,他打算在下一个灯笼节上,对中国有史以来最辉煌的胜利之一进行展示。人们对他的屈尊俯就感到欣喜若狂。到了约定的日子,人们带着最热切的期望聚集在皇宫门口。他们在这里等待了一段

---

[1] 汗穆提(Hamti),或为哥尔斯密杜撰的中国皇帝名号。《百科全书》中有关于中国皇帝禁止臣民举行过于铺张的庆祝活动的记载。(*Encyclopédie ou Dictionnaire Raisonné des Sciences, des Arts et des Métiers*, vol. 5, Paris: Briasson, 1755, p. 747)本段中的故事可能是哥尔斯密对《百科全书》中相关内容的改写。

时间，却没有看到通常在庆典之前进行的任何准备工作。点着上万支蜡烛的灯笼没有挂出来，通常会围满城墙的烟花还没有点燃。人们又一次开始为这种拖延而抱怨。就在人们焦急万分的时候，宫殿的大门突然打开了。皇帝本人并没有华丽地出现，而是穿着普通的衣服，身后跟着盲人、残疾人和城里的异乡人，他们都穿着新衣服，每个人手里都拿着足够生活一年的钱。人们起初惊讶不已，但很快就明白了他们国王的智慧。国王教导他们：让一个人幸福，比让一万个俘虏在他的战轮下呻吟更伟大。惜别。

第24封信

嘲笑庸医和售卖灵丹妙药的小贩。

李安济·阿尔坦济寄北京礼部尚书冯煌。

且不论英国人在其他科学方面有什么优点，他们在医疗方面似乎特别出色。对于人类几乎所有的疾病，英国人都能对症下药。其他学科的教授们承认事物不可避免地错综复杂，在谈论时充满怀疑，在做决定时犹豫不决；但在医学上，教授们完全不存在怀疑。在这里刊登医疗广告的教授们对疑难杂症乐此不疲。无论病症多么严重，您都会在每条街道上发现这样的人，他们保证，只要对出现病症的部位用药，就一定能治好疾病，而且不会耽误时间，也不会让人知道你的同床之人，更不会妨碍你的生意。

考虑到医生的勤勉，他们的仁慈令我惊讶。他们不仅普遍以半价给药，而且还用最有说服力的劝说来诱导病人前来就医。当然，英国病人一定有一些奇怪的固执之处，他拒绝以如此少的花费获得如此多的健康。他是否以浮肿为荣？他是否在间歇性发烧中找到了乐趣？或者他对痛风的治疗感到满意，正如他患痛风时找到了乐趣一样？一定如此，否则他就不会拒绝这种一再保证的立即缓解。还有什么能比让病人康复这种方式更有说服力呢？医生首先恳求公众认真地关注他将要提出的建议；他郑重申明，这种药丸从未失效过；他出示了一份因服用这种药丸而从坟墓中获救的人的名单。然而，尽管如此，这里仍有许多人时不时地认为生病是体面的。仅仅是生病么？有一些人甚至认为死亡才是体面的！没错，以孔子脑袋的名义起誓，他们死了；尽管他们用半克朗的价格就能随意在每个角落买到恢复健康的特效药。

我很惊讶，亲爱的冯煌大人，这些医生知道他们要对付的是一群多么顽固的人，却从未想过要让死者复活。当活人拒绝他们的处方时，他们应该凭着良心向死人求助，因为在死人那里，他们不会遭到如此令人痛心的拒绝，他们会发现死人是最顺从的病人。而且，医生怎么会得不到他们——不再是继承人身份的病人之子和不再是寡妇身份的病人之妻——的感激之情呢？我的朋友，不要以为这样的尝试是荒诞不经的，他们已经在进行同样荒诞不经的治疗了：还有什么比看到老年人恢复青春，最虚弱的体质恢复活力更令人吃惊呢？然而，这里每天都在进行这样的治疗；一些简单的干药糖剂就能创造奇迹，甚至不需要病人自己用水壶蒸煮或在磨坊中研磨这些形式。

这里的医生很少通过普通的教育课程，而是通过上天的直接启示来获得所有医学知识。有些人甚至在娘胎里就受到了这样的启发；非常了不起的是，他们在三岁时就能理解自己的职业，如同六十岁时一样。还有一些人，在一生中的大部分时间里，都没有意识到自己潜在的卓越能力，直到破产或被关进监狱，他们才发挥出这种神奇的力量。还有一些人的成功仅仅归功于他们的极度无知。医生越是无知，就越是不具备欺骗的能力。这里的人和东方人的判断方式一样；在东方，人们认为一个人绝对必须是个愚夫，才能声称自己是个巫师或医生。

当一个受到神启的医生治病时，他从来不会事先对病人进行检查而使其困惑；他也很少问问题，且只是为了形式而问。他凭直觉了解每一种疾病。他为每一种病都开出药丸或滴剂，完全不关注病人的感受，不会比一个决意浸湿马匹的兽医问得更多。如果病人还活着，那么他的存活名单上就又多了一个人；如果病人死了，那么他可以理直气壮地宣布，因为病人的病没有被治好，所以它是不治之症。

第25封信

以劳国[1]为例，说明王国的兴衰沉浮。

李安济·阿尔坦济寄阿姆斯特丹商人×××。

前几天，我见到一位政客，他非常悲痛地描述了其国家的悲惨状况。他向我保证，整个政治机器都在错误的轨道上运行，即使像他这样有能力的人也很难使其恢复正常。他说："我们与欧洲大陆的战争有何关系？我们是一个商业国家。我们只需要像我们的邻国荷兰一样发展商业。我们的任务是建立新的殖民地来增加贸易——财富体现了一国之力。至于其他，我们的船只，只有我们的船只才能保护我们。"我发现，面对一个自认为英明到可以指导政府的人，我用微弱的论据反驳他是徒劳的。然而，我认为我更有把握了，因为我的推理不带偏见。因此，我请求允许我讲述一段简短的历史，而不是争论。他对我

---

[1] 劳国（the Kingdom of Lao），可能是哥尔斯密依据杜赫德《中华帝国全志》中的辽国（the Kingdom of Lyau，J. B. Du Halde, *A Description of the Empire of China*, vol. 1, pp. 210–211）杜撰的中国政权名。后文中劳国的历史似在一定程度上糅合了辽国与金国的历史，强调了中原王朝的胜利，与卢梭在《论科学与艺术》（*Discours sur les sciences et les arts*）中强调元灭宋的做法相反；但关于"殖民地"的表述，应为哥尔斯密为讽刺英国现实所虚构，与中国历史无关。

报以既屈尊又轻蔑的微笑，我便开始讲述劳国的兴衰史。

在中原王朝的北面，在长城的一个分岔口，富饶的劳国享有自己的自由和独特的政府。由于四面都有城墙环绕，他们不担心鞑靼人的突然入侵；由于人人都拥有财产，他们都热衷于保卫自己的家园。

在任何一个国家，安全和富足的自然结果就是追求享乐。当自然的需求得到满足时，我们就会追求便利；当拥有这些便利时，我们就会渴望生活的奢华；当所有的奢华都得到满足时，野心就会占据人心，让他仍有所求：这个国家的居民很快就从原始的简朴开始追求高雅，从高雅进而追求精致。现在，人们发现，为了国家的利益，绝对有必要对人民进行分工：以前耕种土地或做制造业的人，在需要的时候也是士兵。但现在习俗改变了，因为人们发现，若一个人从小就接受和平或战争艺术的熏陶，他们在各自的职业中就会变得更加杰出。因此，居民现在被区分为工匠和士兵；工匠负责增进生活的奢华，士兵则负责保卫人民的安全。

一个拥有自由的国家总是害怕两种敌人：从外部攻击其存在的外敌和从内部背叛其自由的内鬼。劳国的居民要防范这两种敌人。一个由工匠组成的国家最有可能维护内部自由，而一个由士兵组成的国家最适合抵御外敌入侵。自然地，王国的工匠和士兵之间产生了意见分歧。工匠们抱怨自由受到内部武装力量的威胁，主张解散士兵，并坚持认为只有他们的城墙才足以抵御最可怕的入侵；而士兵们则相反，他们代表着邻国国王的力量，代表着针对他们国家的联合，代表着每次地震都可能推倒的城墙的弱点。这种争论持续不断，王国可以说呈现了空前的活力：国家的每一个阶层都互相警惕，为平等地传播幸福和平衡国家做出了贡献。和平的艺术蓬勃发展，战争的艺术也没有被忽视。邻国并不担心劳国人有什么野心,他们看到这些人追求的不是财富而是自由,他们满足于与这些人进行贸易:他们把货物送到劳国制造,收回后支付高昂的价格。

通过这些手段,这个民族终于变得适度富裕起来,他们的富裕自然招来了入侵者:一位鞑靼王子率领庞大的军队向他们发动进攻,他们同样勇敢地挺身自卫;他们受爱国之情的鼓舞,他们坚韧不拔地与野蛮的敌人作战,并取得了完全的胜利。

他们将这一刻视为荣耀时刻,历史学家却将之视为他们衰落的开始。他们因热爱国家而强大,因放纵野心而衰落。原先由鞑靼人占领的国家,对他们来说似乎是一个战利品,不仅可以使他们在未来更加强大,而且可以增加他们目前的财富。因此,士兵和工匠一致决定,在那些荒凉的地区建立劳国殖民地。当一个贸易国开始扮演征服者的角色时,它就彻底失败了:它的生存在某种程度上要依靠邻国的支持;当邻国不嫉妒也不恐惧它时,贸易才会蓬勃发展;一旦这个贸易国自以为是地把只是作为一种恩惠而享有的东西当作自己的权利,每个国家就都会收回自己有能力收回的那部分贸易,并把它转到其他更体面的渠道,尽管可能不太方便。

现在,每个邻国都开始以嫉妒的眼光看待这个雄心勃勃的国家,并禁止自己的臣民在今后与他们进行任何往来。然而,劳国的居民仍然奉行同样的雄心勃勃的格言,他们期望仅从他们的殖民地获得财富;他们说,财富就是力量,力量就是安全。这个国家有无数铤而走险的人迁徙到鞑靼人刚刚占领的荒凉领地。在殖民地和宗主国之间,起初进行着有利可图的贸易,宗主国向殖民地运送大量的本国制品,而殖民地则向共和国提供等价的象牙和人参。通过这种方式,居民们变得非常富有，这也产生了同样程度的骄奢淫逸。因为拥有大量金钱的人总会找到一些天马行空的享乐方式。我该如何描述他们堕落的过程呢？随着时间的推移，每个殖民地都会从它最初建立的地方扩展至整片领土。随着人口的增长，它会变得越来越开化；它起初不得不依赖他人的制造业，现在学会了自主生产，劳国的殖民地就是如此。在不到一个世纪的时间里，他们成为一个强大而有教养的民族，他们越有教养，对与劳国之间仍然存在的贸易就越不利。劳国以前的财富带来了奢华，而奢华一旦形成，任何艺术都无法减轻或消除它。劳国与邻国的贸易被彻底破坏，与殖民地的贸易也自然而然地日渐减少。然而，他们仍然保持着富有时的傲慢，没有力量来支持它，并且他们在因贫穷而受人鄙视的同时，还坚持奢华。简言之，这个国家就像一具因疾病而臃肿的躯体，臃肿只是其悲惨的症状。他们以前的富裕只会让他们更加无能，因为那些从富足沦落至贫穷的人，是所有人中最不幸和最无助的。他们曾以为，殖民地一开始能使他们发财，以后也会如此；但现在他们发现，他们本应仅靠自己的力量来维持运转，殖民地只能带来暂时的富足，当殖民地被开发变得开化之后，就不再有用了。在这种情况下，他们很快就变得卑微了。洪提[1]皇帝率领强大的军队入侵了他们。历史学家没有说清楚，他们的殖民地是太遥远无法提供援助，还是想摆脱依赖。但可以肯定的是，他们几乎没有进行任何抵抗。他们的城墙现在看来只是一道薄弱的防线，他们最终不得不臣服于中华帝国。如果他们知道何时限制自己的财富和荣耀，他们可能会获得幸福，十足的幸福。如果他们知道，帝国的扩张往往会削弱力

---

1 洪提（Honti），作者杜撰的皇帝名号。

量，内部强大的国家才是最强大的国家，殖民地会吸走勇敢和进取的人，使国家落入胆小和贪婪之人手中，除非有坚定意志之人，否则城墙并不能提供什么保护，过多的贸易和过少的贸易一样会损害一个国家，征服的帝国和繁荣的帝国之间有很大的区别，那么他们将会非常幸福。惜别。

第26封信

黑衣人的性格特点，其矛盾行为举例。

李安济·阿尔坦济寄北京礼部尚书冯煌。

虽然我喜爱许多熟人，但我只希望与少数人保持亲密关系。我经常提到的那位黑衣人，是我希望获得其友谊的人，因为他得到了我的尊敬。诚然，他的举止，有些奇怪的矛盾之处。在一个幽默家的国度里，他可以被称为一位幽默大师。虽然他很慷慨，甚至到了挥霍的地步，但他被认为是一个吝啬、精明的奇才；虽然他的谈话充斥着最肮脏、最自私的格言，但他的心充满了无限的爱。我知道他自称憎恨人类，而他的脸颊上却闪烁着慈悲的光芒；当他的神情变得柔和怜悯时，我听到他使用最邪恶的语言。有些人表现出仁慈和温柔。其他人自诩天性如此，但他是我所认识的唯一一个似乎为自己天生的仁慈感到羞愧的人。他费尽心机掩饰自己的感情，就像伪君子掩饰自己的冷漠一样；但每当不经意的时刻，他的面具就会掉下来，让最肤浅的观察者也能看清他。

在我们最近的一次郊游中，我们偶然谈到了英国救济穷人的条文。他似乎很惊讶，既然法律为救济穷人做了如此充分的规定，他的同胞怎么会如此愚蠢软弱，仍会偶尔救济一下慈善的对象。他说："在每个教区的房子里，都有为穷人提供的食物、衣物、火柴和用于躺卧的床铺。他们不需要更多，我自己也不想要更多；但他们似乎仍然不满。令我惊讶的是，我们的地方法官不作为，他们不收容对勤劳的人来说只是一种负担的流浪者；令我惊讶的是，人们竟然会救济他们，而他们一定同时意识到，这在某种程度上鼓励了懒惰、奢侈和欺骗。如果让我劝告一个我最不关心的人，我会千方百计地告诫他不要被他们的虚假借口所欺骗：先生，我向你保证，他们都是骗子，每个都不例外，他们应该进监狱而不是得到救济。"

他真诚而又紧张地劝阻我不要轻率行动，而我很少犯这样的错误。这时，一位身穿破烂不堪衣服的老人恳求我们的同情，他向我们保证，他不是普通的乞丐，而是为了养活垂死的妻子和五个嗷嗷待哺的孩子，才被迫从事这种可耻的行当。预先识破了他的骗局，我一点也没有受到他的故事的影响，但黑衣人完全不同，我可以明显地看到他的脸色变了，并且这有效地打断了他的长篇大论。我不难看出，他心急如焚地想要救济那五个嗷嗷待哺的孩子，但他似乎羞于被我发现他的弱点。当他在同情和骄傲之间犹豫不决时，我假装看向旁处，他抓住了这个机会，给了可怜的乞讨者一块银币。为了说给我听，他同时嘱咐乞讨者自己去工作挣钱，将来不再用这种无礼的谎言逗弄路人。

他自以为完全没有被人察觉，我们继续往前走，他继续像以前一样对乞丐进行充满敌意的抨击。他还编造了一些有关他自己惊人的谨慎和节约的小插曲，以及他发现骗子的高超技巧。他解释说，如果他是一名地方法官，他将如何处置乞丐，暗示要扩大一些监狱的规模来收容他们，他还讲述了女士被乞丐抢劫的两个故事。当他正要讲第三个故事时，一个水手挡在路上，祝福我们。我本想不加理睬地继续往前走，但我的朋友满怀希望地看着这个可怜的乞丐，让我停下来。他要告诉我，他随时都能轻而易举地识破一个骗子。因此，他摆出一副傲慢的表情，用愤怒的语气开始盘问这个水手，问他是在哪次交战中致残，无法服役。水手用和他一样愤怒的语气回答说，他曾是一艘私人战舰上的军官，为了保护那些在国内无所作为的人，他在国外失去了一条腿。听到这样的回答，我的朋友那副傲慢的表情瞬间就都消失了，他再也没有一个问题要问，现在只是在研究应该采取什么方法来不露声色地救助那人。然而，这并不容易做到，因为他既要在我面前保持一副本性邪恶的样子，还要救助水手，缓解自己内心的不安。于是，我的朋友怒视着水手背着的几捆木柴，问他木柴怎么卖的，但不等他回答，我的朋友就用肯定的语气说它们值一先令。水手起初似乎对这个价格感到惊讶，但他很快回过神来，拿出整捆木柴说："先生，给，把我的货物都拿走吧，以及随赠的一份祝福。"

我的朋友带着他新买的东西离开时，他大获全胜的神情是无法描述的，他向我保证说，他坚信那家伙一定是偷了货物，所以才会以半价出售；他告诉我这些木柴可以有几种不同的用途，他大谈了用柴火点蜡烛而不是把它们塞进火堆里会节省多少钱。他说，除非是为了一些有价值的东西，否则他宁愿掉一颗牙都不会舍得把钱财分给流浪汉。我不知道他对节俭和柴火的赞美还会持续多久，要不是他的注意力被另一个比前者更悲惨的人吸引走了。一个衣衫褴褛的女人，怀里抱着一个孩子，背上还背着另一个孩子，她试图唱民谣，但声音非常悲哀，让人难以分辨她是在唱歌还是在哭泣。我的朋友绝对不能容忍这样一个在如此悲惨的情况下还想保持兴致的可怜人。他活泼的神情和谈话立即被打断了,在这种情况下,他不再伪装了。甚至,当着我的面,他立即把手伸进口袋,想给她解围,但当他发现自己已经把身上带的钱都给了别人时,他的窘困可想而知。那个女人脸上的痛苦,还没有他的痛苦来得强烈。他继续找钱,但毫无结果,最后,他终于回过神来,带着满脸的善意,把自己花一先令买的柴火塞到了她的手里。

第27封信

继续讲述黑衣人的故事。

李安济·阿尔坦济寄北京礼部尚书冯煌。

我的同伴的性格中似乎有一些他不愿意表现出来的优点。我必须承认,我很惊讶,对于别人费尽心机表现出来的美德,他这样努力隐瞒,我不知他的动机是什么。我无法抑制自己想了解这样一个人的历史的愿望,他似乎一直克制地行事,他的仁慈与其说是理智不如说是强烈愿望的结果。在我的再三请求下,他答应满足我的好奇心。

他说:

如果你喜欢听些险中求生的情节,我的故事一定会让你满意。我已经在挨饿的边缘生活了二十年,却从未挨过饿。我的父亲是一户好人家的小儿子,在教堂里领着微薄的薪水。他受过好的教育,挣钱不多,但为人慷慨大方。他尽管穷,也常有比他更穷的奉承者。对他给他们的每一餐饭,他们都会回报他等值的赞美;这就是他想要的一切。促使君主带领军队的那种野心,也同样影响着餐桌上的我的父亲:他讲了常春藤的故事，大家都笑了；他又讲了两个学者和一条马裤的笑话，大家也都笑了；但是威尔士人坐轿子[1]的故事肯定会让全桌人哄堂大笑。他得到的快乐与他给予的快乐成正比。他爱全世界，他也认为全世界都爱他。

因为他的财产不多，所以他的生活精打细算。他不打算给孩子们留下钱财，因为那是糟粕；他决心让孩子们有学问，因为他经常说，学问胜过金银财宝。为此，他亲自教导我们，并不遗余力地培养我们的品德，提高我们的认识。他告诉我们，普遍的慈善是连接社会的第一要素；他教导我们要把人类的所有需求都看作自己的需求；要带着感情和敬意去看待神圣的人类面孔；他把我们培养成纯粹的怜悯机器，使我们无法承受因真实或虚构的痛苦而产生的最轻微的冲动。总之，在他教我们获得**赚取**一毛钱的能力之前，我们就已经完全学会了**捐出**成千上万块钱的艺术。

我不禁想，在他的教导下，我褪去了所有的猜疑，甚至连大自然赋予我的那点小小的狡猾也被剥夺了，刚进入这个忙碌而阴险的世界时，我就像那些罗马圆形剧场里不穿盔甲的角斗士。然而，我的父亲只看到了世界的一面。他似乎对我高超的辨别力感到得意，尽管我的全部智慧都在于能够像他一样谈论那些曾经有用的话题，因为它们当时是忙碌世界

---

[1] 威尔士人坐轿子（Taffy in the sedan chair），该故事可能源自《爱尔兰笑话集》(*The Irish Miscellany or Teaguelcnd Jest*, London, 1747, p. 41)，大意是：一个穿着华丽的英国人为了避免雨水淋湿其精美的衣饰，坐了一顶轿子回家，但轿子没有底，他坐在轿里，双脚在污水横流的大街上行走。

的话题。但它们现在完全没用了，因为不再与这个繁忙的世界有关。

他第一次有机会发现自己的期望落空，是发现我在大学里表现平平：他曾自欺欺人地认为，很快就会看到我在文学界声名鹊起，却沮丧地发现我默默无闻，不为人知，这让他感到很羞愧。他之所以失望，可能部分因为他高估了我的才华，部分因为我不喜欢数学推理。当时我的想象力和记忆力还没有得到满足，我更热衷于寻求新的事物，而不是对已经知道的事物进行推理。然而，这并没有让我的导师满意，他们认为我确实有点迟钝，但同时也认为我**本性善良，与人无害**。

我上大学七年之后，父亲去世了，并给我留下了他的祝福。这样，我被推离了海岸，不得不在二十二岁时踏上这广阔的世界，既没有邪恶的天性保护我，也没有狡黠引导我，更没有适当的物资让我在如此危险的航行中维持生计。为了安顿下来，我的朋友们**劝我**（因为他们在鄙视我时总是这样劝我）去当牧师。在我喜欢戴短假发的情况下，不得不戴很长的假发；在我总穿棕色衣服的情况下，不得不穿黑色长袍。我认为这是对我自由的束缚，所以我坚决拒绝了这个建议。英国的牧师和中国的僧人是不一样的：在这里，牧师不是要斋戒的人，而是吃得最好的人，被认为是生活优渥的人。然而，我拒绝了奢侈、懒惰和安逸的生活，不为别的，只因那孩子气的穿着。我的朋友们认为我无可救药了，他们认为这太可惜了，因为我本性善良，与人无害。

106

贫穷自然会带来依赖，我成为一位大人物的马屁精。起初，我很惊讶，在一个大人物的餐桌上，一个马屁精的处境会被认为是不愉快的。当老爷说话时，我认真倾听，当他环顾四周寻求掌声时，我哈哈大笑，这并没有什么大问题。良好的礼仪也会要求我这样做。然而，我很快发现，老爷比我还笨，从那一刻起，我的奉承能力就荡然无存了。我现在更想纠正他的错误，而不是顺从地接受他的荒谬：奉承我们不认识的人是一件容易的事，但奉承我们的亲密朋友——他们的缺点我们都看在眼中——是难以忍受的苦差事。每当我开口赞美时，虚伪就会折磨我的良心。老爷很快发现我不适合当这份差，因此，我被解雇了。同时，我的雇主也很高兴地指出，我本性善良，与人无害。

我的野心落空了，只好求助于爱情。一位年轻的女士和她的姨妈住在一起，她拥有一笔相当可观的财富，我想，她给了我一些期待成功的理由。她总是和我一起嘲笑她的熟人，嘲笑她的姨妈；她总是说，一个有理智的人比一个傻瓜更适合做丈夫。而我也经常用这个观点来为自己辩护。她经常在我面前谈论友谊和心灵美，并用厌恶的语气谈论我的竞争对手斯瑞普[1]先生的高跟鞋。这些都是我认为对我非常有利的状况，因此，在我下定决心后，我鼓起勇气告诉她我的心意。女士平静地听了我的求婚，同时似乎一边在研究她扇子上的图案。她终于说了出来。仅有一点无法促成我们的幸

---

[1] 斯瑞普（Shrimp），这个姓氏有调侃功能，表示"小矮个儿"。

福,那就是——她三个月前嫁给了穿高跟鞋的斯瑞普先生。她安慰我说,也许我对她很失望,但如果我向她的姨妈求婚的话,可能会点燃姨妈的感情,因为这位老妇人总是认为我本性善良,与人无害。

然而,我还有朋友,无数的朋友,我决定求助于友谊。友谊!你是人类心灵最亲切的安慰者,我们在每一次灾难中都会向你求助。可怜的人向你寻求帮助,忧心忡忡的苦难之子深深地依赖着你,不幸的人总是希望从你的善意帮助中得到解脱,但他们永远都会——大失所望!我第一个寻求帮助的对象是一位城里的代书,他知道我不缺钱时,就经常主动借钱给我。我告诉他,现在是考验他的友情的时候了,因某种原因,我想借几百块钱,我决心向他借钱。"你想要这么多钱么?"我的朋友大声问道,"拜托,你需要这么多钱么?""我的确需要这些钱。"我回答说。"我很抱歉,"代书大声说道,"那些因缺钱而来借钱的人,到了还钱的时候总还是缺钱。"

我愤然离去,来到我在世上最好的朋友那里,提出了同样的请求。我的朋友大声地说:"事实上,皮包骨先生,我早料到会有这一天的。你知道,先生,若不是为了你好,我是不会给你建议的。但是你的行为迄今为止一直荒唐至极,你的一些熟人一直认为你是一个非常愚蠢的家伙。让我看看,你想要两百英镑,你只想要两百英镑吗?"我回答说:"老实说,我想要三百英镑,但我还有一个朋友,剩下的钱可以向他借。"我的朋友回答说:"你知道我不应该冒昧地给你建议，但我是为了你好。我建议你从另一个朋友那里借到全部的钱，因为一张票据的效用可以抵过很多张，你知道的。"

现在，贫困开始迅速向我袭来，然而我并没有因为贫穷而变得更加节俭或谨慎，反而一天比一天更加懒散和单纯。一个朋友因为五十英镑的债务被捕，我交了保释金才使他脱身。获得自由后，他逃离了债权人，留下我代替他入狱。在监狱里，我期望得到比我逍遥自在时更多的满足。我希望在这个新世界能和像我一样单纯、有信仰的人交谈，但我发现他们和我离开的那个世界的人一样狡猾和谨慎。他们骗光我的钱财，借我的煤炭从不归还，打克里巴奇牌[1]时作弊。他们之所以这样做，是因为他们认为我本性善良，与人无害。

当我第一次踏进这座对某些人来说是绝望之所的宅邸时，我感觉与我在外面所经历的没有什么不同。现在，我在门里，而那些不受限制的人在门的另一边，这就是我们之间的区别。起初，我确实感到有些不安，因为我在盘算如何在这一周里满足下一周的需求；但过了一段时间后，我发现自己只要能吃上这顿饭，就不会去为下一顿饭而烦恼。我以最大的幽默感对待每一顿吃得不安稳的饭菜，没有因为自己的处境而大发牢骚，也从不喊天空和星辰来看我吃半便士的萝卜；我的同伴们都认为我喜欢吃沙拉胜过羊肉。我心安理得地想，我的一生要么吃白面包，要么吃黑面包；我认为发生的一切都是最好的安排，我不痛苦的时候就大笑，随遇而

---

[1] 克里巴奇牌（cribbage），一种计分的纸牌游戏。

安，并经常阅读塔西佗的著作，因为我没有更多的书籍和同伴。

如果不是看到一个老熟人，我都不知道我还能在这种无精打采的简单状态中坚持多久。我知道他是一个谨慎的笨蛋，希望在政府中有一席之地。现在，我发现自己走错了路，要想救济他人，首先要自己独立。因此，我的当务之急是离开现在的住处，彻底改变自己的言行举止。我改变了自由、开放、无拘无束的举止，变得有戒心、谨慎和节约。我做过的最英勇的事情之一，就是在一个老熟人需要钱而我又有余钱的时候，拒绝了他借半克朗的请求。仅凭这一点，我就应该赢得掌声。现在，我一直奉行节俭，很少想吃晚饭，结果被邀请了二十次。我很快就成了一个会省钱且有钱的男子，并在不知不觉中越来越受人尊敬。邻居们在对待女儿婚事的问题上征求我的意见，而我总是小心翼翼地不给出任何建议。我与一位市议员结下了友谊，只是因为我注意到，如果我们从一千英镑中拿走了一个子儿，它就不再是一千英镑了。我曾假装讨厌吃肉卤酱而被邀请到典当商人家里就餐；现在我与一个有钱的寡妇订下了婚约，只因为我注意到面包正在发酵。如果有人问我一个问题，不管我是否知道答案，我都不会回答，而只会微笑着装出一副聪明的样子。如果有人提议做慈善，我就戴着帽子四处走动，自己却不捐一分钱。如果有可怜的人向我求助，我就会想到这个世界上到处都是骗子，于是我就会采取一种不被欺骗的方法，那就是绝不施舍。总而言之，要想得到别人的尊敬，哪怕是来自穷人的尊敬，最真实的方法是什么都不给予，这样我们才有更多给予的能力。

第28封信

伦敦有大量老姑娘和单身汉的原因。

李安济·阿尔坦济寄北京礼部尚书冯煌。

最近，我和我的黑衣朋友在一起，他的谈话既能给我消遣，也能给我指导。我不可避免地注意到这座城市似乎充斥着大量的单身汉和老姑娘。我说："婚姻肯定没有得到充分的鼓励，否则我们就不会看到这么多狂饮作乐的浪荡子和试图从事她们早已不适合行业的卖弄风情的女人，在时代的欢乐中涌动着。我认为一个老单身汉是最可鄙的，他就像一只靠公共资源生活而没有贡献自己的份额的动物：他是一只食肉兽，法律应该像印第安人猎杀鬣狗或犀牛时一样，使用尽可能多的计谋和武力，把不情愿的野蛮人赶进罗网。大众可以喊叫着追赶他，男孩们可以肆无忌惮地戏弄他，每一个有教养的人都应该嘲笑他，如果他到了六十岁还求爱，他的女伴可以朝他的脸上吐口水，或者，也许是对他更大的惩罚，答应他的请求。"

"至于老姑娘，"我继续说，"她们不应该受到如此严厉的对待，因为我想如果可以的话，没有人会做老姑娘。理智的女士都不会选择在洗礼和临盆的时候充当一个附属品，而她自己本可以是主角；也不会在她可以指挥丈夫的时候去讨好小姑子；更不会辛辛苦苦地准备奶油冻，而她本可以躺在床上指导他人如何制作；也不会端庄地压抑自己的情感，而她本可以在婚姻中自由地与熟人握手，并对下流的双关语眨眨眼睛。如果可以的话，没有哪位女士会傻到过单身生活。我认为，未婚女士在岁月的长河中日渐衰老，就像那些与中国接壤的迷人国度，因为没有合适的居民而荒废了。我们不是要指责这个国家，而是要指责它的邻居们的无知，他们可以随意进入并耕种这片土地，却对它的美景视而不见。"

我的伙伴回答说："先生，你太不了解英国的女士了，竟然认为她们是违心做老姑娘的。我敢大胆地断言，你很难在她们当中挑出一个，没有因为骄傲或贪婪而拒绝过别人的求婚。她们不但不认为这是一种耻辱，反而利用一切机会夸耀自己曾经的残忍；一名士兵在清点自己受过的伤时，不会比一个经验丰富的女性在讲述她带给别人的伤害时更兴奋；当她开始讲述自己眼睛的杀伤力时，就会感到无尽的兴奋。她讲述了一个戴着金色饰带的骑士，因为失恋而憔悴消瘦，眉头紧皱，直到——他和他的女仆结了婚；她讲述了一个乡绅，被残酷地拒绝了，一怒之下，飞奔到窗前，掀开窗帘，痛苦地跌坐在他的扶手椅上；她讲述了一个牧师，为爱所困，毅然吞下了鸦片，这使他沉睡，从而消除了被轻视的爱的刺痛。总之，她乐此不疲地谈论她自己曾经的损失，并像一些商人一样，在多次破产中找到安慰。

"因此，每当我看到一个迟暮的美人还没有结婚，我就会默默地将这归咎于骄傲、贪婪、挑逗或装腔作势。比如珍妮·汀德宝[1]小姐，

---

[1] 汀德宝（Tinderbox），这个姓氏意为"金属引火盒，危险地区"，此处或有调侃之意。

我记得她曾有几分姿色，而且有一笔中等数量的财产。她的姐姐碰巧嫁给了一个有身份的人，这似乎是可怜的珍妮的童贞法令。因为家里有一个幸运儿，所以她决心不介绍一个商人来使这个家庭蒙羞。这样一来，她就拒绝了能配得上她的人，被比她条件优越的人忽视或鄙视。现在她以女家庭教师的身份照顾她姐姐的孩子，承受着三个仆人的辛劳，却拿不到一个仆人的工资。

"斯奎兹小姐是一位典当商的女儿，她的父亲很早就教导她钱是个好东西，并在他去世时给她留下了一笔不小的财产。她非常清楚自己所得到的东西的价值，所以她下定决心，求婚者的财产绝不能比她的少一分。因此，她拒绝了好几个想靠她的财产改善生活的男人的求婚。正如俗话所说的那样，她老了，性情也变坏了，却从来没有想过，她脸色苍白，身上又长了水痘，她本应该降低自己的要求。相反，贝蒂·坦佩斯特[1]女士拥有美貌、财富和家庭。但是，她喜欢征服，喜欢从胜利走向胜利。她读过戏剧和浪漫传奇，并由此认为一个有常识的普通人比一个傻瓜好不了多少。她拒绝这样的人，只为那些浪荡的、轻浮的、不专一的和轻率的人叹息；就这样，她拒绝了成百上千喜欢她的人，也为成百上千个鄙视她的人叹息。然后她发现自己不知不觉间被遗弃了。现在，她只有她的姨妈和表亲做伴，有时在乡村舞会上，她只用一把椅子做舞伴，绕过一个榫接木凳子，然后坐在角落的橱柜边。总之，她处处受到别人的蔑视，就像一块老式的木材，只是用来填满角落的。

"但是，索夫罗尼娅，聪明的索夫罗尼娅，我怎么会提到她呢？

---

[1] 坦佩斯特（Tempest），这个姓氏意为"暴风雨"，此处或有调侃之意。

她从小就被教导要爱学希腊语、仇恨男人。她拒绝过优秀的绅士,因为他们不是学究,也拒绝学究,因为他们不是优秀的绅士;她细腻的感受力教会她发现每一个情人的每一个缺点,而她那些不可改变的正当理由又让她无法原谅这些缺点。她因此拒绝了几次求婚,直到岁月的皱纹爬上了她的脸庞;现在,她的脸上没有一点美丽的特征,她不停地谈论着心灵美。"珍重。

第29封信

伦敦的一个文学俱乐部。

李安济·阿尔坦济寄北京礼部尚书冯煌。

如果我们根据英国人每天出版的书的数量来衡量他们的学识，也许没有哪个国家能在这方面与他们相提并论，甚至中国也不能。我推算在英国每天出版的新书不少于二十三本，如此算来一年就是八千三百九十五本。其中大部分都不局限于一门学科，而是涵盖所有领域。历史、政治、诗歌、数学、形而上学和自然哲学，都包含在一本手册中，而它并不比孩童学习字母的手册大多少。如果我们假定英国的学者只读了每日出版新书的八分之一（当然，没有人不假装学习得不那么轻松），按照这个速度，每个学者一年就能读一千本书。照此算来，您可以推测出一个人每天读三本新书，而其中包含了所有说过和写过的好文章，他一定拥有惊人的文学财富。

然而，不知为何，实际上英国人的学识并不像这样计算出来的那样渊博。我们很少见到对所有艺术和科学都了如指掌的人，不知究竟是普通人没有能力掌握如此广博的知识，还是这些书的作者没有足够的指导能力。在中国，皇帝会亲自审查全国所有自称作者的医生。在英国，每个会写字的人都可能成为作家。因为根据法律，他们不仅有畅所欲言的法定自由，也有尽情地把话说得索然无味的权利。

昨天，我向黑衣人说了让我惊讶的发现：在这里可以找到足够多的作家，他们能轻易地写出每天挤满出版社的书。我起初以为，他们博学的神学院可能会采用这种方法来指导世人。但为了打消我的疑义，我的同伴向我保证，神学院里的博士们从不写作，他们中的一些人实际上已经忘记了读书。"但如果你想看看作家的聚会，"他接着说，"我想今晚我可以介绍你去一个俱乐部，这个俱乐部每周六晚上七点在伊斯灵顿附近的布鲁姆聚集，讨论上一周的事务以及接下来一周的娱乐活动。"我接受了他的邀请，我们一起步行前往，比通常的集会时间稍早一些来到了那所房子。

趁此时机，我的伙伴让我了解俱乐部主要成员的特点，甚至主持人也不例外。主持人似乎曾经也是一位作家，被一位书商看中，作为对他曾经服务的奖励，书商给予了他现在的地位。

他说，俱乐部的头号人物是南提[1]博士，他是一名形而上学者。大多数人都认为他是个渊博的学者，但由于他很少说话，我不能肯定这一点。他通常在炉火前瘫坐着，吸着烟斗，很少说话，大量地饮酒，被当作很好的同伴。有人告诉我，他写的索引堪称完美，他撰写关于邪恶起源的论文，对任何主题进行哲学探究，并能在二十四小时内为任何一本受到挑战的书起草回应稿。你可以通过他长长的灰色假发和脖子上的蓝色手帕把他和其他人区分开来。

---

1 南提（Nonentity），有"无聊之徒"之意。

在功绩和所受到的尊重方面仅次于他的是提姆·提亚卢布[1]，他是一个卓越的人，在这个时代的精英中，他有时就像一颗明星一样闪闪发光。人们认为他在画谜、谜语、淫歌和礼拜堂赞美诗方面同样出色。您可以通过他破旧的服饰、洒了发粉的假发、肮脏的衬衫和破洞丝袜认出他。

在他之后是提布斯先生，他是一位写作能手。他能写出疯狗咬人的收据，还能编写完美的东方故事。他和其他任何人一样了解作家这个行当，在世的书商没有一个能骗过他。你可以从他笨拙的身形和粗糙的外衣上认出他，不过，尽管他的外衣很粗糙（正如他经常这样告诉同伴），那是他花钱买的。

斯奎特[2]律师是社团的一名政治家，他在议会发表演说，给同僚们写演讲稿，给高贵的指挥官写信。他介绍每一部新上剧目的历史背景，并在各种场合都有应时的想法。——我的同伴正说着，主人满脸惊恐地跑进来告诉我们，门口围满了法警。我的同伴说："如果真是这样的话，我们还是走吧；因为我敢肯定，我们今晚一个成员也见不到了。"因此，失望之余，我们不得不回家，他享受独处时的怪癖，而我则像往常一样给我的朋友写信，讲述今天发生的事情。惜别。

---

[1] 提亚卢布（Syllabub），有"音节大师"之意。
[2] 斯奎特（Squint），有"眯眼"之意。

第30封信

接着描写文学俱乐部。

李安济·阿尔坦济寄北京礼部尚书冯煌。

根据我上次从莫斯科得到的消息,我发现商队尚未启程前往中国:我仍在继续写信,希望您能马上收到我的大量信件。在这些信中,您会发现对英国人特点的细节描述,而不是他们举止或性情的概貌。如果所有的旅行者都能这样做,不是笼统地描述一个民族的特点,而是带领我们了解那些最初影响他们看法的细微情况,那将是人类的幸事。我们应该用一种实验性的调查方法来研究一个国家的天才:通过这种方式,我们就会对外国民族有更精确、更公正的认识,并在旅行者偶然得出错误结论时有所察觉。

我和朋友再次来到文学俱乐部。一进门就发现所有成员都聚集在一起,正在进行一场激烈的辩论。诗人穿着破旧的衣服,手里拿着一份手稿,正恳切地劝说大家听他朗读前一天创作的一首英雄双韵体诗歌。但是,所有的成员都强烈反对。他们不知道有什么理由让俱乐部的所有成员都聆听一首诗作,因为他们中的许多人已经出版了整整几卷从未被翻阅过的作品。他们坚持认为,应该遵守规定,因为在公众面前诵读是有明确规定的。原告为他作品的独特优点辩护是徒劳的；众人对他所有的恳求都无动于衷；一本俱乐部章程被打开，由秘书宣读，其中明确规定："无论诗人、演说家、评论家或历史学家，如果想当众朗读自己的作品来吸引听众，在打开手稿之前必须先付六便士，在他诵读的过程中，每小时付一先令；所收钱款将平均分配给听众，以补偿给他们带来的麻烦。"

起初，我们的诗人似乎因这一惩罚而有些退缩，他犹豫了好一阵子，不知是该交罚款，还是合上他的诗作。他环顾四周，发现房间里有两个陌生人，他对名声的热爱胜过了他的审慎，他付了法令规定的金额，坚持自己的特权。

在一阵深深的沉默之后，他开始解释他的诗歌创意。"先生们，"他说，"这首诗不是你们常见的史诗，你们看到的史诗就像夏天的纸鸢一样从报刊上飞来；这首诗里没有你们的特努斯或迪多斯[1]；这是一首描写自然的英雄双韵体诗歌。我只恳求你们努力使你们的灵魂跟上我的灵魂，并以我写作时同样的热情来聆听它。这首诗的开头描写了一位作家的卧室：这幅画是在我自己的房间里勾画。因为，你们应该知道，先生们，我自己就是主人公。"然后，他以演说家的姿态，声情并茂地继续朗读。

红狮酒馆在路边闪耀，

---

[1] 特努斯（Turnus）是罗马历史传说中的鲁图利王，也是维吉尔《埃涅伊德》（Aeneid）中英雄埃涅阿斯（Aeneas）的主要对手；迪多斯（Didos）是特努斯的对立面。他们都代表着非理性的力量，特努斯被其无休止的愤怒和骄傲所击倒，迪多斯被他的浪漫欲望所击倒。

招徕付得起酒钱的行人；

那里的科沃特啤酒，和帕森黑香槟[1]

让德鲁里巷[2]的小姐和浪荡子取乐；

在一个孤独的房间，避开巡警，

缪斯发现斯克罗根躺在地毯下，

糊着纸的窗户漏过一缕光线，

昏暗地显现出他躺着的身形；

磨损的地板在脚下吱吱作响，

潮湿的墙上布满琐屑的图画：

那皇家鹅戏图和皇家殉道者

拟定的十二条守则赫然在目；[3]

毛边织成的四季找到了地方，[4]

勇敢的威廉亲王[5]黝黑的脸色：

清晨寒冷，他满腔热望盯着

生锈的炉箅感觉不到一点火：

---

[1] 科沃特（Calvert）和帕森（Parson）都是18世纪英国的著名啤酒酿造商。

[2] 德鲁里巷（Drury-lane），伦敦街巷名，18世纪伦敦色情行业聚集地。

[3] 鹅戏图（game of goose），18世纪的跳棋；皇家殉道者（the royal martyr），指1649年以叛国罪被绞死的英国国王查理一世。这两行诗也出现在哥尔斯密的诗《荒村》中。参见 Oliver Goldsmith, *Collected Works of Oliver Goldsmith,* vol. 4, p. 296。

[4] 在室内悬挂四季风景画曾是英国18世纪的一种风尚，例如1758年哥尔斯密在写给家人的书信中提及自己并未按常见的做法在墙上悬挂四季风景画，而是用格言挂画激励自己。参见 *The Collected Letters of Oliver Goldsmith,* ed., Katharine C.Balderston, London: Cambridge University Press, 2015，pp. 44–45。

[5] 威廉亲王（William Augustus），英王乔治二世的第三子。

> 粗呢偿还了欠下的啤酒牛奶[1],
> 五只打碎的杯子装饰着壁炉板。
> 睡帽戴在他的头顶而不是月桂,
> 晚上一顶睡帽——白天一只长袜![2]

读到最后一句,他似乎太兴高采烈而无法继续读下去。"先生们,"他喊道,"这才是真正的细节描写,拉伯雷笔下的睡房和它相比一无是处。"

> 晚上一顶睡帽——白天一只长袜!

十个小小的音节中蕴含着声音、理智、真理和自然。

他沉浸在自我欣赏中,没有留意到听众的反应。他们点头、眨眼、耸肩和闷声笑,无不流露出蔑视的神情。他向每个人征求意见,发现所有人都准备鼓掌。一个人信誓旦旦地说,它是无与伦比的;另一个说它好得不像话;第三个则欣喜若狂地喊了句"亲爱的"[3]。最后,他对会长说:"斯奎特先生,请让我们听听您的意见。"会长回答说:"我的意见(从作者手中接过手稿),也许这个酒杯会让我窒息,但我认为它和我见过的任何作品一样好。我想(他继续说道,把这首诗折叠,

---

1 哥尔斯密在给友人的信中描述了自己在阁楼上埋头写作、偿还牛奶欠款的落魄形象。参见 *The Collected Letters of Oliver Goldsmith*, pp. 40–41。
2 这首诗也出现在1759年1月哥尔斯密写给兄长亨利(Henry Goldsmith)的信中,但内容不完全一致。参见 *The Collected Letters of Oliver Goldsmith*, pp. 63–65。
3 原文为意大利语 Carissimo。

塞进作者的口袋),当它问世后,你会得到极大的荣誉;所以我请求允许把它放进去。我们不会打扰你的好心情,希望现在能听到更多的内容。赫拉克勒斯神啊![1]我们很满意,非常满意。"作者曾两三次试图把它再拉出来,而会长也同样多次阻止他。就这样,尽管作者很不情愿,但最后还是不得不坐下来,满足于他花钱买来的褒奖。

当诗歌和赞美的狂风吹过之后,大众中的一个人改变了话题。他想知道,既然现在连写散文都很难赚钱,怎么会有人这么无趣地写诗呢。他继续说:"先生们,你们能想象么,上周我写了十六篇祷告词,十二篇俏皮话和三篇布道词,每篇的稿费都是六便士;更不寻常的是,书商在讨价还价中输了。这样的布道曾经会让我得到一个牧师的职位,但现在,唉!我们既没有虔诚,也没有品位和幽默。确切地说,如果这个季度的结果不比开始的时候好,除非政府犯了一些错误,给我们提供了新的谩骂话题,否则我就将重操旧业,去报社工作,而不是去找工作。"

整个俱乐部似乎都在谴责这个季度,认为这是一段时间以来最糟糕的一个季度。一位绅士特别指出,贵族们的订阅情况从来没有像现在这样糟糕过。他说:"我不知道这是怎么回事,尽管我尽可能地紧跟他们,但一周内几乎得不到一份订阅。大人物的房子就像午夜的边疆驻军一样难以接近。我从未见过哪位贵族的房门不是半开着,傲慢的门房或男仆站得满满的。昨天,我带着一份订阅提议去拜访克里奥尔人斯夸奇大人。整个上午我都守在他家门口,就在他要上马车的时候,

---

1 原文为 ex ungue Herculem。Herculem 即希腊神话中以力量和冒险而著称的赫拉克勒斯(Heracles),常用来泛指英雄。

我把我的订阅提议折叠成书信的样子，塞到他手里。他只瞥了一眼起首语，没认出字迹，就把信交给了他的侍从；这位受人尊敬的人把自己当成了信的主人，交给了门房。门房皱着眉头接过我的订阅书，从头到脚打量我后，就把它放回了我自己手里，没有打开它。"

"所有的贵族都见鬼去吧！"一个小个子男人用一种奇特的口音喊道，"我敢肯定他们最近卑鄙地利用了我。先生们，你们一定知道，不久前，一位高贵的公爵旅行归来，我便伏案疾书，写了一篇精致炫技的、充满诗意的赞美诗。我写得很有节奏感，我认为它甚至能从老鼠那里骗到牛奶。在这首诗中，我代表整个王国在欢迎他回到故土，同时也没有忘记写他的离开会给法国和意大利带来艺术上的损失。我希望至少能获得一张银行票据；因此，我用镀金纸折叠起我的诗句，把我最后的半克朗交给了一个有风度的仆人，让他来送信。我的信被安全地转交到了公爵手中，仆人离开后的四个小时内，我过着恶魔般的生活。仆人带着一封比我的信大四倍的信回来了。看到这么好的回信我真是喜出望外。我迫不及待地双手颤抖着接过信，把它放在我面前一段时间，没有打开，沉思着它所包含的预期的财富。当打开它时，救救我吧，先生们，公爵给我的诗的回报不是一张银行支票，而是六首诗歌，每一首都比我的长，在同一场合写给他的。"

一个一直保持沉默的成员大声说道："贵族像打球杆一样多，让我们这些作者无所适从。先生们，我给你们讲个故事，就像这个烟斗是黏土做的一样真实。当我拿到我的第一本书时，我欠了我的裁缝一套衣服钱，但这不是什么新鲜事，你知道的，任何人都可能和我一样，欠他一套衣服钱。听说我的书卖得很好，他就来要钱，并坚持要我立即付给他。虽然我当时名气很大，因为书卖得很火，但我还是很缺钱，无法满足他的要求。我谨慎地决定留在我的房间，宁愿自己在家里坐牢，也不愿因裁缝而去外面坐牢。法警们使出浑身解数，想把我从城堡中骗出来，但徒劳无功；他们派人告诉我，有位绅士想在隔壁酒馆和我谈谈，但徒劳无功。他们带着我乡下姑妈的急件来找我，但徒劳无功；他们告诉我，我的一个挚友奄奄一息，想向我做最后的告别，但徒劳无功。我充耳不闻、无知无觉、坚如磐石，法警们无法打动我坚硬的心。我决不走出房间，这有效地保住了我的自由。

"就这样过了两周，一切顺利。一天早上，我收到杜姆斯德[1]伯爵的一封非常精彩的信，信中说他读了我的书，每一行都让他赞不绝口，他急切地想见作者，并有一些可能对我非常有利的安排。我细看了这封信的内容，认为不可能是骗人的，因为卡片的边缘是镀金的，而且有人告诉我，送信人长得很像一个绅士。见证你的力量吧，我的心为自己的重要性而得意，我看到了我面前长长的幸福前景，我为这个时代的品位喝彩，这个时代从未抛弃过天才；我为这个场合准备了一套开场白，为公爵准备了五句耀眼的赞美之词，为自己准备了两句谦虚的赞美之词。第二天一早，为了准时赴约，我坐上马车，吩咐车夫把车赶到公爵信里提到的街道和房子。我小心翼翼地拉上车窗，以避开人群的嘈杂。我满怀期待，总是觉得马车走得不够快。终于，到了我盼望的停车时刻。我迫不及待地打开车门，想先睹为快，看看老爷那富丽堂皇的宫殿和周围的环境。我发现——我的视线被毒害了！——我发现自己不是在一条体面的街道上，而是在一条简陋的小巷里；不是在一个贵族的门前，而是在一座破房子门口；我发现车夫是载我去

---

[1] 杜姆斯德（Doomsday），这个姓氏意为"世界末日，危急时刻"，此处有调侃之意。

监狱，我看到满脸凶相的法警正出来逮我。"

对一个哲人来说，任何情况，无论多么琐细，都不会是微不足道的。他从那些被他人认为低级、老套和无所谓的事件中找到教益和乐趣。正是从这些在许多人看来微不足道的细节中，他才最终能够得出一般性的结论：这正是我描述异国的礼貌和愚蠢行为，把信件寄回中国这般遥远之地的理由。虽然这些细节本身很微小，但比他们的公共条约、法庭、大臣、谈判和大使的记录更能真实地描述这个民族的特征。惜别。

第31封信

中国人的园林艺术精妙绝伦。描写一座中国园林。

李安济·阿尔坦济寄阿姆斯特丹商人×××。

英国人尚未将园林艺术发展到中国人那般完美的程度,但最近已经开始模仿中国人,他们现在比以前更加顺应自然。树木繁茂到极致;溪流不再被迫离开它们的原生河床,而是沿着山谷蜿蜒流淌;自然盛开的花朵取代了精致完美的花圃和干净的珐琅质的草地。

然而,在这门迷人的艺术方面,英国人仍然远远落后于我们;他们的设计师还没拥有将教导与美感融为一体的能力。欧洲人几乎无法理解我的意思,当我告诉他们在中国几乎没有一个园林不是在总体设计中包含一些深刻的寓意,人们在园林散步时无不会受到智慧的教导,感受到一些崇高真理的力量,或感受从丛林、溪流或石窟的布局中产生的微妙的戒律。请允许我通过描述我在广西[1]的花园来说明我的意思。我的心仍然愉快地徘徊在昔日那些幸福的场景中;我发现,在这

---

1 广西,原文为 Quamsi,可能借鉴自杜赫德《中华帝国全志》中的 Quang-si(J. B. Du Halde, *A Description of the Empire of China*, vol. 1, p. 119)。

么远的距离欣赏它们，尽管只是想象，我还是很满足。

从房子出来，要穿过两片树丛，树丛非常茂盛，一眼望不到边；两边的小路上装饰着精美的瓷器、雕像和绘画。一条路通向一个被岩石、鲜花、树木和灌木丛环绕的地方，所有这些都安排恰当，仿佛每一件都是大自然的杰作。在草坪上向前走，左右两边有两扇门，相对而立，建筑风格和设计迥然不同。正前方是一座寺庙，建造得十分精致优雅，却不浮夸。

右边的大门规划得极为简单，甚或说是原始；常春藤环绕着柱子，阴森的柏树在柱子上探出脑袋；时间似乎摧毁了石头曾经的光滑和规整；两个手持棍棒的武士守卫着大门；龙和蛇以最狰狞的姿态出现，阻止观者靠近；后面看起来阴暗至极。陌生人只因门上的格言"坚韧不拔的品德"[1]而想进入大门。

对面的大门造型迥异；建筑轻盈、优雅、诱人；花环围绕着柱子；一切都以最精确、最巧妙的方式布置；用石头砌成的大门仍然保持着光泽；大师之手雕刻的仙女以最迷人的姿态召唤着向其靠近的陌生人；而后面的一切，目光所及之处，都显得快乐、繁茂，能够带来无尽的乐趣。门上写着"通往地狱的路轻松无碍"[2]，这句箴言本身就有助于邀请观者。

此时，我想您已经开始明白，阴暗的大门代表通往美德的道路，而对面则是通往罪恶的更舒适的通道。我们很自然地推测，观众总是受到诱惑，想从那扇诱惑颇多的大门进去；在这种情况下，我总是让

---

[1] 原文为拉丁语 PERVIA VIRTUTI。
[2] 原文为拉丁语 FACILIS DESCENSUS。

他自己选择；但一般情况下，他都会选择左边，因为左边最能给他带来娱乐。

他一走进罪恶之门，树木和花草的摆放方式就给人留下了最愉快的印象。但是，当他继续往前走时，他不自觉地发现花园呈现出荒野的气息，景色开始变暗，道路变得越来越错综复杂。他似乎在往下走，可怕的岩石似乎悬在他的头上。阴暗的洞穴，意想不到的悬崖，可怕的废墟，成堆的未掩埋葬的骸骨，以及由看不见的水流引起的可怕的声音，开始取代最初看起来如此美好的东西。试图返回是徒劳的，迷宫令人困惑，除了我自己，任何人都无法找到回去的路。总之，当他充分认识到他所看到的景色的可怖和他的选择的轻率时，我把他从一个暗门带了出来，从一条捷径回到了他起初误入的地方。

现在，阴暗的大门呈现在陌生人面前；虽然它的外观似乎没有什么能吸引他的好奇心之处，但在箴言的鼓励下，他还是向前走去。似乎挡住了他的去路的漆黑入口、可怕身影，阴郁的绿色，这一切起初都让他感到厌恶。然而，随着他往前走，一切都变得开阔起来，并呈现出更令人愉悦的面貌。美丽的瀑布，花圃，挂满果实或花朵的树木，以及出其不意的小溪，都改善了这里的景色：他现在发现自己正在往上爬，并且越往前走，所有的自然景观就变得越美丽，随着他越爬越高，视野也越来越开阔，甚至空气本身似乎也变得更纯净。意外之美令人感到欣喜若狂。最后我带他来到了一个凉亭，从那里他可以俯瞰花园和周围的整个国家，在那里他可以承认，美德之路的终点是幸福。

通过这些描述，您可能会觉得，要展示如此令人愉悦的多样性，必须要有一片广阔的土地。然而，我确定，我在英国见过几个花园，占地面积是我的花园的十倍，美感却不及我的花园的一半。对于优雅的品位来说，很小的占地面积就足够了；如果要追求华丽，则需要更大的空间。熟练的设计师可以改良任何一块地方，无论多么小的地方，从而传达出微妙的寓意，并以最有用、最必要的真理打动人心。惜别。

第32封信

英国一些贵族的堕落行为。靶人的蘑菇盛宴。

李安济·阿尔坦济寄北京礼部尚书冯煌。

近日，我与朋友一起去乡下远足，一位肩系蓝丝带的绅士乘坐一辆六匹马拉的马车从我们身边迅速驶过，随行的还有一队人数众多的管家、佣人，以及满载女人的马车。当我们从他的车队扬起的灰尘中缓过来，可以继续我们的谈话而没有窒息的危险时，我对我的同伴说，所有这些他鄙视的状况和装备，在中国会被视为最高的荣耀，因为这种殊荣是对功绩的奖赏，官员的随从是其能力强或品德高尚的最确切的标志。

我的同伴回答说："从我们身边经过的那位先生，不是凭借自己的功绩获得荣誉的，他既没有能力也没有美德；对他来说，他的一位祖先在两百年拥有这些品质就足够了。曾经，他的家族确实配得上其爵位，但他们早已堕落，一个多世纪以来，他的祖先越来越热衷于饲养狗和马匹，而不是养育孩子。这位贵族看似简单，却是政治家和英雄的后代；但不幸的是，他的曾祖父娶了一个厨娘，而厨娘又对公爵的马夫情有独钟，他们就这样越轨了，生下了一个继承人。他的母亲酷爱美食，而他的父亲对马肉情有独钟。这些爱好从父亲传给儿子，已经有几代人了，现在已然成为这个家族的特征。现任领主的厨房和马厩同样出类拔萃。"

"但这样的贵族，"我大声说道，"值得我们怜悯，他被置于如此崇高的生活领域，只会更容易受到蔑视。国王可以授予爵位，但只有个人的功绩才能得到尊重。"我又说："这样的人没有能力充实自己的尊严，会不会被同类人鄙视，被下级忽视，注定要在不情愿的依附者中过着令人讨厌的孤独生活呢？"

我的同伴回答说："你错了。虽然这位贵族不懂得慷慨解囊，虽然他一天之内有二十次机会让客人知道他是多么瞧不起他们，虽然他既没有品位，也没有机敏和智慧，虽然他不能通过谈话改善别人的生活，也从来不知道他的慷慨能使别人变得富有，尽管如此，人们仍然趋之若鹜地要当他的同伴：他是一位贵族，而这正是大多数人所期望的同伴。品质和头衔如此具有吸引力，成百上千的人愿意放弃自己的一切重要地位，畏畏缩缩、阿谀奉承、被人轻视，约束所有的快乐，只为与大人物为伍，尽管他们丝毫不期望增进他们的理解或分享他们的慷慨。他们可能会在同一阶层的人中感到快乐，却鄙视自己的同类，也反过来被鄙视。你也看到了，一群卑微的表亲、烂醉的浪荡子和拿着半份薪水的上尉，愿意组成这个大人物的随从队伍，前往其乡下宅邸。这些人中，没有一个不是在家里过着更舒适的生活，住在每周三先令的小房子里，吃着厨师做的盛在两个锡盘子里的温热可口的晚餐。然而，可怜的家伙们，他们甘愿忍受招待者的无礼和傲慢，只为了被认为生活在大人物中间：他们愿意在束缚中度过夏天，尽管他们意识到自己被带到这里，只是为了在各种场合赞美贵族的品位，将他所有愚蠢的意见称为真理，赞美他的马厩，评论他的红葡萄酒和烹饪。"

我说："你现在描述的这些先生的可怜屈辱，让我想起了科里亚克的鞑靼人的一种习俗[1]，与我们现在讨论的这种习俗不无相似之处。与他们进行贸易的俄罗斯人把一种蘑菇带到那里，交换松鼠、水貂、紫貂和狐狸的毛皮。富裕的鞑靼人大量储存蘑菇过冬；当贵族举办蘑菇宴时，周围所有的邻居都会被邀请。蘑菇通过煮沸烹饪，煮沸的蘑菇水有一种令人陶醉的味道，是鞑靼人最喜欢的一种饮料。贵族和女士们聚集在一起，有身份地位的人之间通常要举行的仪式结束后，蘑菇酒便可随意饮用；他们大笑，谈论双关语，变得糊涂起来，成为极好的伙伴。穷人和富人一样爱喝蘑菇酒，但他们买不起，在这种场合，他们就围着富人的小屋，看准绅士淑女传递酒杯的时机，端着一个木碗，接住美味的蘑菇酒。这些液体被过滤后变化不大，仍然带有强烈的醉人味道。他们喝得津津有味，就这样，他们与贵族一样喝醉，一样感到欢快。"

我的同伴说："快乐的贵族们，他们不惧怕尊严有损，除非被一阵尿淋漓的剧痛抓住；谁喝得酩酊大醉谁最有用。虽然我们没有这种习俗，但我可以预见，如果引入这种习俗，英国可能会有许多马屁精在这种场合准备用木碗喝酒，赞美贵族酒的味道，因为我们有不同等级的乡绅。谁知道呢，我们可能会看到一个公爵端着碗给大臣，一个骑士端着碗给他的贵族，而一位普通绅士则双倍喝着从骑士腰间蒸馏出

---

[1] 冯·史托兰伯，一位有名望的作家，在《欧洲和亚洲东北部的历史地理描述》第397页对这个民族也做了同样的描述。——原注（哥尔斯密所注明此书版本，当为 Van Strahlenberg, *An Historico-geographical Description of the North and Eastern Parts of Europe and Asia*, London: W.Innys and R.Manby, 1738。——译者注）

来的酒。就我而言,我今后永远不会听到大人物的马屁精们喋喋不休地赞美他,我也不会想着端着那木碗;因为我实在不懂,一个在家里生活得轻松愉快的人,有什么理由要忍受烦琐的礼节和款待者的无礼,除非他陶醉于贵族的一切,除非他认为来自大人物的东西都是美味的,都有蘑菇的香味。"惜别。

第33封信

中国人的写作方式。嘲笑英国杂志上的东方传说。

李安济·阿尔坦济寄北京礼部尚书冯煌。

冯煌大人啊，我很厌恶，甚至反感，这些岛民装模作样地要教我中国的礼仪，我怎能忍受他们的妄自尊大！他们定下箴言，每个从那里来的人都必须用比喻表达自己；以安拉之名为誓，他们反对饮酒，行为举止和写作都像土耳其人或波斯人。他们完全区分不开我们优雅的举止和我们东方邻国的野蛮。无论我走到哪里，都会引起人们的怀疑或惊讶。有些人认为我不是中国人，因为我的体形更像一个人而不是一个怪物；其他人则惊奇地发现，一个出生在离英国五千英里之外的人竟然有常识。一个出生在英国之外的人竟然有常识！不可能！他一定是某个英国人伪装的，他的长相一点也不像真正的异国野蛮人。

昨天，我收到了一位贵妇人的邀请。她所有关于东方礼仪的知识似乎都是从这里每天传播的以东方故事和东方历史为题的小说中收集的：她非常礼貌地接待了我，但似乎对我没有带鸦片和烟盒感到奇怪；当其他同伴在椅子上落座时，我被安排坐在地板的垫子上。我抗议说中国人像欧洲人一样是坐在椅子上的，但这是徒劳的；她太懂礼节了，不会用普通的礼仪来招待我。

我刚按照她的指示坐下，男仆就被命令在我的下巴下面别上一块餐巾。我对此提出抗议，因为这根本不是中国人的做法。然而，所有的同伴似乎都是行家，一致反对我这样做，餐巾就这样被别上了。

我不可能对那些似乎只是由于过度礼貌而犯错的人生气，我心满意足地坐着，以为他们的要求到此为止了；但刚要吃晚餐，那位女士就问我是要一盘熊掌，还是一片燕窝。我对这些菜完全不熟悉，我只想吃我知道的东西，因此请别人帮我夹一块放在桌边的牛肉。我的请求一下子就把在场的所有人吓坏了。中国人吃牛肉！这是不可能的！中国牛肉没有地方特色，不管中国的野鸡是否有特色。"先生，"我的款待者说，"我觉得我在这种事上是有发言权的：简而言之，中国人从来不吃牛肉；所以我必须向您推荐这款肉饭[1]，在北京没有比它更好的菜肴了，藏红花与米饭都煮得很好，香料也很完美。"

我刚开始吃摆在我面前的东西，就发现所有人都像之前一样惊讶；这似乎是因为我没有使用筷子。一位我猜是作家的严肃绅士，颇有学问地（大家似乎都这么认为）高谈筷子在中国的使用情况——他就筷子的首次问世讨论了很久，却一次也没有向我求助，而我可能是最能终结这讨论的人。因此，这位绅士把我的缄默看作是自己高明的标志，他决心继续取得胜利：他大谈我们的城市、山脉和动物，熟稔得就像他出生在康熙年间，但他谬误百出，就像他是月球人；他试图证明我的长相没有一点中国人的特征；他指出我的颧骨应该更高一

---

[1] 肉饭，原文为土耳其语 pilaw，又称抓饭、香料饭（pilaf），一种用米加肉和胡椒等煮成的肉米饭。

点，额头应该更宽一些。总之，他几乎推断我不是中国人，并有效地说服了在座的其他人同意其观点。

我正要指出其错误，有人却坚持认为我的表达方式完全没有真正的东方风格。"这位先生的谈话，"一位读过很多书的女士说，"就像我们自己的谈话一样，只是闲聊和常识；没有什么比真正的东方风格更有意义了，在这里，除了崇高，别无其他要求。噢！阿尔福利斯的故事，伟大的航海家、精灵、魔术师、岩石、子弹袋、巨人和魔法师的故事，在那里，一切都是伟大、朦胧、宏伟和难以理解的！"作家插话说："我自己也写过很多东方故事，我敢说最苛刻的批评家也会说我是按照真正的东方方式写作的。我把女士的下巴比作博梅克山上的白雪，把士兵的剑比作遮蔽天际的云。如果提到财富，我就把它们比作在青翠的特弗利斯放牧的羊群；如果提到贫穷，我就把它们比作笼罩在巴库山巅的薄雾。我在各种场合都使用'汝'来称呼，我描述过陨落的星辰、断裂的山峦，还不忘记那些在各种描写中都非常漂亮的天堂美女[1]。你们应该听一听我一般是怎么开头的：'班恩的儿子埃本·本·波罗出生在烟雾缭绕的班德巴斯山顶上。他的胡须比企鹅胸前的羽毛还要洁白；他那双被清晨的露水洗过的眼睛，就像鸽子的眼睛一样；他的头发就像垂在溪边的柳条，美丽得仿佛能反射出自己的光辉；他的双脚就像野鹿的脚，飞奔到高山山顶上。'东方传奇故事应该永远铿锵有力、高亢激昂、富有音乐感而又意味深长。"

听到一个英国人试图用真正的东方成语来教导我，我不禁笑了

---

1 天堂美女（Houries），指伊斯兰教中的虔诚者，进入天堂后与真主相伴的美女。《古兰经》中多次提及。

起来。在他环顾四周以获得掌声之后，我冒昧地问他是否曾经到过东方。他的回答是否定的。我又问他懂不懂中文或阿拉伯语，他的回答也是否定的。"先生，"我说，"你完全不懂东方的文字，怎么能断定东方的写作方式呢？先生，请相信一个宣称来自中国的，并且事实上熟悉阿拉伯作家的人的话，那些每天向您兜售的对东方文字的模仿，无论在感情上还是在措辞上，都与东方的方式毫无相似之处。在东方，很少使用比喻，几乎完全不使用隐喻；尤其是在中国，情况与你们说的恰恰相反，那里盛行一种冷静克制的写作方法。中国的作家更注重教导而非取悦，更注重判断而非想象。他们不像欧洲的许多作家，不考虑读者的时间，他们留给读者理解的东西通常多于表达的东西。

"此外，先生，你不能指望中国居民会像您看到的土耳其人、波斯人或秘鲁土著那般无知，他们不会因为不通文字而头脑简单。中国人和你们一样精通科学，而且掌握着欧洲人不知道的几门艺术。他们中的许多人不仅精通本国的学问，而且完全熟悉西方的语言和学问。如果不相信我的话，那么就去问问你们自己的旅行者吧，他们会肯定地说，北京和暹罗的学者用拉丁文撰写神学论文。马斯普伦德学院离暹罗只有一里格[1]（你们的一位旅行者说[2]），他们成群结队地来向我们的大使致敬。最让我感到高兴的事莫过于看到一些年长而又谦恭的牧师，后面跟着各民族的一些年轻人，有中国人、日本人、交趾支那[3]

---

[1] 里格（league），旧时长度单位，1里格约为3英里，即约4828米。
[2] 《根据 M. L. D. C. 1685—1686年家庭信件编写的暹罗航海日记》，阿姆斯特丹，1686年，第174页。——原注（该书为法国教士弗朗索瓦–蒂莫莱翁［François-Timoléon de Choisy，1644—1724］所做的随路易十四派遣的使团前往暹罗的航行记录。该书的首次出版时间为1687年，哥尔斯密标注的出版时间当为讹误。——译者注）
[3] 交趾支那（Tonquinese of Cochin China），今越南中部地区。

的东京人、劳国人和暹罗人，他们都愿意以最有礼貌的方式表达自己的敬意。一位交趾支那人在这个场合发表了一场精彩的拉丁文演说：一位东京的学生接替了他，甚至超过了他，他对西方学问的精通不亚于任何一位巴黎学者。先生，如果从未出过远门的年轻人都能如此精通贵国的法律和学识，那么像我这样跋涉千里，与驻扎在广州的英国人和从欧洲各地派来的传教士亲密交谈数年的人，肯定会有更高的造诣。每个国家在不受别国影响的情况下会产生很相似的人物，我们的孔子和你们的蒂洛森[1]几乎没有任何实质性的区别。拙劣的装腔作势、生硬的典故和令人作呕的装饰，对于选择使用这些东西的人来说，很容易就能达到目的；它们往往是无知的标志，或者是愚蠢的标志，只想要取悦于人。"

我正讲得起劲，环顾四周，发现大家对我如此诚恳地讲的东西毫不在意。一位女士在和坐在身旁的人窃窃私语，另一位女士正在研究扇子的优点，第三位女士开始打哈欠，而那位作者本人则很快睡着了。因此，我认为是时候离开了。而同伴们似乎也没有对我准备离开表示遗憾，就连邀请我的那位女士也无动于衷，我拿起帽子，从坐垫上站起来，她只是看着。我也没有被邀请再次来访，因为大家发现我意在表现为一个理性的人，而不是一个外国模样的傻瓜。惜别。

---

[1] 约翰·蒂洛森（John Tillotson，1630—1694），坎特伯雷大主教。

第34封信

贵族们目前对绘画的荒唐热情。

李安济·阿尔坦济寄北京礼部尚书冯煌。

在这个国家,文雅艺术就像法律或政治一样,也要经历数次变革;不仅爱好和服饰,甚至连精致和品位,都受到时尚反复无常的影响。我听说,曾经,诗歌受到大人物的一致追捧,上流人士不仅赞助诗人,还为他的模仿提供最好的范本。就在那时,英国人创作了那些炽热的狂想曲,我们经常兴致勃勃地一起朗读这些诗歌。这些诗歌充满了孟子的崇高感,也有着比肩辛波[1]的强大理性作为支撑。

贵族们总是喜欢智慧,但他们也喜欢不经学习就拥有智慧;读诗需要思考,而英国贵族不喜欢思考;因此,他们很快就把感情寄托在音乐上,因为在音乐中,他们可以沉溺于快乐的虚空,但仍然可以像以前一样自诩品位高雅。很快,他们众多的依附者赞美他们的享乐,而他们众多的模仿者也对他们的享乐表示赞同,使他们感受到或假装感受到一种类似的激情。现在,人们花费巨资从国外引进了大批歌手,

---

[1] 辛波(Zimpo),疑为哥尔斯密对古希腊哲人芝诺(Zeno)的东方化改写。

并期望英国人很快就能为欧洲树立榜样；然而，所有这些期望很快就烟消云散了。尽管伟大的歌唱家们热情高涨，无知的庸人却拒绝歌唱教学，拒绝接受使他们加入歌唱协会的仪式。因此，从国外引进的歌手逐渐减少，因为不幸运的他们本身没有能力培育后继者。

音乐已经失去了它的光彩，绘画现在成为唯一的时尚对象。艺术鉴赏家的头衔是目前进入每个时尚社团最安全的通行证；一个适时的耸肩，一个欣赏的态度，一两句充满异国情调的赞叹，就足以让出身低微的人获得青睐；甚至一些年轻的贵族，自己也很早就开始学习如何用画笔，而他们幸福的父母，满怀期待地预见到，每间公寓的墙壁上都挂满了其后代的作品。

但是，许多英国人并不满足于把所有时间都花在国内的这门艺术上；人们发现，一些杰出的年轻人游历欧洲的目的无非是欣赏和收集图画，研究印章和描述雕像。他们从这个珍宝柜到那个画廊，在惊奇中浪费了大好时光，了解图画，对人却一无所知；然而无法改正这一切，因为他们的愚蠢以精致和品位的名义得到庇护。

诚然，绘画应该得到应有的鼓励；因为画家无疑可以比装潢师更优雅地布置我们的居室；但我认为，一个时尚的人，如果把所有本该用来填充头脑的时间都花在布置房子上，那就只是一种相当差的交换。一个除了珍宝柜或画廊之外没有其他有品位的表现的人，还不如向我夸耀他厨房的家具。

除了虚荣心，我不知道还有什么动机能让大人物们对画作产生如此非凡的热情；在买下作品并连续欣赏八天或十天之后，购买者的乐趣肯定就耗尽了。这时他所能得到的满足就是把作品展示给别人看；他可以被视为宝藏的守护者，却没有以任何方式使用这些宝藏；他的画廊不是为自己准备的，而是为鉴赏家准备的，而鉴赏家通常是一些卑微的奉承者，随时准备表现他们并未感受到的狂喜。这些之于买画人的幸福，就像围观者之于亚洲游行队伍的壮观景象一样必要。

我随信附上一位贵族青年在旅行中写给他在英国的父亲的一封信。在信中，他似乎没有任何恶习，似乎听从督导的话，天性善良，乐于上进；但同时，他很早就被教导要把珍宝柜和画廊视为唯一使人进步的学校，并把绘画技巧视作一个贵族的最适当的知识。

大人，我们到安特卫普两天了，我尽快坐下来向您介绍我们到达后的所见所闻，不想错过任何给我的好父亲写信的机会。我的督导对绘画情有独钟，同时又是一位出色的评论家。我们刚从鹿特丹的船上下来，他立即让我们去参观圣母教堂，因为那里蕴藏着无价之宝。我们费了很大的力气去了解它的确切尺寸，但计算结果相差半英尺[1]；所以我把这个问题留待以后再讲。我真的相信，我和督导可以至死都待在那里。整座教堂几乎没有一根柱子上不装饰着鲁本斯、范德默伦[2]、范戴克或沃弗曼[3]的作品。多美的姿态、肉红色和帷幔！我几乎要同情英国人了，因为他们没有这些精美的作品。我们不想错过任何做生意的机会，紧接着我们就去拜访了霍根多尔普先生，您经常称赞他的藏品很有品位。他收藏的多彩浮雕确实是无价之宝，但他的凹版画就没那么好了。

---

[1] 1英尺约为0.3米。
[2] 范德默伦（Van der Meulen，原文作 Meuylen，1632—1690），佛兰德画家。
[3] 沃弗曼（Philips Wouwerman，原文作 Woverman，1619—1668），荷兰画家。

他给我们看了一幅古罗马主祭司的画,他认为是古董;但我的督导在这些细节上是不会受骗的,他很快就发现那是一件完完全全的十六世纪[1]的作品。不过,我对霍根多尔普先生的天才佩服得五体投地,他能从世界各地收集到无数无人知晓用途的东西。除了大人您和督导,我不知道还有谁让我如此钦佩。他的确是个令人惊叹的天才。第二天一早,我们向凡·斯普根先生致意,希望花上一整天的时间参观他的画廊,他非常礼貌地答应了我们的请求。他的画廊有五十英尺长,二十英尺宽,里面装得满满当当;但最让我吃惊的是,我在这里看到了一个和公爵您的一样的圣家庭的塑像,这位聪明的先生向我保证,这是真正的原作。这让我感觉到莫名的不安,我担心大人您也会感到不安,因为我曾沾沾自喜地认为唯一的原作就在大人手中。不过,我建议您把您的原作取下来,直到它的价值得到确认,我的督导向我保证,他打算写一长篇论文来证明它的原创性。在这座城市里,一个人可能会研究多年,但还是会有新的发现:我们从这里去看了红衣主教的雕像,真的非常精美,还有三枚罗马春宫币[2],制作工艺十分高妙,都展现手挽手的姿态;我听您说过多次的躯干雕像,原来是纺纱的赫拉克勒斯,而不是像公爵您猜想的那样是沐浴的克里奥帕特拉——已经有一篇论文来证明这一点了。

---

1 十六纪,原文为意大利语 cinque cento。
2 春宫币(spintria),指古罗马时用青铜或黄铜铸造的硬币,硬币的一面刻画男女交配的场景,另一面刻着罗马数字,其用途或为支付妓院费用。

这位凡·斯普根大人肯定是个哥特人、汪达尔人,在绘画上毫无品位。我不知道为何有人说他是个有品位的人。几天前,他路过安特卫普的街道,看到居民赤身裸体,就粗暴地指出,他认为弗拉芒人最好的方法就是卖掉画,买些衣服。噢,混蛋![1] 明天我们将去参观卡沃根先生的珍宝柜,后天我们将去参观凡·瑞先生收藏的奇珍异宝,大后天我们去加略山[2],之后……但我发现我的信纸已经写满了。我为大人的安康献上我最真诚的祝福,并希望在参观过意大利这个快乐的中心之后返回家中,不辜负大家为我的进步所付出的关怀和花费。

您忠实的

---

1 混蛋,原文为意大利语 Coglione。
2 加略山(Mount Calvary),又称骷髅地,耶稣基督受难之地。

第35封信

中国哲人的儿子与一位女俘虏。

波斯的奴隶兴波致旅行的中国哲人李安济，
信件经由莫斯科转寄。

命运使我成为他人的奴隶，但天性和偏好使我完全顺从于您。暴君支配着我的身体，但您是我心灵的主宰者。然而，当我承认我的灵魂随着环境的变化而萎缩时，请不要用您那坚定不移的天性来谴责我。我觉得我的心灵在严酷奴役下的屈服不亚于我的身体，我所服侍的主人一天比一天可怕。尽管理性教我鄙视他，但他那狰狞的形象甚至让我在梦中都感到恐惧。

几天前，一个在花园里劳作的基督徒奴隶碰巧来到了一座凉亭，暴君正在那里用咖啡招待他的后宫嫔妃们，这个不幸的俘虏因为闯入凉亭而被当场刺中心脏。我被优先安排到了他的岗位，虽然没有以前那么辛苦，却更不尽如人意，因为这使我离暴君更近了，他的存在让我既厌恶又恐惧。

现代波斯人沦落到了何等悲惨的境地！一个曾因给世界树立自由榜样而闻名的国家，如今成了暴君的国度和奴隶的巢穴。与这里成千上万在无望的奴役中挣扎、诅咒活着的每一天的人相比,堪察加[1]的无家可归的鞑靼人,自由自在地享受着他的草药和鱼,也许会让人羡慕不已。苍天,难道这就是公正的交易吗!数百万人陷入困境,仅满足少数人的幸福;没有我们的叹息和眼泪,这个地球上的强者就不能幸福吗;富人的一切奢侈都必须以穷人的苦难来编织吗!一定是这样,一定是这样,不和谐的生活不过是未来某种和谐的前奏;在这里,跟美德合拍的灵魂,将从这里出发,去充实上天[2]亲自主持的普世唱诗班。在那里,没有暴君蹙眉发怒,没有枷锁束缚,也没有桎梏与鞭打。在那里,我将再次欣喜地见到我的父亲,尽孝心。在那里,我将围在他的身边,聆听他谈论智慧,感谢他为我带来的一切幸福。

命运使之成为我主人的那个恶人,最近购买了几个奴隶,有男有女;在这些奴隶中,我听到有人对一个基督徒俘虏赞叹不已。买下她的太监习惯于冷眼旁观美女,但说起她来也是感慨万千!然而,她的骄傲比她的美貌更让与她一起来的奴隶吃惊。据说她拒绝了她傲慢的主人最热情的恳求;他甚至提出让她成为他的第四个妻子,只要她改变宗教信仰,并归顺于他的信仰。很可能她无法拒绝这种非同寻常的提议,而她的拖延或许是为了增加自己能获得的宠爱。

我刚才看到了她,她没有戴面纱,无意中走到了我坐着写字的地方。她似乎出神地注视着天空,最热切的目光也投向了那里。上天的杰作!多么柔和!多么灵动优雅!她的美丽仿佛是美德的透明外衣。天仙也不可能有比这更完美的外貌了,而悲伤又使她的外貌更像凡人,

---

[1] 堪察加(Kamchatka,本书原文作 Kamkatska),位于俄罗斯远东地区,在俄语中表示"极远之地"。
[2] 上天,原文为 Tien。

使我的钦佩中交织着怜悯。我从我坐的岸边站起来，她也赶忙离开；庆幸的是没有人看到我们，因为这样的会面可能是致命的。

至今，我对暴君的财富和权势毫无妒忌之意；在我看来，他的心智无法享受财富的恩赐，因此我把他视为一个被财富所累，而没有受其雨露沾溉之人。但现在，如许的美貌只留给他一个人，如许的魅力将挥霍在一个无法感受到恩赐的无耻之徒身上，我承认我感到了一种不情愿，而这种不情愿是我迄今为止所不曾有过的。

然而，父亲，您不要把这些不安的感觉归咎于爱情这种微不足道的因素。不，千万别以为您的儿子，睿智的冯煌大人的弟子，会屈服于如此堕落的激情。我只是看到这么多优秀的人被不公正地对待而不悦。

我不是为我自己，而是为这位美丽的基督徒而感到不安。当我想到她被安排的对象是一个野蛮人时，我同情她，真的同情她。当我想到她只能分享一颗心，这颗心却值得拥有一千颗心时，请原谅，我感到一种普世的仁慈使我产生的情感。我深信，您乐于见到人道主义的迸发，尤其乐于见证同情，因此我不能不察觉到这位与我素昧平生的受苦的美人在我心中激起的善感情怀。看到她的不幸遭遇，我暂时忘记了自己无助的处境。我们的暴君一天比一天凶残，而能让所有其他心灵变得温柔的爱，似乎只会增加他的严酷。惜别。

第 36 封信

接续上一封信。美丽的女俘虏同意嫁给她的领主。

**波斯的奴隶兴波致旅行的中国哲人李安济，
信件经由莫斯科转寄。**

整个后宫都洋溢着喜悦的气氛；美丽的俘虏泽丽斯同意信奉穆罕默德，并成为这个挑剔的波斯人的一位妻子。此时此刻，每个人脸上的喜悦之情难以言表。音乐和盛宴充斥着每个房间；最悲惨的奴隶似乎忘记了自己的枷锁，共同感受主人穆斯塔达的幸福。我们脚下踩着的草药不是为我们而生，但周围的奴隶为他们的主人而生；他们只是服从的机器，默默勤奋地等待着，感受着主人的痛苦，为主人的喜悦而高兴。天啊！一个人的幸福需要多少东西？

十二个最漂亮的奴隶，包括我在内，奉命准备把他抬到婚房。这里香气扑鼻，火焰通明，舞女和歌手都是花大价钱雇来的。婚礼将在临近的巴布哈节[1]举行，届时将向不孕不育的妻子们分发一百两黄金，以祈求给即将到来的结合带来生育能力。

1　巴布哈节（Feast of Baboura），此处哥尔斯密很可能参考了德·阿尔让在《中国人信札》第 45 封信中描述的"不育女性之节"（Boyer D'Argens, *Lettres Chinoises,* tome 2, p. 148）。

富贵无所不能！上百个在心里咒骂暴君的仆人奉命要面带喜色，便喜形于色。上百个谄媚者奉命前来，他们在暴君耳边赞不绝口。美貌，可以驱使一切的美貌，竟相祈求觐见，却几乎得不到回应；连爱也只能任由命运宰制，尽管所谓的爱只是伪装，却戴上了真诚的面具；即使是真正的真诚，又能带来什么更大的快乐？富人还有什么更多的快乐？

除了新娘的华丽礼服，没有什么能比得上新郎的华丽。六名太监穿着最奢华的衣服，将新郎引到婚礼席上，等待他的命令。六位穿着波斯华丽服饰的女士奉命为新娘脱去礼服。她们的任务是协助并鼓励新娘，为她脱掉衣服上所有累赘的部分，除了最后一块遮羞布。这块遮羞布被巧妙地用丝带编织起来，故意让人难以解开，新娘甚至要不情愿地将它交给拥有她美丽的快乐之人。

我的主人穆斯塔达与哲学无缘；不过他似乎完全满足于自己的无知。穆斯塔达是拥有数不清的奴隶、骆驼和女人的奴隶主，他不求更多。他从未翻过孟子的书页，但所有的奴隶都告诉我，他很快乐。

如果有时我的内心在反抗智慧的指令，渴望像他那样幸福，请原谅我天性的弱点。然而，我又何尝不希望拥有他的财富，拥有他的无知；希望像他一样，无法享受多愁善感的快乐，无法感受让他人幸福的快乐，无法教导美丽的泽丽斯哲学？

怎么，难道我为了拥有一百头骆驼、同样多的奴隶、三十五匹漂亮的马和七十三个漂亮的女人，就一时冲动放弃中庸之道、普世和谐和不变的本质么？把我说得一文不值，把我贬到最卑贱的人之下，或是让天国的神力削掉我的指甲，即便如此我也不屑于做这样的交换！哲学教我抑制激情而不是满足激情，它甚至教我使灵魂摆脱激情，它教我在折磨中保持平静；哲学使我现在如此宁静，如此自在，我怎么能为了任何其他的享受而放弃它呢！决不，决不，即使是以泽丽斯的口吻劝说我！

　　一位女奴告诉我，新娘将身穿银制的礼服，头发上缀着最大的霍尔木兹[1]珍珠。但为什么要跟您说这些细节呢，我们都不关心；分离的痛苦给我的心灵蒙上一层阴霾，在这举国欢庆的时刻，恐怕我的痛苦可能是其他原因造成的：那些像我一样的人是多么可悲啊，连最后的缓解痛苦的资源——眼泪——都被剥夺了。惜别。

---

[1] 霍尔木兹（Hormuz，本书原文作 Ormus），位于波斯湾的岛屿名，今属伊朗。

第37封信

接续上一封信。他开始厌恶对智慧的追求。

一则寓言证明其徒劳无益。

波斯的奴隶兴波致旅行的中国哲人李安济,
信件经由莫斯科转寄。

我开始心生疑虑,是否只有智慧才足以让我们幸福。我们的每一步精进是否都会带来新的不安。过于旺盛和活跃的头脑只会消耗与之相连的躯体,就像最珍贵的珠宝的镶嵌物很快就会磨损一样。

当我们的知识水平随着视野的开阔而不断提高时,我们关注的对象就会变得更加模糊。与试图掌握一个普遍体系的哲人相比,不识字的农民的视野只局限于他周围狭窄的范围内,他对大自然的观察更加细腻,对大自然恩惠的品尝也更有胃口。

几天前,当我在一群奴隶同伴中探讨这个话题时,其中一位同样以虔诚和智慧著称的拜火教信徒似乎被我的谈话所触动,他想用一则琐罗亚斯德《阿维斯塔》中的寓言故事来证明我的观点。他说:"通过这则故事,我们将了解到,那些追求智慧的人,只是在原地打转;在他们付出了所有的努力之后,最终又回到了原始的无知状态;从这个故事中,我们还可以看到,热切的自信或不尽如人意的怀疑会终结我们所有的探索。"

早期，在国家遍布地球之前，人们共同生活在一个山谷里。被崇山峻岭环绕的淳朴居民，除了他们所居住的这一小块地方，不知道还有别处的世界。他们幻想着天空弯下腰来与山顶相接，形成一堵不可逾越的墙将他们包围。从来没有人敢攀爬陡峭的悬崖，去探索悬崖外的世界；他们对天空性质的了解仅来自一个传统，这个传统提到天空是由金刚石构成的；传统构成了淳朴居民的推理方式，并让所有的探究变得沉默。

在这个幽静的山谷里，有大自然的一切产物，盛开的花朵，清新的微风，潺潺的溪流和金色的果实。朴实的居民似乎对自己和对彼此都很满意；他们不奢求更大的快乐，因为他们知道没有比这更大的了；野心、骄傲和嫉妒在他们中间是不为人知的恶习。由于这里的居民非常淳朴，这个国家被称为*无知之谷*。

然而，终于有一个不幸的年轻人比其他人更有抱负，他爬上了山腰，要去看看迄今为止被认为无法到达的山顶。山谷里的居民们惊奇地望着他，有人为他的勇气喝彩，有人斥责他的愚蠢，但他仍然向着天与地似乎融为一体的地方前进，经过艰苦卓绝的努力，终于到达了他所希望的高度。

最先让他感到惊奇的是发现天空并不像他预想的那样触手可及，而是仍然像以前一样遥远；当他看到山的对面有一片广阔的区域时，他更惊讶了；而当他发现远处的一个国家甚至比他刚刚离开的那个国家更加美丽诱人时，他惊得目瞪口呆。

就在他继续惊奇地注视远方的时候，一位精灵带着无限谦虚的神情走了过来，表示愿意做他的向导和导师。精灵说："那个你如此仰慕的遥远国度被称为**确信之地**，在那个迷人的世外桃源里，感性有助于完善每一场感官盛宴，那里的居民享受每一种坚实的快乐，并为他们能完全认识自己而感到幸福：在那个国度里，完全没有无知，有的只是满足，因为每一种快乐都要先经过理性的检验。至于我，我被称作**推演精灵**，我驻扎在这里，是为了带领每一位冒险家，穿过你所看到的那些被浓雾和黑暗笼罩，被森林、瀑布、洞穴和其他各种形式的危险所包围的地区，到达那片幸福的土地。跟着我走，假以时日，我就能带你到达那遥远的、令人向往的宁静之地。"

无畏的旅行者立即接受了精灵的指导，两人一起迈着缓慢但令人愉悦的步伐前行，并用交谈消除了路途的乏味。旅程的初始阶段似乎真的很令人满意，但当他们继续前行时，天空变得更加阴沉，道路愈加错综复杂，他们经常不经意地走到可怕的悬崖或激流的边缘，不得不退回他们以前的路。天空越来越阴沉，他们的步伐变得更加缓慢；他们每走一步都要停顿一下，经常跌跌撞撞，他们变得更加没有信心和更加胆怯了。因此，推演精灵建议他的学生用手和脚摸索着前进，这种方法虽然更慢，但不容易出错。

就这样，他们试图赶路，走了一段时间后，他们被另一位精灵追上了，他以一种更快的步伐走着同样的路。推演精灵立刻认出他是**可然性精灵**。他的背后长着两只宽大的翅膀，不停地挥动着，却丝毫没有加快他的速度；他的脸上流露出一种自信，无知的人可能会误以为他是真诚的。他只有一只眼睛，长在额头中间。

霍米兹达[1]的仆人，他走近凡人朝圣者喊道："如果你要去确信之地，怎么可能在一个精灵的指导下到达那里，他前进得如此之慢，对道路又如此不熟悉；跟我来，我们很快就能完成旅程，那里的一切乐趣都在等着我们的到来。"

这位精灵不容分辩的语气及其前进的速度，促使这个旅行者更换了一个引导者，把谦逊的同伴丢在身后，跟着自信的引导者上路了。他似乎对自己明显的提速十分高兴。

但很快，他就后悔了。每当有激流挡在道路上时，向导就会教他跳进洪水中，以示对障碍物的蔑视；每当有悬崖峭壁出现时，向导就会指示他奋力向前。就这样，他每次都能奇迹般地逃过一劫，而屡次逃过险难只会让向导更加胆大妄为。就这样，向导带领他在困难重重中前进，直到他们来到了一片汪洋大海的边界。从海面上弥漫的黑雾来看，这片大海似乎无法航行。汹涌的波涛呈现出最黑暗的色调，生动地再现了人类心灵的各种躁动。

可然性精灵现在承认了自己的冒失，承认自己是前往**确信之地**的一个不合适的向导，而**确信之地**是一个凡人从未被准许到达的国度；可然性精灵表示愿意为旅行者提供另一个

---

[1] 霍米兹达（Hormizda），可能借鉴自德·阿尔让《中国人信札》第103封信中的d'Hormizda（Boyer D'Argens, *Lettres Chinoises,* tome 4, pp. 128–129）。

向导，把他带到确定之国，那里的居民生活得非常安宁，而且和确信之地的人一样感到满足。不等对方回答，他就在地上跺了三下，召唤出歧途恶魔，一个作为阿里曼斯[1]仆人的阴郁的魔鬼。大地张开大嘴吐出了这个不情愿的野蛮人，他似乎无法忍受白天的光线。他身材魁梧，肤色黝黑，面目狰狞，眼神中透露出千变万化的激情，他展开的羽翼适于最快速的飞行。旅行者起初被这个幽灵吓了一跳；但他发现这个幽灵能服从于强大的力量时，便又恢复了内心的平静。

可然性精灵对恶魔喊道："我召唤你去执行任务，用你的背驮着一个凡人之子，越过疑虑之海，到达确定之国。我希望你准时完成任务。""至于你，"精灵对旅行者说，"我把这片丝带绑在你的眼睛上时，不要让任何劝说的声音，也不要让最可怕的威胁，说服你解开丝带，以便环顾四周；把丝带绑紧，不要看下面的海洋，你就一定会到达一个快乐的地方。"

旅行者的眼睛被遮住了，恶魔喃喃地咒骂着，把他驮到背上，用自己强有力的羽翼立刻把他托起，在云层中飞行。无论是最响亮的雷声，还是最愤怒的暴风雨，都无法劝说旅行者解开眼睛上的束缚。恶魔向下飞去，在海面上掠过。无数的声音，有的是大声谩骂，有的是带着蔑视的嘲讽，妄图劝说旅行者向四周看看；但他还是继续遮住眼睛，要不是

---

[1] 阿里曼斯（Arimanes），可能借鉴自德·阿尔让《中国人信札》第103封信中的d'Ahariman（Boyer D'Argens, *Lettres Chinoises,* tome 4, pp. 128–129）。

奉承话产生了其他手段无法奏效的作用，他很可能已经到达了幸福之地。现在，他听到四面八方都在欢迎他来到应许之地，大家都在为他的平安到来欢呼雀跃；疲惫不堪的旅行者渴望看到向往已久的国家，终于扯开了眼睛上的丝带，大胆地环顾四周。但是，他太早地松开了眼上的覆盖物，他还没有走过一半的路程。恶魔还在空中盘旋，发出那些声音只是为了欺骗旅行者，现在恶魔已经摆脱了被委托的任务；因此，他把这个吃惊的旅行者从背上扔了下来，这个不幸的年轻人一头栽进了下面的疑虑之海，从此再也没有人看见他从那里站起来。

第38封信

中国哲人颂扬英国最近一场判决的公正性，
并以夏洛莱[1]王子案件为例说明法国国王的不公正性。

李安济·阿尔坦济寄北京礼部尚书冯煌。

当希腊人帕梅尼奥[2]做了一件事，引起了周围人群的一片叫好声时，他立刻怀疑，得到他们赞许的事情肯定是错的。于是，他转向站在他身边的一位哲人说："先生，请原谅我；我恐怕犯了一些荒唐的错误。"

您知道我和他一样鄙视众人，您也知道我同样憎恶对大人物的奉承。然而，众多的因素共同为现任英国君主统治的后期增添了光彩，我无法不表示我的赞美之情；我不能不承认众人这一次的一致赞许是公正的。

然而，不要认为打了胜仗、扩大了统治范围、使敌人屈服，就是我现在要赞扬的美德。如果在位的君主只是因为胜利而闻名，我应该

---

1 即夏洛莱伯爵（Charles de Bourbon-Condé, Count of Charolais, 1700—1760），法国贵族。他放荡不羁，暴虐成性，多次犯罪，但其贵族头衔保护其免受法律审判。
2 帕梅尼奥（Parmenio, 约公元前400—前330），马其顿将军，曾为马其顿腓力二世和亚历山大大帝效力。

对他的品格漠不关心。在这个开明的时代，英雄主义被认为是一种非常低级的可夸耀的品质，人类现在开始对这些人类的敌人感到恐惧。我在这位年迈的君主身上看到的美德，是一种更崇高的品德，是一种最难实现的美德，是所有王者美德中最不受赞美的美德，却最值得赞美。我指的美德是**正义**，一种严格的正义，不严厉，不偏袒。

在所有美德中，这是拥有赦免权的国王最难做到的。所有人，甚至是暴君，在不受感情或利益所左右的时候，都会倾向于仁慈，我们的内心总是会说服我们原谅自己，受到这种悦己心理的支配，我们宁可顺从自己的内心，而不是去满足公共利益。一个人如果把理智的支配与内心的支配对立起来，把人民未来的利益看得比自己眼前的满足更重要，那么他对公众的爱该是多么彻底，他对激情的控制该是多么有力，他的判断该是多么敏锐。

如果考虑到人们对温柔的天然偏向，再加上罪犯的朋友们无数次地请求宽恕；如果我们看到一个国王不仅违背自己的情感，而且不情愿地拒绝了他所关心之人，而这一切都是为了满足公众的需求，他可能永远也听不到公众的呼声，永远也得不到公众的感激：这肯定是真正的伟大！让我们假想一下自己处在这位公正的老人的位置上，周围有许多人都在请求同样的恩惠，这种恩惠是大自然赋予我们的。在那里，怜悯的诱因以最强烈的方式摆在我们面前，求情者们围在我们脚下，有些人准备对拒绝怜悯表示不满，没有人反对怜悯。我说，让我们假想一下自己处在这样的境地，我想我们会发现自己更容易表现出善良之人的性格，而不是一个正直的法官的性格。

正义高于其他所有王者之美德的原因在于，正义很少得到应有的掌声，那些践行正义的人一定受到了比虚名更大的动机的影响。人们通常对减免惩罚和所有披着人道外衣的行为感到满意；只有智者才能辨别出公正的正义是最真切的仁慈：他们知道要对一个恳求温柔的对象既同情又谴责是很难的。

这个国家最近发生的一个引人注目的案件让我产生了这样的想法，这个案件证明了司法的公正性，也证明了国王对罪有应得者施以惩罚的坚定决心。一个贵族在激情、忧郁或疯狂的情况下杀害了他的仆人，[1]大家本以为他的社会地位会减轻对他的惩罚，然而，他还是被提审、判刑，并与最卑微的罪犯一样被处以有辱人格的死刑。人们都认为，只有拥有美德才是真正的贵族；如果一个人的行为甚至连普通大众都不如，那么他无权获得那些只应凭功绩来奖赏的荣誉；或许人们认为，在较高的阶层中，罪行更令人发指，因为他们受到的诱惑更少。

在所有东方国家中，即使是中国也不例外，同样阶层的人犯了这样的罪，只要向法官交出一份财产，就可以免除对他的判决。甚至在欧洲的一些国家，仆人完全是主人的财产。如果奴隶杀了主人，奴隶就会死于最痛苦的折磨；但如果情况相反，少量的罚款就可以免除对罪犯的惩罚。一个人人平等的国家是幸福的，在这个国家里，法官太正直了，不会收受贿赂，太有荣誉感了，不会因为犯人的头衔或情况与自己相似而怜悯他。英国就是这样，但不要以为英国一直以严格公正著称。曾经，即使在这里，头衔也会软化法律的严酷性，有身份的恶人也能免于一死，这多年来一直是正义和高贵的耻辱。

---

[1] 指劳伦斯·雪利（Laurence Shirley，1720—1760），第四代费勒斯伯爵（Earl Ferrers），因谋杀其总管约翰·约翰逊（John Johnson）而被判死刑，1760年5月5日在伦敦被处以绞刑。

时至今日，在邻国，大人物犯了最可耻的罪行依然能得到最可耻的赦免。在他们当中，有一个人仍然活着，他曾不止一次地应遭受最耻辱的严厉惩罚。然而，他的皇室血统被认为足以弥补他给人类带来的耻辱。这位贵族以从宫殿顶上向下面的人员射击为乐，他通常每天都会花一些时间来进行这种有贵族气质的娱乐活动。最后，他被一个以这种方式被杀死的人的朋友传讯，罪名成立，被判处死刑。仁慈的君主考虑到他的地位和品质，赦免了他。不久，这个不知悔改的罪犯又重新开始了他一贯的娱乐活动，以同样的方式杀害了另一个人。他第二次被判刑，奇怪的是第二次又得到了国王的赦免！您相信吗？这个人第三次犯了同样的罪行；其国家的法律第三次判定他有罪——我希望为了人类的荣誉，我可以把剩下的部分删掉——他第三次被赦免了。您不会认为这样的故事太离奇而难以相信吧，您不会认为我是在描述刚果的野蛮居民吧；唉，这个故事是真实的，而且发生这个故事的国家自认为是欧洲最开化的国家！惜别。

第39封信

描述真正的文雅。两封来自不同国家的信，
写信者是在国内被误认为文雅的女士。

李安济·阿尔坦济寄阿姆斯特丹商人×××。

每个国家的礼仪都不尽相同，但真正的文雅在任何地方都是一样的。占据了我们大量注意力的礼仪，只是无知者为了模仿文雅行为而假意提供的帮助，而文雅是善意和天性的结果。一个人如果具备了这些品质，尽管他从未见过宫廷，也会真正讨人喜欢；如果不具备这些品质，即使他一辈子都是绅士的仆从，也会继续做一个小丑。

一个在东方宫廷缛节中长大的中国人，如果带着他所有的礼貌举止走出长城，会受到怎样的对待？一个精通西方礼仪的英国人，在东方的宴会上会是什么样子？他会不会被认为比他那没有教养的男仆还要野蛮？

礼仪就像王室授权在一个国家流通的基础货币；它在国内具有真正货币的各种用途，但如果被带到国外就完全没有用了；一个人如果试图在另一个国家传播其本国的糟粕，就会被认为是可笑或可耻的。一个真正有教养的人，知道何时该珍视，何时该鄙视那些被某些人看得很重的民族特性；一个有品位的旅行者很快就会发现，智者在全世界都彬彬有礼，而愚者只有在国内才彬彬有礼。

现在我面前有两封关于同一主题的非常时髦的信，都是出自名门淑女之手；其中一位引领着英国的时尚，另一位则是中国的礼仪典范：她们在各自的国家都被所有美丽的人[1]视为品位的标准和真正文雅的典范，而且都让我们真正了解了她们所想象的崇拜者的高雅之处。她们中的哪一位理解了真正的文雅，哪一位没有理解，您可以自行决定。这位英国女士是这样写信给她的女性好友的。

亲爱的夏洛特，我相信上校最后一定会成功的；他是一个最令人难以抗拒的家伙，他衣着考究，穿戴整洁，充满活力，讨人喜欢。我发誓，他就像蒙克曼侯爵的意大利灵缇犬一样有精神。我第一次见到他是在拉内勒[2]，他在那里大放异彩；没有拉内勒，他什么也不是；没有他，拉内勒什么也不是。第二天，他就寄来了一张卡片，向我致意，希望能陪我和妈妈去欣赏我们订购的音乐表演。他的眼神一直带着不可抗拒的厚颜无耻，他的脸上肯定有什么东西，这让我感到非常高兴，就像我手里拿着一对王室天然珠宝一样。随后那天的上午，他一直陪伴着我和妈妈，直到看到我们回家：你一定知道，这个阴险的魔鬼向我们俩都示爱。男仆轻快地走到门前，我的心砰的一下跳了起来；我想他一定会把房子震塌的。马车开到窗前，他的仆人穿着最漂亮的衣服：他真是品

---

1 美丽的人，原文为法语 beau monde。
2 拉内勒（Ranelagh），指伦敦的拉内勒游乐园（Ranelagh Gardens），是18世纪通俗文化的标志。

位无限啊,那是绝对的。妈妈一上午都在梳妆打扮,而我穿着便装接待他;他走近时,我一点也不紧张;妈妈装得和我一样轻松[1],尽管如此,我还是看到她脸红了。他确实是个杀人不眨眼的恶魔!他和我们待在一起的时候,我们除了笑还是笑。我从来没有听过这么多好话:一开始他把妈妈误认为是我妹妹,听到这妈妈笑了;接着他把我的自然的肤色误认为是颜料,听到这我笑了;然后他给我们看了他鼻烟壶盖子里的一幅画,我们都笑了。他皮克牌[2]打得很烂,又非喜欢玩牌,而且输得很有风度,所以他确实赢得了我的心;打牌我赢了一百块钱,却输掉了我的心。你知道的,他只是一名民兵团[3]的上校。

亲爱的夏洛特
永远爱你的
贝琳达

一位中国女士在同样的场合给她的挚友——一位贫寒的亲戚——写信。在信中,她似乎比西方的美人更懂礼节。您在中国居住了这么久,一定会很容易意识到这幅画取材于大自然;而且,如果您熟悉中国的习俗习惯,就会更好地理解这位女士的意思。

---

1 轻松,原文为法语 degagée。
2 皮克牌(piquet,原文作 picquet),一种通常由两人用32张牌对玩的纸牌游戏。
3 民兵团,原文作 train band,为 trained band 的缩略变体,指17、18世纪时英国或美国的民兵团。

瑶华致雅雅的信

爸爸坚持要我的心上人长官给他一、二、三、四百两银子，才肯让其带走我的一绺头发。唉！我多么希望我心爱的人能拿出钱来，把聘礼付给爸爸。[1]官人被认为是全陕西[2]最文雅的人。他第一次来我们家做客时，真是可怜人，他在爸爸面前弯腰、畏缩、停步、后退、匍匐前进，让人以为他已经把十七本礼仪书背得烂熟。走进大厅时，他非常优雅地挥了三次手，爸爸也不甘示弱，挥了四次手；于是官人又开始挥手，就这样，两人都以可以想象的最文雅的方式继续挥舞了好几分钟。我被安排在屏风后面的老地方，透过一条缝隙看到了整个仪式。官人很清楚这一点，因为爸爸告诉了他。我本想把我的小脚展示给他，但没有机会。这是我第一次有幸见到爸爸之外的其他男人。我发誓，亲爱的雅雅，我以为我的三魂都要从我的嘴里逃走了。唷，他看起来无比迷人，他被认为是全省身材最好的人，因为他很胖，而且很矮；但这些天生的优势，也因他的衣着而得到了改善，他的衣着时尚得无法形容。他的头剃得很光，只剩下头顶，头顶的头发编成一条最漂亮的辫子，一直垂到脚后跟，辫子的末端插着一枝黄玫瑰。他一进门，我就很容易察觉到他身上散发着

---

1 此处哥尔斯密可能参考了杜赫德《中华帝国全志》中对中国婚庆习俗的描写（J. B. Du Halde, *A Description of the Empire of China*, vol. 1, pp. 289–310）。
2 陕西，原文为 Shensi，哥尔斯密可能参考了杜赫德在《中华帝国全志》中介绍的中国省份名 Shen-si（J. B. Du Halde, *A Description of the Empire of China*, vol. 1, p. 2）。

浓郁的阿魏[1]的气味。我亲爱的雅雅，他的样子，他的样子，让人无法抗拒。在整个仪式期间，他的眼睛一直牢牢地盯着墙壁。我确信，没有任何意外能扰乱他的注意力，也不会把他的目光吸引过去。在彬彬有礼地沉默了两个小时之后，他殷勤地请求引入那些唱歌的女人，纯粹是为了逗我开心。其中一位歌女用她的歌声为我们表演了一段时间后，官人和她一起退下了几分钟。我还以为他们不会再回来了；我必须承认，他是一个最讨人喜欢的人。他回来后，歌女们继续唱歌，他和以前一样继续注视着墙壁。不到半小时，他又和另一个歌女出了房间。他确实是个最讨人喜欢的人。

当他来告辞时，整个仪式又重新开始了。爸爸要送他到门口，但官人发誓说宁愿看到地球倒转，也绝不允许他挪动一步，爸爸最后不得不答应了。他一到门口，爸爸就出去送他上马，他们在这里又是打躬，又是作揖，持续了半个小时，一个才肯上马，另一个才肯进屋，不过官人总算大功告成。他还没走出屋子一百步，爸爸就跑出来对他说，一路平安。听到后官人又折返回来，要送爸爸进屋后才离开。他刚回到家，就给我送来了一份非常精美的礼物——二十个不同颜色的鸭蛋。他的慷慨赢得了我的好感。从那时起，我就一直在努力研究我们的八字[2]，我满怀期望。我要担心的是，在他迎

---

[1] 阿魏（asafoetida，原文作 assa foetida），多年生草本，具强烈蒜臭味。阿魏酸或被认为具有催情的功效。
[2] 八字（eight letters），杜赫德在《中华帝国全志》中介绍中国的婚礼习俗时提到了 eight Letters of Good Luck（J. B. Du Halde, *A Description of the Empire of China*, vol. 2, p. 45）。

娶我之后,我坐在轿子上被抬到他家,当他第一次看到我的脸时,他可能会再把我关进轿子,然后把我送回爸爸身边。不过,我还是要尽量打扮得漂漂亮亮;妈妈和我已经为我的婚礼买好了衣服。我的头发上会插着一根新的凤凰簪子,它的喙一直伸到我的鼻子上。我们是从磨坊主那里买的那个凤凰簪子和丝带,她没有良心,欺骗了我们,为了让我的良心安静下来,我也骗了她。你知道的,这一切都很公平。就此搁笔,我亲爱的雅雅。

永远忠诚的
瑶华

第40封信

英国仍有诗人,却不是填词凑句的诗人。

李安济·阿尔坦济寄北京礼部尚书冯煌。

您一直对英国诗人极为推崇,认为他们在艺术上不比希腊人、罗马人甚至中国人逊色。但现在连英国人自己都认为,他们的诗人已经绝种,每天都有人哀叹品位和灵感的滑坡。他们说,珀伽索斯[1]的缰绳已经从他的嘴里滑落,而我们现代的吟游诗人试图通过抓住他的尾巴来引导他飞行。

然而,我的朋友,这样的议论只在无知的人中间盛行,真正有见识的人可以看到,英国人中仍有一些诗人,他们中的一些人与他们的前辈不相上下,甚至有过之而无不及。无知的人认为,只能把每行都有一定数量的音节,由一种空洞的思想抽象而来的,长度相同的,也许末尾还押韵的句子称为诗歌。但是,炽热的情感、鲜明的意象、简洁的表达、自然的描绘和调和的格律,完全足以充实我对这种艺术的

---

1 珀伽索斯(Pegasus),希腊神话中从被割下头的美杜莎的血中跳出的生有双翼的飞马,其蹄踏出灵感之泉,传说诗人饮此泉水可以获得灵感。

理解，并为每一种激情让路。

如果我对诗歌的理解是正确的，那么英国人目前并不像他们想象的那样缺乏诗歌的优点。在他们中间，我可以看到几位乔装打扮的诗人；有力量的灵魂、崇高的情感和宏伟的表达，这些构成了他们的特点。的确，他们中许多现代颂歌、十四行诗、悲剧或反语的作者都配不上诗人这个称号，他们多年来除押韵和测量音节外什么也没干。他们中的约翰逊和斯摩莱特[1]才是真正的诗人；尽管据我所知，他们一生中从未写过一首诗。

在每一种新兴的语言中，诗人和散文家的资质是都截然不同的。诗人总是先行一步，踏上未曾走过的道路，丰富他的本土资源，进行新的冒险。散文家则以更谨慎的脚步跟在后面，虽然行动缓慢，却珍藏着每一个有用的或令人愉快的发现。然而，一旦诗人知道了语言的所有范围和力量之后，他似乎就会停止劳动，最终被勤奋的追随者追上。这时，两个角色融为一体，历史学家和演说家捕捉到诗人的所有激情，而诗人除了定期的数字叠加，没有留下任何真正的标志。因此，在欧洲古代学的衰落时期，塞涅卡虽然写的是散文，却和卢坎一样是诗人，朗吉努斯虽然是评论家，却比阿波罗尼乌斯更崇高。[2]

由此看来，现在的英国人并没有停止诗歌创作，而是改变了诗歌的形式，外在的形式似乎与过去不同，但诗歌的内在仍然如故；唯一

---

[1] 约翰逊（Samuel Johnson，1709—1784），常被称为"约翰逊博士"，18世纪英国文坛的领袖人物；斯摩莱特（Tobias George Smollett，1721—1771），18世纪苏格兰诗人、作家。

[2] 卢坎（Marcus Annaeus Lucanus，39—65），罗马诗人，著有描写恺撒与庞培之间内战的史诗《法沙利亚》；朗吉努斯（Longinus，213—273），古希腊作家，被认为著有文学批评著作《论崇高》；阿波罗尼乌斯（Apollonius，约前262—前190），古希腊几何学家。

的问题是，上个时代的优秀作家使用的韵脚好，还是这个时代的好作家使用的散文体的音律更可取？在我看来，上个世纪的做法更胜一筹，他们屈从于音节、音步数和其他音韵上的约束；这种约束非但没有削弱，反而增强了其情感和风格的力量。克制的想象力可以比作喷泉，它通过缩小孔径而发挥出最大的力量。对于这句格言在每一种语言中的真理性，每一位优秀的作家都能从自己的经验中完全感知，然而要解释其中的原因，也许就像让一个冷酷的精灵从这一发现中获益一样困难。

还有一个原因可以解释上个时代诗人的做法，那就是调式的多样性。散文的音乐只限于极少的变化，而诗歌中的音节、音步数则可以变化无穷。我现在说的不是现代诗歌作者的做法——他们中很少有人了解音乐的多样性，而是在整首诗中运用同样的单调流线——以他们以前的诗人为例，这些诗人是这种多样性的大师，而且有在语言中容纳各种意想不到的音乐的能力。

人们为诗歌尺度的变化制定了若干规则，批评家们对重音和音节进行了详尽的讨论，但在这种情况下，只有良好的感觉和敏锐的耳朵才能做出评判，而这些是规则永远无法教给人的。喜悦的流淌，或愤怒的中断，需要完全不同的重音，需要与其所要表达的情感相一致的结构。不断变化的激情和随激情变化的数字是西方诗歌和东方诗歌的全部秘密。总之，英国现代职业诗人的最大缺点是，他们似乎缺乏应该随激情变化而变化的音节数，他们更多的是在描述想象，而不是直击心灵。惜别。

第41封信

圣保罗教堂里教徒祈祷时的举止。

李安济·阿尔坦济寄北京礼部尚书冯煌。

孔子的神圣弟子啊，不久前我向您寄去了关于这个国家国王和英雄的雄伟修道院及陵墓的介绍。此后，我又见到了一座并不古老却更壮丽的圣殿。在这座帝国最宏伟的教堂里，没有华丽的铭文，没有对死者的恭维，一切都十分优雅、朴素。不过，墙壁上还挂着几块破布，是在这次战争中付出了巨大代价从敌人那里缴获的。这几块破布是用丝绸做的，新的在中国可能值半串铜钱；然而，这个睿智的民族为了争夺这块破布，组建了一支舰队和军队，尽管这些破布现在已经老旧得几乎无法补缀成一块手帕。据说，通过这次征服，英国人获得了很多荣誉，而法国人则失去了很多荣誉。难道欧洲各国的荣誉只寄托在破烂的丝绸上吗？

我获准在整个仪式期间逗留于这座教堂。如果您还不了解英国的宗教信仰，根据我的描述，您可能会倾向于认为他们和老子道教的弟子一样，狂热地崇拜偶像。他们所崇拜的圣像，如巨人一般跨过内殿的大门，而内殿被视为建筑中最神圣的部分，这点和犹太人一样。传神谕者用数百种不同的语气，这似乎激发了崇拜者的热情和敬畏之心：一位看似女祭司的老妇人在感受神灵的启示时，摆出了各种姿态。传神谕者开口讲话时，所有的人都静默地注视着她，点头赞同，似乎被这些声音深深地感染了，而这种声音，在陌生人看来可能是含混不清、毫无意义的。

圣像说完话，女祭司用钥匙锁上了这块空旷的地方，我看到几乎所有的人都离开了圣殿。我以为仪式已经结束，于是拿着帽子，准备随着人群离开。这时，黑衣人拦住了我，告诉我仪式还没有开始。我大声说："怎么会！难道我没有看到几乎所有的信徒都离开了教堂吗？你要让我相信，这么多信奉宗教和道德的人，会在仪式结束之前以这种无耻的方式离开圣殿，那肯定是你弄错了；即使是卡尔梅克人[1]，也不会做出这种不雅的行为，尽管他们的崇拜对象不过是一只折叠的凳子！"我的朋友似乎在为他的同胞羞愧，他向我保证，那些离开的人只是一群音乐白痴，他们只对声音充满热情，他们的脑袋就像提琴盒一样空空如也；他说："那些留下来的人才是真正的虔诚教徒。他们用音乐来温暖自己的心灵，让自己达到适当的愉悦程度；看看他们的行为举止，您就会承认我们中间有些人是真正的虔诚教徒。"现在，我按照他的指引环顾四周，却没有看到他所承诺的狂热的虔诚。其中一名信徒似乎在透过一面镜子偷看同伴；另一个不是对着天堂，而是对着他的情妇表现出狂热之情；第三个在窃窃私语；第四个在吸鼻烟。而神父本人则用昏昏欲睡的语气宣读着今天的职责。我说："保佑我的双眼！当我偶然向门口望去时，我看到了怎样场景啊？一个信众睡着

---

[1] 卡尔梅克人（Kalmouks），卡尔梅克在本书第3封信中拼作Calmuck。

了,而且真的躺倒在他的垫子上:他现在是在享受着恍惚出神的好处,还是受到了某种神秘幻象的影响!"我的同伴说:"哎,哎,不是这样的,他只是不幸吃了一顿太丰盛的晚餐,发现自己无法睁开眼睛。"我转过身去,发现一位年轻的女士正处于同样的情形,摆出同样的姿势;我问道:"奇怪,难道她也吃得太饱了吗?"我的朋友回答说:"哎呀,你现在变得爱批评人了。她是吃得太多而昏昏欲睡?那可是亵渎神灵的举动!她只是因为在一个吹牛派对上彻夜未眠才睡着的。"我说:"那我就到别处转转吧,我看不出信徒们有任何虔诚的迹象,只有角落里的那个老妇人,她坐在一把哀悼用的扇子后面呻吟;她似乎因其所听之语大受启发。"我的朋友回答说:"是啊,我就知道我们会找到一些人吸引你的注意;我认识她,她就是住在修道院的那位聋哑女士。"

总之,几乎所有礼拜者,甚至一些看守人的行为举止都让我感到惊讶;我一直被教导相信,只有那些十分圣洁、有学识和正直的人才能被提拔到教堂里任职;没有听说过有人只是因为施恩惠于议员或供养贵族家庭的晚辈而被引入教堂的:既然他们的心思一直放在上天的事情上,我期望能看到他们的目光也投向那里,并希望他们的行为与他们的职责相符。但我后来得知,有些人被任命主持他们从未去过的教堂;并且,虽然钱到了他们手里,他们却乐于让别人去行善。惜别。

第42封信

中国的历史充满了伟大的行动,比欧洲的历史更甚。

冯煌寄永不满足的流浪者李安济·阿尔坦济,
信件在莫斯科中转。

我要继续谴责你的坚持不懈,责备那破坏你幸福的好奇心!是什么未曾品尝过的盛宴,是什么未知的奢华,回报了你痛苦的冒险!有什么快乐是你的祖国不能带给你的,有什么愿望是不能在中国得到满足的?那么,为什么要如此辛苦,如此危险,去追求你在国内就能得到的快乐呢?

你会说,欧洲人在科学和艺术方面都胜过我们。那些驾驭我们高远的志向的科学,那些可以满足无节制欲望的艺术。他们也许在造船、铸炮或丈量山川的艺术方面胜过我们;但在所有艺术中最伟大的艺术,即治国安民的艺术方面,他们是否胜过我们呢?

当我把中国的历史与欧洲的历史相比较时,我多么庆幸自己是这个源于太阳的王国的子民。翻开中国的历史,我看到的是一个古老庞大的帝国,它的建立似乎是由自然和理性所决定的。子女对父母的责任是每个人的天性,它构成了这个亘古存在的政府的力量。孝顺是一个国家的首要条件,也是最重要的条件。通过孝顺,我们成为皇帝的好臣民，能够公正地服从我们的上级，并对上天心存感激；通过孝顺，我们变得更喜欢婚姻，以便能够要求他人顺从我们；通过孝顺，我们成为好的行政官员，因为对于那些想学习统治的人来说，早期的顺从是最可靠的教诲。可以说，整个国家就像一个家庭，皇帝是这个家庭的保护者、父亲和朋友。

在这个与世隔绝的幸福之地，我看到几位王子，他们普遍认为自己是臣民的父亲；一个哲人的种族，他们不惜牺牲个人的幸福和眼前的名誉，勇敢地与偶像崇拜、偏见和暴政做斗争。每当有篡位者或专横者成为统治者，所有善良和伟大的人都会联合起来反对他。欧洲历史上有过像十二个官员一起揭露恶毒的皇帝帝相[1]的不端行为这样的例子吗？第一个执行危险任务的人被皇帝下令斩为两段；第二个人被下令施刑，然后残忍地处死；第三个人勇敢地执行了任务，却立即被暴君亲手刺伤：就这样，他们都受了伤，只有一个人例外。但这位勇敢的幸存者并没有因此而放弃自己的目标，他手持刑具走进皇宫，对着皇座喊道："皇帝啊，这是您忠诚的臣民为表示忠心而得到的印记。我已经厌倦了为暴君服务，现在来求死。"皇帝被他的无畏所震撼，立即原谅了他的大胆行为，并改过自新。欧洲的历史上有哪个暴君能有这样宽厚仁慈的行为？

当伟大的吉颂[2]皇帝被兄弟五人围攻时，他用军刀杀死了其中的四

---

[1] 帝相，原文为 Tisiang，这个名字可能借鉴自杜赫德在《中华帝国全志》中描述的夏朝的第五任皇帝 Ti-syang（J. B. Du Halde, *A Description of the Empire of China*, vol. 1, p. 147）。但下文关于帝相的故事或为哥尔斯密杜撰。

[2] 吉颂，原文为 Ginsong。其名字和故事可能借鉴了杜赫德《中华帝国全志》中元朝第四任皇帝 Jin-tsonng 的相关内容（J. B. Du Halde, *A Description of the Empire of China*, vol. 1, p. 216）。

个。他正在与第五人搏斗,这时他的卫兵冲上来,要把这个密谋者碎尸万段。"不,不,"皇帝面色平静地说,"在他们所有的兄弟中,他是唯一幸存的一个,至少让这个家庭中的一个人活下来吧,这样他年迈的父母就能有个人来养活和安慰。"

当明朝末代皇帝海桐[1]被篡位者围在自己的城池中时,他决心带着六百名卫士冲出宫殿,与敌人决一死战,但他们抛弃了他。就这样,他没有希望,宁可选择死亡,也不愿意活活落入叛军之手,于是他抱着自己独生的小女儿,退到了花园里。在一个凉亭里,他拔剑出鞘,一剑刺穿了这个年轻的无辜者的心脏,然后自刎,在长袍的边缘留下了以下用鲜血写的字句:我的臣民抛弃了我,我的朋友抛弃了我,我的身体随你们处置,但请饶恕,哦,饶恕,我的臣民。

一个帝国在如此漫长的岁月中始终不变,最终被鞑靼人征服,却依然保留着古老的法律和学问;与其说它接纳了外来征服者,不如说它将鞑靼人的领地并入了自己的帝国。一个像欧洲一样大的帝国,受同一种法律的统治,臣服于一个王子,在四千年的时间里只经历了一次持续的革命;这是一件如此伟大的事情,以至于我很自然地会鄙视与之相比的所有其他国家。在这里,我们看不到宗教迫害,也看不到人类之间因意见不同而产生的敌意。老子的弟子,佛教的崇拜者,孔子的哲人子弟,努力用行动来证明其教义的真理。

现在,从这一幸福的和平景象转向欧洲,这个阴谋、贪婪和野心的大舞台。即使是一个时代,欧洲也要经历多少次革命;而除了成

---

[1] 海桐,原文为 Haitong。其名字和故事可能借鉴了杜赫德《中华帝国全志》中明朝末代皇帝 Whay-tsong 的相关内容(J. B. Du Halde, *A Description of the Empire of China*, vol. 1, pp. 226–227)。

千上万人的毁灭，这些革命的结果又是什么呢？每一次重大事件都伴随着新的灾难。平静的季节在沉默中过去，它们的历史似乎只讲述风暴。在那里，我们看到罗马人把力量扩展到野蛮的民族，反过来又成为他们所征服的那些民族的猎物。我们看到那些成为基督徒的野蛮人与穆罕默德的追随者不断交战，或者更可怕的是，他们互相残杀。我们看到早年的议会批准了各种不法行为；十字军东征把征服过的国家和将要被征服的国家变得一片荒芜。逐出教会的通告令使臣民摆脱自然的效忠，并促使他们叛乱；鲜血流淌在田野和脚手架上；酷刑被作为说服悔改者的论据。为了增加作品的恐怖感，它被战争、叛乱、叛国、阴谋、政治和毒药所覆盖。欧洲有哪个国家从这些灾难中得到了什么好处？几乎没有。一千多年来，他们的纷争使彼此都不愉快，却没有使任何一方富裕起来。所有伟大的国家依然几乎还保持着它们古老的界线；没有一个国家能够征服另一个国家，从而终止争端。法国，爱德华三世和亨利五世对其进行了征服，尽管查理五世和菲利普二世也做出了努力，但法国仍然保持在其古老的范围内。西班牙、德意志、大不列颠、波兰，以及北方诸国几乎依然如故。那么，成千上万人的鲜血和无数城市的毁灭产生了什么影响呢？没有什么大的或显著的影响。基督教的王公们确实从基督教世界的敌人那里失去了很多，但他们彼此间却一无所获。王公们因为重野心而轻正义，理应成为人类的敌人；他们的牧师重好评而轻道德，误导了社会的利益。

无论我们从哪个角度看欧洲的历史，都会发现它是由罪行、愚蠢及不幸、无计划的政治及无结果的战争组成的；在这长长的人类弱点的名单中，有时会偶然出现一个伟大的人物或一种光辉的美德，就像我们在最可怕的荒野中经常遇到一座茅屋或一片耕地一样。但在遇到阿尔弗雷德[1]、阿方索[2]、腓特烈二世[3]或亚历山大三世[4]这样的人之前，我们会遇到无数个令人类蒙羞的王子。

---

[1] 阿尔弗雷德（Alfred the Great，849—899），盎格鲁-撒克逊英格兰时期威塞克斯王国国王，抵抗维京海盗的入侵，是一位英明的统治者，被尊称为"英国国父"。
[2] 阿方索（Alfonso，原文作 Alphonso，759—842），阿斯图里亚斯王国（Kingdom of Asturias）统治时间最长的国王，在位51年。
[3] 腓特烈二世（Frederick the Great，1712—1786），普鲁士国王，杰出的军事统帅，欧洲开明专制和启蒙运动的代表人物。
[4] 亚历山大三世（Alexander Ⅲ，1241—1286），苏格兰国王，八岁继承王位，十岁与英格兰公主玛格丽特结婚，但拒绝向英格兰国王致敬，使得英格兰企图在其未亲政时干涉苏格兰内政的计划落空。他拥有军事才能，曾击退挪威人入侵。

第43封信

听闻伏尔泰去世伪消息之后的呼告。

李安济·阿尔坦济寄北京礼部尚书冯煌。

我们刚刚得到消息，欧洲诗人和哲人伏尔泰已经去世！[1]他现在已经远离了千千万万的敌人，这些敌人在他活着的时候诋毁他的著作，玷污他的人格。在他后来的作品中，几乎没有一页不透露出，在无端指责的祸害下，他的心在流血的痛苦。庆幸他终于摆脱了诽谤，离开了这个配不上他和他的作品的世界。

我的朋友，让别人用赞美之词为伟人的灵柩送行吧；世界现在所遭受的这种损失反而让我产生了更强烈的情感。当一位哲人去世时，我认为自己失去了一位赞助人、导师和朋友。我认为世界失去了一个在战争和野心的践踏中能安慰她的人。大自然每天都在孕育着大量能够履行一切必要权力职责的人；但她吝啬于孕育高尚的思想，在一个世纪里，几乎没有产生一个天才能够为这个堕落的时代带来祝福和启

---

[1] 1760年5月10日，《公共记录报》(*Public Ledger*) 上刊登的一则新闻称伏尔泰已于瑞士死亡。1760年6月3日，《伦敦纪事》(*London Chronicle*) 发文称上述新闻为虚假消息；哥尔斯密的这封信于同一日在《公共记录报》上发表。

迪。她在培养国王、总督、官僚、可汗、侍臣方面是慷慨的，但三千多年来，她似乎已经忘记了她曾经是如何塑造出孔子的思想的；这样忘记了很好，因为一个糟糕的世界给了孔子如此糟糕的待遇。

我的朋友，为什么这种恶意一直追随着伟人，甚至一直追到坟墓中；是什么原因让这种比魔鬼还可怕的性情，使那些想要我们更变得明智、更幸福的人的生活变得更加痛苦？

当我把目光投向在不同时期启迪人类的几位哲人的命运时，我必须承认，这激发了我对最卑劣的人性的反思。当我读到孟子的鞭刑，[1]切钦[2]的酷刑，苏格拉底的毒酒，塞涅卡的浴刑；当我听到但丁受迫害，伽利略受监禁，蒙田遭受侮辱，笛卡尔[3]被放逐，培根忍受恶名；甚至洛克[4]本人也难逃责难；当我想到这话题时，我犹豫不决，究竟应该责备我的同胞的无知还是他们的恶毒。

如果您在当代的记者和拙劣作家中寻找伏尔泰的特点，您会发现他被描述成一个怪物，头顶智慧的光环，内心却向着罪恶；他的思想力量和他的卑劣的原则形成了可憎的对比。然而，在与他相似的作家中寻找他的特点，您会发现对他的描述大相径庭。在他们的描述中，您会发现他拥有善良的天性、人性、伟大的灵魂、坚韧，以

---

[1] 这里孟子受鞭刑之罚的说法，或是作者为了使之与文中其他蒙难的圣贤并列而杜撰的。孟子遭受酷刑的形象也可能源自《孟子》中有关"天将降大任于是人也，必先苦其心志，劳其筋骨，饿其体肤"的说法。后一表述也出现在杜赫德的《中华帝国全志》中。参见 J. B. Du Halde, *A Description of the Empire of China,* vol. 1, p. 438。

[2] 切钦（Tchin），作者或借鉴了德·阿尔让《中国人信札》第26封信中有关伊壁鸠鲁哲学的介绍（Boyer D'Argens, *Lettres Chinoises,* tome 1, p. 238）。

[3] 原文为 Cartesius，是法国著名哲人、数学家、神学家笛卡尔（René Descartes, 1596—1650）的拉丁名。

[4] 洛克（John Locke, 1632—1704），英国著名哲人、启蒙思想家。

及几乎所有的美德；在这些描述中，那些被认为最了解他性格的人是一致的。普鲁士王室[1]、德·阿尔让[2]、狄德罗[3]、达朗贝尔[4]和丰特奈尔[5]共同描绘了这幅图画，描述了这位人类的朋友和每一位冉冉升起的天才的庇护者。

他对自己认为正确的事情坚持不懈，对阿谀奉承深恶痛绝，这些构成了这位伟人的性格基础。从这些原则中产生了许多突出的美德和一些缺点；由于他对朋友热情，对敌人严厉，所有提到他的人似乎都具有同样的品质，对他的评价或欣喜或憎恶。像他这样杰出的人，很少有人会对他的品格无动于衷；每一位读者必是他的敌人或崇拜者。

这位诗人早在十八岁时就开始了其辉煌历程，甚至在那时就创作了一部值得喝彩的悲剧；他拥有少量的财产，但在一个腐败的时代，他保持了自己的独立，并通过教导他的同时代作家像他一样不受宠于权贵来维护学术的尊严。他曾因讽刺王室嫔妃而被驱逐出国。他曾接受法国国王的史官职位，但当他发现这个职位只是为了让他成为国家的第一谄媚者时，便拒绝了。

伟大的普鲁士人认为他能为王国增添光彩，十分重视他的友谊，并从他的教导中获益。他在这个宫廷里一直待到一场阴谋的发生，而这场阴谋似乎是世人至今都不知道的，这迫使他不得不离开这个国

---

1 《无忧无虑的哲人》。——原注（该书全名为 Oeuvres du Philosophe de Sans-Souci，第十章是对伏尔泰的描述，作者为普鲁士国王腓特烈二世。——译者注）
2 《中国人信札》。——原注
3 《百科全书》。——原注
4 达朗贝尔（Jean d'Alembert，1717—1783），法国著名的物理学家、数学家和天文学家，与狄德罗一起编纂法国《百科全书》，撰写序言、数学和自然科学条目。
5 丰特奈尔（Bernard Le Bovier de Fontenelle，1657—1757），法国哲人。

家。他自己的幸福、君主的幸福、他妹妹和宫廷中一部分人的幸福，都使他必须离开。

他厌倦了宫廷和所有大人物的愚蠢行为，于是隐居到了瑞士，一个自由的国度，在那里他享受宁静和缪斯女神的眷顾。在那里，虽然他本人不喜欢华丽的装饰，但他通常会在自己的餐桌上款待欧洲的博学者和文雅之士，他们都渴望见到这个曾令他们如此满足的人。宴会优雅体面，谈话依照哲人的风格展开。凡是自由与科学相结合的国家，都是他的最爱。对他来说，英国人身上有一种值得钦佩和尊重的品格。

伏尔泰和孔子的弟子之间存在着许多分歧；然而，观点不同丝毫不会减少我的敬意，我不会因为我的兄弟碰巧以不同于我的方式向我们的父亲请求恩惠而对他不满。让他的错误安息吧，他的优点值得钦佩；让我和智者一起钦佩他的智慧；让嫉妒者和无知者嘲笑他的缺点吧；对那些自己最愚蠢的人来说，别人的愚蠢永远是最可笑的。惜别。

第44封信

智慧和戒律可以减轻我们的痛苦,但永远不会增加我们的正向满足。

李安济·阿尔坦济寄波斯奴隶兴波。

我们不可能构建一种能适应人生各种状况的幸福哲学体系,因为每个人在这一伟大的追求中都会走上不同的道路。适合不同肤色的不同颜色,并不比适合不同心灵的不同愉悦更多样。那些妄图教导人们如何追求幸福的不同教派,只描述了他们自己的特殊感受,却没有考虑到我们的感受,只是给他们的信徒施加了约束,却没有为他们增加真正的幸福感。

如果我以跳舞为乐,那么我为一个瘸子规定这样的娱乐方式是多么荒谬;同样,如果他以绘画为主要的乐趣,那么他把这种乐趣推荐给一个失去辨别颜色能力的人也是荒谬的。因此,笼统的指导通常是无用的;而具体的指导需要花费大量的篇幅,因为每个人都可能需要一套特殊的戒律体系来指导他的选择。

每个人的心灵似乎都能享受一定量的幸福,任何制度都无法增加这种幸福,任何环境都无法改变这种幸福,幸福与否与财富无关。让任何一个人比较他现在与过去的财富,他都可能会发现自己总体上既不比过去好，也不比过去差。

得到满足的野心或无法弥补损失的灾难可能会产生短暂的快乐或痛苦。这些风暴可能会因其强大而使人不安，或者心灵很容易受它们的影响。然而，灵魂虽然起初会因事件而受鼓舞，但每天受到的影响都会减弱；最终，灵魂会沉静下来，恢复往日的宁静。如果命运发生了意外的转折，把你从枷锁中解救出来，让你登上王位，你自然会为这一变化而欣喜若狂；但性情，就像面孔一样，很快就会恢复原有的平静。

因此，每一个让我们期望在我们所处之地以外的地方获得幸福的愿望，每一个教导我们应该通过拥有新的东西而变得更好的制度，每一种承诺让我们比现在更上一层楼的制度，都只是为不安奠定基础，因为这是一种无法偿还的债务；它把我们找到的东西称作好东西，而实际上它不会给我们的幸福增添任何东西。

享受当下，不为过去遗憾，不为未来忧虑，这是诗人而非哲人的忠告。然而，这条戒律似乎比一般人想象得更加合理。它是关于追求幸福的唯一通用的戒律，可以适用于生活的每一种情况。享乐者、商人和哲人对它的论述同样感兴趣。如果我们在当下找不到幸福，我们又能在什么地方找到呢？要么反思过去，要么预测未来。然而，让我们看看这些是如何产生满足感的。

记忆过去和期待未来，似乎是人类与其他动物最不同的两种能力。虽然野兽在有限的程度上享有这两种能力，但它们的全部生活似乎都在当下，而不管过去和未来。与此相反，人类努力从这两个方面获得幸福，也由此经历了大部分痛苦。

这种思考的优越性究竟是我们应该夸耀并为此表达感谢的来自大

自然的特权呢，还是我们应该抱怨并因此而谦卑的不幸呢？无论是从滥用的角度，还是从事物的本质来看，它都肯定会让我们的处境更加悲惨。

如果我们能够通过记忆的力量，只唤起那些令人愉快的片段，而不掺杂那些令人不快的片段，那么我们可能会愉悦地激发出一种理想的幸福感，它也许比实际的感觉更加强烈。但事实并非如此；在回忆往事时，总会出现一些令人不快的情节，这些情节破坏了往事的美感；对邪恶事物的回忆不会有任何令人愉快的东西，而对美好事物的回忆总是伴随着遗憾。因此，我们在回忆中失去的比得到的更多。

我们发现，对未来的期待甚至比前者更令人痛苦。对即将来临的邪恶感到恐惧，当然是一种最令人不快的感觉；而在期待即将来临的美好时，我们又会因为尚未体验到实际拥有的感觉而感到不安。

因此，无论我们从哪个角度看，前景都是令人不快的。在我们身后，留下的是我们再也享受不到的快乐，因此我们感到遗憾；在我们面前，我们看到的是我们渴望拥有的快乐，因此在我们拥有之前，我们感到不安。如果有什么办法能让我们在这种思考的苦恼中把握住现在，那么我们的状态就会相当轻松。

事实上，这正是全人类的努力方向。那些没有经过哲学熏陶的人，尽其所能地追求娱乐和消遣的生活。生活中的不同等级、不同理解力的人，似乎都遵循这一点；或者不遵循这一点，就会偏离幸福。享乐之人以放纵为业，商人不甘落后，他们每一项自发的劳动都是变相的放纵。哲人自己，甚至在思索这个问题的时候，也在不自觉地放纵，消耗他过去曾经是谁或应该是谁的想法。

问题就在于，哪种消遣方式最完美：享乐、生意或哲学？哪一种消遣方式最能排除记忆或预期产生的那些不安的感觉？

快乐的热情只有在间隔期间才最吸引人。最大的狂喜只持续片刻，所有的感官都相互关联，任何一种感官的满足都会很快使所有其他感官腻烦和疲倦。只有在诗人那里，我们才会听到人们在满足于一种快乐之后，转而去享受另一种快乐。在自然状态下，情况却截然不同：贪食者饱餐一顿后，就无法感受到饮酒的真正乐趣；醉汉难以品尝恋人们炫耀的那些令人沉醉的时光；而恋人们在爱欲餍足之后，会发现其他各种欲望都有所减退。因此，在任何一种感官得到充分满足之后，享乐者会发现所有感官都变得无精打采，过去的享乐和预期的享乐之间出现了一道鸿沟，他感知到必须填满这一鸿沟。当下无法给人满足，因为他已经剥夺了当下的一切魅力——这样，一个无法待在当下的被占用的心灵，自然会回到过去或面向未来：反思者发现自己曾经很快乐，但知道现在不可能重复往昔的快乐；他还看到未来可能会快乐，希望这个时间已经到来。因此，除了那短暂的即时满足之外，他继续生活的每一段时光都是痛苦的。他无法像其他人那样过放纵的生活，没有人比他更频繁地与不愉快的自己交谈。他的热情很少，而且短暂；他的食欲像愤怒的债主，不断地索要他无力偿还的东西，但毫无结果；他以前的生活越快乐，他的遗憾就越强烈，他的期望就越急切。因此，享乐的生活是世界上最令人不快的生活。

习性使商人的欲望更加冷静，他对过去的快乐少了些遗憾，对未来的快乐少了些忧虑。他现在的生活虽然在某种程度上也充满了希望，却没有强烈的遗憾，也没有那么多短暂的喜悦和持久的痛苦。他所享受的快乐并没有那么鲜明，他所期待的快乐也不会产生过多的忧虑。

哲人关注的是全人类，却很少关注已经影响到或今后可能影响到自己的事情；对他人的关注构成了他的全部研究，而这种研究就是他的乐趣；这种乐趣在本质上是持续的，因为它可以随意改变，只留下很少因回忆或预期而产生的间歇性焦虑。因此，哲人的生活几乎是放纵和消遣；而使别人感到不安和痛苦的思考，则是他的伴侣和导师。

总之，正向的幸福是天生的，无法增加；痛苦是人为的，通常来自我们的愚蠢。哲学只能通过减少我们的痛苦来增加我们的幸福，除此之外别无他法：它不应该假装增加我们现有的存量，而应该让我们节约我们所拥有的一切。灾难的最大根源在于遗憾过去或期待将来：因此，只考虑现在而不考虑过去或未来的人是最明智的。这对于享乐之人来说，是不可能的；对于经商之人来说是困难的；而对于哲人来说，在某种程度上是可以做到的。如果人人生来都是哲人，生来都有将忧虑播撒于全人类，以消解一己之忧的才能，那我们就幸福了！惜别。

第45封信

伦敦人追求奇异景象和怪物的热情。

李安济·阿尔坦济寄北京礼部尚书冯煌。

虽然我经常收到这里的邀请，这可能会激起一些人的虚荣心，但当我考虑到激发这里人礼貌行为的动机时，我感到受到了羞辱。他们请我来，不是要把我当作朋友，而是要满足他们的好奇心；不是要招待我，而是要让自己感到惊奇：他们看到一个中国人的热忱，如同看到一头犀牛来访一样让他们感到自豪。

这个民族从上至下似乎都喜欢奇异景象和怪物。我听说，这里有一个人靠制造奇迹，然后把它们售卖或展示给人们而赚到了钱，过上了非常舒适的生活，不管它们一开始多么微不足道。把它们关起来收费展览，它们很快就成了奇迹！他用这种方法做的第一件事，就是在木偶戏的玻璃门后把他自己作为蜡像来展示。这样，他与观众就保持了适当的距离，他的头上还戴着铜冠，看起来非常自然，活灵活现。他一直这样成功地表演着，直到有一次他不由自主地打个喷嚏，让他在所有观众面前活了过来，结果在那段时间里他完全失去了用处，就像墓穴里安静的居民一样。

他决心不再扮演雕像，接下来又以印第安国王的形象来征收捐款；他给自己的脸涂上颜色，模仿野蛮人的号叫，成功地吓唬了一些女士和孩子，取得了惊人的成功：这样一来，如果不是因为他在扮演蜡像时欠下的债务而被捕，他本来可以过上非常舒适的生活。就这样，他被迫洗去脸上的妆容，发现自己回到了原初的肤色，而且一贫如洗。

一段时间后，他被从监狱里释放出来，现在他变得更加聪明了，他不再让自己成为一个奇迹，而是决心只制造奇迹。他学会了拼贴木乃伊的技艺；人工的天然畸形[1]从不亏本；据说，他把自己制造的七只石化龙虾卖给了一位著名的珍品收藏家；不过，博学的克拉维乌斯·普特里德斯在一篇非常详尽的论文中对此进行了反驳。

他最后一次制造的奇观不过是一个吊环，但通过这个吊环，他所获得的比他以前所有的展览都要多。人们似乎都认为，某个罪犯将被用一根绳子绞死。现在，他们最想看到的就是这根绳子；他决心满足他们的好奇心：于是，他找人用丝绸做了一根绳子，为了更加引人注目，还掺杂了几根金线。人们花钱只是为了看丝绸绳子，但当他们发现丝线中还混杂有金子时，就非常满意了。毋庸赘言，一旦人们知道罪犯是用麻绳绞死的，策展人就只得把他的丝绳以几乎与成本相同的价格卖掉了。

这里的人们渴望看到奇观，人们很容易想象，与其说他们希望看到事物应有的样子，不如说他们更希望看到事物不该有的样子。一只猫有四条腿，虽然它十分有用，但人们对它不屑一顾；如果它只有两条腿，无法捕捉老鼠，就反而会被认为是无价的，每一个有品位的人

---

1 天然畸形，原文为拉丁语 lusus naturae。

都会准备好抬升拍卖价格。一个人如果像空中的精灵一样完美，可能会挨饿；但如果像豪猪一样全身长满可怖的疣，他就会财源滚滚，他可以肆无忌惮地繁衍自身这个品种，并赢得掌声。

我的邻居中，有一位好心的女士，她是个裁缝，虽然针线活做得不错，但几乎找不到工作。而由于一次意外，她失去了双臂，这在其他国家会是重大损失，在这里却让她发了财，她现在被认为比以前更适合她的行业了；生意源源不断，所有人都愿意花钱看这位没有双手的手工业劳动者。

一位先生向我展示他收藏的画作，他在一幅画前驻足，赞叹不已，他说，这是一幅无与伦比的作品。我凝视了这幅画好一会儿，却没有看到他似乎为之着迷的那些美感：在我看来，它是所有收藏中最微不足道的一幅。于是，我问他这幅画美在哪里。"先生，"他说，"优点不在于作品，而在于完成的方式。这幅画是画家用脚画的，他用脚趾夹着铅笔。我花了大价钱买下了它，因为特殊的优点永远应该得到奖赏。"

但是，这些人不仅热衷于观赏奇迹，而且同样热衷于对创造奇迹的人给予慷慨的奖励。从那只由贵族赞助的有知识的奇狗，到那个带着一只盒子声称能最逼真地模仿大自然的人，他们都过着奢侈的生活。一个歌女坐在她自己的六匹马拉的马车上去募捐；一个家伙把一根稻草从脚趾扔到鼻子上就能发财；有一个人发现吞火是最方便的谋生方式；还有一个人在帽子上挂了好几个铃铛，据我所知，他是唯一一个靠脑袋劳动获得报酬的人。

一位年轻的作家，一位天性善良、学识渊博的人，前几天晚上向我抱怨这个时代错位的慷慨。他说："我花了大半的青春来教导和娱乐我的同胞，而我得到的却是孤独、贫穷和责备；而一个人，哪怕只有一丁点小提琴功底，或者学会了吹双簧的人的两声口哨，就会得到奖励、掌声和爱抚！""年轻人，"我对他说，"你难道不知道，在这样一个大城市里，做一个有趣的人比做一个有用的人更好么？你能一跃而起，在落地前摸下你的脚吗？""不能，先生。""你能为一个上等人拉皮条吗？""不能，先生。""你能骑着两匹马全速前进吗？""不能，先生。""你能吞下削笔刀吗？""这些招数我都不会。"我说："那就没有其他明智的谋生手段了，除非你通知全城的人，你能吃到自己的鼻子，以此获得捐助。"

我经常感到遗憾的是，我们东方的动作大师和表演者都没有来到英国。我很高兴看到这种挣钱的方法在亚洲流通，现在也到了意大利和法国，以便把流浪汉带到这里来。我们的一些把戏无疑会让英国人非常满意。时尚人士会对我们的舞女的姿态和屈尊俯就的态度感到非常满意，女士们同样会对我们的焰火表演者赞不绝口。如果看到一个留着胡须的大块头把带电的雷击枪对着一位女士的脸猛射，而不把她的头发弄乱，也不把她的头油弄化，那将是多么令人愉快的惊喜啊。也许，当第一个惊喜过后，她就会对危险习以为常；而女士们也会争相勇敢地站在炮火前。

但是，在东方的所有奇观中，最有用的，我想也是最令人愉快的，应该是劳国的镜子，它既能反映人的心灵，又能反映身体。据说，楚西[1]皇帝每天早上都要让他的嫔妃们在这种镜子前打扮身体和心灵；当女士们在梳洗时，他会经常严密地监视她们；据记载，在他的三百名

---

1 楚西，原文为 Chusi，或为哥尔斯密杜撰的皇帝名。

妃嫔中，没有一个人的心灵不比她的身体更美丽。

我毫不怀疑，这个国家的镜子也会产生同样的效果。毫无疑问，英国的女士们，包括嫔妃们，在这样一个忠实的监视器下，一定会非常漂亮。在镜子中，如果我们碰巧在一位女士梳妆打扮时仔细窥视她，我们可能发现她既没有赌博，也没有邪恶的本性；既不骄傲，也不放荡，更不喜欢闲逛。我们会发现，如果她的心灵出现了任何明显的缺陷，她都会更加小心地加以纠正，而不是去修补那些身体无法弥补的衰退；不，我甚至很容易想到，女士们在私下里会在这种器具上找到比任何其他从中国进口的花哨的小玩意儿更多的真正乐趣，尽管它们从来没有这么昂贵，也没有这么有趣。

第46封信

一个梦境。

李安济·阿尔坦济寄北京礼部尚书冯煌。

写完上一封信后,我就休息了,想着劳国镜子的神奇之处,希望在这里也能拥有一面镜子,让每一位女士都能免费地照照。幸运之神在我醒着的时候拒绝了我,在梦中却让我如愿以偿。我不知道是如何拥有那面镜子的,我看到几位女士正在走过来,有些是自愿的,有些则是被一群不满的精灵强迫着走过来的,凭直觉我知道那是她们的丈夫。

在我准备展出镜子的房间里摆满了赌桌,仿佛刚刚有人离开;蜡烛已经燃尽,时间是凌晨五点。我站在房间的一端,房间狭长,我可以更容易地分辨出每一个从门口走来的女性身影;然而,让我惊讶的是,我在众多女性中几乎看不到一张妩媚动人的面孔。不过,我把这归咎于时间尚早,并善意地认为,一位刚从床上爬起来的女士的面孔,总该是得到同情的。

第一个上前观看她的智慧面容的人是一位平民的妻子。我后来发现,她在少女时期是在当铺里长大的,现在她试图用华丽的服饰和昂贵的娱乐来弥补教养和情感上的缺陷。"表演者先生,"她走近大声说,"我听说你有啥东西要展示,是一种神奇的灯笼,在里面人们可以看到自己的内心;我抗议,正如比特[1]大人所说,我肯定它会非常漂亮,因为我以前从未见过这样的东西。但是怎样能照出内心呢?我们是不是要脱光衣服,把内在展示出来?如果是这样的话,正如比特大人所说,我坚决不同意;因为我不会在男人面前脱光衣服,我几乎每天晚上都这样告诉勋爵大人。"我告诉这位女士,将免去脱衣的仪式,并立即将镜子交给她照。

像一位一等的美人,她好不容易从天花的侵袭中逃过一劫,重新照她最喜欢的镜子,那面镜子曾经重复过每一个情人的奉承,甚至为赞美添加力量。她期待看到的是曾经给她带来快乐的东西,但她看到的不再是樱桃般的嘴唇、光洁的额头和说话时泛起的红晕,而是一张可憎的表皮,布满一条条接缝,似乎是由畸形的手缝制的;悲伤、怨恨和愤怒轮流充斥着她的内心;她责怪命运和星辰,但最让她感到怨恨的是那面不幸的镜子。这位女士也是如此;她以前从未见过自己的心灵,现在被它的畸形震惊了。只看一眼就足以满足她的好奇心;我把镜子举到她面前,她闭上了眼睛;无论我怎么恳求,她都不肯再看一眼;她甚至要从我手中抢走镜子,把它摔成碎片。因此,我发现是时候把她当作一个不可救药的人让她离开,我要去找下一个人了。

这是一位未婚女士,她一直保持贞操直到三十六岁,嫁人无望时才接受一个情人。没有哪个女人比她在狂欢时更大声了,她的心是完全自由的,几乎在各个方面都像个男人;她十分会嘲笑人,有一次为

---

[1] 比特(Beetle),这个姓氏意为"甲壳虫",此处有嘲讽之意。

打发时间甚至出言不逊。"来,亲爱的,你这张怪脸(她对我说),让我看一看。我倒不在乎我在这样一面老古董镜子里能看到什么;如果时尚人士能让我拥有美丽的容颜,我知道这个世界也会以足够的恭维让我拥有美丽的心灵。"我按照要求把镜子举到她面前,我必须承认,我被眼前的景象震惊了。然而,这位女士却极为得意地凝视了一会儿,最后转过身来,带着最满意的笑容对我说,她从未想过她如此漂亮,连一半也没想过。

她离开后,一位贵妇人不情愿地被她的丈夫带到镜子前。丈夫在拉她上前时,他自己首先照了镜子,他的心中似乎掺杂着不当的嫉妒。我本想责备他如此严厉地对待她,但当这位女士出现在镜子面前时,我立即收回了我的责备。因为,唉,他有这么多的猜疑是有理由的。

接下来是一位女士,她通常会取笑她所有的熟人,希望别人告诉她自己的缺点,但她从不改正这些缺点。她一走近镜子,我很容易就看出了她的虚荣、装腔作势和其他一些看起来很糟糕的缺点。在我的建议下,她立即着手弥补。但我不难发现,她并没有认真修补,因为她一边修补,它们一边破裂。就这样,在尝试了三四次后,她开始整理头发,把它当作普通镜子来用。

这时,大家让出了一个位置,让一位学识渊博的女士走了过来,她步伐缓慢,面容庄重,为了她好,我真希望她能更整洁些。"先生,"这位女士一边大声说着,一边用手捻着一撮鼻烟,"很高兴能看到我长久以来一直想了解的心灵,但是,为了给女性树立一个榜样,我必须坚持让所有同伴有窥视我的权利。"我鞠躬表示同意,然后递上镜子,镜子向这位女士展示了一个绝非她所期望看到的那么美好的心灵。不良的本性、不当的骄傲和脾气,都清晰可见,不会认错。最有趣的莫过于她的女伴们看了之后的笑声。她们从一开始就讨厌她，而现在，整个公寓都回荡着大家的笑声。除了像她这样坚韧不拔的人，没有人能忍受住她们的嘲讽：然而，她还是忍住了；当笑声散尽时，她非常平静地向大家保证，这一切都是一场骗局，她太了解自己的思想了，不会相信别人的任何虚假陈述。说完，她闷闷不乐地退了出去，决心不去弥补自己的过失，而是写一篇关于心灵反射的评论文章。

我必须承认，这时我也开始怀疑镜子的真实性；因为女士们看起来至少有早起的优点，她们五点钟就起床了，但我惊讶地发现镜子里的影像并没有映照出她们思想上的这种品质；因此，我决心把我的疑虑告诉一位女士，她的智慧面容看起来比其他任何人都要白皙，算上失误和缺陷，脸上总共没有超过七十九处斑点。我说："年轻的女士，我承认您的思想上有些优点；但还有一点我没有看到，我是说早上准时起床；我认为这块镜子在这方面是不真实的。"年轻女士对我朴实的想法莞尔一笑，红着脸承认，她和同伴们通宵都在赌博。

这时，除一位女士外，所有的女士都先后在镜中看到了自己，有的不喜欢，有的责骂活动的主持者；不过，我还是决定让这位似乎忽视了自己，也被其他人忽视的女士照一照镜子；我走到房间的一角，她仍然坐在那里，我把镜子放在她面前。我为我的成功感到高兴；忠实的镜子没有任何污点或瘢痕。就像未曾书写的纸张向作者的手展示其雪白无瑕的胸怀一样，这样的景象也出现在镜子中。"哦，你们英国祖先的女儿们，"我喊道，"转过身来，看着这位值得模仿的对象，承认镜子是公正的，这位女士是卓越的！"女士们听从了我的召唤，成群结队地走过来，看着镜子，承认镜中的映像是真实的，因为镜中的人又聋又哑，从一出生就是个傻瓜。

我清楚地记得梦中的大部分内容；其余的则和往常一样，充满了奇美拉[1]、魔法城堡和飞龙。既然您，我亲爱的冯煌大人，您特别善于对那些午夜的警告做出解释，您的解释一定会让我感到愉快。但是，由于我们相距甚远，您无法解释。不过，毫无疑问，从我的描述中，您会非常敬佩英国女士们的优秀品质，因为您知道的，梦境总是相反的。惜别。

---

1 奇美拉（chimera），希腊神话中狮头、羊身、蛇尾的吐火怪物。

第47封信

消遣是缓解痛苦的最佳方式。

李安济·阿尔坦济寄波斯奴隶兴波。[1]

你的上一封信透露了你的思想,你似乎喜欢智慧,但又被千百种激情所折磨。你会劝说我,我之前对你的教导仍在影响着你的行为,然而你的思想似乎并不比你的身体更少受奴役。学识、智慧、博学、艺术和优雅,如若不能增加拥有者的幸福,它们又算得了什么呢,只不过是心灵的装饰品而已。一个接受过哲学熏陶的心灵,会立刻获得橡树的稳定性和柳条的灵活性。减轻痛苦的最真实的方式,就是在压力面前退缩,就是承认我们感受到了痛苦。

欧洲圣人的坚韧只是一种理想,它要求我们对命运的打击无动于衷,或者掩饰我们的感受,这又有什么好处呢?如果我们对打击无动于衷,那是因为我们有幸福的体质;那是上天事先赐予我们的福气,任何艺术都无法令人获得它,任何制度都无法增加它。

---

[1] 这封信似乎不过是孔子的一首狂想曲。参见拉丁文译本。——原注(指1687年柏应理用拉丁文编撰的《中国哲学家孔夫子》一书。——译者注)

如果我们掩饰自己的感情，我们只是刻意地努力说服别人，让他们相信我们享有实际上并不拥有的特权。因此，当我们努力表现出幸福的时候，我们会立刻感受到内心痛苦的煎熬，以及费心欺骗自己带来的自责感。

据我所知，世界上只有两派哲人努力坚持宣传刚毅只是一种虚构的美德这一观念；我指的是孔子的追随者和那些信奉基督教义的人。所有其他教派都教人在不幸面前保持骄傲，只有他们两派教人保持谦逊。我们的中国哲人说，黑夜紧随白昼，正如呻吟和泪水紧挨着痛苦；因此，当不幸压迫着我们时，当暴君威胁我们时，我们的权利，我们的责任，就是甚至不惜消沉以寻求支持，向友谊寻求安慰，向爱我们的最好的朋友寻求安慰。[1]

我的孩子，哲人们长期以来一直抨击激情，认为激情是我们一切痛苦的根源。我承认，激情是我们一切不幸的根源；但激情也是我们快乐的根源：我们生活中的一切努力，以及所有的哲学制度，都应该朝着这个方向努力，不是为了假装没有激情，而是为了用那些导向美德的激情来击退那些导致罪恶的激情。

灵魂好比战场，两支军队每时每刻都在交锋；每一种恶习都有一个强大的对手。每一种美德都可能被一种恶习所压倒。理性引领着两支军队，除非得到另一种激情的帮助，否则它不能制服任何一种激情。因此，我们的心灵，就像一棵被暴风雨围困的大树享受宁静一样，当

---

[1] 这里提到的中国哲人的观点是杜撰的，但与此时西方人对中国"中庸"思想的认识相类似。《孔子的道德》对《中庸》的介绍就指出，中国人认为智者不会被"过度的喜悦"或"过度的悲伤"所困，而是会时刻根据道德规范收敛情绪。（*The Morals of Confucius*, p. 53）

它受到激情的公正均衡的影响时,也能享受安宁。

我已经尽我的微薄之力为你争取到了自由。最近,我写信给阿尔贡总督,希望支付你的赎金,尽管这要花费我从中国带来的所有财富。如果我们变得贫穷,我们至少还能共同承受贫穷的快乐;与友谊和自由相比,疲劳或饥馑又算得了什么呢。惜别。

第48封信

身居高位之人从事地位低下的工作的荒谬性。

用一则童话故事举例说明。

李安济·阿尔坦济寄阿姆斯特丹商人×××。

几天前，我到一个画家那里去消遣。在细看一些画作（我并没有打算买）时，我惊讶地发现工作间里有一位年轻的王子，他穿着画家的围裙，正在刻苦地学习绘画。我们立刻想起彼此曾经见过面；于是，在例行的恭维之后，我站在一旁，他继续作画。富人做的一切都会受到赞扬，因为这里的王公贵族和中国的王公贵族一样，从不缺乏追随者。王子身后站着三四个绅士模样的人，他每画一笔，他们都会安慰他，为他鼓掌。

无须我多说，看到这样一个年轻人，他的人生际遇使他有能力为成千上万的人服务，但他把心思浪费在画布上，还幻想着提高自己的品位，并以得体的礼仪来充实自己的地位，这让我感到非常不快。

看到错误并试图纠正错误，是我一贯的做法。因此，当公爵想知道我对一幅中国卷轴画的看法时，我便借此机会向他保证，中国的官员认为，详细地了解这种机械性的琐事，有失他的尊严。

这个回答引起了一些人的愤慨和另一些人的蔑视：我听到有人用

讥讽或怨恨的语气重复着汪达尔人、哥特人、品位、文雅艺术、精致和火等字眼。但是，我认为与有这么多话要说的人争论是徒劳的，我没有反驳他们，而是请求允许我讲一个童话故事。这个请求让他们笑得更厉害了；但我没有轻易被这些家伙的讥笑吓倒，我坚持要讲，我说，这个故事可以从最有力的角度说明将我们的感情寄托在琐事上是多么荒谬。我还补充说，希望这个故事的寓意能弥补这种愚蠢。这位贵族在水里洗了洗他的画笔，大声说："看在老天的分上，我们不想听道德说教：如果你必须要讲一个故事，就讲个没有道德说教的故事。"我装作没听见，在他处理画笔的时候，我开始讲述下面的故事。[1]

根据中国的年鉴，邦波宾王国似乎在两万年前就已经很繁荣了，当时有一位王子，他拥有国王的儿子通常所具备的一切才能。他的美貌比太阳还要耀眼。与他近亲的太阳有时会停下脚步，俯视着他，欣赏着他。

他的思想并不比他的身体逊色：他不用读书就知道一切；哲人、诗人和历史学家的作品都要交给他评判；他有很强的洞察力，只要看一下书的封面就能判断书的优劣。他以惊人的能力创作史诗、悲剧和田园诗；歌曲、警句或画谜，对他来说都是一样的，但据说他永远无法完成一首离合诗。总之，他出生时保佑他的精灵赋予了他几乎一切完美的能力，或者说，他的臣民愿意承认他拥有一切；而他自己则一

---

[1] 故事或在一定程度上起源于哥尔斯密的一次受骗经历：他的一个大学同学谎称为贵族从印度运来几只白老鼠，很快能赚到大钱，向他借钱购买装小白鼠的笼子。哥尔斯密信以为真，不惜当掉手表帮助同学，但此后再也没有见过他。参见华盛顿·欧文《哥尔德斯密斯传》，王安译，北京：中国友谊出版公司，2014年，第85—86页。

无所知。如此成就卓著的王子有了一个与他的功绩相称的名字；他被称为邦贝宁·邦波宾·邦波比内特，意思是太阳的启迪者。

由于他非常有权势，且尚未结婚，所有邻近的国王都急切地想与他结盟。每个国王都派出自己的女儿，以最华丽的打扮，带着最奢华的随从，来吸引王子；因此，有一段时间，宫廷里出现了不下七百位情感细腻、美丽动人的外国公主，个个都足以让七百个普通人幸福。

慷慨的邦贝宁看得眼花缭乱，要不是帝国的法律规定他只能选择其中一位，他真想把她们都娶回家，因为没有人比他更了解英勇的精神。他花了无数个时辰煞费苦心地挑选对象。一位女士完美无缺，但他不喜欢她的眉毛；另一位女士比晨星还要明亮，但他不喜欢她的凤凰簪子；第三位女士的脸颊不够白；第四位女士的指甲不够黑。最后，在经历了无数次的失望之后，他选择了无可比拟的赤龙女王南华。

王室婚礼的准备工作和失望的女士们的羡慕之情无须赘言；新郎新娘看起来都尽善尽美；美丽的公主在众人羡慕的目光中被带到了王室的沙发上，在卸下了所有累赘的装饰品后，她被安置在那里，等待着年轻的新郎。新郎并没有让她期待太久，他比早晨来得更欢快，在她的嘴唇上印下了一个灼热的吻，随从们把这当作一个适当的信号，纷纷退下。

也许我一开始就应该提到，除了其他几个爱好之外，王子还喜欢收集和饲养老鼠，这本是无伤大雅的消遣，他的参谋们都认为不应该劝阻他。因此，他在最漂亮的笼子里饲养了各种各样漂亮的小动物，笼子上镶满了钻石、红宝石、祖母绿、珍珠和其他宝石。这样，他每天花四个小时天真无邪地欣赏它们天真无邪的小消遣。

书接前文，现在王子和公主躺在床上；一个满怀爱意和期待，一个满怀谦虚和恐惧,这是很自然的;两人都愿意,但又不敢开始;这时,王子偶然朝床外看了一眼,发现了世界上最美丽的动物之一——一只绿眼睛的白老鼠——正在地板上玩耍,表演各种漂亮的把戏。他已经拥有蓝老鼠、红老鼠,甚至是黄眼睛的白老鼠,但一只绿眼睛的白老鼠是他一直想拥有的。因此,年轻的王子急不可耐地从床上一跃而起,试图抓住这个小精灵。但它马上就逃走了,因为这只老鼠是一个不满意的公主派来的,它本身就是一个小精灵。

王子此刻的痛苦无以言表。他找遍了房间的每一个角落,就连公主躺的床也不放过;他把公主翻了个身,又翻回去,把她的衣服脱得精光,可就是找不到老鼠;公主自己也好心地帮忙,可还是无济于事。

年轻的王子痛苦地说道:"唉,我真不甘如此失望;我从来没有见过这么漂亮的动物,我愿意把我的半个王国和我的公主送给找到它的人。"公主虽然对他的后半句话不太满意,但还是尽力安慰他;她告诉他,他已经有一百只老鼠了,这至少足以满足像他这样的哲人。虽然他的老鼠中没有一只长着绿色的眼睛,但他应该学会感谢上苍,因为它们还有一双眼睛。她告诉他(她是一个知识渊博的道德家),不可救药的邪恶是天生的,无用的悲叹是徒劳的,人生而不幸;她甚至恳求他回到床上去,她会努力让他在她的怀抱里歇息。但王子还是无法平静;他用一种严厉的态度对待她,他的家族就是这样,他发誓在找到那只绿眼睛的白老鼠之前,决不在王宫里睡觉,也不沉溺于天真无邪的婚姻之乐。

贵族打断我的话，说道："利奇上校[1]，你觉得那个鼻子怎么样；你不觉得它有点像伦勃朗的风格吗？一个王子为了一只小白鼠如此痛苦，真是荒唐！你不觉得吗？吸血鬼少校，你不觉得这眉毛画得很好看吗？但请问，除了逗孩子们开心，小白鼠的绿眼睛有什么用呢？我愿意出一千几尼金币[2]，让这画上的脸颊的颜色更明亮些。请原谅我打断你，先生请继续讲。"

---

1 利奇上校，原文为 Col. Leech，Leech 有"寄生虫，食客"之意，体现贵族对依附者轻蔑的态度。
2 几尼金币（guinea），又称畿尼，1663—1813年英国铸造的一种高额面值的金币，一几尼为二十一先令。用产于西非几内亚海岸（Guinea）的黄金铸造，故得此名。

204

第49封信

继续讲童话故事。

李安济·阿尔坦济寄阿姆斯特丹商人×××。

我继续讲故事：那时的国王和现在的国王不同，他们从不承诺他们不打算严格执行的任何事情。邦贝宁王子就是如此，他整晚都在向公主哀叹自己的不幸，公主也哀叹不已。天亮后，他发布了一篇诏书，谁能捉到那只绿眼睛的白老鼠并带给他，他就把半个王国和公主赏赐给谁。

诏书一经公布，王国里所有的捕鼠器都装上了奶酪；无数的老鼠被捕获、消灭，但其中仍然没有人们梦寐以求的那只老鼠。枢密院不止一次地召开会议，提出建议；但是他们的所有讨论都毫无作用，尽管其中有两个不折不扣的害虫杀手和三个自封的捕鼠专家。帝国各地，像非常时期一样，频频发来信函，尽管这些信函承诺得很好，保证忠实的臣民们会不惜他们的生命和财富来协助搜寻工作，尽管他们都很忠诚，但他们仍然没有抓到老鼠。

因此，王子决定亲自去寻找，在找到他要找的东西之前，决不在一个地方住上两个晚上。就这样，王子不带随从，离开了宫殿，踏上了旅途。他越过沙漠，跨过河流，翻过高高的山头，走过低矮的河谷，他坐立不安，四处打听，但仍未找到小白鼠。

有一天，他旅途劳顿，在一棵芭蕉树下躲避正午的烈日，冥思苦想着他要找寻的目标。忽然，他看到一位狰狞畸形的老妇人正向他走来；从她弯腰驼背的样子和满脸的皱纹来看，她至少有五百岁了；她皮肤上的雀斑比蟾身上的还多。"啊！邦贝宁·邦波宾·邦波比内特王子，"这个怪物喊道，"是什么让你远离自己的王国？你在寻找什么？是什么促使你来到埃米特王国？"王子非常顺从，把整个故事讲了三遍，因为她听力不好。这位老妇人，实则是一个老精灵，说道："好吧，我保证把那只绿眼睛的白鼠送给你，而且马上就送，但有一个条件。"王子激动地叫道："一个条件，就是一千个条件，我都会欣然接受。"老精灵打断了他的话："不，我只有一个条件，而且这个条件也不是很苛刻；只要你立即同意娶我。"

王子对这一要求感到十分困惑。他爱这只老鼠，但他讨厌这位新娘；他犹豫不决，希望有时间考虑这一提议，他很想就这件事征求朋友们的意见。"不！不！"可恶的精灵叫道，"如果你不同意，我就收回我的承诺；我不想把我的恩惠强加给任何人。"她跺着脚喊道："来，我的随从们，让我的机器开动吧，埃米特女王巴巴塞拉不习惯受到轻蔑。"她话音刚落，空中就出现了两只蜗牛拉着的火红战车；她刚要跨上战车，王子就反应过来了，机不可失，失不再来，否则永远都不能拥有这只小白鼠了。他完全忘记了他的合法妻子南华公主，跪倒在地，恳求她原谅他轻率地拒绝了这么美的人。这句适时的恭维立刻安抚了愤怒的仙女。她露出狰狞的得意表情，拉着年轻王子的手，把他带到附近的教堂，两人很快就在那里举行了婚礼。仪式一结束，王子就提醒新娘要遵守承诺，因为他急于见到他最心爱的小老鼠。新娘说："王子殿下，实不相瞒，我就是你新婚之夜在皇宫里看到的那只白老鼠。因此，我现在让你选择，是让我白天做老鼠，晚上做女人，还是让我晚上做老鼠，白天做女人？"虽然王子是个出色的诡辩家，但他还是不知如何决定，最后想到的最谨慎的做法是向一只蓝猫寻求帮助。这只蓝猫从他还在自己的领地时起就一直跟着他，经常用谈话逗他开心，给出建议帮助他；事实上，这只猫不是别人，正是忠实的南华公主本人，她乔装打扮，和他一起经历了所有的艰辛。

根据猫的指示，王子下定决心，回到老精灵身边，谨慎地说，她一定明白，他娶她只是为了她所拥有的东西，而不是为了她本人：他认为，出于几方面考虑，如果她白天做女人，晚上就变成一只老鼠，那将是最方便的。

老精灵对她的丈夫缺乏殷勤感到非常羞愤，但她不得不勉强服从。因此，这一天是在最文雅的娱乐中度过的，先生们谈笑风生，女士们嬉笑怒骂。终于，幸福的夜晚来临了，蓝猫依然紧紧跟在主人身边，甚至跟着主人来到了洞房。新娘巴巴塞拉走进洞房时，穿着一条十五码[1]长的裙子，裙裾由豪猪骨支撑着，裙身镶满了珠宝，这使她更加可憎。她忘记了自己的承诺。她正要踏上王子的床，王子却坚持要看她变成老鼠的样子。她承诺过的，并且精灵不能食言；因此，她化身为世界上最美丽的老鼠，跳来跳去，玩得不亦乐乎。王子欣喜若狂，希望看到他漂亮的玩伴随着他的歌声在地板上跳舞；他开始唱歌，老鼠立即以最完美的节拍、最优美的舞姿和最严肃的神态表演起来；它

1　1码约为0.9米。

才开始表演，早就以猫的形象等候时机的南华公主，毫不留情地立刻飞扑过去，在百分之一秒的时间里吃掉它，打破了魔法，然后恢复了原形。

  王子现在发现自己一直处在魔法的控制之下，他对白鼠的热情完全是虚假的，并不是他心灵的真实写照。他现在明白，他对老鼠的殷勤，是一种不自由的娱乐，他更像是一个捕鼠人，而不是一个王子。现在，他所有的恶行都暴露在眼前，他百般恳求谨慎的公主原谅他。公主很快原谅了他，两人回到了邦波宾王国的宫殿，非常幸福地生活在一起，并在位多年。从故事看，他们似乎都很有智慧。他们以前的冒险经历让他们完全相信，那些一开始为了消遣把感情寄托在琐事上的人，最后会发现这些琐事成为其严重的负累。惜别。

第50封信

试界定什么是英国自由。

李安济·阿尔坦济寄北京礼部尚书冯煌。

如果问一位英国人，世界上哪个国家最自由，他会立即回答是自己的国家。问他这种自由主要体现在哪些方面，他立刻沉默不语。这种幸福的优越感并不是因为这里的人民比其他地方的人民在立法方面享有更大的权利份额，因为在这一方面，欧洲有几个国家胜过英国；也不是因为他们有更多的免税权，因为很少有国家缴更多的税；也不是因为他们受到更少的法律约束，因为没有一个民族受到如此多法律的重压；更不是因为他们的财产安全，因为在欧洲的每个开化的国家，财产都得到了很好的保障。

那么，英国人是如何比其他国家的或处于任何其他形式的政府之下的人民（因为英国人当然更自由）更加自由的？他们的自由在于，他们享有民主的所有好处，同时还拥有从君主制借来的特权，即放松法律的严厉性，却不会危及宪法。

在君主制国家中，宪法是最强有力的，因此可以放松法律而不会有危险；因为尽管人民一致反对违反任何一项法律，但仍有一种凌驾于人民的有效权力，能够在适当的时候强制人民服从，无论是为了社会的支持还是福祉而改变法律。

但在那些法律的正当性完全源于人民的政府中，违法行为是不可忽视的，否则就会给政体形态带来危险。在这种情况下，违反法律的人就是那些制定法律的人，这样一来，法律不仅失去了其影响力，也失去了其正当性。在每一个共和国，法律必须是强有力的，因为政体形态是疲软的：他们就像一个亚洲丈夫，因为知道自己无能为力而理直气壮地嫉妒。因此，在荷兰、瑞士和热那亚，新法律并不经常颁布，但旧法律被严格遵守。因此，在这样的共和国里，人民是他们自己制定的法律的奴隶，一点也不亚于在单纯的君主制国家里，人民是一个和他们自己一样脆弱的人的意志的奴隶。

在英国，由于各种令人高兴的意外事件，他们的宪法足够强大，或者如果您愿意的话，可以说它的君主制足够强大，允许放松法律的严厉程度，但这些法律仍然足够强大，足以管理人民。这是最完美的公民自由状态；在这里，我们看到的法律数量比任何其他国家都要多，同时，人民只遵守那些即刻有利于社会利益的法律；有一些法律无人注意，许多法律不为人知；有些法律被保留下来，在适当的场合重新生效，有些法律则可任其过时，甚至没有废除的必要。

几乎没有一个英国人不是每天都在肆无忌惮地违反一些明确的法律规定，而在一些情况下，他又不会因此受到惩罚。赌博、在禁地传教、聚集闹事、夜间娱乐、公共表演，以及其他上百种禁止但又经常出现的情况。这些禁令都是有用的；尽管因为行政官的谨慎，也为了让人民高兴，这些禁令没有被强制执行，除了贪腐之人或唯利是图之人，没有人会试图执行这些禁令。

在这种情况下，法律就像一对宽容的父母，尽管孩子很少得到纠正，但他们仍然保留着杖罚。如果这些被赦免的罪行发展到严重的地步，如果它们有可能阻碍社会的幸福或危及国家，那么正义就会恢复她的威严，并惩罚那些她经常因纵容而忽视的过失。正是由于法律的这种延展性，英国人才能在一个更加大众化的政府中享有优于其他人的自由。因此，宪法向民主形式迈出的每一步，君权的每一次削弱，实际上都是对臣民自由的削弱；每一次使政府广受欢迎的尝试，不仅会损害天然的自由，甚至最后会使政体瓦解。

每一个受欢迎的政府似乎都只能维持一段时间，随着时间的推移，它变得越来越僵化，新的法律层出不穷，而旧的法律依然有效，臣民们受到压迫，法律条文重复繁多，没有人可以指望从法律那里得到补偿，除了国家的强烈震荡，没有什么可以让他们恢复以前的自由。因此，罗马人民，除少数几个伟人之外，在他们的皇帝（虽然是暴君）的统治下，找到了比他们在共同富裕的旧时代所经历的更多的真正自由——在旧时代，他们的法律繁多而严酷，每天都有新的法律颁布，旧的法律仍被严格地执行。他们甚至拒绝恢复他们以前的特权，因为他们发现皇帝实际上是缓和其体制严酷性的唯一手段。

目前，英国的政体既有橡树的坚韧，又有柽柳的灵活。但是，如果人民在任何时候怀着错误的热情，追求想象中的自由，以为限制君权就能增加他们的特权，那他们就大错特错了。因为从国王的皇冠上摘下的每一颗宝石都只会被用来贿赂，产生腐败；它可能使少数分享它的人致富，但实际上会让公众陷入贫困。

正如罗马的元老们通过缓慢而不易察觉的方式成为人民的主宰，但仍以自由的姿态来奉承人民，而只有他们自己才是自由的；同理，一群人与特权战斗的同时,他们自己也有可能变为权力的炫示,公众实际上成为依附者,其中只有部分人成为统治者。

我的朋友,如果这个国家的国王,因为天性善良或年事已高,把他的一小部分特权让给了人民,如果有一位功勋卓著、声望极高的大臣出现,那么——信稿已满,就此搁笔吧。惜别。

第51封信

一位书商拜访中国人。

李安济·阿尔坦济寄北京礼部尚书冯煌。

昨天清晨，我在餐桌前喝茶沉思，我的老朋友打断了我。他向我介绍了一位陌生人，他们的穿戴很相像。这位先生为他的到访三番五次地致歉，并请求我把他的突然到访归因于他真诚的敬意和热切的好奇心。

我对我的同伴起了疑心，因为我发现他们温文尔雅，却没有任何必然来访的理由，我矜持地回应了陌生人的寒暄。我的朋友察觉到了这一点，立即让我了解来访者的行业和性格，他问福吉[1]先生最近是否出版了什么新书。我现在猜测我的客人不是别人，正是一位书商，而他的回答证实了我的猜测。

"请原谅，先生，"他说，"现在不当季，书和黄瓜一样都有它们的时间。我不会在夏天推出新作品，正如我不会在三伏天卖猪肉一样。在夏天我不推出作品，除非是娱乐性的作品。一篇评论、一本杂

---

1 福吉（Fudge），这个姓氏有"谎言，欺骗"之意，此处带有讽刺意味。

志或一份会刊,可能会让夏季的读者开心;但我们所有有价值的存货,都是为春天和冬天的交易准备的。""我得承认,先生,"我说,"我很想知道,您所说的只能在冬天阅读的、有价值的书是什么。""先生,"书商回答说,"我不喜欢吹嘘自己的商品,但我可以毫不夸张地说,我的书至少有一项独特的优势,那就是永远都是新的,而我的方法就是每个季节都把我的旧书清仓卖给箱子制造商。我现在有十张新的扉页,只需要加到书上,它们就能成为大自然中最美好的事物。别人可能会假装指导庸俗大众,但那不是我的方式;我总是让庸俗大众指引我。一旦哪里出现民众的喧哗,我便总是回应百万民众。譬如,如果大众普遍说某人是个流氓,我就立即下令把他写成一个恶棍;这样,每个人都会买这本书,不是为了学习新的思想,而是乐于看到自己的思想被反映出来。""但是,先生,"我打断他,"您说得好像您出版的书都是您自己写的一样;请允许我斗胆问一下,我能否看一眼部分您即将出版的大作?它们一定会令世人惊奇。""至于这个问题,"这位健谈的书商回答说,"先生,我只是制订计划;尽管我非常谨慎,不愿意将计划告诉任何人,但因为最后我有求于您,您可以看看我一些计划出版的作品。给你,先生,我向您保证,它们都是字字珠玑的。首先,医学戒律的译文,供不懂拉丁语的医生使用;再者,年轻牧师有规律地打补丁的艺术,另附有一篇关于不会使脸部扭曲的不同微笑方式的论文;再者,交易巷[1]的经纪人让求爱艺术变得简单易行;再者,伯爵×××有关切割黑色铅笔和制作蜡笔的正确方法。再者,总检

---

[1] 交易巷(Exchange Alley),股票市场的鼻祖英国南海公司(South Sea Company)的旧址。南海公司于1720年发生经济泡沫。

阅长，或书评的书评——""先生，"我打断他说，"我对扉页的好奇心已经得到满足，我很想看到一些长篇的手稿、历史或史诗。""天啊，"这位实业家大声说，"现在您要看史诗，您看到的只是一场精彩的闹剧。给您，随便翻翻，您会发现它充满了真正的现代幽默。笔调，先生，每一行都充满了诙谐和讽刺的味道。""您把这些潦草的涂鸦称为笔调？"我回答说，"我必须承认在其他地方我看不到这样的作品。"他回答说："先生，请问您怎么称呼它们？当今，在那些并没有使用斜线号和破折号的作品中，您还能看到一件好作品么？——先生，一个恰当的破折号能让我们现代幽默作家的一半智慧发挥出来。上一季我买了一部作品，除了九百九十五个停顿、七十二个'哈'字、三件好东西和一条吊袜带，别无其他优点。但它却能弹奏、跳动、破裂，比烟花还好玩。""我想，先生，您一定赚了不少吧？""我必须承认，这件作品确实让我赚了钱；但总的来说，我不能太夸耀去年冬天的成功；我靠着两起谋杀案的书大赚一笔，但又因为一场不合时宜的慈善布道而赔了。我想要走捷径发财的愿望经受了不少挫折，不过地狱向导又把我捞了上来。啊，先生，这是一篇出自大师之手的作品，从头到尾都充满了美好的事物。作者只是在开玩笑，既没有沉闷的寓意，也没有恶意的讽刺来破坏读者的好心情。他明智地认为，寓意和幽默同时出现是很过分的做法。"我问道："当时出版这本书的目的是什么？""先生，出版这本书是为了销售，除了不久之后出版的对这本书的评论，没有其他书比这本书更畅销了。在目前各种形式的作品中，评论卖得最好，我通常会对每一本出版的畅销书提出批评。"

"我曾有一位作者，他从不为评论家留一点余地：他用词准确，他总是正确，也非常沉闷，在争论中总是站在安全的一边。然而，他的这些特质无法让他获得青睐。我很快就意识到他的天赋在批评上，既然他不擅长别的，我就给他提供纸和笔，让他在每月月初担任别人作品的审查员。简言之，我发现他是个天才，没有哪项优点能逃过他的注意，但更神奇的是，他总是在喝醉的时候写得最好、最尖刻。"我打断他的话说："难道没有一些作品，从其创作方式本身来说，能免于批评吗，尤其是那些声称无视批评规律的作品。"书商回答说："没有作品是他不能批评的；即使你是用中文写作，他也会对你大加挞伐。假如你想出一本书，比如一卷中国书信集，你怎么写，他都会告诉全世界你本可以写得更好。你应该以最本土的严谨态度，坚持你来自的国家的风俗习惯；但如果你把自己限制在东方知识的狭隘范围内，完全朴素，完全自然，那么他就有最强烈的理由发出感叹。他可能会冷笑着替读者把你送回中国。他可能会说，在第一或第二封书信之后，重复同样的简单乏味令人难以忍受；但最糟糕的是，在这种情况下，公众会接受他的斥责，任由你带着无知的简单而受人抨击。"

"是的，"我大声说，"但为了避免他的愤怒，以及我更担心的公众的愤怒，在这种情况下，我会用我掌握的所有知识来写作。虽然我的学问不多，但至少我不会掩盖我所拥有的一点知识，也不会让人觉得我天生愚笨。"书商答道："这样一来，你就完全在我们的掌控之中了，不自然、不具备东方特征，完全没有特点；整个叫喊声都是错误的理智；先生，我们会像抓老鼠一样把你抓起来。""以父亲之名起誓，"我说道，"您确定只有两条路可以走么？要么把门关上，要么把门打开；我要么自然，要么不自然。"书商回答说："随你怎么做，我们都会批评你，不顾你的反对，我们还是会证明你是个傻瓜。不过，先生，我该说正事了。我刚刚出版了一本中国历史书，如果您能在书上署名，我将感激不尽。"我回答说："什么！先生，在一本不是我写的书上署名？只要我对公众和我自己还保持着应有的尊重，就决不会这样做。"我直截了当的回答让书商的谈话热情大减，他表现出一种不友善的沉默，半个小时后，他很客气地告辞离开了。惜别。

第52封信

在英国难以通过衣着打扮区分人。两个例子。

李安济·阿尔坦济寄北京礼部尚书冯煌。

亲爱的冯煌大人，在所有其他国家，富人都以他们的衣着打扮和其他人区分开来。在波斯、中国和欧洲的大部分地区，那些拥有大量金银财宝的人，都会把它们中的一部分穿戴在衣服上；但在英国，那些在衣服上装点大量金银财宝的人，却被认为口袋里没有多少钱。外表光鲜亮丽被认为是贫穷的标志，那些能够坐在家里，默默地满足于自己财富的人，一般都穿着朴素的衣服。

我起初也不理解，为何这里的人思想与世界其他地方的人大相径庭；后来得知，这是他们与邻居法国人之间的交往造成的。法国人每次来拜访这些岛民时，一般都穿得很好，衣服上缀着蕾丝，镶着金边，实则他们很穷。由此，带蕾丝的衣服们受到了极大的鄙视，以至于现在连英国官员都对华丽的服饰感到羞耻。

我必须承认，我转而接受英国人的朴素。我不喜欢炫耀财富，也不喜欢炫耀学问；自诩比别人聪明的人，我倾向于认为他是文盲和教养不良的人；衣着极其华丽的人，我也倾向于认为他们没有任何财富上的优势,而是像那些把所有的金子都戴在鼻子上的印第安人。

最近,我被介绍认识了一群我来到这里后见过的穿戴最华丽的人。一进门,我就被各种服饰的华丽所震撼。我想,那个穿蓝色和金色衣服的人,一定是某位国王的儿子;那个穿绿色和银色衣服的人,一定是王室苗裔;那个穿绣花大红衣服的人,一定是个首相。我想,他们都是一流的贵族,而且都是相貌堂堂的贵族。我坐了一会儿,怀着一种自卑感,全神贯注地听着他们的谈话。然而,我发现他们的谈吐比我预想的上流人士的谈吐要粗俗得多:如果这些人是王子的话,那他们就是与我交谈过的最愚蠢的王子;然而,我依然对他们的衣着表示敬意;因为衣着对人的思想有一种机械的影响。

我的黑衣朋友确实没有表现出同样的恭敬,而是用最强烈的鄙夷语气驳斥了他们中最优秀的人。我还没来得及为他的轻率行事表示惊讶,就发现那些人的荒唐举止同样让我惊讶不已。当一个戴着帽子、穿着肮脏衬衫和靴子的中年男子走进来时,整个圈子似乎都失去了以往的盛气,争先恐后地向陌生人行礼表示服从。他们有点像一圈给熊上香的卡尔梅克人。

我急切地想知道为何有这么多看似矛盾的事情,便悄悄地把我的朋友叫出房间。我发现这群令人敬畏的人不过是一个舞者、两个小提琴手和一个三流演员,大家聚在一起是为了跳一套乡村舞,后来进来的那位中年绅士是从乡下来的乡绅,他想学习新的步法,把他的乡村小步舞跳得更加流畅。

我不再对我的朋友表现出的威严态度感到惊讶,甚至对他没有把他们每个人都踢下楼梯感到不悦(请原谅我的东方教育)。我说:"一群卑微的家伙怎么能把自己打扮得像国王的儿子一样,甚至要求得到半小时的短暂尊重。应该有一些法律来约束这种明显违反特权的行为；他们应该像在中国一样，脖子上挂着他们职业的工具，走街串巷。这样，我们也许能够分辨出他们，并以一种蔑视的态度对待他们。"

我的同伴回答说："朋友，等一等，如果真的这样改革了，就像现在的舞者和小提琴手模仿绅士的外表一样，我们就会发现我们优秀的绅士也会模仿他们。一位浪荡子被介绍给一位时髦女士时，脖子上可能会挂着一个用红丝带系着的小提琴盒；他可能拿着一根小提琴杆，而不是手杖。像一个一流的舞蹈大师一样无趣，这可能会被当作是众所周知而合理的。然而，尽管他很无趣，许多优秀的绅士还是把他作为文雅的标准，不仅模仿他轻佻的活泼，还模仿他平淡无奇的谈话。简而言之，如果你制定法律禁止舞蹈大师模仿绅士，那么你也应该以同样的理由制定法律，禁止绅士模仿舞蹈大师。"

和朋友分开后，我向家里走去，一边走一边思考着从外表上辨别人的困难之处。然而，受到清新的夜色的吸引，我没有直接回去，而是去了这个城市的一个公共花园，在那里回味刚才的一切。在这里，我坐在一张长椅上，感受着盛放的大自然带给人的愉悦，而坐在长椅另一端的一个沮丧的身影，似乎无法享受到这个季节的宁静。

他的衣着破旧得无法形容：一件用最粗糙的材料做的粗布外衣；衬衫虽然干净，但极其粗糙；头发似乎很久没有梳理了；身上的其他装备都带有十分贫穷的印记。

他不停地叹息，流露出十分绝望的样子，出于人道主义的动机，我自然而然地向他提供了安慰和帮助。您知道我的心肠，我关心所有悲惨的人。起初，这个陷入沉思的陌生人拒绝与我交谈；但最后，他察觉到我的口音和思维方式有些特别，便开始逐渐敞开心扉。

我现在发现他并不像最初看起来那么悲惨；当我提出给他一小笔钱时，他拒绝了我的好意，但并没有因为我的慷慨大方而表现出不快。诚然，他有时会叹息着打断谈话，可怜兮兮地谈论着自己被忽视的功绩；但我仍能从他的面容中感受到一种平静，仔细观察就会发现他内心的满足。

谈话间隙，我正要告辞，他却请求我陪他回家吃晚饭。我对他这样外表的人提出这样的要求感到惊讶；但为了满足好奇心，我还是接受了他的邀请。虽然我不喜欢被人看到我和一个看起来非常可怜的人在一起，但我还是欣然跟他去了。离家越来越近，他的心情似乎也越来越好。最后，他停在了一座富丽堂皇的宫殿门前，而不是一间小屋门前！我看着这一进门就尽显奢华优雅的宫殿，再看看那个看似凄惨的向导，我很难想象这一切是属于他的，但事实上确实如此。许多仆人安静地在房间里穿行，几位衣着华丽的美丽女士前来欢迎他的归来；晚餐极其雅致；总之，我发现这个不久前我还由衷地同情的人，实际上是一个最高雅的美食家；他在外受到蔑视，是为了在家里更强烈地感受到出人头地的快感。惜别。

第53封信

嘲讽《项狄传》[1]等淫秽小说的荒唐品位。

李安济·阿尔坦济寄北京礼部尚书冯煌。

我们常常羡慕欧洲人的雄辩！他们思想的力量，想象力的细腻，甚至超越了中国人。我们是多么陶醉于那些大胆的人物，他们把每一种情感都强烈地传达到心灵深处。我们整日学习那些欧洲作家的艺术，他们用这些艺术来激发读者的激情，让读者们着迷。

虽然我们已经学会了上个时代的大部分修辞法，但这里似乎还有一两个非常有用的修辞法没有传到中国。我说的这两个修辞法叫"色情"和"轻佻"。没有比它们更时髦的了；没有比它们更能吸引人的了；它们具有这样的特性，最愚钝的人只要运用得当，也会获得机智的美名。这是一种最卑鄙的能力，描述的是人人都有的或羞于承认的激情。

有人说，呆厮很难获得机智的名声。我相信这是有一定道理的。

---

[1] 《项狄传》(The Life and Opinions of Tristram Shandy, Gentleman)，劳伦斯·斯特恩(Laurence Sterne，1713—1768)的九卷本小说。该小说发表后引起巨大反响，新奇的形式、杂拼的内容和戏谑的文风广受争议。

但通过名为"色情轻佻"的小人的帮助，这一点很容易实现。一个粗俗的蠢货笨蛋往往可以冒充一个聪明和自命不凡的家伙。自然界中的每一物体都能成为笑话，几乎不用任何想象力。如果一位女士站着，就会引发妙语，如果她碰巧倒下了，借助一点时髦的淫欲，就会有四十个俏皮的笑话。人们发现，俏皮的笑话总能给一些上了年纪的老先生带来极大的乐趣，因为他们在某种程度上已经失去了其他感觉，所以他们会加倍地感受到这种暗示性话语的力量。

因此，以这种方式写作的作者一般都能确保他的崇拜者中不乏年老体衰者；可以说他是为这些人写作的，他也应该期望从这些人那里获得回报。他的作品通常是一种干斑蝥[1]粉的非常合适的代用品，或者是阿魏的药丸。他的笔和药剂师的喷剂一样，都是为了同一个慷慨的目的。

尽管这种写作方式完全符合这里时髦绅士和淑女的品位，但它更值得称赞的是，同样适合最庸俗的理解。贝宁或卡弗拉里亚[2]的绅士和淑女们在这方面还算文雅，他们可能会很有节制地享受这种低级趣味的玩笑，可能还会表现得更有兴致，因为他们既不穿马裤也不穿衬裙来阻挡这种玩笑。

这里的女士都从教育中接收到不少成见，我的确从来没有想到，她们能勇敢地抛开成见，不仅对那些以淫秽的人物形象为唯一优点的书籍大加赞赏，甚至还在自己的谈话中也采用这种形象。然而事实就是这样，这些天真无邪的女士现在公然地捧着以前藏在垫子下面的

---

[1] 斑蝥（cantharide），一种昆虫，斑蝥素通常被认为具有壮阳功效。
[2] 贝宁（Benin），西非国家，旧称达荷美（Dahomey）；卡弗拉里亚（Karrraria，原文作Cafraria），非洲南部地区，此词源于贬义词 Kaffir，用来指南非的居民。

书；她们现在优雅地低语着书中的双关语，毫无保留地谈论它们带来的狂喜。这些使我想起中国招待客人的一种习俗，他们认为在饭菜上桌前，让客人们在厨房里闻闻饭菜的香味，以增进他们的食欲，是一种必要的教养。

我们对许多事物的崇敬，完全是因为它们被小心翼翼地隐藏起来。如果让盲目崇拜偶像的鞑靼人揭开遮挡其偶像的面纱，这也许是治愈其未来迷信的一种方法；因此，一位作家必须具有多么崇高的自由精神，才能勇敢地描绘事物的本来面目，揭开谦逊的面纱，展示神庙最隐蔽的角落，并向犯错的人们展示，他们所崇拜的对象可能是一只老鼠，也可能是一只猴子。

然而，尽管这种写法现在十分流行，尽管熟练掌握这种写法的人受到那些伟大的、完美的文学评判者的喜爱，但人们也承认，这只是以前这里曾流行过的写法的复兴。曾经，英国作家、温文尔雅的托马斯·杜尔费[1]正是通过这种写作方式，获得了巨大的声誉，成为国王的宠儿。这位天才作家的作品虽然从未流传到中国，在国内也很少传世，但曾一度出现在每一个时髦的更衣室中，成为人们文雅的，我是说非常文雅的交谈的话题。"大人，您看过杜尔费先生最近的新作《奥列特洞》么，一部滑稽剧？""当然，大人，全世界的人肯定都看过。杜尔费肯定是世上最能逗人笑的人，读他的作品简直能把人笑死。乡绅和布丽奇特在地窖里相遇，还有什么比这更自然而美好么？他们俩在打开啤酒桶时所遇到的困难是如此俏皮和巧妙，我们的语言中肯定没

---

[1] 托马斯·杜尔费（Thomas d'Urfey，又名 Tom Durfey，1653—1723），英国作家、讽刺作家和词曲作家。其喜剧代表作有《善变夫人》《亲爱的丈夫》《贤妻良母》等。下文提及的剧名《奥列特洞》（*Oylet Hole*）或为哥尔斯密杜撰。

有这种东西。"他们当时是这样谈论的，现在也是这样谈论的；尽管杜尔费的继任者在机智方面并没有超过他，但世人必须承认他在淫秽方面胜过杜尔费。

有几个非常无趣的家伙，靠着一些机械性的技巧，有时会变得非常聪明且讨人喜欢，只要在眉毛、手指和鼻子上稍加巧妙的处理。通过模仿猫、母猪和公猪，大声地笑和拍打肩头，最无知的人都能在谈话中胜出。然而作者发现不可能把谈话中的眨眼、耸肩或神态写在纸上；他确实可以借用一些帮助，把他的脸印在扉页上。但是，如果书中没有机智的人物，除了彻头彻尾的猥亵，没有其他道具的帮助是不够的。谈论一些奇特的感觉，我们总能激发人们的笑声；因为笑点不在于作者，而在于主题。

但是，"淫秽"往往会借助另一种修辞的帮助，即"无礼"。二者总是相伴而生，很少有人能在一方面出类拔萃，而在另一方面却平淡无奇。

就像在普通的谈话中，让听众发笑的最好方法是先让自己发笑；所以在写作中，最恰当的方式是尝试表现出一种在实际上能传递更多信息的幽默。为了达到这个目的，作家必须以最完美的熟稔态度对待读者：作者在一页中向他们低头鞠躬，在下一页中又要牵着他们的鼻子。他必须说话时打哑谜，然后让读者上床睡觉，在梦中求解。他必须用最冗长的语言谈论他自己、章节、他的举止，他将要做什么，他自己的重要性，他母亲的重要性，时不时证明他蔑视除他自己之外的所有人。他引人发笑但缺乏幽默，活泼但不机智。惜别。

225

第54封信

一个重要的小人物的特征。

李安济·阿尔坦济寄北京礼部尚书冯煌。

尽管我生性爱沉思，但我喜欢有个欢快的伙伴，利用一切机会让思想从职责中解脱出来。因此，我经常出现在人群中；无论哪里售卖快乐，我都是买主。在那些地方，不用被任何人介绍，我加入到任何正在进行的快乐中，把我的激情变成一种轻浮的热情，他们喊叫我也喊叫，他们不赞成我也不赞成。就这样，一个人的思想暂时沉沦到其自然标准之下，然后才有资格进行更有力的飞翔，就像那些先后退的人有更大的活力向前冲一样。

最近，我和我的朋友被夜晚的宁静吸引，去了城市附近的一个公共散步道。在这里，我们一起漫步了一会儿，要么赞美散步者的美貌，要么赞美他们的衣着，好像他们没有其他东西可以夸奖。我们这样有意无意地向前走了一段时间，我的朋友突然停下脚步，抓住我的胳膊，带着我走出了公共步道。他步伐很快，还频频向后张望，我可以看出他在试图避开跟在后面的人。我们一会儿向右转，一会儿向左转；我们向前走时，他的脚步更快了，但这都是徒劳的；他试图躲避的那个人，在每一个转弯处都在追赶我们，而且每时每刻都在向我们靠近。最后，我们终于站住了，决心面对我们无法躲避的人。

追赶我们的人很快就赶了上来，像老熟人一样亲切地和我们打招呼。"我亲爱的德莱博恩[1]，"他握着我朋友的手大声说，"这么长时间以来，你躲到哪里去了？我还以为你去乡下经营你的婚姻和房产了。"在朋友回答他的时候，我有机会打量了下我们的新伙伴：他的帽子造型别致；他苍白、消瘦、犀利；他的脖子上系着一条宽宽的黑丝带，胸前戴着一个镶满玻璃的带扣；大衣上镶有漆黑的捻子，身边佩着一把黑色剑柄的剑，他的丝绸长袜虽然是新洗的，但由于长期使用已经发黄了。我太专注于他的奇特打扮了，只听到了我朋友回答的后半部分，他称赞了提布斯先生的衣着品位，以及他红润的脸色。这个新朋友又回答说："哎，哎，威尔，别再这样说了，你是爱我的，你知道我讨厌奉承，在灵魂深处讨厌奉承；不过可以肯定的是，与大人物亲近会改善一个人的外表，吃鹿肉大餐会使人变胖；不过我和你一样鄙视大人物；不过他们中也有许多十足诚实的家伙；我们不能因为一半缺乏教养就与另一半争吵。如果他们都像穆德勒勋爵一样善良，连一个柠檬都不曾榨过，我也会成为他们的崇拜者。昨天我去皮卡迪利公爵夫人家吃饭，穆德勒勋爵也在那里。他对我说：'内德，我肯定可以猜出，你昨天晚上在哪里偷猎。'我回答说：'偷猎？我的勋爵啊，我发誓您猜错了，因为我待在家里，让姑娘们自投罗网。这就是我的方式；对待一个漂亮的姑娘，像动物捕食一样；站着不动，再突然扑上去，她们就会掉进我的嘴里。'"

---

[1] 德莱博恩（Drybone），意指"皮包骨"（dry bone）。

我的同伴带着无限怜悯的神情说道:"啊,提布斯,你真是个快乐的家伙。希望你的财富也能因为这些人而有所增长,就像你的理解力一样。"他回答说:"的确改善了,但你知道就行了——不要告诉别人——这是个天大的秘密——每年五百块——为了勋爵的荣誉——昨天勋爵让我坐在他的马车上,我们在乡下面对面用餐,我们没有谈别的……"我说道:"我想你忘了,先生,你告诉我们昨天这个时候你是在城里进餐的!"他冷静地回答说:"我说过么?如果我说过,那就肯定是这样的。唉,现在我想起来了,我确实在城里吃饭了;但我也在乡下吃饭了;你们一定记得,老兄,我吃两顿饭。话说回来,我的就餐礼仪已经有很大进步。我给你讲件有趣的事,我们一行人在格雷格兰姆夫人家就餐。这个场面派头很大,不要往外说,这是个秘密。我当时说,我愿意赌一千个金几尼,肯定会赢——不过,亲爱的德莱博恩,你是个诚实的人,借给我半克朗,用不了多久——不过,听着,我们下次见面时跟我要吧,否则十有八九,我会忘记还钱给你。"

当他离开后,我们的话题很自然地转向了这位非同寻常的人物。我的朋友说:"他的衣着与他的品行一样特别。如果你今天看到他,你会发现他衣衫褴褛,但第二天见到他,你会发现他身穿华服。他热络地谈起那些名流,虽然他和他们连咖啡馆的熟人都算不上。然而,为了社会的利益,也许也是为了他自己的利益,上天让他变成了穷人。虽然全世界都察觉到他的匮乏,他却认为自己的匮乏被掩盖了。他是一个讨人喜欢的伙伴,因为他懂得奉承,所有人都会在他谈话的前半部分感到高兴,尽管所有人都知道谈话的最后一定是借钱。年轻时,他的轻浮行为还可以赚取勉强糊口的钱财,但随着年岁增长,严肃的氛围与滑稽的行为格格不入,他就会发现自己被所有人抛弃了。在生命衰落中，他注定要流落到某个他曾经鄙视的富裕家庭，在那里经受各种巧妙的蔑视，只能去监视仆人，或扮作吓唬孩子的妖怪。"惜别。

第55封信

继续描写他的性格、妻子、房子和家具。

李安济·阿尔坦济寄北京礼部尚书冯煌。

我很容易想到，我又结交了一个并不容易甩掉的新朋友。昨天，这位花花公子又在公共散步道上遇到了我，他拍了拍着我的肩膀，以一种最熟悉的朋友的方式向我致意。他的衣着和往常一样，只是头发上抹了更多的发粉，穿了一件更脏的衬衫，戴了一副太阳镜，腋下夹着一顶帽子。

我知道他是一个无害的有趣的家伙，我不能以严厉来回应他的微笑。我们以最亲密的方式向前走去，几分钟后就讨论起一般谈话中的所有常见话题。

然而，他性格中的怪癖很快就显现出来；他向几位衣着光鲜的人鞠躬致意，而这些人的回礼方式却显示出他们完全是陌生人。他时不时掏出一个小本，似乎要在众人面前写备忘录，以显出他的重要性和勤奋。就这样，他带着我走遍整个区域，我为他的荒唐行为而烦恼，认为我和他一样被众人嘲笑。

当我们走出人群时，他以一种活泼的口气说道："该死！我这辈子都没见过公园这么冷清,今天一个人也没有。一个人影也没有。"我愤愤不平地打断他:"没有人?明明一大群人,很多人啊。那几千名在嘲笑我们的人算什么呢?"他非常幽默地回答说:"主啊!亲爱的,你似乎非常懊恼。而我要说的是,要是世界嘲笑我,我也嘲笑世界,这样我们就扯平了。我有时和特里普大人、比尔·斯奎什、克里奥尔人[1],也会开个玩笑。但我看你很严肃,你如果想找一个严肃而多愁善感的伙伴,就应该和我的妻子一起用餐,我一定要坚持这样做。我介绍你认识提布斯夫人,她是一位十分优雅的女士;她是在肖尔迪奇[2]伯爵夫人的监督下培养出来的,但这要保密。她的嗓音迷人,但不说这些了,她会给我们唱一首歌。你也会看到我的小女儿,卡罗莱娜·威廉明娜·阿梅利亚·提布斯,一个可爱漂亮的小家伙;我想让她长大后嫁给德鲁姆斯特勋爵的长子,但不要外传,出于友情我才告诉你的。她才六岁,已经会跳小步舞曲了,吉他也弹得很好。我希望她在各个方面都尽善尽美。首先,我要让她成为一名学者;我要亲自教她希腊语,我打算学习那门语言来指导她,但这要保密。"

这样说着,不等我回答,他就拉着我的胳膊,拽着我往前走。我们穿过了许多阴暗的小巷和弯弯曲曲的小路。不知出于什么原因,他似乎对每条常去的街道都特别反感;最后,我们来到了镇边一栋看起来很阴暗的房子门前,他告诉我,为了呼吸新鲜空气,他选择住在这里。

我们从底部的一扇门进去,那扇门似乎敞开着,非常好客;我们

---

1 克里奥尔人(Creole,原文作 Creolian),常指出生于美洲的欧洲人,也指这些人与黑人的混血儿。
2 肖尔迪奇(Shoreditch,伦敦东区的一个区),自16世纪以来是伦敦重要的娱乐中心。

登上一个又老旧又吱吱作响的楼梯，他在前面给我带路，问我是否喜欢远景，我回答说是的。然后他说："我将从我的窗户向你展示一个最迷人的远景，因为我住在房子的顶层；我们将看到航行的船只，以及方圆二十英里的整个国家，因为这里是顶楼，非常高。斯沃普[1]勋爵愿意出一万几尼买下它；但我有时会愉快地告诉他，我更喜欢把这样的风景留在家里，这样我的朋友就可以经常来看我。"

这时，我们已经爬到了楼梯所能到的最高处，到了他自娱自乐地称之为烟囱下一楼的地方；敲了敲门，里面传来一个声音问道："是谁？"我的向导回答说是他。但这并不能让问话的人满意，那个声音再次询问了一遍，他的回答比上次更大声了。这时，一个老佣人小心翼翼地、满脸不情愿地打开了门。

我们进门后，他非常客气地欢迎我到他家做客，然后转问老仆人，问自己的夫人在哪里。她用一种奇特的方言回答说："她正在隔壁洗你的两件衬衫，因为他们发过誓，不再把木桶借出去了。"他用一种困惑的语气说道："我的两件衬衫？这个白痴在说什么！"另一个人回答说："就是我说的意思，她正在隔壁洗你的两件衬衫，因为——"他火冒三丈，大声说："别再做愚蠢的解释了——去，告诉她我们有客人来了。"他转头又对我说："这个苏格兰老太婆一直待在我家，她永远都学不会礼貌，也改不掉她那荒唐的口音，也不会显示她有一点教养或上流生活的痕迹。然而，这非常令人吃惊，因为她是我从一位议员那儿找来的。这个议员来自高地，是世界上最彬彬有礼的人。不过这要保密。"

我们等了一会儿才等到提布斯夫人的到来。在这段时间里，我有

---

[1] 斯沃普（Swamp），这个姓氏意为"沼泽地"，此处或有嘲讽之意。

充足的机会打量这个房间和屋内的所有家具。屋里有四把旧缎底面的椅子，他向我保证这是他妻子的刺绣品。一张过时的日式方桌，角落里有一个摇篮，另一个角落里有一个笨重的橱柜；壁炉上挂着一个残破的牧羊女和一个没有头的官员塑像；墙上还挂着几幅不知名的、没有画框的画。他说这些都是他自己画的："先生，你觉得角落里的那个头像怎么样？它是按照格里索尼[1]的方法画的，画的是我自己的脸，虽然并不像，但有一位伯爵夫人出一百块钱买它，我拒绝了她，因为你知道的，这是一种常规的做法。"

他的妻子终于来了，邋里邋遢又卖弄风情。虽然憔悴，但仍不失美丽。她为被人看到自己如此邋遢的样子道了二十次歉，但希望能得到原谅，因为她整晚都和伯爵夫人待在沃克斯豪尔花园[2]里，而伯爵夫人非常喜欢犄角。她又转过身来对她的丈夫说："事实上，亲爱的，伯爵为你的健康祝酒。"他大声说："可怜的杰克，他是个天性善良的人，我知道他是爱我的，但亲爱的，我希望你已经传令准备晚餐了；你也不需要做太多的准备，只有我们三个人，准备一些精致的小食就行，大菱鲆、圃鹀，或者——"夫人打断了他的话："亲爱的，来点漂亮的牛头肉，热腾腾的，再配上一点我自制的酱汁，你觉得怎么样？"他回答说："正是这样，再来瓶上好的瓶装啤酒，味道会更好，但一定要有公爵夫人喜欢的酱汁。我讨厌你们吃那么多肉，那都是乡下人的做法；对那些了解上流社会的人来说这是极度令人厌恶的。"

这时，我的好奇心开始减弱，胃口大增。与傻瓜为伴，起初可能

---

1 格里索尼（Giuseppe Pierre Joseph Grisoni，1699—1769），意大利画家和雕塑家。
2 沃克斯豪尔花园（Vauxhall Gardens），位于泰晤士河南岸，是18世纪中叶伦敦的主要公共娱乐场所。

会让我们发笑,但最后总会让我们忧郁。于是,我假装想起了事先有约,按照英国人的习惯,夸赞了一通房子,在门口给了老仆人一块钱后,就告辞了。提布斯先生向我保证,如果我留下来,晚餐在两个小时之内就能准备好。

第56封信

关于欧洲各国当前局势的一些想法。

冯煌寄永不满足的流浪者李安济·阿尔坦济。

绵延的山谷中回荡着的远方的声音悦耳动听，但不及收到一个远方朋友的消息更令人高兴。

我刚刚收到俄罗斯商队带来的你的两百封信，信中描述了欧洲的风俗习惯。你将山脉的位置和湖泊的范围留待地理学家确定，你似乎只致力于发现他们的天才、政府和人民的特点。

在这些信件中，我看到的是你思考发生的事件的记录，而不是你从一座建筑到另一座建筑的旅行细节；是你对这片废墟或那片石碑的记录；是你为一种商品支付如此多拖曼币[1]的记录，也是你为看到一些新奇的荒野景象做的适当储备。

从你对俄罗斯的描述中，我了解到这个民族再一次退化为原始的野蛮状态，伟大的皇帝还需要一百多年的生命来实现他的宏伟蓝图。一个野蛮的民族可能就像他们自己的森林，几年的时间就足以清除农

---

1 拖曼币（Toman），波斯的一种旧金币。

业的障碍；但需要许多年才能使土地获得适当程度的肥力；俄罗斯人执着于他们古老的偏见，再次仇恨陌生人，并放纵以前的一切残暴行为。智慧的革命推进得缓慢而艰难，愚蠢或野心的革命则迅捷容易。孔子说：我们不必惊讶，智者在通往美德的道路上走得比愚者在通往罪恶的道路上更慢；因为激情拉着我们行走，而智慧只是指出道路。[1]

德意志帝国是罗马君权的残余，从你的叙述中可以看出，它正处于解体的前夕。其庞大团体的成员缺乏政府的纽带把他们团结在一起，似乎只是靠着对一种古老制度的尊重才勉强维系在一起。在其他国家，国家和人民的名称是政府最有力的纽带之一，但在这里，这个名称已经被搁置了一段时间，这里的每个居民似乎都以自己出生的小国的名称为荣，而不是以更广为人知的德国的名称为荣。这个政府可以被看作一个严厉的主人和一个软弱的对手。现在受帝国法律约束的各邦国只是在等待一个合适的机会来摆脱枷锁，而那些已经强大到无法令其被迫服从的邦国，现在开始反过来发号施令了。因此，这种状态下的斗争不是为了维护而是为了摧毁古老的宪法，如果一方成功，政府必将变得专制，如果另一方成功，邦国就会继续存在，但没有名义上的从属关系，但无论哪种情况，日耳曼宪法都将不复存在。

相反，瑞典虽然现在似乎在极力维护自由，但很可能只是在加速走向专制。他们的参议员在假装维护人民的自由，实则只是在建立自己的独立地位。然而，被蒙蔽的人民终将看到贵族政府带来的痛苦。他们将意识到，一个团体的统治远比一个人的统治更令人痛苦。他们

---

[1] 孔子的此条格言并未在拉丁语版《孔子的道德》中出现，李明在《中国近事报道》中将之归为孔子的格言（第1卷，第348页）。——原注

将逃离这种极其压迫人的治理形式，因为在这种形式下，一个人就能控制整个统治集团，他们将会到国王这里来避难，相信国王会一直关注他们的诉求。没有人能够长期忍受贵族统治，因为他们可以到其他地方寻求补救。下层人民可能会被一些暴君奴役一段时间，但只要一有机会，他们就会到专制或民主国家避难。

就在瑞典人隐蔽地向专制主义靠近的时候，法国人却在不知不觉地向自由迈进。当我想到他们的议会是如何向自己的同胞展示什么是反对，而他们以前却把默默的服从视为唯一的荣耀，当我想到他们的议会（其成员都是由宫廷任命的，其议长只能根据直接指示行事）甚至敢于提及特权和自由，而他们直到最近还在谦卑地接受王室的指示，考虑到这些，我不禁认为，自由的精灵已经乔装打扮进入了这个王国。如果他们的王位上再接连出现三个软弱的君主，面具就会被揭开，这个国家必将再次获得自由。

当我把荷兰人在欧洲的形象与他们在亚洲的形象进行比较时，我感到非常惊讶。在亚洲，我发现他们是整个印度洋的霸主；而在欧洲，他们只是一个微不足道国家的怯懦的居民。他们不再是自由之子，而是贪婪之徒；他们不再靠勇气，而是靠谈判来维护自己的权利。他们向侮辱他们的人献媚，屈服于每个邻国的棍棒之下。没有朋友在困境中拯救他们，他们也没有美德拯救自己；他们的政府穷困潦倒，人民的私人财富只会招来邻国的入侵。

我急切地盼望着你从英国、丹麦、荷兰和意大利的来信；然而，我又何必盼望收到描述新的灾难的信件呢，因为野心和贪婪在每个地区都同样可怕。惜别。

第57封信

没有阴谋或财富的情况下，提升文学声誉是困难的。

李安济·阿尔坦济寄北京礼部尚书冯煌。

我经常羡慕中国的批评方式。在那里，有识之士聚集在一起，对每一本新出版物进行评判；在了解作者的情况下，评判作品的优劣，然后带着适当的尊重或谴责将其推向世界。

英国没有设立这样的裁判机制；但是，如果一个人自认为是天才的评判者，很少有人会花力气去反驳他的自命不凡。如果有人想做批评家，那就只能说他们是批评家；从那时起，他们对每一个想得到他们的指导或娱乐的卑劣小人拥有充分的权力和权威。

由于几乎每个社会成员在文学交易中都有投票权，因此发现富人在文学交易中起主导作用并不奇怪，就像在其他生活问题上一样，他们要么用利益贿赂众多的投票者，要么用权威来压制他们。

一个大人物在餐桌上说，这本书不错，赞美之词立即被五个马屁精带到十二家不同的咖啡馆，然后在四十五家出售廉价酒的店里流传，最后被诚实的商人带到自家的火炉旁。在那里，他的妻子和孩子急切地追逐着赞美之词，因为他们长期以来一直被教导要把他的判断视为完美的标准。因此，当我们追溯一个广泛的文学声誉的来源时，我们会发现它来自某个大人物，而这个大人物也许是从伯尔尼[1]的家庭教师或皮卡第[2]的一位舞蹈大师那里接受了全部的教育，包括英语学习。

英国人是一个有理智的族群，因此当我发现他们的观点被一些人左右，而这些人往往因为所受的教育而成为不称职的评判者时，我感到十分惊讶。那些一直生活在富足中的人，只看到世界的一面，无法对人性做出恰当的评判。他们确实可以描述一场仪式、一场庆典或舞会；但他们怎么能假装深入了解人心的秘密呢？他们只是在形式上长大，每天看到的只是每张脸上同样平淡无奇的谄媚之笑。他们中很少有人是在最好的学校——逆境学校——中接受培养的；据我所知，在任何一所学校中培育出来的人也寥寥无几。

根据这样的描述，人们会认为，一个喋喋不休的公爵或公爵遗孀并不比那些底层的人更有品位；然而，无论他们写了什么，赞美了什么，都会被认为是完美的，而无须进一步审查。一个贵族只需拿起笔、墨和稿纸，写完三卷大部头，然后在扉页上签上自己的名字，尽管整本书可能比租金账册更令人厌恶，但签上自己的名字和头衔，契约就有了价值；头衔就意味着品位、想象力和天分。

因此，一旦有新作发表，人们首先会问：作者是谁，他有马车吗？他的产业在哪里？他的餐桌是什么样的？如果他碰巧是个穷人，没有通过这样的审查，那么他和他的作品就会无可救药地陷入被人遗忘的

---

[1] 伯尔尼（Berne），又称伯恩，位于瑞士的高原山地。
[2] 皮卡第（Picardie），法国的一个大区，该地区通用的方言皮卡第语在18世纪被大力推广。

命运；他发现养殖乌龟比学习图利乌斯[1]更容易成名，但为时已晚。

这个可怜的人被时尚界嗤之以鼻，他徒劳地声称，自己在欧洲每一个出售知识的地方长大；他在研究自然和自己方面变得苍白无力；他的作品可能令人赏心悦目，但他自诩的名声完全被忽视了。他受到的待遇就像一个提琴手，他的音乐虽然被人喜欢，却没有得到多少赞美，因为他是靠音乐为生的；而一位绅士表演者，虽然是个可恶的好斗之徒，却让观众陷入狂欢。在这种情况下，小提琴手可能会自我安慰地想，别人得到了赞美，而他得到了钱。但在这里，这种相似性消失了；因为贵族赢得了无缘无故的掌声，职业作家却一无所获。

因此，这里的贫穷作家，他们的笔是用来辅助国家法律的，如果他们得到的不是名声而是宽恕，他们一定会认为自己非常幸福。然而，他们几乎没有得到任何优待。随着每个国家都变得越来越文雅，报刊变得越来越有用；随着读者的增加，作家也变得越来越有必要。在一个文雅的社会，一个人虽然衣衫褴褛，但如果他有能力在报刊上弘扬美德，那么他的实际作用就会超过四十个愚蠢的婆罗门，或僧侣，或伽巴尔[2]，尽管他们传道的次数从来没有这么多，声音从来没有这么大，时间从来没有这么长。这个人虽然衣衫褴褛，却能将懒惰的人哄骗成有智慧的人，一边自称提供娱乐，一边以改革为目标，在文雅的社会中，他比二十个穿着猩红长袍、带着精致的学术装饰品的红衣主教更有用。

---

1 当指马库斯·图利乌斯·西塞罗（Marcus Tullius Cicero，原文作 Tully，公元前106—前43），罗马共和国晚期哲人、作家和雄辩家。
2 伽巴尔（guebre），对琐罗亚斯德教教徒的称呼。

第58封信

描述一场探访晚宴。

李安济·阿尔坦济寄北京礼部尚书冯煌。

黑衣人利用一切机会把我介绍给那些能放纵我的窥探心或能满足我的好奇心的人；最近，在他的介绍下，我受邀参加一次探访晚宴。要理解这个词，你必须知道，以前这里的习俗是大祭司每年到全国各地巡视一次，现场检查下级牧师是否尽职尽责，是否胜任职务；教堂是否得到妥当维修，教民是否对他们的管理感到满意。

虽然这种性质的探访非常有用，但人们发现它非常麻烦；而且由于诸多原因，非常不方便。因为大祭司要去宫廷探访，以争取晋升，他们不可能同时到乡下巡视，因为乡下完全不是晋升的好地方。此外，痛风自古以来就是这里教士的通病，再加上路途上劣质的供给，这个习俗被长时间荒废也就不足为奇了。因此，现在每个教会的首领都不去四处走访牧师，而是满足于让牧师们每年集体来拜访他一次。通过这种方式，半年的职责在一天内就能完成。聚会时，他依次询问每个牧师的表现和受欢迎程度。对于那些玩忽职守或不讨教众喜欢的人，大祭司无疑会指责他们，并指出其所有过错；为此，他会对他们进行最严厉的训斥。

一想到要认识一群哲人和博学之士（我曾认为他们是这样的人），我就十分高兴。我希望我们的娱乐活动会像色诺芬和柏拉图所描述的那些感伤的宴会一样；我希望会有苏格拉底式的人从门外走进来，宣讲神圣之爱；但至于吃喝，我已经做好了在这方面失望的准备。我知道，斋戒和节制是基督教教士们极力推荐的信条，我也见过东方牧师们的节俭和克己；因此，我期待着一场多讲道理、少吃肉的娱乐活动。

经人介绍之后，我承认我并没有从他们的脸上或身上看到任何克己的迹象。不过，我把他们红润的脸色归因于节制，把他们的肥胖归因于久坐不动的生活方式。我看到晚餐的准备工作，但没有为了哲学而做的准备。大家似乎都默默地注视着餐桌，但这也是情有可原的。我想，有智慧的人总是慢条斯理地说话，他们不轻易发表任何意见。孔子说，沉默是永远不会背叛我们的朋友。[1]牧师们现在可能正在准备箴言或格言，在适当的时候开始相互启发。

现在，我的好奇心被激发到了最高点。我不耐烦地四处张望，看看是否有人要打断这强有力的沉默；最后，人群里的一个人说，他家附近有一头母猪，一窝产下十五头猪。我认为这是一个非常荒谬的开头，但就在另一个人准备附和时，晚餐上桌了，中断了谈话。

晚餐菜肴丰富，它的出现似乎让每个人脸上都洋溢着新的愉悦；因此，我现在期待着哲学对话的开始，因为他们的心情好了起来。然而，大祭司开口了，他只说鹿肉储藏的时间不够，尽管他已经严令在

---

1 可能出自《孔子的道德》正文后所附的格言之一："沉默对智者来说是绝对必要的。冗长和繁复的话语、雄辩的华章应该是他不熟悉的语言，他应该以行动为自身语言。"（The Morals of Confucius, p. 131）这些格言部分源自四书，部分为匿名的英国编者自拟。

十天前要把鹿宰杀好。他继续说:"我担心鹿肉没有真正的健康味道,你们在里面找不到一点原始的野性。"坐在他旁边的一位牧师闻了闻,擦了擦鼻子说:"啊,主教!您太谦虚了,这绝对没问题;大家都知道,没有人能像您一样懂得如何储存鹿肉。""是啊,还有鹌鹑,"另一个人插话说,"我在别的地方从没有吃过鹌鹑。"大祭司正要回答,第三个人又抢过话头,他推荐猪肉是独一无二的。他继续说:"我猜,我的主,它是在自己的血泊中窒息而死的吧。""如果它是在自己的血泊中窒息而死的,"一个好开玩笑的成员自顾自地说道,"那我们现在就要用鸡蛋酱把它闷死。"这个幽默的发言引起了一阵长时间的大笑。这位好开玩笑的家伙注意到了这一点,现在他走运了,愿意再次出击,他向大家保证,他会讲一个好故事。他自己也笑得前仰后合,大声说,这是你们一生中听到的最好的故事:"我的教区有一个农夫,经常吃野鸭和燕麦粥;所以这个农夫——""马洛法特医生,"大祭司打断他说,"请允许我为您的健康干杯。""——所以这个农夫喜欢……"坐在他身旁的一位先生又补充说:"医生,我建议您尝尝这只火鸡的翅膀。""——所以这个农夫喜欢……""霍博医生,您选红酒还是白酒?""所以这个农夫,爱吃野鸭和燕麦粥……""小心您的带子,先生,它可能会沾到肉汁。"医生现在环顾四周,发现没有人愿意听他讲故事;于是,他叫来一杯酒,把失望和故事一饮而尽。

现在,大家的谈话有点像狂想曲一样;每个人都满足了自己的口腹之欲,现在又有足够的时间催促别人。"好极了!我推荐这猪肉,尝尝这块熏肉;我这辈子没有吃过比这更好的东西了,精致,美味!"这种有教益的讨论一直持续了三道菜的时间,持续了好几个小时,直到每个人都无法再吞咽或说话。

人在某方面有所节制，自然就会在其他方面有所放纵。这里的神职人员，尤其是那些年事已高的神职人员，认为如果他们在女人和酒方面有所节制，他们就可以放纵自己的其他欲望而不受谴责。因此，人们发现有些人早上起来只是为了和厨师商量晚餐的事，而当晚餐吞咽下后，他们就不再使用其他的能力（如果他们还有的话），而是沉思接下来的一餐。

醉酒甚至比这更值得原谅。因为一杯接一杯，与其说满足不如说刺激胃口。酒的渐进过程是欢快的，也是诱人的；严肃的人变得活泼，忧郁的人得到缓解。甚至有权威支持过量饮酒。但是，在满足了天性之后，每多吃一点都会带来愚蠢和痛苦，正如他们自己的一位诗人所表达的那样，

> 灵魂沉沦，居心不良地靠近，
> 凡俗性子，无暇的神父们也概莫能外。[1]

在我所描述的这样一顿餐饭之后，人人都围坐在餐桌旁昏昏欲睡，在汤、猪肉和熏肉的重压下哼哼唧唧。让我假设一下，某个饥饿的乞丐带着饥饿的表情从一扇窗户里探进头来，这样对大家说："把餐巾从你们的下巴上拿开，在果腹之后，你们所吃的一切精美的食物都是我的财产，我要求将它们返还给我，它们是我的。你们是来解救我的，而不是来吃撑肚子的。那些除了从令人消化不良的饭菜中得到不

---

[1] 出自英国诗人亚历山大·蒲柏单行本长诗《贺拉斯第二本书的第二个讽刺》（Alexander Pope, *The Second Satire of the Second Book of Horace*, London, 1734, p. 11）。

良回报外就感觉不到自己存在的人们,他们如何能安慰或指导别人?然而你们和你们所坐的垫子都听不见我的声音,然而世人却以窥探的眼光看待这些挥霍无度的教导者,并倍加严厉地注视他们的行为。"对于这样的诘问,我不知道聚会中的人还能做出什么回答,除了这样说:"朋友,你说我们失去品格,被世人厌恶;好吧,假设这一切都是真的,那又怎样呢!谁会在乎世人呢?我们为世人传教,世人为我们的传教付费,不管我们是否喜欢对方。"

第59封信

中国哲人的儿子带着美丽的女奴逃走。

兴波寄李安济·阿尔坦济,信件在莫斯科中转。

您可能会很高兴看到我从波斯帝国边界的特尔基[1]城寄来的信:在这里,我得到了安全,拥有了一切珍贵的东西,我把这些告诉您,拥有加倍的快乐;心灵和身体的自由产生了共鸣,我的整个灵魂在感激、爱和赞美中激荡。

然而,如果我自己的幸福是我现在喜悦的源泉,那么我的狂喜可能会被指责为自私自利;当我想到美丽的泽丽斯也获得自由,请原谅我的喜悦,因为我把世上最值得拥有的人从囚禁中解救出来了。

您还记得,她多么不情愿地被迫嫁给她所憎恨的暴君。她只是假装顺从,以便争取时间尝试逃跑。从她答应嫁人到婚礼仪式期间,一天傍晚,她悄悄来到了我一天劳累之后通常休息的地方;她看起来像一个精灵,在无缘无故的苦难降临时给予安慰,她温和的眼神驱散了

---

[1] 特尔基(Terki,又作Terchi),古地名,切尔卡西亚(Circassia)王国首都,位于里海海岸。

我的胆怯，她的声音比远处交响乐的回声还要甜美。她用波斯语说："不幸的陌生人，你眼前看到的是一个比你自己更不幸的人；所有这些庄严的准备、优雅的服饰和众多的随从，都只会增加我的痛苦；如果你有勇气把一个不幸的女人从即将到来的毁灭和可憎的暴君手中解救出来，我将会对你感激不尽。"我深深地鞠了一躬，她满怀欣喜和惊讶地离开了。我一夜无眠，次日清晨也无法平息我心中的焦虑。我为她想了一千种逃跑的方法，但每种方法经过严格审查后，似乎都不可行；在这样的不确定中，夜幕降临，我又来到了以前常去的地方，希望她能再次来访。在短暂的等待之后，我再次见到了那位完美的女神；我像上次一样鞠躬行礼，她扶起我说，时间不应该浪费在无用的礼节上。她说，第二天就是婚礼日，今天晚上我们要有所行动，以完成相互拯救。我非常谦虚地表示愿意听从她的安排；她当即提议我们翻越花园的围墙，还说她已经说服了一个女奴，让她用梯子帮助她，那个女奴现在正在指定地点等着她。

听到这个消息，我战战兢兢地把她领到了指定的地点；但是，在那里等待我们的不是我们期望见到的女奴，而是穆斯塔达本人：看来，我们托付的那个恶人已将我们的计划出卖给了她的主人，他现在看到了她的信息最有信服力的证据。他刚拔刀，贪婪的本性就压制了他的怒火，于是他决定，在进行一顿严厉的责罚之后，把我卖给另一个主人，同时命令以最严格的方式关押我，第二天在我的脚板上打一百下。

天一亮，我就被带出去接受惩罚。奴隶受到的严厉惩罚甚至比死亡更可怕。

号角声是泽丽斯婚礼正式开始的标志，也是开始惩罚我的信号。两个对我来说同样可怕的仪式刚要开始，突然有消息传来，一大群切尔卡西亚鞑靼人已经入侵了这个城镇，摧毁了一切。顿时，人人都只想着自保，我立刻解开捆绑我的绳索，从一个没有勇气反抗我的奴隶手中夺过一把弯刀，飞奔到泽丽斯被关押的寓所，她在为即将举行的婚礼梳妆打扮。我吩咐她不要迟疑跟着我走；我们一路穿过阻拦的宦官们，他们的抵抗十分微弱。此时，全城一片火光冲天，人心惶惶；人人只顾着自己，无心他人。在混乱中，我们抓住了穆斯塔达马厩中两匹最敏捷的马，向北逃往切尔卡西亚王国。由于还有几个人以同样的方式逃奔，我们就这样没有引起注意逃过去了，三天后到达了特尔基城，这是一座位于高加索山怀抱中的山谷之城。

  在这里，我们没有了危险的顾虑，享受着与美德相符的一切满足；虽然我发现我的心不时地会被不寻常的激情左右，但我对美丽的伴侣如此爱慕，甚至只远观而不敢亵玩。她的容貌甚至在切尔卡西亚国的美女中依然出众，但她的心灵更加吸引人。一个如此培养自己的理解力，并有着细腻情感的女人，与东方的女儿截然不同。东方女儿所受的教育只是为了提高修养，使她们成为更诱惑人的娼妓！惜别。

第60封信

那位美丽女奴的故事。

兴波寄李安济·阿尔坦济,信件在莫斯科中转。

当我们从匆忙逃亡的疲惫中完全恢复过来后,我那曾因眼下的危险而抑制的好奇心又开始复苏了:我渴望知道这个美丽的逃亡者是由于什么不幸的事故而成为俘虏的,想知道如此美丽的人怎么会卷入她刚刚从中获救的灾难之中。

"不要谈论个人魅力,"她激动地说道,"因为我的一切不幸都是由个人魅力造成的:环顾我们所在国家的无数美女,看看大自然是如何将它的魅力倾注在每一张脸庞上的,然而,上帝似乎并不重视这种恩赐,因为恩赐被给予了一个妓女民族。"

我知道你想知道我的故事,而我也急于满足你的好奇心:我觉得向任何人诉说过去的不幸都是一种乐趣,而当解救我的人对我的诉说表示满意,我的快乐也因责任感而生。

我[1]出生在一个遥远的西部国家,那里的男人比切尔卡西亚的男人更勇敢,那里的女人比切尔卡西亚的女人更美丽;在那里,英雄的英勇是由智慧引导的,而女性的美丽是由细腻的情感指引的。我是一位军官的独生女,他老年得女,正如他曾深情地表达,我是他与世界联系的唯一纽带,是他生活的乐趣所在。他的职位使他结识比他更有地位和财富的人,他对我的珍爱使他把我带到他结识的每一个家庭:因此,我很早就习得了世人所谓的文雅之人的优雅和一些时髦的缺点,虽然我自己并没有财富,但我学会了鄙视那些生活得像穷人一样的人。

我与大人物的交往以及我美丽的外表为我赢得了许多爱慕者。但由于财富的匮乏,他们都不敢有任何其他想法,只想惬意地度过当下,或深思我未来的沉沦。我发现自己在人群中比其他在地位和美貌上更出众的女士都受到更热情的款待。我把这归于过度的尊重,而实际上,这种尊重来自截然不同的动机。

在这些向我致意的人中,有一位绅士,他是我父亲的朋友,年事已高,无论是为人还是谈吐,都没有什么值得称道的地方。他年约四十,家境一般,勉强够生活,这让我对他失去了警惕,我把他当作我唯一真诚的仰慕者。

处于生命衰退期而性格阴险的情人是最危险的。他们善

---

[1] 这个故事与陪伴 W-e 女士的 S-d 小姐回到佛罗伦萨的真实故事有着惊人的相似之处。这个故事是她亲口对我讲的。——原注(用名字的首尾字母代替全称,在18世纪是为了避免得罪人而惯常采用的方法。——译者注)

于利用女性的所有弱点，抓住每一个有利的机会，由于没有年轻的爱慕者那般热情，也就没有那么多真正的尊重，因此也就没有那么多的胆怯。这个阴险狡诈的家伙用千百种手段来达到他的卑鄙目的。我看到了这一切，却将其归咎于不同的观点，因为我认为相信真正的动机是荒谬的。

他经常去我父亲那里，他们之间的友谊与日俱增；最后，由于他们的亲近关系，我被教导把他看作我的监护人和朋友。虽然我从未爱过他，但我尊重他；这份尊重足以让我希望与他结合，他似乎也很渴望，但他几次假装拖延；与此同时，由于我们结婚的虚假消息，其他的爱慕者都离开了我。

然而，我终于从这种错觉中醒悟过来，因为有人告诉我，他刚刚娶了另一位拥有大量财富的年轻女士。这对我来说并不是什么大的屈辱，因为我一直只是出于谨慎的动机来看待他。但这对我的父亲产生了截然不同的影响，他生性鲁莽、狂热，再加上受到错误的军人荣誉观的刺激，他对他的朋友大加斥责，很快向他提出了决斗，对方接受了决斗。

大约在午夜时分，我被我父亲的口信惊醒，他说要马上见我。我惊讶地起身，在一名仆人的陪同下，跟着信使来到离家不远的一块田地。在那里我看到了他，我荣誉的守卫者，我唯一的朋友和支持者，我年轻时的导师和伙伴，他躺在地上，浑身是血，奄奄一息。面对如此恐怖的场景，我没有泪流满面，也没有叹息。我坐了下来，把他苍老的头放在我的腿上，凝视着他那张可怕的面孔，心中的痛苦甚至比绝望的疯狂还要强烈。仆人们都去找人帮忙了。在这阴沉寂静的夜里，除了他痛苦的呼吸声，没有任何声音，除了他那仍在淌血的伤口，看不到任何物体。我怀着无声的痛苦，伏在他的脸上，努力用双手止住伤口流出的鲜血；他起初似乎没有知觉，但最后把垂死的目光转向我，流着泪说："我亲爱的孩子，虽然你忘记了自己的荣誉，也玷污了我的荣誉，但我还是会原谅你；你抛弃了美德，使我和你自己都蒙受了损失，但请接受我的宽恕，我希望上天能怜悯我。"他去世了。我所有的幸福也随他而去。我想到他是因我而死，而他是我在世上唯一爱的人，我被他在弥留之际谴责背叛了家族的荣誉；我知道我是无辜的，但甚至没有辩护的可能；我没有财产或朋友来宽慰我或同情我，我被遗弃在充满恶心和谴责的广阔世界中，我呼唤着躺在我面前的尸体，痛苦地问他为什么要这样离开我。为什么，我亲爱的人，我唯一的爸爸，您为什么要这样毁了我，也永远地毁了您自己？哦，请您怜悯我，请您回来吧，因为除了您，没有人可以安慰我。

　　我很快就发现，我确实有理由感到悲伤；我不能指望得到女性的同情，也不能指望得到异性的帮助；在人际交往中，有声誉比配得上这声誉要有用得多。无论我走到哪里，我发现自己要么受到蔑视，要么受人厌恶；或者每当我受到文明的对待时，都是出于最卑鄙、最无情的动机。

　　就这样，我被赶出了体面人士的圈子，最后，为了消除难以忍受的孤独带来的焦虑，我不得不与那些像我一样被诅咒的人为伍；但她们也许罪有应得。在这群人中，有一位非常出色的女士，公众认为她的人品甚至比我的人品还要糟糕。一种相似的痛苦很快就把我们联系在一起；我知道，普遍的责难使她很痛苦；而我已经学会了把痛苦看作有罪的借口。虽然这位女士没有足够的美德让她免受责难，但她有太多细腻的感受力，不会感觉不到责难。因此，她提议我们离开我们出生的国家，去意大利生活，在那里我们的人品和不幸都将不为人知。我欣然同意，于是我们很快就置身于那个迷人的国度最美丽省份的一处最迷人的度假胜地。

如果我的同伴选择这里作为受伤的美德的隐居处，选择这里作为我们可以平静地看待遥远的愤怒世界的港湾，我本应该感到高兴；但她的目的截然不同；她选择这里只是为了私下里享受那些她没有足够胆量以更公开的方式满足的快乐。我很快就发现她性格中的恶毒之处，她的思想和身体似乎都只为享乐而生，她的多愁善感只是为了延长眼前的享乐。她只为社交而生，她说得比写得好，写得比活得好。一个致力于享乐的人往往过着可以想象的最悲惨的生活；她就是这种情况；她认为自然的慵懒时光是无法忍受的，她的所有时间都在狂喜和焦虑之间度过；她总是处于痛苦或幸福的极端之中。她因没有食欲而痛苦，就像饥饿的可怜虫想吃一顿饭一样痛苦。在这段时间里，她通常躺在床上，只有在期待某种新的享受时才起身。这个国家奢靡的气氛，寓所浪漫的环境，以及这个唯一的幸福在于感官享受的民族的天赋，这一切都让她忘却了自己的祖国。

这样的生活给她带来了快乐，对我却有完全不同的影响。我每天都在沉思，我的忧郁被视为对她的好心情的侮辱。我现在觉得自己完全不适合所有的社会，我被有美德的人抛弃，我也憎恶恶行，似乎与各阶层的人对立。在这个世界上本应该保护我的美德，在这里却成了我的罪行。总之，我厌恶生活，决心成为一个隐士，离开这个了无生趣、丝毫不吸引我留下来的世界。下定决心后，我踏上了前往罗马的海路，打算在那里戴上面纱。然而，即使是在如此短暂的航程中，我的厄运也再次降临。我们的船被柏柏里[1]的海盗劫持了；船上的全体人员，包括我在内，都成了奴隶。向您讲述我在这种悲惨境遇中的苦难和顽强，未免太过浪漫；我只想说，我曾被几个主人买走，每个人都看出了我的不情愿，他们使用暴力把我卖给另一个主人，直到最后被您解救，我才获得幸福。

她的故事就讲到这里，我做了删节，但我们打算尽快前往莫斯科，一到莫斯科，我就把更详细的情况告诉您。收到您的来信是我最大的幸福。惜别。

---

1 柏柏里（Barbary），埃及以西的北非伊斯兰教地区，柏柏里海岸曾为海盗藏身之处。

第61封信

给初入人世的青年的适当训言；相关的寓言故事。

李安济·阿尔坦济寄特尔基的兴波，信件在莫斯科中转。

你获得自由的消息解除了我之前的焦虑，我现在可以毫无自责地想起我的儿子，赞扬他在灾难面前的忍耐和脱困的行为。

你现在自由了，刚刚摆脱了一个严厉的主人的束缚：这是你命运的转折点；正如你现在所掌握的命运一样，今后的生活将以幸福或痛苦为标志；在你这个年龄，谨慎不过是美德的另一个名称，几年的坚持不懈将确保舒适、快乐、安宁与尊敬。过于急切地享受现在所提供的一切好处，将会使奖章翻面，给你带来贫穷、焦虑、悔恨和蔑视。

有人说，很少有人能比那些最不善于听取别人建议的人更有资格给别人建议。因此，在这方面，我认为我完全有资格提供我的建议，尽管在这个场合我应该发挥我的家长权威。

对于没有决心的年轻人，最常见的方式是先征求一个朋友的建议，并遵循一段时间；然后再征求另一个朋友的意见，并坚持它；然后再征求第三个朋友的意见，但仍然不稳定，总是在变化。然而，这种性质的每一次变化都是不利的。人们可能会告诉你，你不适合在生活中从事某种职业，但不要听他们的。无论你坚持不懈、孜孜不倦地从事什么职业，都会发现它适合你，它会成为你年轻时的支撑和年老时的安慰。在学习每种职业有用的部分时，非常适中的能力就足够了；巨大的能力往往让拥有者感到厌恶。有人把人生比作一场赛跑，但这一典故仍有可完善之处，因为人们注意到，最敏捷的人总是最容易偏离正轨。

一个人只掌握一种职业就足够了，这（不管教授们告诉你什么相反的话）很快就能学会。因此，只要有一份好工作就可以心满意足了。因为如果你同时掌握两种职业，人们就不会给你任何一份工作。

有一次，一个魔术师和一个裁缝碰巧在一起聊天。裁缝说："唉，我真是个不幸的可怜虫；如果人们都想过不穿衣服的生活，那我就完了。我没有别的行业可做。""的确，朋友，我由衷地同情你。"魔术师答道，"不过，谢天谢地，我的情况还不算太糟；因为如果一项魔术失败了，我还有一百个魔术展示给他们。而如果有一天你沦落到乞讨的地步，请向我求助，我会救济你的。"饥荒笼罩着大地；裁缝勉力活了下来，因为他的顾客不能没有衣服；但可怜的魔术师用尽了他的一百种把戏，也找不到一个为他付钱的人：他承诺吃火或吐针都是徒劳的；没有一个人愿意救济他，直到最后他不得不向那个他以前鄙视的裁缝乞讨。

对财富最致命的阻碍莫过于骄傲和怨恨。如果你一定要怨恨别人的伤害，至少要压抑住自己的愤怒，直到你变得富有，然后再发泄出来。穷人的怨恨就像无害的虫子努力蜇人；它可能会把自己压垮，但不能保护自己。谁会看重那些只在空洞的威胁中消耗的愤怒呢。

从前，有一只鹅在池塘边喂它的小鹅。在这种情况下，鹅总是非常骄傲，也过于一丝不苟。如果有任何其他动物无意冒犯，碰巧从那里经过，鹅就会立即冲上去。她的喙在嘶叫，她扇动翅膀，说池塘是她的，她要维护她在池塘里的权利，保障她的荣誉。她用这种方式赶走了鸭子、猪和鸡，甚至连阴险的猫也被她赶跑了。然而，一只懒洋洋的獒犬碰巧路过，觉得口渴了，喝一点水也无妨。守护者鹅愤怒地扑向他，用喙啄他，用大翅膀拍他。狗很生气，多次想狠狠地扇她一巴掌，但因为主人就在身边，他压制了怒火。他喊道："你这个傻瓜，既没有力量也没武器去战斗，至少应该文明一点。"说罢，不顾鹅的阻拦，他走到池塘边，解了渴，跟着主人走了。

青年命运的另一个障碍是，他们既不愿意被任何人冒犯，也同样不愿意冒犯任何人。因此，他们努力讨好所有人，满足每一个要求，试图让自己适应每一个人；他们没有自己的意志，只是像蜡一样捕捉每一个相邻的印象。他们试图让所有人满意，最后却发现自己大失所望；要想使广大崇拜者站在我们这一边，只要试图取悦极少数人就足够了。

曾经有一位杰出的画家决心完成一幅让全世界都满意的作品。因此，当他已尽全力画完一幅画作后，就把它展示在公共市场上，并在画作的底部写下说明，让每一位观众用画笔在画作上标出每一处似乎有误的肢体和特征。观众来了，一般都报以掌声；但每个人都愿意展示自己的批评才能，对自己认为不合适的地方做了记号。傍晚时分，画家来了，他沮丧地发现这幅画上到处都是污点，到处都是批评的痕迹。他不满足于这次试验，第二天，他决定换一种方式来试验。他像以前一样展示自己的画作，希望每个观众都能标出他赞同或欣赏哪些美丽之处。观众们照做了，画家回来时发现，画作上布满了美的痕迹；

昨天被谴责的每一笔,现在都得到了赞许。画家说道:"好吧,我现在发现取悦全世界的最好方法是尝试取悦它的一半。"惜别。

第62封信

彼得大帝的妻子叶卡捷琳娜·阿列克谢耶芙娜[1]的真实故事。

李安济·阿尔坦济寄兴波，信件在莫斯科中转。

像你所描述的你美丽的女伴那样，即使背负着恶名，仍能保持着美德，这才是真正伟大的品格。许多人看重美德，是因为它能赢得掌声；而你的最爱却只是因为它能带来内心的愉悦。我常常希望像她这样的女士被推荐为女性模仿的典范，而不是那些凭借与女性天生的柔美相悖的品质获得名声的人。

那些因英勇善战、精通政治或学识而闻名的女性，为了侵犯我们男性的特权，不惜放弃自己性别的职责。我不能原谅一个美丽的女人试图使用赫拉克勒斯的棍棒，就像我不能原谅他试图捻动她的纺纱杆。[2]

谦虚的少女、谨慎的妻子或细心的主妇，在生活中要比穿着衬裙的哲人、咄咄逼人的女英雄或颐指气使的女王更有用。她能让丈夫和

---

[1] 叶卡捷琳娜·阿列克谢耶芙娜（Catherine I Alekseevna Mikhailova，1684—1727），史称叶卡捷琳娜一世。她出身卑微，做过俘虏，后与彼得一世结婚，在丈夫死后成为俄罗斯帝国的皇帝。
[2] 传说，赫拉克勒斯因误杀好友而受到惩罚，成为女王翁法勒的奴隶，曾为其纺纱。

孩子幸福，让一个人远离罪恶，让另一个人接受美德的熏陶，这样的女性比浪漫传奇中描述的女性要伟大得多，因为后者的全部职业就是用箭杆或眼睛谋杀人类。

有人说，女人天生就不是为了承担重大的责任，而是为了减轻我们的责任而存在。她们的温柔是对我们为保护她们而承受的危险的适当回报，她们轻松愉快的谈话是我们从紧张的工作疲劳中解脱出来的理想去处。她们被限制在家庭琐事的狭小范围内；一旦她们偏离了这些，就超出了她们的活动范围，因而也就没有了优雅。

因此，名声在女性中的分配非常不公平。那些最不值得铭记的人却得到了我们的赞美和掌声，而许多为人类带来荣誉的人却默默无闻。也许没有哪个时代比当今时代更能说明名声的错位：古代的塞米勒米斯和泰勒斯提斯[1]被人津津乐道，而比她们伟大得多的现代人物却无人知晓，默默无闻。

叶卡捷琳娜·阿列克谢耶芙娜[2]，出生在利沃尼亚[3]的一个小城市德帕特附近，除父母的美德和节俭外，她并没有继承其他遗产。父亲去世后，她与年迈的母亲住在一间草木屋里，虽然非常贫穷，但两人都非常满足。在这里，她远离尘世的目光，靠双手养活了她已经无力养活自己的母亲。叶卡捷琳娜纺纱时，老妇人会坐在一旁，读一些论虔诚的书籍；劳累一天后，两人会心满意足地坐在火炉边，以节日的心

---

1 塞米勒米斯（Semiramis），亚述帝国传说中的女王，以美貌、智慧和淫荡著称；泰勒斯提斯（Thalestris），传说中亚马逊女战士的女王。
2 这段叙述或来自 H. 斯皮尔曼先生的回忆录手稿。——原注（"H. 斯皮尔曼"[H. Spilman]不可考，或为哥尔斯密杜撰。——译者注）
3 利沃尼亚（Livonia），波罗的海东岸地区，爱沙尼亚以及拉脱维亚的大部分领土的旧称。

情享受一顿节俭的晚餐。

虽然她的容貌和举止都是完美的典范,但她的全部注意力似乎都放在了思想上。她的母亲教她读书,一位路德教的老牧师教她宗教的格言和义务。大自然不仅赋予了她敏捷的思维,而且赋予了她坚定的思想,不仅赋予了她坚强的意志,而且赋予了她正确的认识。这些真正的女性特质为她赢得了乡下农民的几次求婚,但她都拒绝了,因为她对母亲的爱太深沉了,她不愿意与母亲分离。

母亲去世时,叶卡捷琳娜十五岁,她离开了自己的小屋,到路德宗的牧师家生活;她从小就受到牧师的教导。她住在这所房子里,担任牧师孩子们的家庭教师,她的性格既谨慎小心,又出奇地活泼。

老牧师视她为自己的孩子,让家里其他孩子的老师教她舞蹈和音乐;她就这样不断进步,直到老牧师去世。由于这个意外,她又一次陷入了贫困的境地。此时的利沃尼亚因战争而荒芜,处于最悲惨的荒凉状态。这些灾难对穷人来说是最沉重的;因此,叶卡捷琳娜虽然拥有如此多的成就,却经历了无望的贫困所带来的一切苦难。供应一天比一天匮乏,而她的私人储备也完全耗尽了,最后她决定去马林堡,一个更富裕的城市。

她用一个皮袋子装着她那寥寥无几的衣物,徒步踏上了旅途。她要穿过一个自然条件恶劣的地区,而瑞典人和俄国人使这个地区变得更加可怕,他们争夺这个地区主人的地位,随意掠夺这个地区。但饥饿使她不顾路上的危险和疲劳。

一天傍晚,她在旅途中走进路边的一间小屋准备在那里过夜,遭到两名瑞典士兵的侮辱,他们坚持要求她,按照他们的说法,跟到营地。如果不是一位下级军官偶然路过,上前帮助她,他们可能会对她施以暴力：他一出现，士兵们立刻就住手了；她立即发现救她的人正是路德教会牧师的儿子，她以前的老师、恩人和朋友，她十分感激，更感到惊讶。

这对叶卡捷琳娜来说是一次愉快的会面；此时，她从家里带来的一点钱已经用完；衣服也一件件分给了那些在家里招待她的人。这位慷慨的同乡拿出他能拿出的钱，给她买了衣服，配备了一匹马，并给他父亲的忠实朋友、马林堡的总监格勒克先生写了推荐信。

我们这位美丽的陌生人只需出现，就会得到很好的接待，她立即被总监家接纳，成为他两个女儿的家庭教师；尽管她只有十七岁，但她证明了自己不仅在美德方面，而且在礼貌方面都有能力教导她的同性。她聪明有才智，且美丽动人，主人很快就向她求婚了，但她拒绝了，这让主人感到惊讶。为了感恩，她决心只嫁给她的救命恩人，尽管他失去了一只胳膊，而且在服役期间因伤毁容。

为了防止别人再向她示爱，军官一进城执勤，她就向他献上了自己的身体，他欣然接受，他们的婚礼照常规举行。但她的命运真是不同寻常：就在他们结婚的当天，俄国人围攻了马林堡；这位不幸的士兵没有时间去享受这来之不易的婚姻之乐了，他在完婚之前奉命去参加一次进攻，此后再也没有人见过他回来。

与此同时，激烈的围攻战仍在进行着，一方的顽固和另一方的复仇使战争更加激烈。当时，北方两个大国之间的战斗是真正的野蛮战争，无辜的农民和无害的少女常常落得与士兵一样的下场。马林堡被攻占了；狂暴的袭击者不仅把驻军，而且把几乎所有的居民，无论男女老幼，都屠杀殆尽。大屠杀基本结束时，人们发现叶卡捷琳娜躲在一个烤炉里。

她一直很穷，但仍然是自由的；现在她要顺从艰辛的命运，学习做一名奴隶。然而，在这种情况下，她依然表现得虔诚而谦逊；虽然不幸使她失去了活力，但她仍然开朗。她的美德和坚韧不拔的精神甚至传到了俄国将军缅什科夫亲王的耳朵里；他见到她，被她的美貌打动，从士兵也就是她的主人那里买下了她，并把她托付给自己的妹妹。在这里，她得到了应有的尊重，而她的美貌也随着她的好运与日俱增。

这种情况没有持续多久，彼得大帝来拜访亲王时，叶卡捷琳娜碰巧带着一些干果进来，她显得特别端庄。这位强大的君主看到她后，为她的美貌折服。第二天，他又回来了，叫来这位美丽的奴隶，问了她几个问题，发现她的理解力甚至比她本人还要完美。他年轻时曾因利益而被迫结婚，现在他决心按自己的意愿结婚。他立即询问了这位美丽的利沃尼亚人的身世，她还不到十八岁。他默默听着她的故事，了解她命运的起起伏伏，发现她在所有的变故中都表现得不凡。她出身贫寒，但这并不妨碍他的计划。他们在私下里举行了婚礼。王子向朝臣们保证，只有美德才是通往王位的最佳阶梯。

叶卡捷琳娜，她从低矮的泥墙小屋中走出来，成为世界上最伟大国家的皇后。这个可怜孤独的流浪者现在被成千上万的人包围着，他们在她的微笑中找到了幸福。昔日只求一餐的她，如今却能为整个国家带来富足。她的地位如此显赫，一部分归功于她的卓越，但更多归功于她的美德。在她的丈夫这位非凡的王子努力改造他的男性臣民时，她在研究如何改善女性臣民的生活。她改变了她们的服饰，引入了混合集会，建立了女骑士团；最后，当她很好地完成了皇后、朋友、妻子和母亲的所有职责后，她勇敢地离开了人世，没有遗憾，被所有人所怀念。惜别。

第63封信

文学的兴衰不取决于人,而源于自然的变迁。

李安济·阿尔坦济寄北京礼部尚书冯煌。

在每封信中,我都期待着中国发生一些新的革命,国家发生一些奇怪的事情,或者我的熟人发生一些灾难。我带着期待颤抖地打开每一封信,当我发现我的朋友和我的国家依然幸福美满时,我感到一种愉悦的失望。我在游荡,但他们静止不动。除了我自己不安的想象中发生的变化,他们几乎没有任何变化;只是我自己的移动给在某种程度上无法移动的物体一种想象中的速度。[1]

然而,请相信我,我的朋友,即使是中国也在不知不觉地从其昔日的伟大中衰退。她的法律现在比以前更腐化,她的商人比以前更狡诈;艺术和科学已经走向衰落。看看我们古代桥梁上的雕刻,这些雕刻甚至为大自然增添了雅致。现在,整个帝国都没有一个艺术家能够模仿它们的美。我们的瓷器制造也不如曾经有名了,甚至欧洲现在也

---

[1] 1757年12月哥尔斯密在写给姐夫丹尼尔(Daniel Hodson)的信中提及,希望自己所在的爱尔兰也发生革命,但那里并未有任何变化,一切是因为自己在国外不断移动而产生的想象。参见 *The Collected Letters of Oliver Goldsmith*, p. 30。

开始超越我们。曾经，中国对陌生人敞开大门，欢迎所有前来改善国家或欣赏其伟大的人；现在，这个帝国与一切外来的改良隔绝开来；居民们互相劝阻，不愿意追求自己的内在优势。

中国现在比以往任何时候都更加强大，更少受到外来侵略的影响，甚至因为与欧洲的联系而发现了新事物；那么，为何这个帝国如此迅速地堕落为野蛮之邦！

这种衰败肯定是自然造成的，而不是自愿退化的结果。在两三千年的时间里，她似乎每隔一段时间就会造出伟大的人物，就像季节的变迁一样。他们突然崛起，持续一个时代，启迪世界，又像成熟的玉米一样倒下，人类又逐渐回到原始的野蛮状态。我们这些小人物环顾四周，对衰落感到惊讶，寻找这种明显衰落的原因，把源于力量匮乏的问题归咎于缺乏激励，惊讶地发现每一门艺术和每一门科学都在衰落，而没有考虑到秋天已经过去，疲惫的大自然又开始为下一次努力而休养生息。

有的时代因产生身材奇特的人而引人注目，有的时代因大量产生某些特定的动物而引人注目，有的时代因过度丰饶而引人注目，有的时代又因似乎无缘无故的饥荒而引人注目。大自然在其可见的产物中表现得如此不同，在其思想的产生方面肯定也不同，但大自然以米罗[1]或马克西米努斯[2]的力量和身形震惊一个时代时，也可能以柏拉图的智慧或安东尼努斯[3]的善良祝福另一个时代。

---

1 米罗（Milo），古希腊大力士，摔跤冠军，该名字至今仍然是力量的代名词。
2 马克西米努斯·色雷克斯（Maximinus Thrax，原文作 Maximin，173—238），罗马帝国皇帝，据说身高两米多，且力大无穷。
3 安东尼努斯（Antoninus，原文作 Antonine），生活于4世纪，新柏拉图主义哲学家。

因此，我们不要把每个国家的衰败归咎于偶然，而应归于事物的自然演变。在最黑暗的时代，往往会出现一些能力出众的人，他们以其所有的理解力，也无法改善其所处的野蛮时代：全人类似乎都在沉睡，直到大自然发出普遍的召唤，然后整个世界似乎一下子就被这声音唤醒；科学在每个国家都取得了胜利，单个天才的光辉似乎消失在持续闪耀的星系中。

因此，每个时代的启蒙时期都是普遍的。在中国刚开始摆脱野蛮状态之时，西方世界同样也在崛起，变得更加雅致。中国有尧[1]之时，他们有塞索斯特利斯[2]。在随后的时代中，孔子和毕达哥拉斯几乎同时出生，而且当时中国和希腊都涌现出了一批哲人。差不多在同一时期，野蛮重新泛滥，并持续了几个世纪，直到公元一千四百年，永乐[3]皇帝崛起，复兴了东方的学问。几乎在同一时期，意大利的美第奇家族努力将婴儿天才从摇篮中唤醒。因此，我们看到，在一个时代，文雅遍布世界的每一个角落，而在另一个时代，野蛮却接踵而至；在一个时期，光明遍布整个世界，而在另一个时期，全人类却被包裹在最深邃的无知之中。

过去是这样，将来可能也是这样。据我观察，中国显然已经开始从过去的文雅堕落下来；如果坦率地看待欧洲人目前的学识，这种衰

---

[1] 尧（Yau），哥尔斯密可能参考了杜赫德《中华帝国全志》对尧（Yau）的介绍："他被认作国家的第一个统治者，且为统治者的典范。"（J. B. Du Halde, *A Description of the Empire of China*, vol. 1, p. 143）

[2] 塞索斯特利斯（Sesostris，原文作 Sesostriss），古埃及统治者，卓越的将领、智慧的管理者。其在位期间（约公元前1874—前1855），埃及获得了极大的繁荣。

[3] 永乐（Yonglo），哥尔斯密可能参考了杜赫德《中华帝国全志》对永乐（Yong-lo）的介绍："在位第13年，命令宫廷的博士，即翰林修订中国古书。"（J. B. Du Halde, *A Description of the Empire of China*, vol. 1, p. 219）

退似乎也已经发生了。我们会发现，在西方的原住民身上，道德研究已经被数学专题论文或形而上学的微妙问题所取代；我们会发现，学识已经开始与生活中有用的职责和关切分离开来；而除了那些知道的东西比真正有趣或有用的东西多得多的人，没有人敢于追求这种品格。我们会发现，每一次伟大的尝试都会被谨慎所抑制，写作中令人陶醉的崇高感也因为害怕冒犯而冷却。我们会发现，那些敢于冒险犯错，愿意为伟大的成就冒很大风险的大胆精神寥寥无几。天意让世界在四百年来不断进步；它现在却让我们逐渐陷入从前的无知，留给我们对智慧的热爱，却剥夺了我们智慧的好处。惜别。

第64封信

大人物们用幸福换取炫耀。这类愚蠢行为对社会有益。

李安济·阿尔坦济寄北京礼部尚书冯煌。

  欧洲的王公们找到了一种奖励表现出色的臣民的方式，那就是向他们赠送约两码长的蓝丝带，佩戴在肩上。获此殊荣的人被称为骑士，国王本人往往是骑士团的首领。这是对最重要的服务进行补偿的一种非常节俭的方法；对国王来说，他们的臣民对这种微不足道的奖励感到满意是非常幸运的。如果一位贵族在战斗中不幸失去了一条腿，国王就会赠送给他两码长的丝带，以补偿他失去的肢体。如果一位大使为了维护国家在海外的荣誉而耗尽了所有家产，国王也会赠送给他两码长的丝带，这被认为相当于他的财产。总之，只要欧洲国王还有一码的蓝色或绿色缎带，他就不必担心缺少政治家、将军和士兵。

  在一些王国中，一些人拥有巨额遗产而甘愿为空洞的恩惠承受真正的苦难，我无法钦佩这样的王国。一个已经拥有丰厚财产的人，如果雄心勃勃地干事业，就会因他的地位而感受到许多实际的不便，而这并没有为他带来他以前所没有的真正的幸福。在成为朝臣之前，他能吃能喝也能睡，甚至比当权时更好。他在私人场合可以像在公共场合一样颐指气使，在家里可以放纵自己的一切爱好，而这一切都不会受到人们的指责，也不会被人们看到。

那么，在已经充足的财富上再增加一些又能带来什么真正的好处么？并不能。要是一个大人物的财富增加了，他的胃口也随之增加，那么，他的优先权可能会带来真正的乐趣。

如果一千块钱变为两千后，他能够享受两个妻子或两顿晚餐，那么他为了扩大享受的范围而承受一些痛苦，确实情有可原。但恰恰相反，他发现自己对享乐的渴望常常会随着他为改善享乐而付出努力而减弱；他的享乐能力也会随着财富的增加而减弱。

因此，我一般不以嫉妒的眼光看待大人物，而是怀着几分同情。我认为他们是一群天性善良的被误导的人，他们所享受的一切幸福都要归功于我们，而不是他们自己。为了我们的快乐，而不是他们自己的快乐，他们在一堆烦琐的装饰品下汗流浃背；为了我们的快乐，他们穿着长长的拖尾的服装，在盛会中缓慢前进。一件大衣，或者一个脚夫，也能满足最懒散的精致的所有目的。那些穿了二十件衣服的人，可以说一件是为了他们自己的快乐，其他十九件只是为了我们的快乐。孔子的观点是正确的，我们花更大的努力去说服别人我们是幸福的，而不是努力让自己认为自己是幸福的。[1]

尽管这种被人看到、被人议论、获得崇高地位的欲望对野心勃勃的人来说已经够麻烦了；但有人愿意用安逸和安全来换取危险和丝

---

1 这里所说的孔子的观点应为杜撰。"幸福"是18世纪英国感伤小说中的常见主题，哥尔斯密自己的《威克菲尔德牧师传》就反复探讨了这个问题。这个归于孔子的观点可能参照了约翰逊博士的一句格言："最幸福的生活莫过于给我们最多机会拥有自尊的生活。"（Johnson: *Adventurer* #111, November 27, 1753）

带，这对社会来说是件好事。他们的虚荣心不会给我们带来任何损失，试图剥夺一个孩子的拨浪鼓也是不仁慈的。如果公爵或公爵夫人愿意拖着长长的衣服裙摆来供我们消遣，那剥夺他们的这些乐趣就是更不仁慈的。如果他们选择带着上百名男仆和马穆鲁克[1]在公共场合展示他们的装备来供我们消遣，那么剥夺他们的这些乐趣也是不仁慈的。只有观众们得到了快乐，他们只是在庆典上挥汗如雨的人。

有一次，一个狡黠的老和尚跟一个官员搭讪，这个官员非常自豪，因为他的长袍各处都镶嵌着许多珠宝。和尚跟着官员走了几条街，并多次向他深深地鞠躬，感谢他的珠宝。官员大声说："你是什么意思？朋友，我从来没有给过你任何珠宝。""的确如此，"对方回答说，"但是你让我看了它们，这就是你自己能利用它们的全部了。所以我们之间没有什么区别。只是你有看管珠宝的麻烦，而这是我不太愿意做的事情。"惜别。

1　马穆鲁克（Mameluks），指奴隶出身的士兵。

第65封信

一个富有哲思的修鞋匠的故事。

李安济·阿尔坦济寄北京礼部尚书冯煌。

尽管我自己不是很喜欢看庆典,但我通常很高兴能加入观看庆典的人群中;观察这种场面对各种面孔的影响、它在一些人心中激起的快乐、在另一些人心中激起的嫉妒,以及它在所有人心中激起的愿望,是一件很有趣的事情。带着这种目的,我最近去看一位外国大使到来的场景,我决心融入人群,像他们一样大喊大叫,认真地专注于同样无聊的事情,暂时参与到庸俗大众的快乐和愿望中去。

我在这里挣扎了一会儿,为了在骑兵队经过时第一个看到,人群中有人不巧踩到了我的鞋子,把它弄破了,我完全无法跟随着大部队前进,不得不落在了后面。这样一来,我自己就无法观看演出了,但我至少愿意观察观众,就像军队行军时的残兵败将一样,一瘸一拐地跟在后面。

在这种情况下,我看到每个人脸上洋溢着热切的神情,有些人忙着抢先一步,有些人则满足于偶尔偷看一眼;有些人赞美一辆马车后面的四个黑仆人,而另一些人则赞美装饰马脖子的丝带;我的注意力被一个比我见过的任何东西都更特别的东西吸引住了。一个可怜的鞋匠坐在路边的摊位上，当人群经过时，他继续工作，丝毫没有表现出好奇。他的漠不关心激起了我的好奇心；而且，由于我需要他的帮助，我认为在这种情况下最好找一个富有哲理的修鞋匠。他察觉到了生意，招呼我坐下，把我的鞋放在他的腿上，开始用他一贯的冷漠和沉默修补我的鞋。

我对他说："我的朋友，这么些好东西从你门前经过，你怎么还能继续干活呢？"鞋匠回答道："对那些喜欢它们的人来说，它们的确很好，但对我来说，那些好东西又算得了什么呢？你不知道鞋匠干的是什么活，因为你过得很好。有人为你烤好面包，你可以整天去看风景，晚上回家还能吃上一顿热乎乎的晚饭；但对我来说，如果整天追着这些好东西看，我除了胃口大开，还能得到什么呢？而且，上帝保佑我，我在家里已经有太多的好胃口了，不用再为它发愁了。你们这些人白天吃四顿饭，晚上吃一顿饭，对我这样的人来说，简直是个坏榜样。先生，上帝叫我来到这个世界上，是为了让我修补旧鞋的，我和那些过好日子的人没有关系，他们和我也不相干。"我笑了笑。他又接着说："先生，你看看这个鞋楦，还有这把锤子，它们是我在世界上最好的两个朋友；我没有其他的朋友，我需要朋友。你刚才看到的那些大人物有五百个朋友，因为他们有各种机会；现在，我在这里守着我的好朋友，我很满足；但是，当我去追寻风景和美好的事物时，我就开始讨厌我的工作，变得悲伤，再也没有心思去补鞋了。"

这番话激起了我的好奇心，我想更多地了解这个被大自然塑造成哲人的人。因此，我不经意地引导他讲述他的冒险经历。他说："我过着漂泊的生活，已经有五十五个年头了。今天在这里，明天去那儿；

这就是我的不幸,年轻时我就喜欢变化。""我想,你曾经是个旅行者吧?"我打断他说。"我不能夸耀我的旅行经历,因为在我的记忆中,我一生中只离开过我出生的教区三次;但是,在这一块地方,没有一条街道是我没有住过的。当我开始在一条街安顿下来做生意时,一些不可预见的不幸,或者想去别处碰碰运气的愿望,让我离开我以前的顾客,也许是一英里远,而一些更幸运的鞋匠会来到我的地点,在我的朋友中赚取一笔丰厚的财富:有一个人实际上是死在我留下的摊位上,留下七磅七先令,都是用硬金做的,他把钱缝在马裤的腰带上。"

我不禁微笑着听着火炉边这个人的迁移经历,继续问他是否结过婚。他回答说:"是的,先生,我结过婚,长达十六年。天知道,我过得多累。我妻子坚信,要想在这个世界上生存,唯一的方法就是省钱。所以,尽管我们每周的收入只有三先令,她还是把所有能拿到手的钱都藏了起来,我们不得不为此挨饿整整一周。

"头三年,我们每天都为此争吵,我总是占上风;但她很固执,仍然像往常一样把钱藏起来;后来我终于厌倦了争吵,也厌倦了占上风,而她却乐此不疲,几乎把我饿死。她的所作所为终于把绝望的我逼到了酒馆:在这里,我曾经和那些像我一样讨厌回家的人坐在一起,有了钱就喝酒,只要有人信任我,我就跑去喝酒;直到有一天,房东太太趁我不在家,拿着一张长长的账单交到我妻子手里;长长的账单让她心脏病发。她死后,我翻遍了整个家找钱,但她把钱藏得很好,我费尽心思也没找到一分钱。"

这时,我的鞋已经补好了,我满足于这位可怜的艺术家的遭遇,额外给了钱作为对他提供信息的奖励。我告辞回家,把他的谈话告诉我的朋友,以延长他的谈话给我带来的乐趣。惜别。

第66封信

爱与感激的区别。

李安济·阿尔坦济寄兴波,信件在莫斯科中转。

  恰当地运用慷慨可以带来生活中的其他一切外在好处,却不能让我们的社交同伴爱上我们;慷慨能获得尊重和类似于真正情感的行为,但真正的爱是心灵自发产生的,慷慨无法购买它,奖赏不能增加它,大度也无法使之继续。受惠之人无法强迫自己将心中留存的善意变成对对方的爱,无法自主地将激情与感激混合。
  馈赠的财富和妥善安排的慷慨,可能会让施舍者赢得善意,可能会让受助者感到自己有责任去回报;这就是感激,而没有爱的单纯的感激,是一个聪明的人对以前的恩惠所能给予的全部回报。
  但是,感激和爱几乎是相反的情感;爱往往是一种不自觉的激情,未经我们同意就加诸我们的同伴身上,而且我们往往未曾对他表示过敬意。我们爱一些人,我们不知道为什么;与他们有关的一切都能激发出我们的柔情。我们以同样的宽容原谅他们的过错,以同样的掌声赞美他们的美德,就像我们看待自己的美德一样。当我们拥有这种激情时,它让我们高兴,我们高兴地珍惜它,不愿放弃它,对爱的爱是我们期待或渴望的所有回报。与此相反，感激之情从来都不是被赋予的，而是我们通过努力激发的，我们将其视作一种债务，在我们履行义务之前，我们的精神都会背负着沉重的负担。每一次表达感激之情都是一种羞辱；有些人经常屈服于这种屈辱，宣称他们有哪些人情债，仅仅是因为他们认为这在某种程度上可以抵销债务。

因此，爱是心中最轻松愉快的感情，而感恩则是心中最屈辱的感情。我们一想到自己所爱的人，就会为自己的选择而欢呼雀跃，而仅仅因为利益而把我们与之联系在一起的人，在我们的心中却是一个在某种程度上使得我们失去了自由的人。因此，爱和感激很少能在同一个人身上找到，而不会互相影响；我们可以对与我们交谈之人单独地施以爱或感激，却不能同时施以两种感情。我们试图增加情感，却会减损它们。过多人情债会使心灵破产；所有额外的好处都会减少未来回报的希望，阻碍通往温柔的每一条道路。

因此，在我们与社会的所有联系中，不仅要慷慨，而且要谨慎，要对我们所给予的恩惠的价值视而不见，并努力使恩惠看起来尽可能微不足道。爱必须用策略而不是用公开的武力获得。我们应该对我们的恩惠佯装不知，让心灵有充分的自由来给予或拒绝感情，因为强迫确实会让接受者心存感激，但它一定会产生厌恶。

如果我们的唯一目的是获得感激，那么就没有什么高超的技巧可言。给予的好处需要得到公正的承认，我们有权坚持我们应得的东西。

但是，在这种情况下，我们应该放弃我们的权利，如果可以的话，用爱来交换，这是一种更谨慎的做法。我们从反复表达的感激中得到的好处微乎其微，但这些感谢让他付出了巨大的代价，我们向他索取回报；要求感激就是在索要债务，债权人得不到好处，债务人也不情愿偿还。

哲人孟子为追求智慧四处游历。一天晚上，他来到一座远离人烟的幽暗的山脚下。他迷路了，暴雨和雷声使孤独更加可怕，他看到了一位隐士的小屋，便走上前去，请求庇护。隐士用严厉的语气说：进来吧，人不应该被强迫，但如果以他们应得的方式对待他们，那就是在模仿他们的忘恩负义。进来吧，恶行的样例有时会让我们更加坚守美德。

吃过草根、用过粗茶淡饭后，孟子忍不住好奇，想知道这位隐士为什么要远离人类，毕竟人类的行为能教给他真正的智慧。隐士愤愤不平地说："不要提人的名字，让我远离这个卑鄙无耻的世界；在这里，在森林的野兽中间，我找不到谄媚者；狮子是慷慨的敌人，狗是忠实的朋友，但是人类，卑鄙的人类，可以微笑着把下毒的碗递过来。""你被人类利用过吗？"哲人机灵地打断了他的话。隐士回答道："是的，我已经耗尽了我的全部财产。这根牧杖，那只杯子，还有那些树根就是我的全部回报。"孟子说："你把财富赐给了别人，抑或只是借给了别人？"对方回答说："我是赠与的，毫无疑问，因为债权人的美德吗？"哲人又补充道："他们有没有承认他们得到了财富？"隐士说："他们每天都在向我表示感谢，感谢已收到的恩惠，并请求我今后给予他们恩惠。"孟子笑着说："你借出财富不是为了得到回报，指责他们忘恩负义是不公平的；他们自己承担了感激之情，你别再期望得到更多，而且他们肯定会通过不断表示感激来赢得每一次恩惠。"隐士对这样的回答感到很震惊，感慨地打量着他的客人，说："我听说过伟大的孟子，您肯定就是孟子；我现在已经八十岁了，但在智慧方面还是个孩子,请把我带回人类的学校,把我当作你最无知、最年轻的弟子来教育吧!"[1]

的确,我的孩子,在我们的人生旅途中,有朋友比有怀着感激之情的依赖者更好;爱是自愿的,它比强加的感激更持久。我们受到巨大恩惠时会感到不安,感激之情一旦被排斥,就再也无法挽回了;卑劣的心灵不允许正当的回报,在回想时非但不会感到任何不安,反而会在新获得的自由中取得胜利,并在某种程度上为自己的卑劣行为感到高兴。

意见相左的朋友的情况则截然不同,他们的分离产生彼此的不安:就像神话造物中被分裂的生命一样,他们富有同情心的灵魂再次渴望旧日的结合,双方的快乐都不完美,他们最快乐的时刻掺杂着不安;每个人都在寻求最小的让步,以顺利抵达求之不得的解释和澄清;最微不足道的承认、最轻微的意外都会促成彼此的和解。但是,让我们不要再继续追问下去,请允许我用一个欧洲故事来缓和忠告的严厉性,它将充分说明我的意思。

一个小提琴手和他的妻子,就像大多数夫妻一样在生活中充满摩擦,有时是好朋友,有时却不是很融洽;有一天,他们偶然发生了争执,双方都在兴头上。妻子确信自己是对的,而丈夫则决心坚持自己的想法。在这种情况下该怎么办呢?争吵愈演愈烈,最后双方都怒火

---

[1] 这个故事应为杜撰,不过并非毫无根据。杜赫德在《中华帝国全志》中对《孟子》的内容进行了概括,其中第六章到第八章突出了《孟子》教人重义轻利、存心养性的精髓。(J. B. Du Halde, *A Description of the Empire of China,* vol. 1, pp. 421–441)这个故事呼应了孟子形象中舍己而又允中的一面。片段中经历磨难而厌世的隐士在18世纪英语小说中也有原型,可以追溯至菲尔丁小说《约瑟夫·安德鲁斯的冒险》中的威尔逊先生和《汤姆·琼斯》中的山中人。

中烧，发誓今后不再同床共枕。这是可以想象到的最轻率的誓言，因为他们说到底仍是朋友，况且他们家里只有一张床；然而，他们还是决心要这样做，晚上把小提琴盒放在床上，以便把他们分开。就这样，他们持续了三个星期；每天晚上，他们都把小提琴盒放在他们之间，作为分隔他们的屏障。然而，到了这个时候，每个人都由衷地为自己的誓言感到后悔，怨恨已经消除，爱意也开始恢复，他们希望挪开琴盒。但两人都心气太高无法这样做。一天晚上，当他们两个人都醒着躺在床上，中间隔着那个令人讨厌的小提琴盒，丈夫碰巧打了一个喷嚏；妻子像往常一样说："上帝保佑你！"丈夫回答说："女人，你是发自内心这么说的么？"妻子回答说："是的，我是真心的，我可怜的尼古拉斯。"丈夫说："要是这样的话，我们最好把小提琴盒拿掉。"

第67封信

试图通过隐居来学习智慧是愚蠢的。

李安济·阿尔坦济寄兴波,信件在莫斯科中转。

我的孩子,书籍在教导我们尊重他人利益的同时,却常常使我们忽视自己的利益;书籍教导青年读者促成社会层面的幸福,却使他在个人生活中郁郁寡欢,使他在关注普遍和谐的同时,常常忘记自己是和谐中的一部分。因此,我不喜欢哲人把生活中的不便描绘得如此和颜悦色,使学生对苦难产生了浓厚的兴趣,渴望尝试贫穷的魅力,对它毫无畏惧,也不害怕它的不便,直到他切身感到这些不便。

一个在书本中度过一生的青年,初涉世事,除哲学信息外对人类一无所知,他头脑中充满了智者的庸俗错误,完全没有资格进行人生之旅,却对自己掌握人生方向的技能充满信心。他满怀信心地出发,带着虚荣心误入歧途,最后发现自己一事无成。

他首先从书本上学到,然后将其奉为格言,即所有的人要么是有德行的,要么是邪恶的,他长期被教导要憎恶恶习,热爱美德。因此,他热情地依恋,坚定地敌视,把每个人要么当成朋友,要么视为敌人;他期望他所爱的人诚实无瑕,而指责他的敌人缺乏各种美德。根据这个原则，他继续前进，他的失望也由此开始。在仔细观察人性之后，他意识到他应该淡化他的友情，减轻他的严厉；因为他经常发现一部分人的优点被恶习遮蔽，而另一部分人的缺点又被美德照亮，他发现没有一种品格如此神圣而没有其缺点，也没有一种品格如此臭名昭著而丝毫不值得我们的尊敬；他看到草坪上的不虔诚，看到枷锁中的忠诚。

因此，他现在才意识到，他的问候本应更冷淡，他的憎恨本应更温和。真正的智者很少与善良的人建立浪漫的友谊，如果可能的话，甚至要避免恶人的怨恨。每时每刻都有新的事例告诉他，友谊的纽带如果拉得太紧就会断裂，而那些他曾经对之不敬的人也会以牙还牙。因此，他最终不得不承认，他已经向人类中邪恶的一半宣战，却无法在良善的人中间结成联盟来支持他的战斗。

然而，我们的书本哲人现在已经退无可退。尽管贫穷是他的行为造成敌人众多的必然结果，但他决心毫不退缩地面对它；哲人用最迷人的色彩描绘贫穷，甚至他的虚荣心也受到触动，他想到将在自己身上向世人再展示一个忍耐、坚韧和顺从的榜样。来吧，啊，贫穷，你身上有什么令**智者**畏惧的东西；节制、健康和节俭在你的队列中行走，快乐和自由永远是你的同伴。辛辛那图斯[1]不以你为耻，难道有人会以你为耻吗？奔流的小溪、田野中的草本植物都能充分满足自然的需求，人类所需要的东西很少，而且所需要的东西也持续不久，来吧，啊，贫穷，国王站在一旁，用敬佩的目光注视着真正哲人的顺从。

---

[1] 辛辛那图斯（Lucius Quinctius Cincinnatus，前519—前430），古罗马时期的政治家和军事统领，曾担任最高裁判官。

贫穷女神出现了，因为她总是应声而来。天呀！他发现她绝非书本上和他热烈的想象力中所描绘的那样迷人。就像一位东方新娘，她的朋友和亲戚长期以来一直将她描述为完美的典范，当她第一次来访时，渴望的新郎掀开面纱，看到的是一张他从未见过的面孔，但他看到的不是像太阳一样炽热的面容，而是畸形的冰冷的面孔。贫穷女神就这样出现在她的新客人面前，所有的热情立刻被摧毁，无限的痛苦在废墟上涌起，最大的痛苦就是受人指指点点的蔑视。

这个可怜的人现在发现，他吃饭时，没有一个国王会注视他；他发现，他越穷，世界就越背弃他，让他在孤独的威严中扮演哲人。当我们意识到人类是旁观者的时候，扮演哲人也许是够令人愉快的，但是，当没有一个人愿意协助表演的时候，戴上坚毅满足的面具，登上克制的舞台，又有什么意义呢？就这样，他抛弃了人类，而他的坚忍甚至得不到自己的赞许；要么由于天生的麻木不仁，他感受不到当下的苦楚，要么由于虚伪，他掩饰自己的感情。

现在，怒火开始占据他的心，他的怨恨不加区分，他对全人类都深恶痛绝，并开始憎恨人类，寻求独处，以便自由地进行抨击。有人说，退隐独处的人，不是野兽就是天使；斥责则过于严厉，而赞美则毫无道理；从社会中退隐的不满者，往往都是天性善良的人，他们初涉世事时没有经验，也不知道如何在与人类的交往中获得经验。惜别。

第68封信

嘲弄庸医。特别提及一些庸医。

李安济·阿尔坦济寄北京礼部尚书冯煌。

我曾经向您，最严肃的冯煌大人，介绍过英国人的卓越医术。中国人夸耀他们的把脉艺术，暹罗人夸耀他们的植物学知识，但唯独英国人夸耀他们的医生是伟大的健康恢复者、青春的分配者和长寿的保障者。我对这个国家的聪明才智赞不绝口，赞叹她对从事这门艺术之人给予的鼓励；她以何等的溺爱培养自己的人才，并善意地珍视那些来自国外的人才。她像一位娴熟的园艺家，将世界各地的植物引进到自己这里。在这里，每一个伟大的外来物种一经引进就会生根发芽，并感受到和煦的阳光；而巨大的都市，就像一个巨大的肥沃的粪堆，不加选择地接纳它们，并为每个物种提供比它们在原产地能得到的更多的营养。

在其他国家，医生自诩能整体上治疗疾病，治疗脚趾痛风的同一个医生，自诩也能开出治疗头痛的药物，治疗肺病的医生，有时还开治疗水肿的药物。这是何等的荒唐可笑！这不过是个万金油罢了。难道动物的机器还不如一枚铜针复杂么？制作一枚铜针至少需要十个人，难道人体的调整只需要一个操作者么？

英国人深知这一道理，因此他们有专门治疗眼睛的医生，也有专门治疗脚趾的医生；他们有治疗坐骨神经痛的医生，也有接种疫苗的医生；他们有一个医生只满足于保护他们不被虫子叮咬，也有五百个医生为疯狗咬伤开处方。

在这里，有识之士并没有以邪恶的谦逊避开公众的视线，因为每一堵不透风的墙上都写满了他们的名字、他们的能力、他们令人惊叹的治疗方法和地址。很少有病人能逃脱医生的手掌心，除非是被闪电击中，或者被某种突如其来的疾病击毙；有时可能会发生这样的情况，一个不懂英语的陌生人，或者一个不识字的乡下人，他们在没有听说过能让他们恢复活力的滴剂或甘药糖剂的情况下就死去。但就我而言，在进城一周之前，我就学会了蔑视所有的疾病目录，并完全熟悉了其中每一位伟大男医生或女医生的名字及其使用的药物。

但是，没有什么比大人物的逸事更能满足好奇心了。无论这些逸事多么琐碎或微不足道，我都必须向您介绍一些从事这一光荣职业的名人，尽管我的能力不足以胜任这一主题。

荣誉榜上的第一位是的理查德·罗克 F.U.N.[1] 医生。这位大人物身材矮小，体态肥胖，走路蹒跚。他总是戴着一顶白色的、梳着三条辫子的假发，梳得整整齐齐，两边脸颊边上还垂着发卷。有时他拄着拐

---

1 F.U.N. 和下文的 F.O.G.H.，确切含义未知，推测为英国医生在医疗广告中借助这些缩写字母来彰显其身份地位，有故弄玄虚之嫌。作者在此嘲弄了医生的这一做法。此外，这一封信首次在《公共记录报》上刊登时（1760年8月26日），此处的缩写字母为 M.L.F.U.N.，此后的版本均删减为 F.U.N.。英语单词 fun 出现于17世纪晚期，从这一时期直到19世纪中叶，它一般作为动词或名词使用，多表示"骗人的伎俩"之意。在文中，哥尔斯密或以此暗示罗克医生的医疗广告信息具有虚假性和欺骗性。

杖，但从不戴帽子，这的确很引人注目——这位非凡的人物应该戴着帽子，但他从不戴帽子。他的头像总是出现在他的诊疗账单的顶部，他坐在扶手椅上，用食指和拇指夹着一个小瓶子，周围摆满了腐烂的牙齿，以及奶嘴、药丸、药包和药罐。没有人比他承诺得更好，因为，正如他所说的那样："你的病症并未十分严重，不要感到不安，放轻松一点，我可以治好你。"

名声稍次的，虽然有些人认为他们具有同等的资格，是蒂莫西·弗兰克斯 F.O.G.H. 医生，他住在一个叫老贝利的地方。罗克医生非常矮小，而他的劲敌弗兰克斯则非常高大。弗兰克斯出生于公元1692年，就在我写这篇文章的时候，他已经整整六十八岁三个月零四天了。不过，年龄丝毫没有影响他一贯的健康和活力；我听说，他走路时通常是敞开胸怀的。这位名声褒贬不一的先生，特别引人注目的是他的笃定，这种笃定使其一生都显得从容不迫；因为除了罗克医生，没有人比弗兰克斯医生更有面子上的优势了。

然而，大人物和小人物一样有缺点。我几乎羞于提及。不要提大人物的缺点吧。然而，我必须把这一切告诉我的朋友。事实上，这两个伟人现在是有分歧的。是的，我亲爱的冯煌大人，以先人之名发誓，这两位大人物现在就像普通人，普通的凡人，一样有分歧。罗克劝告世人提防泥腿子的庸医；弗兰克斯反驳了他的机智和讽刺，给他的对手起了一个可憎的称号——"矮胖迪克"。他称严肃医生为罗克·矮胖子·迪克！以孔子之名，这真是亵渎！矮胖子·迪克！太可惜了，诸位有才能的人，博学之士，他们生来就是要互相帮助，启迪世人的，他们之间却有这样的分歧，甚至让这个职业变得荒唐可笑！

当然，世界足够宽广，至少可以容得下两位大人物；科学家应该把争论留给他们身下渺小的世界，那样我们就会看到罗克和弗兰克斯手牵着手，微笑着走向不朽。

下一位是沃克医生，他自己配药。这位先生以厌恶庸医而闻名，经常告诫公众要小心谨慎，不要把自己的安全交到庸医手中；他的言外之意是，如果人们不请他这个人，他们就一定会完蛋。他的公共精神让他获得成功。他不是为自己，而是为了他的国家，他为城镇或乡村的任何地方准备了加利罐，密封了滴剂，并附上正确的使用说明。所有这些都是为了他的国家好，所以他现在已经在医学和美德的实践中老去，用他自己优雅的表达方式来说，世上再也没有什么药能像他的这样了。

我的朋友，这是一个可怕的三头同盟，然而，尽管他们很可怕，我决心捍卫中国医学的荣誉，与他们一决高下。我已经立下誓言，要召来罗克医生，当着每一位学问家，以及占星术的学生和学术团体成员的面，就这个行业的所有奥秘进行一次庄严的辩论。我恪守并崇敬古老的王叔和[1]学说。在反对声中，我坚持认为心为肝之子，肝以肾为母，以胃为妻[2]。因此，我起草了一份辩论挑战书，并将尽快寄出：

中国河南人李安济 D.A.R.P.[3] 致沃平区垃圾巷理查德·罗克 F.U.N. 的挑战书：先生，尽管我深知您的重要性，尽管我对您在自然之路上的

---

1 王叔和（Wang-shu-ho），西晋时期著名医学家，著有《脉经》。杜赫德在《中华帝国全志》关于"中国人的医学艺术"的内容（J. B. Du Halde, *A Description of the Empire of China*, vol. 2, pp. 183–184）中指出，王叔和（Wang-shû-ho）一般被认为是《脉经》一书的作者。

2 杜赫德，第2卷，第185页。——原注（此处当指杜赫德《中华帝国全志》，哥尔斯密所依据的版本似与本书译注相同。——译者注）

3 D.A.R.P. 的确切含义未知。此处是作者对上文中两位英国医生做法的戏仿。

研究并不陌生，但在医学领域，您可能还有很多东西不了解。我很清楚您是一名医生，伟大的罗克医生，我也是。故此，我向您提出挑战，并在此邀请你就难题和棘手的医学问题进行一次论辩。在这场辩论中，我们将冷静地研究医学、植物学和药理学的整个理论和实践，我邀请所有的学者和医学讲师出席这场辩论——我希望这场辩论将以适当的礼仪、适当的严肃，以及博学和科学之人之间应有的方式进行。但在我们面对面之前，我想公开地、当着全世界的面，请您回答我一个问题；我以您经常向公众征求意见的同样诚恳的态度提出这个问题；我希望您能立刻回答我，不用翻阅您的医学词典，在人类的这三种疾病中，晕厥、瘫痪和中风，哪一种最致命？我希望您的回答能像我的问题一样公开。[1] 您的仰慕者或对手。惜别。

---

[1] 这篇文章发表后的第二天，作者就收到回复，医生似乎认为，中风是最致命的。——原注

第69封信

嘲笑人们对疯狗的恐惧。

李安济·阿尔坦济寄北京礼部尚书冯煌。

宽厚的大自然似乎使这个岛国免于世界其他地区致命的流行病的侵袭。在中国，如果雨水比预期晚几天，饥荒、荒芜和恐怖就会在全国蔓延；从西部褐色的沙漠吹来的风，每一阵都充满了死亡的气息，但在英国这片幸运的土地上，居民在每一缕微风中追求健康，农夫在每一次播种中都充满了喜悦的期待。

尽管这个国家没有真正的灾难，但我的朋友，不要以为它因此比其他国家更幸福。诚然，这里的人民既没有饥荒，也没有瘟疫，但这个国家有一种特有的疾病，每个季节都会在他们中间造成奇怪的破坏；它以瘟疫般的速度蔓延，几乎传染了每一阶层的人，更奇怪的是，当地人没有为这种特殊的疾病命名，尽管外国医生都知道它被称为流行性恐惧。

在任何一个季节里，人们都会以这样或那样的形式遭遇这种残酷的灾难，虽然看似不同，却始终如一。有一年，它从面包店流行开来，以一个六便士的面包的面貌，下一年它的外观是一个带着火尾的彗星，第三年它像一艘平底船一样威胁着人们，第四年是人们对疯狗咬伤的惊恐。人们一旦受到感染，就会失去对幸福的兴趣，带着沮丧的神情四处走动，打听当天的灾难，只能加剧彼此的痛苦，得不到任何安慰。恐怖的对象是远是近，是弱是强，都无关紧要。一旦他们下定决心惊吓别人和被人惊吓，最微不足道的小事也会引起惊愕和不安。每个人都不是根据对象物，而是根据他从别人的表情中发现的恐惧来调整自己的恐惧，因为一旦开始发酵，它就会自己继续下去，尽管最初引发它的原因已经中断。

对疯狗的恐惧是现在蔓延的一种流行性恐惧，整个国家现在都在它的恶性影响下呻吟。[1]人们小心翼翼地走出家门，好似他们预感到随时会有疯狗出没。医生公布了处方，法院差役准备好了笼头，少数异常勇敢的人则穿上靴子，戴上了坚韧的黄褐色软皮手套，以便在敌人主动进攻时迎战。总之，全民都在勇敢地防御，他们现在的精神似乎表明，他们决心不再驯服地被疯狗撕咬。

他们判断狗是否疯了的方式有点像古代哥特人审判女巫的习俗。被怀疑的老妇人会被捆住手脚扔到水里。如果她游起来了，就会立即被抬走当作女巫烧死；如果她沉到水里，那么她确实被宣告无罪，但会在试验中被淹死。同样，一群人围着一只被怀疑发疯的狗，他们从四面八方戏弄这只忠诚的动物。如果它试图站起身咬人，那么它就会被一致认定有罪，因为疯狗总是撕咬所有的东西。相反，如果它试图逃跑，那它就不会得到任何同情，因为疯狗总是在他们面前横冲直撞。

---

[1] 1760年8月26日，伦敦市共同委员会对狂犬病暴发的报告做出反应，宣布进行为期两个月的捕杀犬类行动。

对于像我这样一个与这些空想的灾难毫无关系的中立者来说，我很乐意去评述这种国家性疾病的几个阶段。起初，人们对一只小狗的故事置若罔闻，只知道一只小狗在邻村跑过，几个见过它的人都认为它疯了，这带来微弱的恐惧。接下来的故事是，一只藏獒经过某个小镇，咬了五只鹅，鹅立即疯了，口吐白沫，不久就痛苦地死去。接着是一个更有影响的故事，一个小男孩的腿被疯狗咬了，被扔到盐水里浸泡。当人们对此已经足够恐惧时，他们又被一个可怕的故事所震惊，据说最近有一个人死于几年前的一次咬伤。这个故事只是为另一个更可怕的故事做铺垫，一个家庭的主人和七个小孩都被一条疯哈巴狗咬伤了，可怜的父亲是通过喝水才第一次发现被感染的，他看到过哈巴狗在杯子里游泳。

流行性恐惧一旦被激发出来，每天早晨都会有一些新的灾难降临。就像听鬼故事一样，每个人都喜欢听，尽管这只会让他感到不安。在这里，每个人都急切地倾听，并在消息中加入新的恐怖气氛。例如，一位神经非常脆弱的女士在乡下被狗叫声吓到了，唉，这种事经常发生。很快，一条疯狗惊吓了一位贵妇人的故事就不胫而走。这个故事还没有传到邻村，就开始变得越来越可怕，说一位贵妇人被一只疯獒咬伤了。这种描述每时每刻都在集聚新的力量，在接近首都时变得更加凄惨。当消息传到城里时，人们描述这位女士，双眼无神，口吐泡沫，趴在地上疯跑，像狗一样吠叫，撕咬她的仆人，最后在医生的建议下被闷死在两张床之间——而此时，那只疯獒却在全国各地游荡，口水直流，四处寻找它可以吞食的对象。

我的房东太太是个心地善良的女人，但有点轻信别人。几天前的早晨，她比往常的时间更早地叫醒了我，一脸的惊恐和诧异。她希望我为了自己的安全,不要出门;因为几天前发生了一件令人沮丧的事,让所有人都提高了警惕。她向我保证,乡下的一条疯狗咬伤了一个农夫,农夫很快就疯了,跑到自己的院子里,咬了一头有上好鬃毛的母牛;母牛很快就和农夫一样疯了,开始口吐白沫,站起身来,用后腿蹬地走来走去,时而像狗一样吠叫,时而试图像农夫一样说话。我研究了这个故事的根据,发现我的女房东是从一个邻居那里听说的,而这个邻居又是从另一个邻居那里听说的,而她又是从非常有权威的人那里听说的。

如果仔细研究一下大多数这类故事,就会发现,许多被说成受到伤害的人并没有受到任何伤害,而在那些真正被咬伤的人中,不及百分之一是被疯狗咬伤的。因此,一般来说,这种说法只会让人们因虚假的恐惧而痛苦不堪,有时还会真的把病人吓得发疯,因为他们制造的症状正是他们假装痛恨的症状。

但是,即使允许在一个季节里有三四个人死于这种可怕的死亡(四个人可能是一个太大的让步),但人们仍然没有考虑到,有多少人的健康和财产是通过这只忠实的动物的服务而得以保全的。午夜的强盗被远远地拒之门外;阴险的小偷经常被识破;健康的追逐修复了许多人疲惫的体质;穷人从狗那儿找到了一个心甘情愿的助手——渴望减轻他的辛劳,且满足于最小的回报。

一位英国诗人说:"狗是诚实的动物,我是狗的朋友。"[1] 在草地上吃草或在森林里狩猎的所有野兽中,狗是唯一离开同类,试图与人建

---

[1] 出自英国诗人、剧作家托马斯·奥特韦1682年首次演出的五幕剧《得救的威尼斯》,参见 Thomas Otway, *Venice Preserved*, Dublin: Peter Wilson, 1755, p. 17。

立友谊的动物;它用说话的眼睛看待人类的一切需求,提供帮助;为人类提供一切力所能及的服务,欢快而愉悦;它忍耐和顺从地承受着饥饿和疲劳;没有任何伤害能消磨它的忠诚,没有任何苦难能使它抛弃它的恩人。它努力取悦于人,又害怕冒犯人。它是一个谦卑而坚定的依赖者,只有在它身上,献媚才不是奉承。那么,折磨这个离开森林、寻求人类保护的忠实动物,是多么不仁慈;对这个值得信赖的动物的所有服务的回报,又是多么忘恩负义。惜别。

第70封信

事实证明,财富女神并非盲目;贪婪的磨坊主的故事。

李安济·阿尔坦济寄兴波,信件在莫斯科中转。

欧洲人自己是盲目的,他们描述财富女神失去了视觉。然而,从来没有什么第一流的美人有比她更漂亮的眼睛,也从来没有谁比她看得更清楚了;那些除了寻找财富别无其他职业的人,永远也别指望能找到她;她漫不经心,从紧追不舍的人身边飞过,最后定格在碌碌无为的技工身上,而技工则待在家里,忙着自己的生意。

我很惊讶,人们怎么会说她是个瞎子,通过她的同伴可以看出她似乎很有辨识力。无论你在哪里看到一张赌桌,财富一定不在那里;无论你在哪里看到一幢大门敞开的房子,财富一定不在那里;无论你在哪里看到一个口袋镶满金子的人,财富一定不在那里;无论你在哪里看到一个美丽的女人天性善良、乐于助人,财富一定不在那里。总之,你会看到她与勤奋为伴,推着独轮车,就像坐在六匹马拉的车上一样闲逛。

如果你想把财富当作你的朋友,或者不再把她人格化,如果你渴望变得富有和拥有金钱,我的孩子,更要热衷于储蓄而不是获取:当你听到人们说，在这里能赚钱，在那里能赚钱时，不要理会，管好你自己的事。待在原地，不慌不忙地获取你能得到的一切。当你听说你的邻居在街上捡到一袋金子，你要是也想捡一袋金子，千万不要跑到同一条街上，四处张望；当你听说他在某一行业发了财，千万不要改变自己的行业，以便成为他的对手。不要想一下子就发财，要耐心地一分一毫地积累。或许你鄙视这些微不足道的小钱；然而，那些想要一分钱却没有朋友借给他们的人，认为一分钱也是很好的东西。愚蠢的磨坊主老王在困境中想要一分钱时，发现没有朋友愿意借给他，因为他们知道他缺钱。你有没有在我们的中国学问的书籍中读过老王的故事？他轻视小钱，贪得无厌，甚至失去了他所拥有的一切。

磨坊主[1]老王生性贪婪，没有人比他更爱钱；也没有人比他更尊重那些有钱人。当人们在一起谈论一个有钱人时，老王会说："我和他很熟，我和他认识很久了，我和他很亲密，他像是我的一个孩子一样。"但如果人们提起一个穷人，他会说他一点也不了解这个人，他应该认识这个人，但他不喜欢有很多熟人，喜欢选择自己的同伴。

然而，老王虽急于发财，实际上却很穷，除了磨坊的利润，他一无所有。磨坊的利润虽然不多，却很可靠；磨坊不倒，他就有饭吃，而且他很节俭，每天都会存下一些钱，每隔一段时间，他就会心满意足地数一数，想一想。然而，他的收获还是不能满足他的欲望。他发现自己只是没有达到匮乏的地步，而他渴望拥有富裕的生活。

有一天，正当他沉浸在自己的愿望中时，有人告诉他，他的一个

---

[1] 从此处开始至结尾，有周瘦鹃（1895—1968）1917年的译文，题目为《贪》。可参看《欧美名家短篇小说》，周瘦鹃译，长沙：岳麓书社，1987年，第10—12页。

邻居在地下发现了一罐钱，而这罐钱是这个邻居在三天前的晚上梦到的。这些消息像匕首一样刺痛了可怜的老王的心。他说："我在这里为了几个微不足道的小钱从早到晚忙碌奔波，而邻居汉克斯[1]只是安静地上床睡觉，天亮前就梦见成千上万的钱。哦，我要是也能像他一样，要是也能挖到一罐金币，那我该有多高兴啊！我悄悄地把金币罐搬回家；甚至我的妻子也不会看见我；还有，哦，把双手插进金子堆里，让它们埋过我的双肘，那我该有多高兴啊！"

这样的想法只会让磨坊主不开心。他不再像以前那样勤奋，开始看不上微薄的收入，他的顾客也开始离开他。他每天都在重复着这个愿望，每晚都为了做梦而躺下。财富女神在很长一段时间内都是不仁慈的，但最后似乎对他的苦难露出了笑容，让他如愿以偿地进入了梦乡。他梦见在磨坊地基下的某处，藏着一个装满黄金和钻石的大罐子，它深埋在地下，上面覆盖着一块大平石。他站起身来，感谢星辰，因为它们最终还是怜悯他的苦难。他向所有人隐瞒了他的好运，就像做金钱梦时通常做的那样，以便在接下来的两个晚上重复这个梦境，从而确定梦境的真实性。他的愿望又得到了满足，他仍然梦见同一罐钱，在同一个地方。

现在，他深信不疑。于是，第三天一大早，他独自一人拿着镢头来到磨坊，开始按照梦中的指示挖墙脚。他遇到的第一个成功的预兆是一个破缸；再往深处挖，他发现了房子的一块瓦片，很新而且完整。最后，挖了很久，他终于挖到了一块宽大平坦的石头，但这块石头太大了，以一个人的力量根本搬不动。他欣喜若狂地自言自语道："这里，

---

[1] 汉克斯，原文为 Hunks，意为"守财奴"。

就是这里了；这块石头下有足够的空间装一大罐钻石。我得回家找我的妻子，告诉她整件事，让她帮我把它挪开。"于是，他走开了，把他们的好运气一五一十地告诉了妻子。妻子的喜悦之情可想而知，她飞快地搂住他的脖子，激动地拥抱着他，但这些喜悦并没有耽误他们急切地想知道确切的数额。于是，他们一起迅速地回到老王挖掘的地方；在那里，他们看到的，不是预期的宝藏，而是磨坊——他们唯一的倚仗——因地基被破坏而坍塌了。惜别。

第71封信

花花公子、黑衣人和中国哲人等在沃克斯豪尔花园。

李安济·阿尔坦济寄北京礼部尚书冯煌。

伦敦人喜欢散步，就像我们在北京的朋友喜欢骑马一样；这里的市民夏天的一项主要娱乐活动，就是在夜幕降临时到离城不远的一个花园里散步，展示他们最好的衣着和最漂亮的面容，聆听为这一场合准备的音乐会。

几天前的一个晚上，我接受了我的老朋友——黑衣人——的邀请，参加那里的一场聚会，并在约定的时间到他的住处等他。在那里，我发现大家都聚集在一起，期待着我的到来。我们一行人中，我的朋友穿着华丽的衣服，卷着长袜，穿着一件新的黑色天鹅绒马甲，灰色假发梳得像真发一样。一个典当商的寡妇——顺便说一句，我的朋友自称是她的崇拜者——穿着绿色的锦缎，每根手指上都戴着三个金戒指。我以前描述过的二流花花公子提布斯先生，和他的夫人一起，夫人穿着劣质的丝绸，用薄纱料子代替亚麻布，帽子大得像雨伞。

我们遇到的第一个难题是出行的方式。提布斯夫人天生讨厌水，而寡妇的身体有点肥胖，她强烈抗议步行，因此我们商定乘坐马车去；

由于马车太小，载不了五个人，提布斯先生同意坐在他妻子的腿上。

就这样，我们出发了，一路上提布斯先生一直在用预感逗乐我们，他向我们保证，今晚他估计见不到一个地位高于奶酪商的人了；这是花园最后有表演的一晚，因此我们会被泰晤士街[1]和克鲁克巷[2]的贵族和绅士们缠住，他还说了其他一些预言性的话，可能是因为他的处境让他感到不安。

灯光秀在我们到达之前就开始了。我必须承认，一进入花园，我就发现每个感官都得到了超出预期的愉悦。各处的灯光透过几乎不动的树木闪闪发光；浑厚的古乐在寂静的夜晚迸发出来；鸟儿在树林中较隐蔽的地方鸣响，与艺术形成的声响争奇斗艳；人们衣着光鲜，看起来很满意；餐桌上摆满了各种美味佳肴，所有这一切都让我的想象力充满了阿拉伯立法者的幸福幻想，使我赞叹不已。我对我的朋友说："以孔子之名发誓，这真是太好了！这里既有乡村的美景，又有宫廷的华丽，如果我们不考虑挂在每棵树上的可以随心摘取的不朽的处女，这里怎么会比不上穆罕默德的天堂！"我的朋友说："说到处女，的确，她们是我们这里花园里不多见的水果；但如果女士们像秋天的苹果一样多，而且她们中的任何一个都能让你满意，我想我们就没有必要去天堂了。"

我正想附和他的话，提布斯先生和其他同伴叫我们去商量一下，

---

[1] 泰晤士街（Thames Street），位于伦敦市中心的一条街道，自16世纪以来多为政府官员宅邸所在地，现沿街多为商务楼。
[2] 克鲁克巷（Crooked Lane），泰晤士河附近的一条旧街巷，曾为圣迈克尔（St. Michael）教堂所在地，1831年教堂被毁后巷子也不复存在，其大致位置为今天威廉国王街（King William Street）。

该以何种方式安排晚上的活动,才能获益最大。提布斯夫人主张留在花园里优雅地散步,她发现那里总是有最好的同伴;相反,寡妇(她每季只来一次)则主张找一个好的位置去看水上表演,她向我们保证,最多不到一个小时,水上表演就会开始。于是一场争论开始了,由于争论是在性格截然相反的两个人之间进行的,每次回答都有可能让争论变得更加激烈。提布斯夫人问,那些在债务人监狱里接受了基本教养的人,怎么能假装文雅呢?对方回答说,虽然有些人坐在债务人监狱中,但他们也能坐在自己餐桌的上座,只要他们认为合适,就可以准备三道上好的热菜肴,这可比有些人能得到的要多,因为他们几乎不知道兔子和洋葱与仔鹅和鹅肝菌的区别。要不是提布斯先生可能知道妻子的性格浮躁,提议到包厢去结束争吵,看看有什么适合的东西作晚餐,很难说事情会发展到什么地步。我们都表示同意,但新的麻烦又来了。提布斯先生和夫人只愿意坐在包厢里,一个他们可以观看和被观看的包厢里,正如他们所说的,一个位于公众视线焦点的包厢里;但这样的包厢并不容易得到,因为尽管我们完全相信我们自己的体面和我们外表的体面,但我们发现很难说服包厢看管人同意我们的观点;他们选择把体面的包厢留给他们认为更体面的人。

我们终于得到了一个包厢,虽然它的位置不那么显眼,得到了这个地方通常的招待。寡妇觉得晚餐很好,但提布斯夫人认为每样东西都很可恶。丈夫安慰她说:"好了,好了,亲爱的,我们在这里肯定找不到像在克鲁姆斯勋爵或克里姆斯夫人[1]那里吃到的那样的菜肴;但就

---

[1] 克鲁姆斯(Crumps),意为"炮弹的爆炸声",克里姆斯(Crimps)意为"诱骗别人去当水手或士兵的人",此处的两个姓氏或有嘲讽之意。

沃克斯豪尔的菜肴而言，还是不错的，我觉得可恶的不是他们的菜肴，而是他们的酒；他们的酒，确实令人讨厌。"他说着，喝掉一杯。

最后这一句反驳让寡妇折服于对方的文雅风度。她现在意识到，她根本没有任何品位可言，她的感官是粗俗的，因为她赞美了可恶的奶油冻，并对糟糕的葡萄酒咂嘴不已；因此，她放弃争斗，整晚都在倾听和提升品位。诚然，她时不时会忘乎所以，承认自己很高兴，但他们很快又把她拉回到悲惨的精致状态。有一次，她称赞了我们包厢的绘画，但很快她就确信，这种微不足道的作品与其说是让人满意，不如说是让人感到恐惧；她又大胆地称赞了一位歌手，但提布斯夫人很快就以鉴赏家的口吻让她知道，这位歌手既没有耳朵，也没有嗓子，更没有判断力。

提布斯先生现在愿意证明他妻子对音乐的鉴赏是正确的，他恳求她为大家献上一曲；但她断然拒绝了，她说："亲爱的，你很清楚，我今天嗓子不好，当一个人的嗓子与自己的判断力不一致时，唱歌还有什么意义；此外，由于没有伴奏，这只会糟蹋音乐。"然而，所有这些借口都被其他同伴否决了，尽管人们认为他们已经有了足够多的音乐，但他们还是加入了恳求的行列。尤其是那位寡妇，现在她乐于向大家展现自己的教养，于是热情地催促着，似乎下定了决心，不容拒绝。最后，这位女士终于答应了，她哼唱了几分钟后，开始用如此的声音和情感唱歌，我可以看出，除了她的丈夫，其他人都不太满意。他坐在那里，眼里满是喜悦，用手在桌子上打着拍子。

我的朋友，您必须注意，这个国家的习俗是，当一位女士或绅士唱歌时，全场的人都要像雕像一样坐着一动不动。每一个姿态，每一个肢体似乎都在全神贯注地听着。当歌声继续时，他们必须保持一种普遍的石化状态。这种令人窘迫的情况已经持续了一段时间，我们听着歌，带着平静的表情，这时包厢的主人来通知我们，水上表演要开始了。听到这个消息，我立刻感觉到那个寡妇从她的座位上弹了起来；但出于良好教养的动机，她纠正了自己，又重新坐下。提布斯夫人已经看过水上表演上百次了，她决心不被打断，继续唱她的歌，丝毫没有同情心，也丝毫没有同情我们的不耐烦。我承认，寡妇的表情给了我很多的乐趣；从她的表情中，我可以清楚地看出她在良好的教养和好奇心之间挣扎。在此之前，她一个晚上都在讨论水上表演，似乎只是为了看水上表演而来，但她又不能在一首歌唱到一半的时候抽出身来，因为那样就会失去对高尚生活的所有伪装，或者从此失去高尚的同伴；因此，提布斯夫人继续唱，我们也继续听，直到最后，歌声刚落，侍者来通知我们水上表演结束了。

寡妇喊道："水上表演已经结束了，已经结束了，这不可能，不可能这么快就结束！"侍者回答说："这不归我管。我不能反驳夫人的话，我再跑去确认下。"他去了，很快就回来了，并证实了这个令人沮丧的消息。我朋友的这位失望的情妇不再受任何礼仪的束缚，她用最公开的方式表达了她的不满；总之，她现在开始反过来找茬，坚持要回家，而这时，提布斯先生和夫人向大家保证，文雅时刻拉开帷幕，即将有法国号来逗乐女士们。惜别。

第72封信

谴责新颁布的婚姻法。

李安济·阿尔坦济寄北京礼部尚书冯煌。

在离这座城市不远的地方,住着一个贫穷的工匠,他养育了七个儿子,此时此刻,他们都在为自己的国家而战。你认为国家对工匠如此重要的服务有什么奖励?什么都没有;战争结束后,他的儿子们可能会像流浪汉一样从一个教区被驱赶到另一个教区,而这位老人在过了能劳动的年龄后,可能会像囚犯一样死在某个感化院里。

在中国,这样一个值得尊敬的臣民会受到普遍的尊敬;他的功劳会得到奖励,即使不是高贵的奖赏,至少也会免去他的劳役;他会坐在宴席的尊座上,而官员们会以俯首称臣为荣。英国法律惩罚恶行,而中国法律做得更多,它们奖励美德!

考虑到这里对婚姻的鼓励微乎其微,我对这里对繁殖的阻碍措施并不感到惊讶。您相信吗,亲爱的冯煌大人,这里有些法律,甚至禁止人民相互通婚。以孔子之名发誓,我不是在开玩笑;这里有这样的法律；然而，这些法律的制定者既没有在霍屯督人[1]中间接受过教育，也没有从安诺马布[2]的土著那里学到公平的原则。

有些法律规定，任何男人不得在违背女人意愿的情况下娶她为妻。虽然这与我们在亚洲所受的教育相悖，虽然在某种程度上会阻碍婚姻，但我并不十分反对。有些法律规定，任何女人除非到了成熟的年龄，不得违背父母的意愿而结婚；而所谓成熟的年龄，是指女人一般都已过了生育期。这肯定会阻碍婚姻，因为对于情人来说，取悦三个人比取悦一个人更难，取悦老人比取悦年轻人更难。有些法律规定，同意结婚的夫妇应在结婚前经过很长时间的考虑，这是一个非常大的障碍，因为人们喜欢匆忙地完成所有轻率的行动。有法律规定，所有的婚姻都应在庆祝之前公布；这是一个非常大的障碍，因为许多人出于恶毒的谦虚的动机而羞于公开他们的婚姻，许多人出于对世俗利益的考虑而害怕公开他们的婚姻。有法律规定，婚姻仪式并不神圣，任何民事法官都有权解除婚姻。然而，与此相反的是，法律还规定，要获得牧师神圣的许可，要支付牧师一大笔钱。

我的朋友，您看到了，这里的婚姻被许多的障碍物包围着，那些愿意突破或克服它们的人，如果最后发现它是一张铺满荆棘的床，也必须感到满足。这不能怪婚姻法，因为它们阻止了人们尽其所能地参与其中。在英国，结婚的确是一件非常严肃的事情，除了严肃的人，一般人都不愿意结婚。年轻的、快乐的和美丽的人只受激情的驱使，

---

[1] 霍屯督人（Hottentot），历史上欧洲人对南非土著游牧居民（Khoikhoi）的一个贬义的、具有攻击性的称呼。
[2] 安诺马布（Anomabo，原文作 Anamaboo），加纳南部地区的一个沿海小镇。1638年荷兰人来到这里，小镇逐步成为欧洲和非洲的贸易通道。

很少有人结婚，因为当这些诱因都被剥夺，除了老的、丑的和唯利是图的人，没有人愿意结婚，如果他们有后代的话，很可能也是像他们一样的不幸的人种。

产生这些法律的原因可能是一些意外事件。有时会发生这样的事，一个已经不再年轻的吝啬鬼，拼命想给他的女儿攒一笔钱，让她嫁个官员，最后却发现他的期望落空了，女儿跟他的男仆私奔了——这对可怜的父母来说真是个悲痛的打击，看着他可怜的女儿坐在一匹马的马车上，而他本打算让她坐六匹马的马车，这真是天意弄人！看着自己心爱的钱财被一个乞丐赚去，整个大自然都为这种亵渎而呐喊！

有时也会发生这样的情况，一位继承了贵族所有头衔和神经质抱怨的女士，认为应该嫁给一个农民。这会损害她的尊严且改变她的体质；这对她那些悲痛欲绝的亲属来说一定是一个沉重的打击，他们看到如此美丽的花朵从一个繁荣的家庭中被抢走，并栽种在一个粪堆上，这是对事物第一原则的绝对颠覆。

因此，为了防止贵族受到庸俗联姻的污染，婚姻的障碍是这样设定的：富人只能与富人结婚，而穷人如果想摆脱单身状态，就必须满足于娶一个妻子来使自己更贫穷。因此，他们的法律在相当程度上颠倒了婚姻的诱因。大自然告诉我们，美貌对富人来说是适当的诱惑，而金钱对穷人来说是适当的诱惑。但这里的情况是这样的：富人是被他们不想要的财富所吸引而结婚，而穷人没有受到任何因素的诱惑，除了他们感觉不到的美貌。

在任何一个国家，财富的平均分布都是幸福的源泉。巨额财富会使人停滞不前，而赤贫会使人毫无抱负；而中等富裕的人一般都很活跃，他们既不会因为离贫穷太近而害怕它带来的灾难，也不会因为离巨额财富太近而松懈劳动的神经，他们处于两者之间，处于不断波动的状态。因此，那些促进富人财富积累的法律是多么的不明智，而试图加剧贫困的法律则更加不明智。

英国哲人培根把钱比作粪肥，他说，粪肥如果堆在一起，就没有任何好处：相反，会令人生厌。但是，如果撒在地球表面，尽管十分稀疏，却能使整个国家富裕起来。[1] 因此，一个国家所拥有的财富必须分散，否则对公众毫无益处；在婚姻法将财富限制在少数人手中的地方，财富反而成了一种怨气。

这种对婚姻的限制，即使从生理角度来看，也是有害的。正如那些饲养动物的人为了改良品种而千方百计地进行杂交一样，在那些婚姻最自由的国家里，居民的身材和美貌在每个时代都会得到改善；相反，如果婚姻仅限于一个群体、一个部落或一个族群，就像高卢人、犹太人或鞑靼人那样，每一个部落都很快呈现出一种家族的相似性，每个族群也会退化成奇特的畸形。因此，我们可以很容易地推断出，如果这里的官员只能相互通婚，很快就会生出长着官员脸的后代；我们将看到一些贵族家族的继承人的数量几乎赶不上乡村农民流产的数量。

这些就是这里婚姻的一些障碍，而且可以肯定的是，这在某种程度上回答了这个问题，为何独身主义现在很普遍也很时髦。亲爱的冯煌大人，老单身汉们不加掩饰地出门，而老姑娘们，也绝对知道要抛

---

[1] 出自培根散文《论谋叛与变乱》("Of Seditions and Troubles")。参见［英］培根《培根论说文集》，水天同译，北京：商务印书馆，2009年，第50—59页。

媚眼。如果我是一个英国人，我想我自己也会成为一个老单身汉；我永远没有勇气去经历婚姻法规定的所有冒险。我可以接受以合理的条件向我的情人求婚，但要我讨好她的父亲、母亲，以及一大帮表亲、姨妈和其他亲戚，然后还要受整个乡下教堂的耻笑，我宁愿调头去向她的祖母求婚。

我想不出还能有什么其他理由，让婚姻遭受如此多的禁令，除非是认为这个国家的人口已经太多，而这是减少人口的最有效手段。如果是这样的动机的话，我不得不祝贺这些明智的计划者，他们的计划取得了成功。你们这些目光短浅的政客啊，你们这些人类的斩除者啊！是你们折断了工业的翅膀，将婚姻之神们转变为经纪人；你们用显微镜观察微小的事物，却对需要宏大视野的事物视而不见。人类的鉴别者啊，是你们在社会之间划定界线，通过分裂削弱本应团结一致的力量。是你们，为了避免少数人假想的苦难，给国家带来真实的苦难。你们的行为可以用上百个类似真理的理由来证明是正确的，但反对它们只需几个理由，而这些理由都是真实的。珍重。

第73封信

生命因岁月流逝而日渐贵重。

李安济·阿尔坦济寄兴波，信件在莫斯科中转。

　　岁月减少了我们对生活的享受，却增加了我们对生活的渴望。那些我们在年轻时学会蔑视的危险，随着年龄的增长会变得更加可怕。随着年岁的增长，我们的谨慎也会增加，恐惧最终成为心灵的主要激情，而生命的一小部分剩余时间则被徒劳的努力所占据，以避免我们的终结，或为我们的继续存活做准备。

　　我们的天性中存在着奇怪的矛盾，即使是智者也容易出现这种矛盾！如果我用我已经看到的事物来判断摆在我面前的生活，前景是可怕的。经验告诉我，我过去的享受并没有给我带来真正的快乐，而感觉向我保证，我已经感受到的快乐比那些即将到来的快乐更强烈。然而，经验和感觉都无法说服我，希望比前两者都更有力量，它把遥远的前景装扮成虚幻的美景，一些远景中的幸福在召唤我去追寻。我就像一个失败的赌徒，每一次新的失望都会增加我继续赌博的热情。

　　我的朋友，我们对生命的热爱随着年岁的增长而增强，我们在生命变得不值得留恋的时候，却更加努力地维护我们的生命，这是为什么呢？难道是大自然为了保护人类，在减少我们的享受的同时，却增加了我们对生存的渴望；在剥夺感官的一切乐趣时，却让想象力得到满足？对一个体弱多病的老人来说，生命是难以忍受的，而他对死亡的恐惧丝毫不亚于年富力强时；身体自然衰败带来的无数灾难，以及意识到每一种快乐都将不复存在，都会立即促使他亲手结束当下悲惨的状况；但令人欣慰的是，对死亡的蔑视在它只会带来损害的时候抛弃了他；生命获得了一种想象中的价值，因为它的实际价值已经不在。

我们对周围每一种事物的依恋，一般都会随着我们与之相识的时间的变长而增加。一位法国哲人说："我不愿看到一个熟悉的旧邮箱被拆毁，因为我已经认识它很久了。"[1] 一个人对某类事物习以为常，在不知不觉中就会变得喜欢看到它们；因习惯而去看它们，又不情愿离开它们；由此产生了老年人对各种个人物品的贪婪。他们热爱这个世界，热爱这个世界所产生的一切；他们热爱生活，热爱生活的一切好处，不是因为生活给他们带来了快乐，而是因为他们了解生活已经很久了。

周贞王[2]登基后，他下令释放所有在上一位天子的统治中被不公正地关押在监狱中的人。在前来感谢的人群中，有一位威严的老人，

---

[1] 1760年6月哥尔斯密在《种族和民族的比较观》("A Comparative View of Races and Nations")一文中引用了同一句话，并指出其出处为法国作家吉勒·梅纳热（Gilles Ménage，1613—1692）。参见 Oliver Goldsmith, *Collected Works of Oliver Goldsmith,* vol. 3, p. 67。

[2] 周贞王（Chinvang the Chaste），或借鉴自杜赫德《中华帝国全志》中的周贞王（Chin-ting-vang），参见 J. B. Du Halde, *A Description of the Empire of China,* vol. 1, p. 165。其原型可能是周朝的第28位天子周贞定王。

他跪倒在君主脚下，对君主说："至尊的王上，我是一个可怜虫，现年八十五岁，二十二岁时就被关进牢里。我被关进监狱，虽然我并没有犯罪，甚至没有与指控我的人会面。现在，我已经在孤独和黑暗中生活了五十多年，习惯了苦难。您释放了我，可太阳的光辉让我感到目眩。我一直在街上游荡，想找一些朋友来帮助我、解救我或宽慰我；但我的朋友、家人和亲戚都死了，我也被遗忘了。那么，贞王，请允许我在昔日的监牢里度过余生吧；对我来说，监牢的墙壁比最华丽的宫殿更令人愉悦；我的寿命不长了，除非在年轻时待过的地方——您乐于将我从中释放的那所监牢——度过余生，否则我将不快乐。"

这位老人对囚禁的热情与我们对生活的热情相似。我们已经习惯了监牢，我们不满地环顾四周，对这个住所感到不满，然而被囚禁的时间越长，我们就越喜爱监牢。我们种植的树木、建造的房屋、孕育的后代，都会让我们与大地更加亲近，让我们的离别变得更加痛苦。生命对年轻人来说，就像一个新认识的人，一个尚未疲惫的伙伴，既有教益又有乐趣，它的陪伴让人愉悦，然而它的这一切却很少被人重视。对我们这些年事已高的人来说，生命就像一位老朋友；它的玩笑话在以前的谈话中已经被预料到了；它没有新的故事让我们发笑，没有新的进步让我们惊奇，但我们仍然爱它；没有任何享受，我们仍然热爱它，用越来越节俭的方式对待不断流失的珍宝，并在致命的分离中感受到所有痛苦的哀伤。

菲利普·莫当特爵士是一位年轻、漂亮、真诚且勇敢的英国人。他有一笔属于自己的巨额财产，还有国王对他的爱，这等同于财富。生活在他面前展示了所有的宝藏，许诺给他一长串的幸福。他来了，尝到了乐趣，但一开始就感到厌恶。他自称厌恶生活，厌倦了在同一个圈子里走来走去。他尝试过每一种享受,却发现每重复一次,它们都会变得更索然无味。他自言自语道:"如果年轻时的生活如此令人不快,那么年老时的生活又会怎样呢?如果现在的生活是无趣的,那么到那时肯定会令人厌恶。"这种想法使他的每一次思考都变得更加痛苦,直到最后,他带着变态理智的冷静,用一把手枪结束了辩论!倘若这个自我欺骗的人知道,我们活得时间越长,就越渴望活着,那么他就会毫不退缩地面对衰老,他就会勇敢地生活下去,以他未来的勤奋来服务社会,而他的放弃却伤害了这个社会。惜别。

第74封信

小小的大人物。

李安济·阿尔坦济寄北京礼部尚书冯煌。

翻阅报纸，不到半年的时间里已碰上不少于二十五个大人物、十七个了不起的大人物和九个超群绝伦的人物。报刊说，这些都是令后人景仰赞叹之人，都是让子孙惊叹的赫赫有名之人。让我算一下——半年里有四十六个大人物，一年就是九十二个。我不知道子孙们如何记得住那么多人，将来人们除了背名人册，脑子里是否还装得下其他事。

某地市长做了一场演讲，他马上被当作伟人记录下来。某位学究将他平庸的著作节略出版对开本，他很快就成为伟人。某个诗人把陈腐的伤感押韵串联起来，他也立即成了大人物。景慕的对象如此微不足道，而每人背后又跟着一群更微不足道的崇拜者。随从中发出一声欢呼，他就一路奔向不朽的名人册，扬扬自得地回看身后的那群追随者，观看沿途各种古怪、离奇、荒谬和自命不凡的渺小。

昨天一位先生邀请我共进晚餐。他许诺宴会的亮点包括鹿肉、海龟肉和一个大人物。我应约赴会。鹿肉鲜美，龟肉可口，但那个大人物令人难以接受。我一张口说话，立刻招来他的厉声驳斥。我又做了一两次尝试，想挽回我失去的声誉，但又被狼狈不堪地击退。我决心再一次发起攻势，将话题转向中国政治，但即使在这个话题中，他也照样大声断言、厉声驳斥。天啊，我心想，此人竟然自称比我更了解中国！我环顾四周，看看有谁是站在我这一边的，但每一双眼睛都充满敬意地注视着这位大人物；于是我最后决定静坐不说话为好，在接下来的谈话中扮演一个知趣的绅士角色。

一个人一旦有了一群崇拜者，他就可以随心所欲，做任何荒唐事，而这一切都被当作是情感升华，或有学识者健忘的表现。即使他违背常理，甚至把茶壶当作烟盒，也会有人说，他正在思考着更重要的事情，言行举止若同常人一样，也就不见其伟大了。伟大这个概念实在有点不可思议，因为类似于我们的东西，我们很少会对其感到惊奇。

鞑靼人新立喇嘛时，首先要将他置于庙宇的一处暗角；他坐在那儿半隐半现，调整手、嘴唇和眼睛的动作。但最重要的是，他必须庄重肃穆。然而，这只是神化他的前奏。一批密使被派往民间，大唱颂歌，赞美他虔诚、庄重且爱食生肉；人们听信其言，谦卑地跪伏在他的脚下，他成为一尊神像，无动于衷地接受人们的膜拜，自此以后由僧人当作神明供奉起来。这个国家造就大人物的方式与此如出一辙。偶像只需藏匿起来，派出使者热情地赞美他，不管是政客还是作家，都能被列入名人簿。他继续得到人们的赞颂，因为赞美是一种时尚，或者因为他谨慎地隐瞒了他的渺小。

我到访过许多国家，到过无数城市。在我到访的城市中，每一处都能列出十余名诸如此类的小小大人物；个个自以为名扬四海，相互恭维对方的鼎鼎大名。两名当地的天才客套起来，互相吹捧，甚是滑稽。我曾看到一位德国医生，对某位修道士大加赞美，认为他是世界上最有天赋的人；不久，修道士回赠他恭维之词，从而将声誉分享给他；就这样，两人在众人的欢呼中双双平步青云。

这些大人物活着时享受的阿谀奉承，常常也伴随他走进坟墓。这类情况并不少见，他的某个小小的崇拜者坐下来大谈重要话题，编写他的生平和著作年表。我们或许可以恰如其分地将之称作炉边和安乐椅上的人生革命。在书里，我们获知他哪年出生，幼时就表现出了非凡的天赋和勤奋，以及他母亲和姨妈收集的他孩提时的妙语佳句。下一本书介绍他的大学生活，告诉我们他在学业上如何取得惊人的进步，补袜子技术如何出众，以及他如何用纸把书包起来保护封面。之后，他在文学共和国现身，出版了他的对开本。现在，他的巨像已被高高竖起，他的作品被善本收购者争相购买。学术团体邀请他入会；他与某个带着长长拉丁文名字的外国人辩论且一举获胜，得到了几位严肃而地位重要的作家的称赞。他特别喜欢用蛋黄酱配猪肉；他成了某个文学俱乐部的主席，在荣耀的顶点与世长辞。这些人是幸福的，他们忠实的追随者从不会背弃他们，而随时准备赞扬他们的功绩，与每一个反对者舌战；在大人物活着的时候增加其荣誉，在其死后美化其品格。朋友，至于你我这样的凡夫俗子，我们没有卑躬屈膝的崇拜者，我们现在不是、也永远不会成为大人物，我们也不在乎自己是不是大人物，但我们至少可以努力做个诚实的人，有常识的人。

第75封信

有必要坚持用新书互相取乐。

李安济·阿尔坦济寄北京礼部尚书冯煌。

在这个城市,有许多人靠写新书为生,然而在每个大型图书馆里,都有成千上万的书未被阅读,它们被遗忘了。这是我刚来时无法解释的矛盾之一。我想,在已经出版的书还没有读完之前,还有对新书的需求,这可能么?难道会有这么多的人生产一种市场上已经过剩的商品,而且这些已有的商品比现代制造的任何商品都要好?

乍看之下,这似乎矛盾,但这恰恰证明了这个民族的智慧和高雅。即使他们祖先的作品比他们写得好,现代人的作品却因带有时代印记而获得了真正的价值。古代是别人的,现在是我们自己的;因此,让我们首先学会了解属于我们自己的东西,然后,如果我们有闲暇的话,把我们的思绪拉回到寿王[1]的统治时期,他在月亮诞生之前已经统治了两万年。

---

[1] 寿王(Shouou),作者杜撰的神祇之名,其依据应该不是18世纪尚未流传到西方的中国创世神话,而可能是通过《圣经》和弥尔顿《失乐园》等被西方人了解的古埃及神话。这里的寿王类似古埃及太阳神阿蒙(Amon)。

古代的书卷就像奖章一样，可以很好地满足好奇者的好奇心，但现代人的作品就像一个国家的流通硬币一样，更适合立即使用；前者往往被珍视、被精心保存得超过了其内在价值，后者很少以超过其价值的方式流传，并经常受到汗流浃背的批评家和剪裁作品的编纂者的无情之手的影响。古代的作品被赞美，现代人的作品被阅读，祖先的瑰宝得到了我们的尊重，我们热情地夸耀它们，当代天才的作品吸引了我们的心，尽管我们羞于承认这一点。我们拜读前人的作品，就像我们拜访伟人；虽然仪式很麻烦，但我们不会选择不做。我们认识现代书籍，就像与朋友坐在一起；我们的骄傲在会面时没有得到满足，但它给我们带来更多的内在满足。

随着社会的进步，新书也变得越来越有必要。野蛮的质朴仅靠口头训诫就能唤醒；但对于过度的精致，最好用冷静的、认真探究的声音来纠正。在一个彬彬有礼的时代，几乎每个人都会成为读者，人们从报刊上得到的教诲比从讲坛上得到的要多。布道者可以教导不识字的农夫；但对于在高雅中放松的心灵来说，没有什么比优秀作家含蓄的话语更能赢得人心了。书籍对于纠正文雅之人的恶习是必要的，恶习千变万化，解药也应随之变化，且应该是新的。

因此，我不认为这里的新出版物数量太多，反而希望它更多，因为它们是最有用的改革工具。每个国家都必须接受作家或传教士的教导，但随着读者人数的增加，听众的人数也会相应减少，作家变得更加有用，而传教者则变得没那么必要了。

因此，我认为一个国家不仅有责任鼓励增加作家的数量，而且有责任鼓励他们的勤奋，而不是抱怨作家的报酬过高，因为他们的作品只能让他们勉强糊口。一个僧侣只教导了少数人，甚至是最无知的人，就获得了巨额财富；而一个贫穷的学者有能力教导上百万人，他当然不应该乞讨度日！

我承认，在所有的奖赏中，对真正有才华的人来说，最令人欣喜的是名声；但在所有文雅的时代，几乎没有任何一个有才华的人能够获得名声。在罗马帝国后期，当精雕细琢的文风达到顶峰时，有多少优秀作家错失了他们自己热衷的名声和不朽？在君士坦丁堡如主妇般统领罗马帝国精致文风的时期，产生了多少希腊作家的手稿，如今躺在欧洲的图书馆里，无人印刷，无人问津！那些先来的作家，在国家还处于野蛮状态之时，就把所有的声誉都带走了。随着时代的发展，作者越来越多，而数量也破坏了他们的名声。因此，当作家意识到他的作品不会在未来为他带来名声时，他自然会努力使这些作品为他带来暂时的利益。

无论促使人们写作的动机是什么，是贪财还是图名，作家们最能起到指导作用，国家才会变得最明智、最幸福。那些只允许司祭指导民众的国家，仍然处于无知、迷信和无望的奴役之中。在英国，这里出版的新书与欧洲其他国家加起来一样多，自由和理性的精神在人民中占主导地位；他们的行为常常像傻瓜，但他们的思想总体上属于成人。

出版物众多带来的唯一危险是，其中一些可能会损害而非造福社会。但是，在作家众多的地方，他们也起到了相互制约的作用，也许对文学僭越者来说，文学裁判所是可以想象到的最可怕的惩罚。

不过，说句公道话，英国人很少犯这种错误，他们的出版物一般都旨在修补心灵或提高公共福利。最无趣的作家也会满怀敬意地谈论美德、自由和仁慈；讲述他的真实故事，其中充满了良好而有益的忠告；警告人们不要奴役、贿赂或被疯狗咬伤，并把那本兼顾知识和娱乐的实用小杂志打扮得漂漂亮亮，至少是出于好意。另一方面，法国的愚蠢之人受到的鼓励更少，却更加恶毒。在他们的作品中，温柔的心、无精打采的眼神、十三岁恋爱的莱奥诺拉、狂喜的陶醉、偷来的幸福，这些都是轻浮的回忆录中轻浮的主题。在英国，如果一个放荡不羁的笨蛋这样闯入文学界，他就会引起整个兄弟会的轰动；即使他逃到贵族家里躲避，也逃不掉受到谴责。

因此，我的朋友，即使是呆厮，也可以让自己变得有用。但也有一些人，大自然赐予其超乎常人的才能；他们能够准确地思考，迅速地表达自己的思想。他们关注全人类，其他人只关注自己。这些人应该得到社会的一切荣誉，他们是这个社会独特的孩子，我愿意把我的心献给他们，因为人文主义要归功于他们！惜别。

第76封信

人们偏爱优雅胜于美貌：一则寓言故事。

特尔基的兴波寄李安济·阿尔坦济，信件在莫斯科中转。

我仍然留在特尔基，在那里我收到了为我能被释放而汇来的钱。我那美丽的女伴在我心目中的地位仍在提高；我对她的了解越多，她的美貌就越令人心动；即使在切尔卡西亚的女孩中，她也显得楚楚动人。

然而，如果我以雕塑家的艺术眼光来审视她的美貌，我就会发现这里有许多人的美貌远远超过她；大自然并没有赋予她切尔卡西亚人引以为傲的特征，但她在抓住感情的艺术方面大大超过了这个国家最美丽的人。我经常对自己说，即使是温和的魅力，也会有一种无法抗拒的魔力：虽然我对这个国家的美貌赞叹不已，但每次见到它都会削弱这种印象，而泽丽斯的形象却在我的想象中越发美丽，我对她的柔情与敬意也与日俱增。与大自然精心雕琢的美相比，人们更喜欢不完美的美，这种心灵的不公正从何而来？彗星不能让他惊奇，流星却能让他惊奇！当理智疲于寻找答案时，我的想象力继续追问这个主题，这就是我思考的结果。

我仿佛置身于两种景观之间，一种被称为美景区，另一种是优雅谷。美景区被大自然所能赐予的一切装饰着。各种气候的果实点缀着树木，丛林里回响着音乐，清风中飘荡着花香，因对称和精确分布而产生的一切魅力在这里都很明显，整个景象给人带来无尽的愉悦。另一方面，优雅谷似乎并不那么诱人；溪流与树林和其他国家中的并无二致。这里没有华丽的花坛，没有林中的伴侣，小河边上长满了杂草，秃鼻乌鸦与夜莺的声音混在一起。一切都那么淳朴和自然。

最引人注目的事物总是最先吸引旅行者，我带着强烈的好奇心进入美景区，我确信，在被介绍给主宰女神后，我将得到无尽的满足。我看到几个陌生人带着同样的目的走进来，让我惊讶的是，还有几个人匆匆离开了这个看似幸福的居所。

经过一番劳累，我终于有幸被介绍给这位代表着美丽的女神。她坐在一个宝座上，脚下站着几个和我一样刚被介绍来的陌生人；大家都喜悦地注视着她的身影。啊，多么美的眼睛！多么美的嘴唇！多么透亮的肤色！多么完美的体形！这些赞叹之词让女神垂下了眼帘，她竭力假装谦虚，但很快又环顾四周，仿佛要确认每位观众对她的好感，有时她会试图用微笑来诱惑我们，有时又会收敛笑容，以激发我们的敬意和温柔。

这个仪式持续了一段时间，让我们目不暇接，以至于我们都忘记了女神一直是沉默的。不过，我们很快就发现了这个缺陷：大家纷纷说起，难道除了慵懒的表情、柔和的眼神和歪头之外，我们什么都得不到了？难道女神只能满足我们的眼睛？这时，同伴中的一个人走上前去，向她献上了他在路上采摘的一些水果。她用一双世界上最白皙的手接过礼物，露出最甜美的笑容，但仍旧一言不发。

我发现我的同伴们已经厌倦了朝拜,他们一个接一个地走了。我不想落在后面,也要离开。刚走到庙门口,我就被名唤"骄傲"的女士叫了回来,她似乎对人们的行为很不满。她怒气冲冲地对我说:"美丽的女神在这里,你们着急去那里?"我说:"夫人,我去看望她了,发现她比报道中说的还要美丽。"她又问道:"那你为什么要离开她呢?"我回答说:"我已经看了她很久了,我已经把她所有的特征都记在心里了。她的眼睛还是老样子。她的鼻子很精致,但现在还是半小时前的鼻子——如果她能在脸上多流露点心思,也许我就会希望多陪伴她。"女士回答说:"她是否有思想,这有什么意义呢;她天生如此,有什么理由要有思想呢。如果她长着一张普通的脸,的确有理由考虑改善它;但如果五官已经很完美了,任何改变只会损害它们。一张精致的脸庞已经达到了完美的地步,一位精致的女士应该努力保持它的完美;如果再有想法,那只会扰乱它的整体。"

对于这番话,我没有回答,而是尽力赶往优雅谷。在这里,我找到了所有那些曾经与我在美景区相伴的人,他们现在也做着同样的事。

我们进入山谷后,景色似乎在不知不觉中得到了改善;我们发现一切都是那么自然、家常和令人愉悦,我们以前的赞叹之声,现在都变得轻松和幽默起来。我们本想向这里的女神致意,却看不见她的踪影。一个同伴断言,她的神庙在右边;另一个断言在左边;第三个则坚称神庙就在我们面前;第四个同伴说,我们把她的神庙抛在后面了。总之,我们发现一切都很熟悉,也很迷人,但无法确定去哪里寻找优雅女神本人。

在这种令人愉快的不确定性中,我们度过了几个小时。尽管我们非常渴望找到女神,却丝毫没有对这种拖延感到不耐烦。山谷的每一处都呈现出一种细微的美景，这些美景并没有立即呈现出来，而是潜入我们的灵魂深处，用隐居的魅力吸引着我们。然而，我们仍在继续寻找女神，如果不是被一个声音打断，我们可能还会继续寻找下去。虽然我们不清楚这个声音是从哪里传来的，它这样对我们说：

"如果你们想找到优雅女神，就不要拘于一种形式去找她，因为她有千百种形态。她在不断变化。令人愉悦的是她的多样性而不是她的形态。在欣赏她的美貌时，我们的眼睛带着令人眩晕的喜悦滑过每一个完美之处，由于无法定格在任何地方，会被她的整体吸引。[1] 她时而以庄严的神情沉思，时而以湿润的目光同情；有时她闪烁着喜悦的光芒，很快每一种特征又都在诉说着苦恼：她的神情时而邀请我们靠近，时而又压抑我们的妄想。以这些形态中的任何一种来看，女神都不能被恰当地称为美丽，但将它们全部结合在一起，她就会变得令人无法抗拒地赏心悦目。"惜别。

---

[1] "诱惑的容颜，让我难以凝视。"贺拉斯。——原注（引文出自贺拉斯《颂诗集》第一部第19首诗《对格吕克拉的爱》。可参看［古罗马］贺拉斯《贺拉斯诗全集（拉中对照详注本上下）》，李永毅译，北京：中国青年出版社，2017年，第53页。——译者注）

第77封信

一个店主及其学徒的做法。

李安济·阿尔坦济寄北京礼部尚书冯煌。

伦敦的商店和北京的商店一样设备齐全。伦敦的商店门口挂着一幅画,告诉来往顾客他们要卖什么,而北京的商店则挂着一块牌匾,向买家保证他们诚实无欺。

今天上午,我要去买丝绸做睡帽;一进店门,店主和他的两个伙计就戴着涂满发粉的假发迎上来问我要什么。他们真是活着的最文明的人;只要我看一眼,他们就会飞奔到我所看之处;我的一举一动让他们跑遍整个商店,只为让我满意。我告诉他们我要的是好丝绸,他们给我看了不下四十件,每件都比前一件更好;每件的图案都是大自然中最美的图案,也是世界上最适合做睡帽的。我对绸缎商人说:"我的朋友,你不要假装在丝绸方面指导我,我知道这些丝绸并不比你那些薄薄的茧绸[1]好多少。""也许是这样,"绸缎商人说,我后来发现他

---

[1] 茧绸(Pongee),由柞蚕丝织成的绸,又称土绸或府绸,具有轻薄如纸、坚固耐穿等特点。原文作 Bungee,当为 Pongee 之讹。

一生中从来没有反驳过任何一个人,"我不能假装这样,但也许是这样;但我可以向你保证,特雷尔夫人今天早上就用这块绸缎做了一件宽身女袍。"我说:"虽然这位夫人选用这种布料做了一件长袍,但我认为它不适合用来做睡帽。"他又说:"也许是这样,不过漂亮女士挑中的东西,在任何时候都会很适合英俊的绅士。"这简短的赞美非常适时地落在我丑陋的脸上,尽管我不喜欢这种丝绸,但我还是希望他能为我裁剪睡帽的样式。

当店主把这件事委托给他的学徒后,他自己取出几块比我见过的任何丝绸都要好的丝绸,在我面前摊开说:"看,多漂亮啊,斯尼克斯金[1]勋爵大人就选了这种料子定制了庆生时穿的马甲。用它做马甲真漂亮啊!""但我不想要马甲。"我回答说。绸缎商人回答说:"不缺马甲,那我建议你买一件;当需要马甲的时候,你可以相信,它们会很贵。正如他们在齐普赛街[2]说的那样,衣服不能等穿的时候再买,你总能用得着它。"他的建议很有道理,我不能不采纳;此外,那件丝绸确实很好,增加了诱惑力,所以我也下了订单。

在我等待量尺寸和裁剪时,不知为何,他们干得很慢。在这期间,绸缎商人给我展示了一些贵族穿着晨衣接待客人的现代方式。他补充说:"也许,先生,您心里想看看什么样的丝绸最流行。"不等我回答,他就在我面前摊开了一块漂亮的丝绸,即使在中国,这块丝绸也可以称得上美丽。他继续说:"如果某位贵族知道我把这件丝绸卖给了任何其他一位贵族,我肯定会失去这个顾客。您看,大人,这样的丝

---

[1] 斯尼克斯金(Snakeskin),这个姓氏意为"蛇皮",此处具有讽刺的意味。
[2] 齐普赛街(Cheapside),伦敦中部东西向的大街,在18世纪为闹市。

绸，立刻显得您富有、有品位和时髦。"我打断了他的话："我不是大人。""请原谅，"他说，"但请您记住，要是您打算买一件晨衣，您能从我这里得到物有所值的东西。良心，先生，良心正是我的经营之道。您可以现在就买一件晨衣，也可以等到它们变得更贵、更不时髦的时候再买，不过我不应该给您建议，这不是我分内的事。"总之，尊敬的冯煌大人，他说服我也买了一件晨衣，如果我待得时间够长，或者有足够的钱，他可能会说服我买下他店里一半的商品。

回家后，我不禁惊奇地想，这个教育程度和能力都很有限的人，怎么能把我变成他认为合适的样子，按照他的喜好塑造我！甚至在他试图表现出为我着想的时候，我也知道他只是为了达到自己的目的。然而，由于一种自发的迷恋，一种由虚荣心和善良本性交织而成的激情，我眼睁睁地走进了他的圈套，为了让他当下高兴而让自己承受未来的痛苦。无知者的智慧有点像动物的本能；它只散布在一个非常狭窄的范围内，但在这个范围内，它的行动充满活力，一以贯之且相当成功。惜别。

第78封信

用法国人自己的方式嘲笑他们。

李安济·阿尔坦济寄北京礼部尚书冯煌。

根据我以前的叙述，您可能会认为英国人是太阳底下最可笑的人。他们确实很可笑，然而欧洲的其他民族也同样可笑，他们相互嘲笑，亚洲人则嘲笑所有的民族。

我可能会在另一个场合指出其他国家最显著的荒谬之处，但现在我只想谈谈法国。旅行者进入法国后遇到的民族的第一个奇特之处，就是每个人的眼睛里都有一种奇怪的凝视的活力，连孩子也不例外；人们似乎认为，他们比别人更有智慧，他们为了显得聪明而凝视。

我不知道这是怎么发生的，但他们最美丽的女人脸上似乎都有一种病态的精致。这可能是因为涂抹了粉液，而粉液会产生皱纹，所以一位漂亮的女士在二十三岁时看起来就像个老太婆。然而，在某种程度上，正如她们从不显得年轻一样，同样可以断言，她们实际上认为自己永远不会老。一位温文尔雅的小姐在六十岁时还在为新的征服做准备；一位在没有拐杖时几乎无法行走、步履蹒跚的女士，她会像女孩一样行事，摆弄扇子，眨巴眼睛，谈论情感、流血的心和为爱而死，而实际上她因衰老而死。就像一位即将离去的哲人，她试图让自己的最后时刻成为生命中最辉煌的时刻。

他们对陌生人的礼貌是他们最引以为豪的地方，而且坦诚地说，他们的乞丐是我所见过的最有礼貌的乞丐。在其他地方，乞丐对旅行者讲话要么是可怜兮兮的呜咽，要么是毫不含糊的肃穆，但法国乞丐会非常有风度地鞠躬请求你的施舍，并微笑着耸耸肩表示感谢。

这个民族有教养的另一个例子让我不能忘怀。英国人不会在外国人面前说自己的母语，因为他确信没有人听得懂他的话。旅行中的霍屯督人如果只懂自己国家的语言，也会保持沉默。但法国人不管你懂不懂他的语言，都会和你交谈。他从不管你是否会法语，仍然继续和你交谈，他用眼睛盯着你的脸，问你无数问题，因为如果没有更满意的回答，他就自己回答。

但他们对外国人的礼貌不及他们对自己的钦佩的一半。属于他们和他们民族的每一件事物都是伟大的，宏伟得无法形容，相当浪漫！每个花园都是天堂，每座小屋都是宫殿，每个女人都是天使。他们闭上眼睛，张大嘴巴，欣喜若狂地喊道："上帝！多美啊；哦，天啊[1]，多有品位啊！我的生活是多么宏伟啊！从来没有任何一个民族像我们一样；我们是人的民族，其余民族不过是两条腿的野蛮人。"

我想，如果法国人只烹饪肉的话，他们会成为世界上最好的厨师；因为他们可以用荨麻做五道不同的菜，用鸡冠做七道不同的菜，用青蛙腰腿肉做十四道菜；当人们稍稍习惯了这些菜，就会觉得它们很好看，很容易消化，而且很少用粗制滥造的东西使胃负担过重。

---

1 天啊，原文为法语 Ciel。

他们很少在热菜少于七道的情况下进餐；的确，在如此华丽的场面下，他们很少在客人面前铺上桌布；但在这一点上，我不能生他们的气，因为那些背上没有一片布的人，他们的餐桌上没有布也是情有可原的。

在他们中间，就连宗教本身也失去了庄严性。在他们的道路上，大约每隔五英里，您就会看到一尊圣母马利亚像，她裹着可怖的头巾，脸上涂着油彩，穿着红色的旧衬裙；在她面前，一直燃烧着一盏灯，在圣人的允许下，我经常在这盏灯前点燃我的烟斗。有时您看到的不是圣母像，而是一个十字架，有时则是一个木制的救世主像，装饰齐全，有海绵、长矛、钉子、钳子、锤子、蜂蜡和醋瓶等。有人告诉我，一些塑像是从天而降的；如果真是这样，那么天上只有笨拙的工匠。

在经过他们的城镇时，您经常会看到男人们坐在门前编织长袜，而耕种土地和修剪葡萄藤的工作则落在了女人身上。也许正因为如此，在这个国家，女性才享有一些特权，尤其是她们可以骑马而不使用侧鞍[1]。

我开始认为，您可能会觉得这样的描述无礼又沉闷；也许确实如此，但总的来说，这就是法国人通常用来描述外国人的方式，而我这不过是把他们试图给予外国人的嘲笑的一部分强行还给他们罢了。惜别。

---

[1] 在欧洲传统中，身穿长裙的女性分腿骑马被视作不雅，为了表现贵族淑女形象，使用侧鞍（side-saddle）骑马通常成为贵族妇女唯一被允许的骑马方式。

第79封信

伦敦的两个剧院为冬季战斗做准备。

李安济·阿尔坦济寄北京礼部尚书冯煌。

冬季，两个供市民娱乐的剧院[1]将再次开放。剧场的迷你部队，不同于国家军队，在其他部队退出战场时开始作战；当欧洲人不再在现实中互相厮杀时，他们就在舞台上以模拟战斗来取乐。

舞蹈大师再次抖动他颤抖的双脚；木匠准备用纸板造天堂；男主角决心用黄铜遮住他的额头，女主角开始刮起她的铜尾巴，为将来的行动做准备。总之，从穿着黄色斗篷的戏剧信使到站在凳子上的亚历山大大帝，所有人都在行动。

两个剧院已经开始敌对行动。战争，公开的战争！不分胜负！两个歌女，像传令兵一样开始了比赛；在这个庄严的场合，全城的人都被分开。一个剧院有最好的管乐器，另一个则有最好的礼仪；一个歌女弯腰鞠躬，另一个微笑着向观众致意；一个谦虚地求掌声，另一个

---

1 指德鲁里巷皇家剧院（Theatre Royal, Drury Lane）和科文特花园皇家歌剧院（Royal Opera House, Covent Garden）。二者都是特许剧院，专门上演规定种类的戏剧。前者建于1663年，后者建于1732年。

大胆地求掌声；一个涂脂抹粉，另一个没有；一个穿紧身的背心，另一个穿宽松的衣服。一切都很重要，都很严肃；镇上的人还坚持中立，因为这种时刻需要最成熟的考虑。两个剧院继续表演，这场比赛很有可能一直持续到赛季结束。

不过，据我所知，这两支军队的将军们都有几支援军可以偶尔提供帮助。如果一家剧院生产出一对钻石鞋扣，另一家剧院就会造出一对适与之媲美的眉毛。如果一方在态度上胜出，另一方就通过耸肩来获胜；如果一方能带更多的孩子上舞台，另一方就能带更多身披红色斗篷的卫兵，他们扛着剑阔步前进，让每个观众都大吃一惊。

这里的人告诉我，人们经常去剧院是为了接受教育和娱乐。听到这个说法，我不禁笑了。我去他们的任何一家剧院，台上台下都是小号声、喧哗声和号叫声，演出还没结束，我就已经头晕目眩了。如果我进入剧院时还有任何感情的话，离开时我肯定不会有任何情感，整个头脑都被死亡进行曲、葬礼队伍、猫叫声、吉格舞曲或暴风雨声所充斥。

也许没有什么比为英国剧院写好剧本更容易的事情了；我很惊讶，居然没有人在这一行做学徒。如果剧作家熟知剧本中雷鸣电闪的价值，精通场景转换和陷阱的所有奥秘，能熟练掌握引入走钢丝者或落水者的恰当时机，了解每个演员的特殊才能，并能够根据假定的出色程度调整他的演说，这样一来，剧作家就掌握了所有能给现代观众带来快乐的技巧。一个演员在惊叹声中大放异彩，另一个在呻吟中大放异彩，第三个演员在惊恐中大放异彩，第四个在惊愕中大放异彩，第五个在微笑中大放异彩，第六个在晕厥中大放异彩，第七个在舞台上活蹦乱跳大放异彩。因此，如果每个人都有适当的表现机会，作品就会取得最大成功。与其说演员的工作是使自己适应诗人，不如说诗人的工作是使自己适应演员。

因此，当下悲剧创作的最大秘诀在于熟练掌握戏剧中的"啊"和"哦"。一定数量的"啊"和"哦"与神灵、折磨、绞刑架和诅咒穿插在一起，会让每一个演员几乎扭曲为抽搐的状态，让每一位观众流泪；适当地使用这些，一定会让全场掌声雷动。但最重要的是，哀怨的场景最能震撼人。根据我目前对观众的了解，我建议镇上最受欢迎的两位演员在每出戏中都加入这样的场景。在最后一幕的中段，我建议他们带着狂热的眼神和张开的手臂登场；不需要说话，他们只需对着呻吟，他们必须在戏剧的音域范围内变换感叹和绝望的音调，把他们的身形拧成各种痛苦的形状，当他们的灾难从有同情心的观众那里引来足够数量的眼泪时，他们就可以在不同的门前紧握双手，或拍打口袋，哑然肃穆地离去。这可以被称为悲剧哑剧，它能实现所有打动人心的目的，就像语言所能做到的那样，而且它还能节省那些奖励作者的费用。

所有能让观众保持活力的现代戏剧都必须以这种方式进行构思，事实上，许多现代戏剧的创作都离不开这种方式。这样的剧的优点就像鸦片一样，能让人的心沉醉在无知无觉的狂喜之中，并能让人从思考的疲劳中解脱出来。这就是在许多早已被人遗忘的场景中闪耀的雄辩，这些场景被认为演技十分精湛；这就是在风中进餐的歇斯底里的暴君身上闪烁的闪电，就像在小诺弗尔身上闪耀的闪电一样，小诺弗尔就像未出生的婴儿一样无害。[1] 惜别。

---

[1] 此处可能是作者想到了英国剧作家约翰·霍姆（John Home，1722—1808）的戏剧《道格拉斯》(*Douglas*)中的场景和人物。

第80封信

扩充刑法或严格执行现行刑法是邪恶的。

李安济·阿尔坦济寄北京礼部尚书冯煌。

我一直对中国法律中体现的仁慈精神表示钦佩。从宫廷下达的处决罪犯的命令传达得很慢，每天走六英里，赦免令却以最快的速度送达。如果一个父亲的五个儿子犯了同样的罪行，其中一个会被赦免，以延续家庭并安慰年迈的父母。

与此类似，英国的法律中也有一种仁慈的精神，有些人错误地试图压抑这种精神；然而，法律似乎不愿意惩罚罪犯，也不愿意为司法人员提供一切严厉行事的手段。逮捕债务人的人被剥夺了使用武器的权力，守夜人只能用击棍镇压醉酒市民的骚乱；在这种情况下，正义似乎隐藏了她的恐怖，允许一些罪犯逃脱，而非承担与罪行不相称的惩罚。

因此，英国人的荣耀在于，他不仅受到法律的约束，而且这些法律还受到仁慈的调节。一个受到严厉法律约束的国家，以及那些过于严厉地执行法律的国家（如日本），处于最可怕的暴政之下。一个王室的暴君通常只让那些大人物感到可怕，但条目繁多的刑法却折磨着每一个阶级的人,尤其是那些最不能反抗压迫的人,即穷人。

因此,一个民族很有可能成为自己制定的法律的奴隶,就像雅典人成为德拉古法典[1]的奴隶一样。首先可能发生的情况是(历史学家说),具有特殊恶行天赋的人试图逃避已经制定的法令;因此,他们的做法很快就导致针对他们的新法律出台;但是,同样程度的狡猾教会了无赖逃避前一个法令,也教会了他逃避后一个的法令。每当他投身新的罪行,司法部门就紧随其后出台新的法令;然而,他仍然保持着适当的距离,每当一种恶行被国家判定为犯罪,他就收手不干了,转而去干一些无法禁止的勾当。因此,受到谴责的罪犯总是逍遥法外,而只有普通的流氓才会感受到司法的严厉。与此同时,刑法条目变得越来越多,几乎每个人都会在不同的时候不知不觉地触犯刑法,每时每刻都会受到恶意的起诉。事实上,刑法条目一般都是在犯罪之后颁布的,而不是防止犯罪;刑法非但不能制止狡猾的恶行滋长,反而会使欺骗行为更加猖獗,因为它使欺骗行为有了新的逍遥法外的途径和手段。

因此,这种法律类似于有时强加给附属国王公的护卫,表面上是为了保护他们免于危险,但实际上是为了确认他们被囚禁的身份。

必须承认,刑法可以保障一个国家的财产安全,但也会以同样的比例削弱人身安全;无论多么公平的法律,有时都会有不公正的地方。当一项法律规定盗窃罪可判处死刑时,如果它得到了公正的执行,那么它充其量只能保护我们的财产;但是,如果由于偏袒或无知,司法者宣布了错误的判决,那么它就会侵害我们的生命,因为在这种情

---

[1] 德拉古法典,雅典第一部成文法典,公元前621年由司法执政官德拉古制定。

况下，整个社会都会与无辜的受害者一起遭受痛苦。因此，如果我为了保证一个人的利益而制定一项可能夺走另一个人生命的法律，那么在这种情况下，为了实现一个较小的利益，我就犯下了一个更大的罪行，为了确保社会拥有一件小玩意儿，我就使真正宝贵的财产变得岌岌可危。事实上，每个时代的经验都可以证明这一论断；在罗马王政时期，没有什么法律能比所谓的弑君法更公正了。每一个反对政府的阴谋都应该被发现并受到惩罚，这本是合情合理的；然而，由于它的颁布，发生了多么可怕的屠杀；几乎每一个贵族家庭都出现了禁令、绞杀、毒杀等现象，然而所有这些都是以合法的方式进行的，每一个罪犯都得到了审判，并在大多数证人的见证下失去了生命。

在刑法名目繁多的地方，在一个软弱无能、穷凶极恶的地方，更重要的是，在一个唯利是图的地方官参与执行刑罚的地方，情况就会永远如此；这样的人希望看到刑法条目增加，因为他经常有能力把刑法变成敲诈勒索的工具；在这种人手中，法律越多，手段就越广泛，不是为了满足正义，而是为了满足贪婪。

一个唯利是图的地方官，如果他获得的奖赏不是与他的正直成正比，而是与由他定罪的人数成正比，那么他必须是一个品行最清白的人，否则他就会偏向于残忍的一面；而一旦不公正开始运作，就不可能知道它会发展到什么程度。有人说，鬣狗天生并不贪婪，但一旦尝到人肉的滋味，就会成为森林中最贪婪的动物，并在以后继续迫害人类；腐败的地方官员可以被视为人类的鬣狗，他也许从私下小食一口开始，继而在朋友中小吃一顿，接着在公共场合大吃一顿，从小吃一顿到大快朵颐，最后像吸血鬼一样吸血。

不应该把司法交给这样的人，而应交给那些既懂得奖励又懂得惩罚的人；南孚[1]皇帝在得知他的敌人在遥远的某个省份发动叛乱时，曾说过一句至理名言。他说："来吧，我的朋友们，跟我来，我向你们保证，我们一定会很快消灭他们。"他向前进攻，叛军一见他走近就臣服了。现在，所有人都以为他会采取最严厉的报复行动，却惊讶地看到俘虏们受到温和而人道的对待。他的第一大臣说："这就是您履行承诺的方式吗？您的皇室誓言是要消灭您的敌人，而您却赦免了所有人，甚至还抚恤了一些人！"皇帝慷慨地回答说："我的确承诺过要消灭我的敌人，我已经履行了我的诺言，因为你看，他们不再是敌人了，他们已经成为我的朋友了。"

如果总是奏效的话，这就是消灭一国敌人的真正方法，如果只有问候和仁慈才能管理英联邦国家，这当然是好的。但既然惩罚有时是必要的，那么至少要让惩罚变得可怕，因为惩罚很少被执行。举起正义之剑，与其说是为了复仇，不如说是为了恐吓。惜别。

---

[1] 南孚（Nangfu），或为哥尔斯密杜撰的中国帝王名。

第81封信

嘲笑女士的拖裾。

李安济·阿尔坦济寄北京礼部尚书冯煌。

我对英国女士的描述还很简短,还不够完整。我的朋友,女人是一个不容易理解的话题,即使在中国也是如此;因此,在一个普遍认为女人是谜的国家,而我只是一个异乡人,您能期望我对女人有什么了解呢?

说实话,我不敢开始描写女性,担心在我完成前女性就发生了新的变化;这样一来,我的描述在没来得及说是新的的情况下,就已经过时了。今天,她们流行穿高跷似的鞋子,明天,她们又降低脚跟,抬起头;她们的斗篷一度被鲸骨撑得臃肿不堪,现在,她们又把箍圈放在一边,变得像美人鱼一样苗条。所有的女人都在不断地变化着,从坐在敞篷马车里在街道上摇摇晃晃的官员夫人,到穿着钉铁掌的鞋在人行道上咔嗒行走的卑微女工。

目前,区分女性的主要标志是拖裾。过去,一位女士的地位或时尚是由她的腰围决定的,而现在,两者都由她的拖裾的长度衡量。中等财富的女士只要拖尾长度适中就心满意足了;但真正有品位、出类拔萃的女士在这方面的野心是不受限制的。我听说在举行仪式的日子里，市长夫人的拖裾比万丹苏丹国[1]的系铃带头羊的尾巴还要长，你知道系铃带头羊的尾巴是用手推车拖着走的。

天啊，在这个奇怪的世界上，我们发现了怎样的矛盾啊！不仅不同国家的人民的思想相互对立，而且一个岛屿的居民也常常自相矛盾。冯煌大人，您相信吗，就是这样一个民族，他们如此喜欢看到他们的女人带着长长的拖尾，同时又把他们的马的尾巴剪短至臀部的位置！！！

但您不难猜到，我对这种时尚绝不会感到任何不满，因为它有助于增加对东方商品的需求，而且对我出生的国家非常有益。没有什么比现在的穿衣方式更能提高丝绸的价格了。一位女士的拖裾是花大价钱买来的，在公共场合走了几个晚上之后，就不适合再穿了：必须买更多的丝绸来修补破损处，因此，一些特别节约的女士在一个季节里要把自己的拖尾补上八到十次。这种不必要的消费可能会在这里造成贫困，但在中国，我们会因此变得更加富有。

我的朋友黑衣人自称反对这种装饰性的拖尾，他向我保证，这样做会带来很多不便，一位女士打扮成这样，就像南京的一位跛子一样。不过，最令他气愤的还是那些没有足够财富支撑这种打扮的人。他向我保证，他认识一些人，她们想要一条衬裙，但还是买了一条拖尾，还有一些人，没有任何其他的虚饰，仅仅因为增加了三码破烂丝绸，就以为自己成了淑女。他继续说："我认识一个节俭的好女人，她认为

---

[1] 万丹苏丹国（Banten Sultanate，原文为印尼文 Bantam），今印尼爪哇地区一古国名，存续时间为1568—1813年。

自己必须像上等人一样带着拖裾。从家里走出来时,她总是担心拖裾会很快磨损。她的每一次远行都会给她带来新的焦虑,她的拖裾就像我们有时看到的与猫尾巴连在一起的膀胱[1],让她心神不宁。"

他还大胆地断言:"不,一个拖裾常常会把一位女士带入最危急的境地;如果一个粗鲁的家伙要上来强吻她,而这位女士试图避开,那么在她后退时必然会踩到她的拖裾,这样就会摔个四脚朝天,人人都知道——她的衣服可能会被弄坏。"

这里的女士们毫无顾忌地嘲笑中国鞋子的小巧,但我想,如果中国的妻子们看到长度惊人的欧洲拖裾,她们会有更真实的理由发笑。以孔子的头发誓,[2]设想一下,一个人为了取悦我们,用一条巨大而笨重的拖尾让自己寸步难行;她不能后退,必须缓慢地前进,如果她试图转过身来,她转身的圆圈一定不会小于一条鳄鱼面对攻击者时转身的圆圈。然而,想想这一切赋予她的重要性和威严!想想一位女士从十五码的塔夫绸拖尾获得了更多的尊重!我无法控制地想笑,哈,哈,哈;这肯定是欧洲野蛮的残余,身披羊皮的鞑靼女人的衣着要方便得多。

他们自己的作家有时会抨击这一时尚的荒谬性,但它也许未像在意大利戏剧舞台上那般被嘲笑过,帕斯夸瑞洛受雇侍奉费尔南布罗科伯爵夫人,他一只手拿着她的皮手筒,另一只手牵着她的哈巴狗,把她的拖裾别在马裤的腰带上,庄严地走着。[3]惜别。

---

1 与猫尾巴连在一起的膀胱,指猫的一种疾病,后置膀胱。
2 以孔子的头发誓,可能源于以宙斯的头发誓。按照古希腊习俗,古希腊众神都可能以宙斯的头发誓,比如女神赫斯提亚就以父王宙斯的头发誓永葆童贞之身。
3 或为哥尔斯密杜撰的意大利戏剧,可能接近从意大利流传至英国的"职业喜剧"(commedia dell'arte)。

第82封信

科学对人口众多的国家有用，对野蛮的国家有害。

李安济·阿尔坦济寄北京礼部尚书冯煌。

一段时间以来，欧洲的哲人们一直在争论：艺术和科学对人类更有益还是更有害。支持文学的人竭力证明文学的益处，他们说，文学使数量庞大的人群可以在一片狭小的国土上生存，文学使获取知识的过程充满快乐，文学也能传播促进实践道德的知识。

而持相反观点的人则展示了那些没有文化、未经开化的民族的幸福和纯真；他们大肆宣扬只有在文明社会中才会出现的诸多恶习；他们大谈为了巩固文明社会而必须进行的压迫、残酷和流血；他们坚持认为，野蛮状态下的幸福平等要优于更高雅的宪法中的非自然的从属关系。

这场争论已经给投机的懒惰提供了大量的机会，而面对这场争论的态度非常热烈，却缺乏智慧（我并不是要压抑我们的感情）。坚持认为科学对高雅社会有用的人当然是对的，坚持认为野蛮民族没有科学会更幸福的人也是对的；但是当一方以此为由试图证明科学对孤独的野蛮人和对拥挤的联邦国家的本地人一样普遍有用时，或者，当另一方试图将其视为对所有社会都有害的东西而加以驱逐，甚至既从人口众多的国家中，也从荒野中的居民中驱逐它们时，他们都是错误的，因为那些使一个高雅的欧洲人感到幸福的知识，对亚洲荒野中生活不稳定的佃农来说却是一种折磨。

为了证明这一点，让我们想象一下暂时置身于西伯利亚的一片森林中。在那里，我们可以看到一个居民确实很穷，但他与中国最高雅的哲人一样热爱幸福。在他周围数英里的土地上，无人耕种，也无人居住；他的小家庭和他是这片土地唯一的、无可争议的主人。在这种情况下，天性和理智会促使他选择狩猎生活，而不是开垦土地。他一定会选择一种花费最少劳动力、食物最合胃口的生活方式；他会选择虽然不稳定却懒散的奢侈生活，而不是虽然耗费辛苦却能维持长久的能力，而对自身幸福的认识，将使他继续忍受本土的野蛮生活。

同样，他的幸福也会使他倾向于不受任何法律的约束：制定法律是为了保障现有的财产，但他并不拥有害怕失去的财产，他所渴望的也不过是能够维持他的生活；与他人签订契约，就等于自愿承担义务，不期望得到任何回报。他和他的同胞们是同一片取之不尽、用之不竭的森林中的佃户，而不是竞争对手；一个人的财产的增加，绝不会减少另一个人因同样的勤奋而产生的致富期望；因此，没有必要制定法律来压制野心，因为对野心的无限满足不会带来任何弊端。

同样，孤独的西伯利亚人也会发现，科学不仅在指导他的实践方面毫无用处，甚至在推测方面也令人厌恶。在每一次思考中，我们的好奇心必须首先被事物的表象所激发，然后我们的理智才会历尽辛劳探究其原因。这些表象有的是通过实验产生的，有的是通过细微的探究产生的；有的是通过对外国气候的了解产生的，有的是通过对本国气候的深入研究产生的。但是，相比之下，野蛮国家的居民很少会有什么值得关注的东西；他所猎取的猎物，或者他所建造的临时茅屋，才是他关注的主要对象；因此，他的好奇心一定会相应地减少；如果好奇心减少了，推理能力也会相应地减少。

此外，感官享受为好奇心助力。除了那些与我们的愿望、快乐或需要有某种联系的事物，我们很少会热切地关注其他事物。对享受的渴望首先会激发我们的激情，激情产生追求的兴趣，指出研究的对象，然后理智就会对感觉所引导的方向进行评论。因此，我们能享受的东西增加了，科学研究必然会增加；但在几乎没有任何享受的国家，理智似乎缺乏其伟大的启发者，当思索成为其自身的回报时，思索就成了傻瓜的事。

因此，野蛮的西伯利亚人太聪明了，他不会把时间耗费在追求知识上，因为这些知识既不会引起他的好奇心，也不会促使他去追求快乐。当得知基多[1]赤道的度数被精确地测量出来时，他并不感到快乐；当他得知这一发现有助于航海和商业时，他发现自己对这两者都不感兴趣。对于一些人冒着生命危险追逐的发现，他既不感到震惊，也不感到快乐。他只满足于透彻地了解少数几个有助于自己幸福的目标，他知道在哪些最合适的地方布下捕貂的陷阱，并以比欧洲人更敏锐的洞察力辨别毛皮的价值。更多的知识只会让他不快乐，它可能会让他看到自己处境的悲惨，却无法指导他努力避免这种悲惨。无知是穷人的幸福。

---

1 基多（Quito），厄瓜多尔首都，距离赤道24公里。

印度道德家洛克曼的一则寓言故事[1], 精彩地描述了一个被赋予超出其能力的生命的悲惨遭遇。"一头在创世神[2]战役中表现出色的大象得到天神的许可, 可以许下任何他认为合适的愿望, 而且愿望会立即得到满足。大象屈膝感谢恩人, 并希望被赋予人类的理智和能力。听到这个愚蠢的请求, 创世神感到很遗憾, 他努力劝说大象放弃他错误的野心, 但发现无济于事, 最后还是给了大象一部分智慧, 甚至可以纠正琐罗亚斯德的《阿维斯塔》。这头会推理的大象为自己的新收获而欣喜若狂, 虽然他的身体仍然保持着古老的模样, 但他发现自己的食欲和激情完全改变了。他首先想到的是, 穿上衣服不仅会更舒适, 而且更有吸引力；但不幸的是, 他没有自己制作衣服的方法, 也不会用语言向别人索要衣服, 这是他第一次感到真正的焦虑。他很快就发现, 人们的饮食比他要高雅得多, 因此, 他开始厌恶自己平常吃的食物, 渴望品尝那些出现在王公贵族餐桌上的美味佳肴；但他又一次发现自己无法得到满足；因为尽管他可以轻易得到肉食, 但他发现自己无法把肉食加工得完美无缺。总之, 每一种有助于人类幸福的快乐都只会让他更加痛苦, 因为他发现自己完全被剥夺了享受的能力。就这样, 他过着怨天尤人的生活, 对自己深恶痛绝, 对自己错误的野心耿耿于怀, 直到最后, 他的恩人创世神怜悯他的悲惨处境, 让他恢复了

---

[1] 该故事或为哥尔斯密杜撰, 并未出现在《比德派和洛克曼的印度故事和寓言》(*Les contes et fables indiennes, de Bidpaï et de Lokman*) 等作品中。

[2] 创世神, 原文为 Wistnow, 指印度的创世神。参见 John Ogilby, *Asia, the First Part. Being An Accurate Description of Persia, and the Several Provinces Thereof. The Vast Empire of the Great Mogol, and other parts of India...*, London, Printed by the author at his house in White-friers., 1673; 另可参看 Sam D. Wallace, *Indian Philosophy and Literature in Some Representative Figures in the Romantic Period: England, Germany, and France,* New York University, 1977。

无知和幸福，这才正是他最初享受的样子。"

不，我的朋友，试图把科学引入一个由流浪的野蛮人组成的国家，只会让他们变得比大自然设计得还要悲惨。简朴的生活最适合孤独的状态。俄国伟大的立法者试图优化西伯利亚孤独的居民，向他们派遣了一些欧洲最文雅的人。结果表明，这个国家还不适合接纳他们；他们在某国的病痛中煎熬了一段时间，每天都在退化，最后，他们不但没有使这个国家变得更有礼貌，反而顺应了这里的土壤，变得野蛮起来。

不，我的朋友，要使科学在一个国家发挥作用，首先必须使这个国家人口众多；居民必须经历猎人、牧人和农夫的不同阶段，然后，当财产变得有价值，并因此导致不公正时，当制定法律来制止伤害和确保财产时，当人们在这些法律的支持下变得拥有更多财产时，当奢侈由此产生并要求不断供应时，科学就变得必要和有用了；没有科学，国家就无法生存；这时就必须引入科学，立即教导人们从有限的占有中汲取尽可能多的快乐，并将他们限制在适度享受的范围内：科学不是奢侈的原因，而是奢侈的结果，因此，这个破坏者带来了抵抗其自身毒性的解毒剂。我们断言是奢侈引入了科学，这是一个真理；但如果我们和那些拒绝承认学习效用的人一样，断言科学也引入了奢侈，那我们就立刻变得虚假、荒谬和可笑了。惜别。

第83封信

一位中国现代哲人有关人生的一些警示。

李安济·阿尔坦济寄兴波，信件在莫斯科中转。

我的孩子，你现在已经到了这样一个年龄：快乐会劝你不要勤勉，带给你眼下的满足而夺走以后生活的全部幸福。牺牲最初的一点快乐，以期待更大的快乐。几年的学习会让余下的生活变得十分轻松。

不过，我不想继续谈论这个话题，而是借用一位中国现代哲人的如下说明。[1]

靠学习发迹的人，一定会通过坚持不懈的努力来证实它。对书籍的热爱会抑制享乐的激情，这种激情一旦熄灭，生活就会得到廉价的支持；因此，一个人如果拥有的比他想要的多，他就永远不会遭受巨大的失望，也就避免了贫穷有时会不可避免地产生的一切卑劣行为。

---

[1] 这段话的译文也可参见杜赫德，第2卷，第47、58页。这段摘录至少可以说明，中国人的文章中也有喜欢幽默的一面。——原注

自发学习的生活有难以言喻的乐趣。当我第一次读到一本好书时，就好像结识了一位新朋友。当我翻阅一本以前读过的书时，就像与老朋友会面一样。我们应该抓住生活中的每一件事来使自己变好，不管是小事还是大事。并非只有一颗钻石才能使另一颗钻石熠熠生辉，一颗普通的粗石也能达到这个目的。因此，我应该从一个毫无价值的人对我的侮辱和蔑视中得到好处。他的粗暴应该促使我自我反省，纠正可能引起他的诽谤的每一个瑕疵。

然而，尽管学习通常会带来各种乐趣和利益，家长们却常常发现很难吸引孩子去学习。孩子们似乎常常被表面上的勤勉拖累。因此，他们一开始就很懒怠，就完全断送了将来出人头地的希望。如果他们发现自己不得不比普通人多写两行礼貌用语，那么他们的铅笔就会像磨盘一样沉重，他们要花费十年的时间才能把两三个句子写得恰到好处。

当宴会快结束时，这些人最不知所措；盘子和骰子转来转去，每个人不得不重复的诗句的数量可能是偶然决定的。轮到一个笨蛋时，他显得十分愚蠢，毫无知觉。大家都在他的困惑中自娱自乐；人们讥讽、嘲笑和窃窃私语。而他却睁着一双呆滞的大眼睛，盯着周围的一切，甚至主动加入大家的笑声中，从不认为自己就是众人的笑料。

不过，多读书并不重要，重要的是要有规律地读书。如果中断相当长的时间，就不可能有适当的进步。有些人专注地读了一天书，休息了十天。智慧是一个卖弄风情的女人，必须孜孜不倦地追求她。

古人言："无人不从书中获益。"我同意他们的说法，每本书都能让我们变得更专业，除了罗曼司，这些书不过是放荡的工具。它们是危险的虚构作品，爱是支配一切的激情。

最下流的笔触在那里被当作机智的转折，阴谋和犯罪的越轨被当作英勇和礼貌。幽会，甚至是恶行，都是如此浓墨重彩，甚至可以激发成年人最强烈的激情；因此，理性如此薄弱、内心如此容易受激情影响的男女青年更应该害怕这些小说。

从后门溜进去，或者跳过一堵墙，当这些巧妙的情节发生时，年轻的心就会为之着迷。诚然，情节的结尾通常是在父母的同意下缔结婚姻，并调整法律规定的各种仪式。但在作品的正文中，有许多段落冒犯了良好的道德，推翻了值得称赞的习俗，违反了法律，破坏了社会最基本的义务，美德因此受到了最危险的攻击。

但有人说，这些罗曼司的作者没有什么目的，只是想表现恶行受到惩罚，美德得到奖赏。我同意这种说法。但大多数读者会注意到这些惩罚和奖赏吗？他们的心思难道不在别的方面吗？难道作者用来激发人们热爱美德的艺术，也能克服那些使他们走向放荡的思想吗？作者必须是一位一流的哲人，才能通过这样一个漏洞百出的工具来灌输美德。但在我们这个时代，能找到的一流的哲人寥寥无几。

避免以恶习冒充美德的表演，寻求智慧和知识，不要以为你已经找到了。当一个人继续追求智慧的时候，他是睿智的；但一旦他自以为找到了他所追寻的目标，他就成了一个傻瓜。追求美德,要向盲人学习,盲人不先用手杖探路,就不会迈出脚步。

世界就像浩瀚的大海,人类就像航行在波涛汹涌的大海中的船只。我们的谨慎是风帆,科学是桨,好运或厄运是顺风或逆风,而判断力则是船舵,没有它,船只就会因各种风浪而翻腾,在各种微风中遭遇海难。总之,无名和贫穷是警惕和节俭的根源,警惕和节俭是荣誉和富裕的根源,荣誉和富裕是骄傲和奢侈的根源,骄傲和奢侈是不洁和懒散的根源,不洁和懒散又产生了无名和贫穷。这就是生命的循环。[1]

惜别。

---

[1] 本文最早的中译版本为《给青年的一些忠告——高尔斯密诫子的信(节译)》,译者署名"仁砺",《新动向》,1943年。

第84封信

几位诗人的逸事,他们生前和死后的境遇都很悲惨。

李安济·阿尔坦济寄北京礼部尚书冯煌。

我想诗人的性格在每个国家都是一样的,喜欢享受现在,漠视未来。他的谈吐是理智的,行为是愚蠢的。他的坚毅可以令他在地震暴发时不为所动,但他的感性却会因茶杯的破碎受到影响。这就是他的性格,从任何角度看都与致富的性格截然相反。

西方诗人的贫穷和他们的天才一样引人注目,然而在众多旨在救济穷人的医院中,我只听说过一家为衰落的作家而建的医院。这所医院由教皇乌尔巴诺八世[1]创建,被称为"无药可救者的疗养地",意思是说,要让那些接收的病人摆脱贫困或诗歌,同样是不可能的。说实话,如果我把西方古代或现代诗人的生平[2]介绍给你,我想您会认为我是在为人类悲惨史收集材料。

荷马是古代第一位著名的诗人和乞丐;他双目失明,在街头吟唱

---

1 教皇乌尔巴诺八世(Pope Urban Ⅷ,1568—1644),1623年当选罗马主教,曾反对教会对伽利略的指控。
2 哥尔斯密此处所写的诗人们的生平,参考了何种资料,学界尚未确定。

民谣；但据观察，他的嘴里经常塞满诗句，而不是面包。喜剧诗人普劳图斯[1]的境况要好一些，他有两种职业，做诗人是为了消遣，帮助碾磨是为了谋生。泰伦提乌斯[2]是个奴隶，波伊提乌[3]则死在监狱里。

在意大利人中，保罗·布尔盖塞[4]几乎是和塔索[5]一样优秀的诗人，他精通十四种不同的行当，却因为在任何行当都找不到工作而死去。塔索本人是所有诗人中性格最和善可亲的，他经常不得不向朋友借一克朗，以支付一个月的生活费。他给我们留下一首漂亮的十四行诗，是写给他的猫的。他在诗中祈求猫的眼睛为他的写作照明，因为他太穷了，连一根蜡烛都买不起。

本蒂沃里奥[6]，可怜的本蒂沃里奥！他最值得我们的同情。他的喜剧将与意大利语一起流传下去。他在慈善和仁慈行为中耗尽了贵族的财产，晚年陷入悲惨的境地，被拒绝住进他自己建造的医院。

在西班牙，据说伟大的塞万提斯死于饥饿，可以肯定的是，著名的卡蒙斯[7]也是在医院中度过余生的。

1　普劳图斯（Titus Maccius Plautus，约前254—前184），古罗马剧作家，代表作有《吹牛军人》（*Miles Gloriosus*）、《撒谎者》（*Pseudolus*）等。

2　泰伦提乌斯（Publius Terentius Afer，约前195—前159），古罗马剧作家，代表作有《两兄弟》（*Adelphoe*）、《安德罗斯女子》（*Andria*）等。

3　波伊提乌（Anicius Manlius Severinus Boëthius，又译作波爱修斯，480—524），罗马政治家、哲人，代表作有《哲学的慰藉》（*De consolatione philosophiae*）。

4　保罗·布尔盖塞，原文为 Paulo Burghese，与意大利贵族博尔盖塞家族成员 Paolo Borghese（1622—1646）名字相似，但不完全一致。

5　塔索（Torquato Tasso，1544—1595），文艺复兴时期的意大利桂冠诗人，代表作有《阿明达》（*Aminta*）、《被解放的耶路撒冷》（*La Gerusalemme liberata*）等。

6　本蒂沃里奥，原文为 Bentivoglio，可能指意大利讽刺诗人本蒂沃里奥（Ercole Bentivoglio，1507—1573），著有《讽刺诗及其他诗歌》（*Le Satire et altre Rime piacevole*）。

7　卡蒙斯（Luís Vaz de Camões，约1524—1580），葡萄牙诗人，代表作为史诗《卢济塔尼亚人之歌》（*Os Lusíadas*）。

如果我们把目光转向法国，会发现那里的公众忘恩负义的事例更多。沃日拉[1]是当时最文雅的作家之一，也是最诚实的人之一，他被戏称为猫头鹰，因为他害怕债权人，不得不整天待在家里，只有在晚上才敢出门。他的遗嘱非常引人注目。在将所有的财产用于清偿债务之后，他又这样写道：即使在我所有的财产都被处理完毕之后，可能仍有一些债主尚未被偿还，在这种情况下，我立下遗嘱，将我的身体卖给外科医生，以获得最大的利益，所得将用于清偿我欠社会的债务；这样，即使我在世时做不到，至少在我死后，我可以有所作为。

卡桑德[2]是他那个时代最伟大的天才之一，然而他的所有优点都无法使他勉强维持生计。由于在人类中没有发现一点怜悯，他逐渐对全人类产生了憎恨，最后他甚至徒劳地把自己的灾难归咎于天意。在他最后的痛苦时刻，当牧师劝他依靠上天的公正，向创造他的上帝祈求怜悯时，他回答说："如果上帝在这里都没有向我显示公正，我还有什么理由指望他在将来给我显示公正呢？"告解神父继续说："暂时没有获得公正并不能使我们怀疑其真实性，让我用一切珍贵的东西来恳求你，与你的父亲、造物主和朋友——上帝和解吧。"这个恼羞成怒的可怜虫回答说："不，你知道他是怎么让我活着的（指了指身下的稻草），你也看到他是怎样让我死去的！"

但诗人在其他国家所遭受的苦难与他在这里所受的苦难相比，简

1　沃日拉（Claude Favre de Vaugelas，1585—1650），法国语法学家，代表作为《法语刍议》(*Remarques sur la langue française*)。
2　卡桑德（Cassander），可能为作者杜撰的诗人名。

直不值一提。斯宾塞[1]和奥特韦，巴特勒[2]和德莱顿，这些名字每天都会被提起，成为全国性的指责对象，他们中的一些人生活在岌岌可危的贫困状态中，另一些人则真的死于饥饿。

目前，英国少数诗人不再依靠大人物维持生计，他们现在除了公众别无其他赞助人，而公众整体而言是一位慷慨的好主人。诚然，公众经常会对每一位候选人的优点产生误解；但公众做了弥补，公众从来不会错太久。一部作品可能会在一段时间内声名鹊起，但如果没有真正的价值，它很快就会沉寂；时间是真正有价值作品的试金石，它很快就会发现其中的欺诈行为。一位作者在其作品被大家满意地阅读至少十年之前，他决不能自以为已经成功。

现在的文人，只要他的作品有价值，他就完全知道自己的价值。社会上每一个文雅之人都会通过购买他的作品来回报他。因此，嘲笑住在阁楼上的作家，这在上个时代可能是诙谐的，但现在已不再是了，因为这已不再是事实。现在，一个真正有才华的作家，如果一心只想发财，很容易就会发财；至于那些没有才华的人，则应该湮没无闻。现在，作家可以拒绝晚宴的邀请，而不必担心招致赞助人的不快，也不必担心留在家里挨饿。现在，他可以穿着其他人通常穿的衣服大胆地出现在人们面前，甚至可以带着智慧的优越感与王子交谈。虽然他不能在这里夸耀财富，但他可以勇敢地维护独立的尊严。惜别。

---

[1] 斯宾塞（Edmund Spenser，1552—1599），英国桂冠诗人，代表作《仙后》(*The Faerie Queene*)。

[2] 巴特勒（Samuel Butler，1613—1680），英国诗人，代表作有讽刺诗集《胡迪布拉斯》(*Hudibras*)。

第85封信

嘲笑舞台上演员们的琐碎争吵。

李安济·阿尔坦济寄北京礼部尚书冯煌。

我长期关注这个民族的所有事物，几乎成了一个英国人；我现在开始津津有味地阅读他们夺取城镇或打胜仗的消息，并暗自希望不列颠的所有敌人都感到失望。然而，我对人类的关心让我对他们的争斗充满了担忧。我希望看到欧洲的动乱再次得到友好的解决；在这个美好的世界上，除了战争，我不与任何东西为敌；我讨厌敌对国家之间的争斗；我讨厌男人与男人之间的争斗；我甚至讨厌女人之间的争斗！

我告诉过您，在欧洲发生争执的时候，我们在舞台上也受到了不可调和的对抗力量的威胁，我们的歌女们决心互相对唱到赛季结束，我的朋友，这些担心是有理由的。她们不仅决心要对唱到赛季结束，而且更糟糕的是，还要唱同一首歌，更让人无法忍受的是，还要让我们为听歌付费。

如果剧院要开战，我建议他们召开一个公开的大会，在那里互相谩骂。在远处吹响反抗的号角，召集全城的人参加战斗，这意味着什么？我建议他们大胆地走到一条最开阔、最多人光顾的街道上，面对面，在那里声嘶力竭地斗技。

无论如何，我决意不再为他们花一分一毫。虽然我有听音乐的耳朵，但谢天谢地，它们还不完全是驴耳朵。什么！今晚唱《波莉和扒手》，明晚又唱《波莉和扒手》，后天还是《波莉和扒手》！我已经听得不耐烦了，我不想再听了。我的灵魂走了调，处于不和谐和混乱中。歇息吧，歇息吧！我口袋里的三枚叮当作响的先令，你们奏出的音乐比肠弦、松香或所有穿着衬裙啁啾的夜莺更能使我的灵魂和谐。

但最令我愤慨的是，这种笛声不仅在舞台上困扰着我，在私下交谈中也折磨着我。对我来说，是这一个剧院的管乐好，还是另一个剧院的礼仪好，是这一个剧院有更好的高音，还是另一个有更高贵的低音，是这一方用肚子唱歌，还是另一方用嘴唱歌，这与我有什么关系呢？尽管这些问题微不足道，但无论我走到哪里，它们都会成为争论的主题，而这种音乐上的争论，尤其是在漂亮女人中间，几乎总是以刺耳的争吵告终。

争论的精神一定已经融入了这个民族的骨髓；其他国家的居民之间的分歧只是源于他们更关心的问题，但在这里，最卑微的话题都成了党派的事情，这种精神甚至被带到了他们的娱乐活动中。女士们的职责似乎是缓解异性的躁动，她们自己却成了党派的拥护者，参与最激烈的争斗，互相谩骂，展示自己的勇气，甚至不惜牺牲自己的爱人和美貌。

甚至有许多诗人也参与其中，为舞台写作。不要误会，我指的不是在舞台上表演的作品，而是对表演者的赞美诗，因为这是目前最普遍的舞台写作方法。因此，舞台诗人的工作就是观察每一位新演员在自己家中的亮相，然后第二天带着报纸上的诗歌炫耀性地登场。在这些诗句中，大自然和演员可能会竞赛，演员总是会取得胜利；或者大自然可能会把他误认为自己，或者古老的莎士比亚可能会穿上寿衣来拜访他，或者九位调音师可能会弹起竖琴来赞美他，或者如果碰巧是一位女演员，美丽的爱情女王维纳斯不加掩饰的恩惠永远在等待着，这位女士一定是位天生的女神；她必须——您将会看到这些诗歌中的一首，它可能会传达出一个更准确的概念。

×××女士扮演×××角色有感

九个人献上他们的赞歌，
我用微弱的嗓音唱出对您的赞美。
每一种魅力都有发自内心的神力，
谁能抵挡她们的万丈光芒？
看她如何优雅前行
每张闪亮的脸庞上都淌下来自灵魂的泪水。
她说，那是无尽的狂喜和无名的幸福，
诸神啊，还有什么能与之相比。
如同在帕福斯丛林中爱的女王，
向聆听的朱庇特深情诉说，
这是快乐，无尽的幸福环绕四周，
岩石闻声而忘却了坚硬。
起初，最后，连朱庇特也被吸引住了，
感受到了她不加掩饰的魅力。

然而，朋友，请不要以为我对目前这场骚乱中的获胜剧场有什么特别的敌意；恰恰相反，我可以在他们的音乐中找到乐趣，如果他们的音乐间隔时间合适的话；如果我只在合适的场合听到，而不是走到哪里都能听到的话。事实上，我可以光顾这两个剧院，而且为了表示我在这方面的屈尊，他们可以在我闲暇的任何一个晚上，到我的住处给我献上一曲，只要他们保持适当的距离，并且在他们继续娱乐我的时候，谦恭地站在门口。

您知道我读了十七本中国礼仪书，并不是无用功。我知道社会上每个等级的人都应该得到应有的尊重。舞台上的表演者、吞火者、歌女、跳舞的狗、野兽和走钢丝的人，既然他们努力地为我们提供娱乐，就不应该完全被轻视。每个国家的法律至少应该允许他们免受惩罚地玩他们的把戏。他们不应该被冠以流浪者的可耻称号；至少，他们理应在社会上享有与神秘的理发师或殡葬业者一样的地位，如果我的影响力能够延伸到如此之远，他们甚至应该被允许每年赚取四十或五十英镑，如果他们在自己的职业中表现突出的话。

然而，我知道，您会指责我在这方面过于浪费，因为您是在东方节俭的狭隘偏见中长大的。毫无疑问，您会断言，对于如此无用的工作来说，这样的津贴实在是太多了。然而，当您得知，虽然法律将他们视为流浪者，他们中的许多人每年却能挣到一千多镑时，您会感到更惊讶。惊讶是有原因的。年薪过千的流浪者的确是大自然的奇观，是远超过飞鱼、石化蟹或旅行龙虾的奇观。然而，出于我对这个职业的热爱，我愿意让他们摆脱一部分蔑视和华丽，法律应该充满善意地把他们置于保护的羽翼之下，把他们固定为一个行会，就像理发师那样，减少他们的耻辱，减少他们的养老金。至于他们在其他方面的能力，我想完全留给公众去评判，在这种情况下，公众无疑是最合适的评判者——无论公众是否鄙视他们。

是的，冯煌大人，我会减少他们的养老金。一个在舞台上指挥战斗的戏剧战士，应该像一只为战斗而饲养的公鸡一样，被小心翼翼地关在笼子里。当这些动物中的一种被赶出它原居地的粪堆时，我们会在食物的数量和巢穴的数量上进行缩减；以同样的方式，演员应该被喂养，而不是被喂肥，他们应该被允许得到自己的面包，但不能吃人民的面包，不能被允许养四个情妇，凭良心，他们应该只满足于两个。

如果舞台上的表演者被这样约束起来，也许我们会发现他们的崇拜者就不那么热衷于此，从而也就不会那么荒唐地赞助他们了。我们就不会再看到这样一种荒唐的现象：在国外英勇无畏的人，在国内却对一个蹦蹦跳跳的蠢货赞不绝口，为一个戴铜尾巴的女演员争辩不休。最后，我将以哲人明智的告诫结束我的信。他说："你喜欢和谐，对音乐着迷。你欣赏美丽的花圃，或者在夜晚，当月亮洒下银辉时，听到美妙的声音，我并不责怪你。但是，一个人是否要把这种热情发展到让一群喜剧演员、音乐家和歌唱家在他枯竭的财产上发财的地步呢？如果是这样，那他就像一具被防腐师从耳朵里挖出脑浆的死尸。"[1]

惜别。

---

[1] 这段引文除最后一句外，与杜赫德《中华帝国全志》中有关"中国人的道德哲学"的内容（J. B. Du Halde, *A Description of the Empire of China,* vol. 2, p. 57）相似。

第86封信

嘲笑纽马基特[1]赛马中心的比赛，一场马车比赛。

李安济·阿尔坦济寄北京礼部尚书冯煌。

在款待绅士和女士的所有娱乐场所中，我还没有去过纽马基特赛马场。我听说这是一个很大的场地，在某些时候，三四匹马会聚在一起，然后开始赛跑，跑得最快的那匹马赢得赌注。

在这里，这被认为是一种非常文雅和时尚的娱乐活动，比爪哇岛的斗鹧鸪或马达加斯加的放纸鸢更受贵族们的追捧。据说，这里的一些大人物和他们的马夫一样懂马术，而一匹马只要有优点，在贵族中就不会缺少赞助人。

我们几乎每天都能在一些报纸上看到关于这种娱乐活动的描述，例如："在这样的日子里，公爵的'螃蟹'、勋爵的'长春花'和乡绅斯麦肯的'斯拉梅金'之间进行了'平均重量'[2]奖牌的比赛。所有人

---

1 纽马基特（Newmarket），城镇名，位于伦敦北部，属萨福克郡（Suffolk），以养马场而著名。
2 原文是 give and take，原指根据赛马的重量和个头给它们加上不同负重的做法，在18世纪晚期具有了互相让步达成均势的引申义。

都骑上自己的马。这里出现了几个赛季以来最大的一次贵族聚会。开始时,'螃蟹'的赔率很高,但'斯拉梅金'在第一轮比赛后似乎胜券在握;不过,人们很快就发现,'长春花'在风中加速,最终结果也是如此,'螃蟹'跑到了一个马桩上,'斯拉梅金'被撞倒,'长春花'在众人的掌声中获胜。"由此可见,"长春花"收获了无数掌声,毫无疑问,勋爵也得到了"长春花"所获得的赞誉。中国的太阳啊,设想一下,参议员戴着帽子,穿着皮马裤,嘴里叼着鞭子,在马夫、马仔、皮条客、马厩里的公爵和堕落的将军们的呼喊声中抵达终点,这该是多么光彩夺目啊!

从抄录的对这项盛大娱乐活动的描述,以及从我对其主要发起人的崇敬之情来看,我毫无疑问会对赛马充满敬意,因为最近也观看了类似的娱乐活动;就在刚才,我碰巧有机会观看了一场马车赛。

是贵族们的募捐促成了这场来自不同教区的三辆马车之间的角逐,还是大陪审团在议会中光荣地联合起来以鼓励马车的功绩,我无法确定;但可以肯定的是,整个比赛进行得非常正规、有礼仪,而那些精彩亮相的人群也普遍认为,这项运动水平很高,运行良好,骑手们没有受到贿赂的影响。

比赛是在从伦敦通往一个叫布伦特福德[1]的村庄的路上进行的,由一辆拉萝卜车、一辆拉土车和一辆拉粪车竞争;每个车主都屈尊上马,当自己的车夫。开始时,拉土车对拉粪车的赔率比为五比四,但走了半英里后,懂行的人发现自己都站错了队,结果是拉萝卜车领先其他所有车,好比黄铜远超白银。

---

1 布伦特福德(Brentford),城镇名,位于伦敦西部。

不过，比赛很快就变得更有悬念了，拉萝卜车的确保持了领先，但人们发现，拉粪车的后劲更足。路上又响起了观众的呼喊声：拉粪车超过拉萝卜车，拉萝卜车超过拉粪车，全场都是这样的呼声；不相上下，一个骑得更轻便，另一个却更有判断力。我不能不特别注意到，在这种情况下，美丽的女性热情高涨，支持不同的骑手，有的被拉粪车的不洁之美所吸引，有的则被拉萝卜车的绞刑架外观所吸引；与此同时，不幸的拉土车，在一些人的鼓励和所有人的怜悯下，在后面鞭打猛追。

争夺持续了一段时间，但无法确定谁能获得胜利。胜利的岗哨出现在眼前，驾驶拉萝卜车的人确信自己会成功；如果他的马和他一样雄心勃勃的话，他可能会成功，但当接近回家的路的一个转弯处时，马停了下来，不肯再往前走一步。拉粪车还没来得及享受这暂时的胜利，就一头栽进了路边的沟里，骑马的人只能在泥泞中挣扎。与此同时，拉土车很快就赶上来了，在离岗哨不远的地方，在所有观众的欢呼声中，在布伦特福德所有市民的爱戴声中，冲了上来。好运只眷顾了一个人，而它本应眷顾所有的人；每个人都有独特的优点，每个人都为赢得奖项付出了艰辛的努力，每个人都配得上他所驾驶的马车。

我不知道这番描述是否暗合前面对纽马基特赛马场的描述。我听说即使在那里也几乎看不到别的东西。观众的衣着可能有些细微的差别，但他们的理解力毫无差别；布伦特福德贵族的文雅和细腻程度与纽马基特的饲养员不相上下。布伦特福德的贵族们驾驶着自己的马车，而纽马基特的贵族们则骑着自己的马。总之，一个地方的比赛和另一个地方的比赛一样合理，而且更有可能的是，萝卜、泥土和粪便是我们描绘这两处地方的仅有的素材。

请原谅我，我的朋友，像我这样一个在哲学的隐居性环境中长大的人，也许很容易会对那些使人类在自然界中的地位下降，并降低人类内在价值的事件过于严厉。

第87封信

欧洲西部地区雇佣俄国人打仗的愚蠢行为。

冯煌寄李安济·阿尔坦济。

你告诉我欧洲的人民很有智慧,但他们的智慧在哪里呢?你说他们也很英勇,但我有理由怀疑他们的英勇。他们彼此交战,却向俄国人——他们的邻国和我们的邻国求援。结成这样的联盟既轻率又胆怯。为这种援助而支付的所有补贴都是在增强俄国人的力量,而俄国人已经很强大了;同时也在削弱雇主的力量,而雇主已经被内部的骚动搞得筋疲力尽了。

我不能不把俄罗斯帝国视为欧洲西部领土的天敌,这个敌人已经拥有强大的力量,而且从政府的性质来看,每天都有可能变得更加强大。这个幅员辽阔的帝国在欧洲和亚洲几乎占据了旧世界的三分之一,大约在两个世纪前,它被分割为独立的王国和公国,因此国力衰弱。然而,自伊凡四世·瓦西里耶维奇[1]时代以来,它的实力和范围都

---

[1] 伊凡四世·瓦西里耶维奇,原文为 Johan Basilides,当指俄罗斯历史上第一位沙皇伊凡四世(Ioannes Ⅳ,1530—1584)。

在不断扩大,那些未被开发的森林,那些曾经覆盖着整个国家的无数野蛮动物,现在都被移走了,人类占据了它们的地盘。这样一个在国内享有和平、领土广阔无边、以他国为代价研习军事技艺的王国,一定会日益强大;在未来的时代,我们很可能会听到俄罗斯像以前一样被称为"世界民族储备所"[1]。

他们伟大的君主彼得大帝一直希望在欧洲西部拥有一个要塞;他的许多计划和条约都是为了这个目的,但对欧洲来说,幸运的是他都没有得逞。如果这个民族拥有一个要塞,就好比拥有一个泄洪闸,只要受野心、利益或需要的驱使,他们就能用野蛮的洪水淹没整个西方世界。

相信我,我的朋友,我无法充分地谴责欧洲的政治家,他们竟然让这个强大的民族成为他们争吵的仲裁者。俄国人现在正处于精致和野蛮之间的时期,这似乎最适合军事成就,如果他们在欧洲西部站稳脚跟,就不可能被娇弱和分裂养育的子民们赶走。肥沃的山谷和宜人的气候将永远是吸引成千上万的人离开他们的故乡——一望无际的荒野或皑皑白雪的高山——的充分诱因。

历史、经验、理性和自然,在人类眼前展开了智慧之书,但他们不愿阅读。我们曾惊恐地看到,饥肠辘辘的蝗虫组成了一个有翼方阵,每只蝗虫都可被轻蔑,但数量众多就变得狰狞可怕,像乌云一样遮住了白天,并用毁灭威胁整个世界。我们看到它们在印度和埃及肥沃的平原上定居下来,瞬间摧毁了各国的劳动和希望,既不放过地上的果

---

[1] 原文为拉丁语 Officina Gentium。在中世纪,欧洲北部的日耳曼民族也曾因其扩张力被欧洲史学家称为"世界民族储备所",此处借用该说法表示会四处侵略扩张的民族。

实，也不放过田间青葱的草木，把曾经繁茂美丽的景色变成可怕的沙漠。我们看到成千上万的蚂蚁从南方的沙漠中一起涌出，就像一股源源不绝的洪流，接踵而至，绵延不绝，以不屈不挠的毅力更新着被摧毁的力量，所到之处，一片荒凉，人畜被逐，在失去一切生存条件后，成堆成堆地感染着它们所造成的荒原。人类的迁徙也是如此。当他们还是野蛮人时，几乎与森林中的野蛮伙伴相似，像它们一样只服从于自然的本能，在选择居所时只受饥饿的驱使，我们看到整支军队从他们的森林和巢穴中狂奔而出的；哥特人、匈奴人、汪达尔人、撒拉逊人、土耳其人、鞑靼人，成千上万的人，没有国家、没有名字、没有法律的人形动物，以数量压制一切反对者，踩躏城市，颠覆帝国，在摧毁了整个国家，造成了大面积的荒芜之后，我们看到他们被比他们更野蛮的，甚至更不为人知的新敌人压制而沉沦。惜别。

第88封信

建议女士们要找丈夫,一则相关的故事。

李安济·阿尔坦济寄北京礼部尚书冯煌。

在这个国家,对女性的教育完全由外国人负责,她们的语言老师、音乐老师、发型师和家庭教师都来自国外。我曾打算自己开办一所女子学院,由于我是个外国人,毫无疑问会受到欢迎。

在学院里,我打算向女士们传授夫妻间的奥秘;妻子们应该学会管理丈夫的艺术,年轻姑娘们应该学会正确选择丈夫的技巧。我要教妻子在多大程度上可以大胆地生病而不引起厌恶,她应该了解胃中胆汁的巨大好处,以及时尚的所有傲慢。年轻姑娘们应该学会分辨每一个竞争者的秘诀,她们应该能够分辨出学究与学者、市民与道学先生、乡绅与他的马匹、浪荡子与他的猴子,但最重要的是,她们应该学会管理自己笑容的艺术,从轻蔑的假笑到费力的大笑。

但是,我已经中止了这个计划,因为在当前婚姻如此不流行的情况下,教女士们如何管理或选择丈夫又有什么意义呢?一位女士能找到任何一位丈夫都已经堪称优越。现在各个阶层都盛行独身主义,街道上到处都是老光棍汉,房子里到处都是曾拒绝过求婚、今后也不可能再被人求婚的女士。

因此，目前我唯一能给女性的建议就是尽快找到丈夫。当然，在整个世界上，即使是废墟中的巴比伦，也没有什么比一位六十三岁的老姑娘，或者一位饱受打击、到处晃荡展示他的猪尾巴假发和耳朵的未婚浪荡子，更让人感到惋惜的了。在我的想象中，前者应当是戴着双层睡帽或带着一卷润发油的形象，后者则是带着药糖剂或药丸的形象。

因此，我再次建议女士们去找丈夫。我希望她们不要在没有充分理由的情况下抛弃旧情人，希望刻板拘礼的人不要声称异性都是虚伪之徒，希望假正经女士不要声称只享受漫长的求爱，也希望父母们不要声称钱财的对等是婚姻的必要准备。在这个问题上，我的理由甚至可以让一个诡辩家闭嘴。我先把这个问题分成十五个标题，然后再进行论证[1]——不过，为了不让你和我自己感到不快，我现在只想讲一个印度故事。

在阿米达尔河汇入里海之前的一个转弯处，有一座大陆居民不常去的小岛。在这个隐居的小岛上，生活着一位公主和她的两个女儿，岛上的一切都充满了未开垦的野性。公主在海边失事时，她的孩子们还是襁褓中的婴儿，因此，她们长大后完全不认识男人。然而，这两位年轻的女士虽然没有与异性交往的经验，却都很早就出现了一些症状，一个故作正经，另一个则卖弄风情。大女儿一直在向妈妈学习智慧和谨慎的格言，而小女儿则整天在附近的喷泉中凝视着自己的脸。她们在独处时通常的消遣方式就是钓鱼，她们的母亲已经教会了她们钓鱼的所有秘诀，她告诉她们哪些地方最适合抛出鱼线，什么鱼饵适

---

[1] 原文为拉丁语 sic argumentor。

合不同的季节,以及鱼上钩时,拉起小猎物的最好方式。就这样,她们度过轻松而无邪的时光,直到有一天,公主身体不适,想让她们去给她钓一条鲟鱼或鲨鱼当晚餐,她觉得这样可以让她的胃舒服些。女儿们听从了她的吩咐,带上一条金鱼——那是她们惯用的鱼饵——来到一块岩石上坐下,让镀金的鱼钩随溪水滑下。

在对岸更远的河口,住着一个采珍珠的潜水员,他是一个年轻人,由于长期从事这一行,几乎成了水陆两栖动物,可以在水底待上几个小时而不喘气。当女士们用镀金钩钓鱼时,他正好在潜水。他看到了对他来说像真金一样的鱼饵,他决心抓住这个战利品,但是他的双手已经被珍珠牡蛎填满了,他不得不用嘴咬住鱼饵:结果可想而知,鱼钩在他还没有意识到的时候,一下子就钩住了他的下巴,他使出浑身解数也无法挣脱。

小女儿喊道:"姐姐,我肯定钓到了一条大鱼,我以前从未见过任何东西在我的鱼线末端如此挣扎;快来帮我把它钓上来。"于是,她们俩一起把潜水员拉上岸来,但看到潜水员时,她们的惊讶无以复加。故作正经的人喊道:"天啊,我们钓到了什么东西啊,这真是一条非常奇怪的鱼,我一生中从未见过任何东西长得这么奇怪,多么奇怪的眼睛、可怕的爪子、可怕的鼻子,我以前在哪里读过这种怪物,它肯定是一种吃女人的螳螂[1],让我们把它扔回我们发现它的地方吧。"

与此同时,潜水员站在沙滩上,站在鱼线的末端,嘴里叼着鱼钩,用尽了他认为最能激起怜悯之心的各种技巧,尤其是看起来非常温柔,

---

[1] 螳螂,原文为 Tanglang,或借鉴自杜赫德《中华帝国全志》中的 Tang lang(J. B. Du Halde, *A Description of the Empire of China*, vol. 1, p. 600)。

这在这种情况下是很常见的。因此，在某种程度上，卖弄风情的妹妹被他天真无邪的样子打动，大胆地反驳她的同伴说："姐姐，我看这只动物并不像你想的那么可怕；我想它可以让我们换换口味。鲨鱼、鲟鱼、龙虾和小龙虾总是让我感到厌恶。我想，如果把这个动物的一片肉好好烤烤，再配上虾酱，一定会非常美味。我想妈妈最喜欢的就是配上一点腌菜了；如果她吃了这种动物胃不舒服，你知道的，一旦发现她不喜欢，不吃就行了。"故作正经的人叫道："太可怕了，这个姑娘是中毒了么？我告诉你，这是一只螳螂，我在二十个地方读到过。到处都说它是海洋里最有害的动物。我敢肯定，它是世界上最阴险、最贪婪的生物；如果吃下它，必将毁灭。"于是，妹妹不得不服从了：两人一起用力把钩子从他的下巴上拔了下来，他发现自己自由了，就弯身迎着宽阔的海浪，瞬间消失了。

就在这个关键时刻，母亲来到海边，想知道女儿们拖延的原因；她们告诉了她一切情况，描述了她们捉到的怪物。老太太是世界上最谨慎的女人之一；她被称为黑眼公主，因为她年轻时喝了酒有点沉迷于与人互相掌掴，所以眼眶淤青。她喊道："天啊，我的孩子们，你们都干了些什么？你们抓到的鱼是一条人鱼，是世界上最驯服的家畜。我们可以让他在花园里跑来跑去玩耍，他会比我们的松鼠或猴子有趣二十倍。"年轻的卖弄风情的人说："要是那样的话，就再钓一次吧。要是那样的话，我敢打赌，只要我高兴，随时可以钓到他。"于是，她们又一次下了鱼线，但是，她们一起使劲、努力划桨、殚精竭虑，却始终没有钓到那个潜水员。在孤独和失望中，她们持续钓鱼钓了很多年，但都没有成功，直到最后，这个地方的精灵同情她们的痛苦遭遇，把故作正经的人变成了虾，把卖弄风情的人变成了牡蛎。惜别。

第89封信

在学者之间进行不着边际或徒劳的专题讨论是愚蠢的。

李安济·阿尔坦济寄北京礼部尚书冯煌。

亲爱的冯煌大人，这里一些有学问的人的工作让我觉得很好笑。一个人要写整整一对开本的毛毛虫解剖的书。另一个人描述蝴蝶翅膀上的彩色鳞片来充实他的作品。第三个人将在一片桃树叶上看到一个小世界，并出版一本书来描述读者只要有眼睛和显微镜，就能在两分钟内看得清楚的东西。

我经常把这些人的理解力比作他们自己的眼镜。他们的视野太狭窄了，除了最微小的细节，看不清任何事物的全貌。他们从细枝末节处观察自然，看到的是昆虫的喙、触角和跳蚤的翅膀。此刻，多足动物吃虫子作早餐；此刻，它又被养起来，看看不吃东西还能活多久；此刻，它被由内向外翻转。此刻，它生病死了。就这样，他们在琐事上费尽心思，不停地进行实验，其中没有一个抽象的东西，而只有通过这些抽象的东西，他们的知识才可以说是适当地增长了；最后，他们思考微小事物的脑力会收缩到这些琐细事物的大小，一只螨虫就可以填满他们整个头脑的容量。

然而请相信我，我的朋友，尽管这些人在世人眼中是可笑的，但他们被彼此作为尊敬的对象。他们有专门的聚会场所。在聚会上，一个人展示了他的蚶壳，受到了全场的称赞；另一个人拿出了他的药粉，做了一些毫无结果的实验，得到了赞叹和掌声；第三个人在鼹鼠的骨架上有了一些新的重要发现，被誉为准确而明智的人；还有一个人比其他人更幸运，通过腌制、罐装和保存怪物，他获得无限的声誉。

这些人的工作不是为了娱乐大众而存在的，而是为了转移彼此的注意力。一只昆虫本身是另一种昆虫的食物，而另一只昆虫又是第三种昆虫的食物，知道了这种昆虫的特殊食物，世界不会变得更好或更有智慧；然而，有些人养成了调查和欣赏这些细节的习惯。对这些人来说，这样的话题是令人愉悦的，就像有些人整天都心满意足地努力解决谜题，或解开孩子们百思不得其解的小把戏一样。

但是，在所有有学问的人中，那些假装调查遥远古代的人，当他们错误地、过度地使用这种激情时，最没有理由为自己辩护。他们通常通过猜测来弥补记录的不足，然后通过坚持不懈的努力，使自己相信起初看来只是建立在想象基础上的观点的真实性。欧洲人听说过很多关于中国王国的事情；然而，他们对中国的文雅、艺术、商业、法律和道德却知之甚少。直到现在，他们的印度仓库里还有无数的器具、植物、矿物和机器，但他们对这些东西的用途一无所知；他们中甚至没有人能猜测出这些东西可能是用来做什么的。尽管这些人对中国目前的真实状况如此无知，但我所描述的哲人们对两千年前的中国进行了漫长的、有学问的、费力的争论。即使在今天，中国和欧洲人的幸福也没有什么联系；但欧洲人的幸福和两千年前的中国肯定没有任何联系。然而，有识之士已经写下了有关这个问题的文章，并在古代的迷宫中追寻着这个问题；尽管早期的露水和污浊的大风已经过去，尽管没有脚步声来指引可疑的方向，但他们仍然不懈前行，在不确定的气味中开路，虽然事实上他们什么也没追寻到，却在认真地追寻着。然而，在这场追逐中，他们采取了不同的方式。例如，有一个人信心十足地向我们保证，中国居住的是一群来自埃及的殖民者。他说，塞索斯特利斯率领的军队一直来到恒河，因此，如果他走了那么远，他也可能一直走到中国，而中国离那里只有一千多英里，因此，他确实到过中国。在他去中国之前，中国还没有人烟，因此，他的人民在中国定居下来。此外，埃及人有金字塔，中国人也有类似的瓷塔；埃及人每逢欢庆都点燃蜡烛，中国人在同样的场合也点燃灯笼；埃及人有大河，中国人也有大河；但最能使人不再怀疑的是，中国古代国王和埃及古代国王的名字是一样的。古代中国君主帝[1]与古代埃及国王阿图姆[2]肯定是同一个人，因为只要把字母"K"变成"A"，把字母"i"变成"toes"，我们就得到"Atoes"这个名字；同样容易证明的是，美尼斯[3]与大禹也是同一个人，因此，中国人来自埃及。

但是，另一位有学问的人与上一位完全不同，他认为中国是挪亚在大洪水后建立的聚居地。首先，中国君主制的创始人伏羲的名字与人类保护者挪亚的名字非常相似。挪亚、伏羲，确实非常相像，它们都只有四个字母，而四个字母中只有两个恰好不同。但为了加强论证，正如中国编年史断言，伏羲没有父亲。挪亚确实有父亲，正如欧洲

1　帝，原文为Ki，推测为作者杜撰，用Ki表示"帝王"之意。
2　阿图姆，原文为Atoes，与古埃及创世神的名字Atum相近。
3　美尼斯（Menes），传说中第一位统一古埃及的统治者，通常认为他于公元前3100年创立了古埃及王朝。

的《圣经》告诉我们的那样;但由于他的父亲可能在洪水中被淹死了,这就等于他根本没有父亲,因此挪亚和伏羲是同一个人。洪水过后,大地被泥土覆盖,如果是泥土覆盖,那一定是结壳的泥土;如果是结了壳的泥土,那就会被青草覆盖,这对挪亚来说是逃离他邪恶的孩子们的坦途,因此,他确实逃离了他们,为了自娱自乐,他走了两千英里的路程;因此,挪亚和伏羲是同一个人。另一派学者——他们在俗人中都被当作非常伟大的学者——断言,中国人既不是来自塞索斯特利斯的群体,也不是来自挪亚,而是来自玛各[1]、米煞[2]和土巴[3]的后裔,因此,塞索斯特利斯、挪亚和伏羲都不是同一个人。就是这样,我的朋友,懒惰的人打着智慧的幌子,一边用幼稚的愚昧玩着小把戏,一边希望世人侧目,并把这种愚蠢的消遣称作哲学和学问。惜别。

---

[1] 玛各(Magog),《圣经》人物,挪亚之子雅弗(Japheth)的儿子。
[2] 米煞(Meshach,原文拼作 Meshec),《圣经·旧约·但以理书》中一位虔诚的犹太青年。
[3] 土巴(Tubal),《圣经》人物,挪亚之子雅弗的儿子。

第90封信

英国人屈从于忧郁。

李安济·阿尔坦济寄北京礼部尚书冯煌。

这个国家的人一过三十岁,就会选择适当的时间,每年定期休假,以休养忧郁。那些没有软垫子、羽绒床和躺椅等豪华舒适设施的庸人一旦发病,就不得不通过喝酒、闲逛和坏脾气来养病。在这种情况下,碰巧与他们擦肩而过的外国人是很不幸的;他的长下巴、褪色的大衣或褶皱的帽子,肯定不会得到任何怜悯。如果他们没有遇到可供打斗的外国人,在这种情况下,他们通常会满足于互相殴打。

因为富人更敏感,所以这种失调对他们的影响更大。与穷人不同的是,他们非但没有变得更加傲慢无礼,反而变得完全不适合反抗。这里的一位将军,在他身体好的时候,如果有合适的机会,他可以面对一门长炮,但现在他几乎没有勇气去熄灭一根蜡烛。一位海军上将,本可以毫不退缩地面对大炮,现在却要整天坐在自己的房间里,头戴双层睡帽,面对一点微风而瑟瑟发抖,与妻子的区别只在于他的黑胡子和浓密的眉毛。

在乡村,这种失调主要侵害的是女性,而在城里,它对男人最为不利。一位女士在乡村的鸽子和夜莺的叫声中消磨了整整一年，而在城市的赌桌上，她一夜之间就恢复了所有活力；她的丈夫在家里咆哮、打猎、酗酒，在城里却变得忧郁，与他妻子的好心情成正比。一到伦敦，他们就交换这种失常状态。由于她的聚会和出游，他戴上了毛皮帽和猩红色的胸饰，完全像一位印第安丈夫，当他的妻子安全分娩后，他允许她在外劳作，而他则守着自己的床，代替她接受所有的慰问。

不过，那些常年住在城里的人，之所以会失调，主要是受天气的影响。东风所产生的变化之多，简直无法形容；它曾把一位时尚女士变成客厅的沙发，把一位老年人变成一盘奶油冻，把一位正义使者变成一个捕鼠器。就连哲人自己也难逃其影响；它常常把诗人变成珊瑚和铃铛，把爱国的参议员变成哑巴侍者。

几天前，我去拜访那位黑衣人，带着一种肯定会受到欢迎的愉快心情走进了他的家。一打开他家的门，我就发现他穿着晨袍，戴着法兰绒睡帽，一脸沮丧，正在认真地学习吹德国长笛。我被他的荒唐所震惊，一个人在生命的衰退期，用笛子吹走了他所有的体力和精神，却没有得到音乐的安慰；我大胆地问，是什么促使他在生命的晚期还尝试学习如此困难的乐器。他没有回答，只是呻吟着，仍然把笛子放在嘴边，非常生气地盯着我看了一会儿，然后继续像以前一样练习他的长笛。他吹出了自然界中最可怕的音调，最后转向我，问我是否认为他在两天里取得了惊人的进步。他继续说："你看，我已经学会了置唇法，至于指法，我的老师告诉我，再上几节课我就能学会了。"我被他这种不切实际的野心吓了一跳，不知道该如何回答，但很快就发现了他所有荒谬行为的起因；我的朋友因忧郁的力量而蜕变，吹笛子不幸成了他偶然的激情。

因此，为了在不知不觉中消除他的焦虑，我开始谈论那些阴郁的话题，哲人们常常通过谈论这些话题来摆脱自己的忧郁：人类今生的悲惨遭遇，一些人的幸福来自于另一些人的痛苦，可怜的人必须在惩罚中死去，而无赖则可以在安宁中享受富足。从富人的不人道到乞丐的忘恩负义，从优雅的不真诚到质朴的凶狠，我引导着他，最后对人类的所有苦难进行了详尽的论述，有幸使他恢复了往日的平静。

我的朋友说："几天前的晚上，我独自一人坐在火炉旁，偶然翻阅了一则关于侦破一个'捕盗'团伙的报道。我读到了那些憎恨人类的人的许多骇人听闻的残忍行为，读到了他们假装友好地对待他们想要出卖的可怜人，读到了他们唆使人去抢劫，然后送抢劫者上绞刑架。我有时忍不住打断书里的叙述，大喊：'可这些人也都是人啊！'我继续读下去，得知他们已经以此为生好几年了，而且已经用鲜血换来了财富。然而，我还是大声说：'我来到这个世上，希望能把这些人称为我的兄弟。'我在书中读到，把那个倒霉蛋送上绞刑架的人，正是那个做伪证指认他的人。我继续说：'那个做伪证的人和牛顿一样，有这样的鼻子、嘴唇、手和眼睛。'最后，我读到那个倒霉蛋在抢劫了一个'捕盗'团伙成员半克朗后被捕。团伙成员知道，这个倒霉蛋在这个世界上只得到了那半克朗；他们找了很久，知道不会有结果，从他身上拿走了那半克朗，他们知道那是他的全部家当，其中一个人怜悯地喊道：'唉，可怜的家伙，让他留着他的所有东西吧，这对他在新门监狱[1]里会有帮助的，我们要把他送到那里。'这是复杂的罪恶和虚伪

---

[1] 新门监狱（Newgate），位于伦敦市内新门街和老贝利街拐角处的一座监狱，建于12世纪，1904年被拆除。

的一个例子，我愤怒地扔下了书，开始怀着对全人类的恶意思考。我静静地坐了几分钟，很快发现手表的嘀嗒声开始变得嘈杂而烦人，我赶紧把它放在听不见的地方，努力恢复平静。但看门人很快又发出了噪声。我还没缓过神来，我的平静就被窗外的风声打破了；当风声停止后，我又听到了墙板上钟表的死亡警告声。现在，我发现我的整个系统都被打乱了，我努力从哲学和理性中寻找出路；但是，在我看不到敌人的情况下，我又能反对什么呢？我没有看到任何苦难正在逼近，也不知道我有什么可害怕的，但我仍然很痛苦。清晨来临，我在消遣中寻求宁静，从一个公共场所溜达到另一个公共场所，却发现自己让熟人感到讨厌，让别人觉得可笑。我在不同的时候尝试过跳舞、击剑和骑马，我解决过几何问题，制造过烟嘴，写过诗，剪过纸。最后，我把感情寄托在音乐上，我发现，认真工作即使不能治愈，至少也能缓解一切焦虑。"惜别。

第91封信

气候和土壤对英国人的脾气和性情的影响。

李安济·阿尔坦济寄北京礼部尚书冯煌。

思考土壤和气候对不同国家的居民性情、动物和蔬菜的影响,并没有什么令人不快的。它们对动物的影响比对人的影响更明显,而对蔬菜的影响则比对人和动物的影响都大。在一些地方,那些在国内完全可以说是毒药的植物,到了国外就失去了毒性。在马其顿,有一些蛇完全无害,甚至可以作为孩子们的玩物。我们听说,在非斯[1]的一些地方,有一些狮子非常胆小,即使成群结队而来,也会被妇女的叫声吓跑。

据我所知,没有哪个国家的气候和土壤的影响比英国更明显。赋予鸡犬勇气的隐性原因,也赋予了英国人凶猛的性格。但这种凶猛主要表现在粗俗的人身上。每个国家的文雅之人几乎都很相似。但是,在抽样调查[2]中,正如我们要在未经开发的自然产物中调查气候和土壤

---

1 非斯(Fez),城市名,位于摩洛哥北部。
2 抽样调查,原文为 simpleing,疑为 sampling 之讹。

特征的差异一样，在评估民族的天才时，我们必须在未经雕琢的质朴之人中进行研究。因此，粗俗的英国人很容易与世界上的其他人区分开来，因为他们有着超乎寻常的骄傲、急躁，以及迟钝的灵魂。

也许世界上没有比这些更容易抛光和优化的品质了，在它们上面叠加刻意的殷勤和不费力的服从，通常会形成一种伟大的品格，既优雅又威严，既亲切又真诚。这样的人总体来说算是优等的英国人；还有一些停留在原始粗粝状态的英国人，是太阳底下所有民族中最不善于与人交往或在内心中找到慰藉的人。

事实上，每个国家的穷人都不太能以温柔的态度对待彼此，他们自己的苦难往往会吞噬他们所有的怜悯，也许他们也很少给予别人同情，因为他们从别人那里得到同情也很少。但在英国，穷人们在任何情况下都会互相敌视，带着野蛮的敌意，就好像他们天生就处于公开的战争状态。在中国，如果两个搬运工在狭窄的街道上相遇，他们会放下手中的担子，为意外的打扰向对方无数次致歉，然后跪在地上请求原谅；在这里，如果两个从事同样行当的人相遇，他们会先责骂对方，最后会殴打对方。人们会认为，他们因贫穷和劳动而遭受的苦难已经够多了，不应该再因为他们之间的不和遭受新的惩罚，从而增加苦难，但他们从不考虑这些因素。

但为了弥补这种奇怪的荒谬，他们大多慷慨、勇敢、富有进取心。他们对最轻微的伤害也会感到不耐烦，却以惊人的毅力抵御最大的灾难。能够让世界上任何其他民族沉沦的苦难，却常常被他们证明能够忍受。如果因意外被抛到荒凉的海岸上，他们的毅力是任何其他民族所无法达到的；如果因犯罪而被监禁，他们在逃脱上比其他民族更努力。与其他地方的监狱相比，他们监狱的特殊强度证明了他们的坚韧。即使是我在其他国家见过的最坚固的监狱，也不足以禁锢英国人难以驯服的精神。总之，人在危险的情况下敢做的事，英国人都会去做。他的美德似乎在平静中沉睡，只有在遇到类似的风暴时才会被召唤出来。

但是，这个民族最值得赞美的是他们的恶棍的慷慨，他们的强盗和拦路抢劫者的温柔。也许没有哪个民族能创造出这样的例子：让绝望的人将怜悯与不公混为一谈。他们仍然懂得区分罪行，甚至在暴力行为中还保留着一些美德。在其他国家，抢劫和谋杀几乎总是同时发生，而在这里，除了因为遇到不太明智的抵抗或有人追捕，抢劫很少伴随谋杀。其他国家的强盗无情到了极点，而这里的拦路抢劫者和强盗至少对公众是慷慨的，甚至在与他人的交往中假装有美德。因此，我从庸人的美德和恶习中得出对英国人的看法，他们会立即向陌生人展示他们所有的缺点，只为哲人探究的目光保留他们的美德。

外国人初到英国，一般都会对英国人的无礼感到震惊。他们发现自己在每条街上都受到嘲笑和侮辱：他们没有遇到过在其他地方经常遇到的那种琐碎的礼节，而这些礼节都是在没有任何了解的情况下相互表达善意的例子。他们在这个国家旅行时，要么太无知，要么太顽固，不愿意建立更亲密的关系，每时每刻都遇到一些让他们感到厌恶的事情，回到家后就把这里说成是暴躁、无礼和恶劣的地方。总之，英国是我在世界上最不愿意去的消遣之地，却是我最愿意去的受教育之地。我会选择其他人做泛泛之交，但会选择英国人做朋友。

第92封信

一些哲人人为制造痛苦的方式。

李安济·阿尔坦济寄北京礼部尚书冯煌。

心灵总是巧妙地制造痛苦。一个流浪的乞丐，没有人保护他，没有人给他食物，也没有人给他住所，他却幻想着劳动和一顿饱饭能给他带来完全的幸福。如果把他从褴褛和匮乏中解救出来，给他食物，给他衣服，让他就业，他的愿望就会在实际处境上更进一步——如果他拥有华服、美食和安逸，他就会感到幸福。假设他的愿望在这些方面也得到满足，他的愿景就会随着他生活水平的提升而变大。他发现自己确实处于富裕和安宁之中，但懒惰很快就会滋生焦虑，他不仅渴望摆脱痛苦，而且渴望拥有快乐。如果他得到了快乐，但这必定会使他的灵魂变得野心勃勃，而野心肯定会用嫉妒、失望或疲惫来破坏未来的幸福。

但是，也许在人类为自己的痛苦而发现的所有苦难艺术中，哲人的苦难是真正荒谬可笑的，这种激情在任何地方都不会像在我现在居住的这个国家一样，被带到如此无节制的地步。在这里，投入一个哲人的全部同情心还不够，他自己的地球本就受到战争、瘟疫或野蛮人的困扰，如果月球上想象中的山脉的位置发生变化，他还要为月球上的居民感到悲伤，如果太阳表面的斑点碰巧发生了变化，他还要担心太阳会毁灭。人们应该想象，哲学的引入是为了让人们幸福，但在这里，它让数百人痛苦。

几天前，我的房东太太给我带来了一位哲人的日记，他之前就住在我的那间公寓里。这本日记记载了他的一生，似乎充满了持续不断的悲伤、忧虑和痛苦。一个星期的日记可以作为整本日记的样本。

星期一。我们被置于一个多么罕见的衰败境地，哲学提供了那么多的理由让人类不快乐！一粒芥末会在无数次的继承中继续产生它的相似性，然而，我们的行星系统却被剥夺了赋予这粒小种子的东西；芥末种子仍然没有改变，这个系统却日渐衰老，很快就会衰败。当所有行星的运动最终变得如此不规则，以至于需要调整的时候，当月球陷入可怕的阵发性变化的时候，当地球偏离了它古老的轨道，和其他所有行星一起忘记了它的公转时，它会偏离轨道，以至于不受系统法则的约束，飞向无边无际的太空，撞向某个遥远的世界，或者撞在太阳上，要么熄灭太阳的光芒，要么瞬间被太阳的火焰烧毁，那将是多么可怕啊。也许就在我写作的时候，这种可怕的变化已经开始了。请保护我免于宇宙的毁灭！然而，愚蠢的人类还在太阳下欢笑、歌唱、欢喜，似乎丝毫不为自己的处境所动。

星期二。我在极度痛苦中上床睡觉，醒来后感到安慰，因为我想到这种变化将在某个不确定的时间发生，因此，就像死亡一样,这个前景很容易承受。但是,有一场巨变,一场确定无疑的巨变,它一定会发生,但幸运的是,我永远不会感受到它,我的后代才会感受到。现在,赤道与黄道的倾角比两千年前**皮忒阿斯**[1]观测到的时候少了二十分。如果六千年后的情况也是如此,那么赤道与黄道的倾角还会减少整整一度。这就表明,我们的地球,正如卢维尔已经清楚证明的那样,正在运动。气候必然会因此而发生变化。在大约一百万年的时间里,英国将事实上到达南极。这种变化令我不寒而栗!我们不幸的子孙将如何忍受这可怕的气候!一百万年很快就会过去,与永恒相比,这只不过是一瞬间,那么我们迷人的国家,我会说,在一瞬间就会变成新地岛[2]的可怕荒野。

星期三。根据我的计算,今晚,预言已久的彗星将首次现身。天哪,我们这颗暗淡无光的渺小地球即将面临怎样的恐怖!可怕的彗星来临了,我们是会被它的火焰烧焦,还是会被它尾巴的蒸汽熏死,这是一个问题。不思考的凡人建造房屋、种植果园、购买房产,但明天就会死去。但如果彗星不来呢?那同样是致命的。彗星是定期返回为太阳提供燃料的仆人。因此,如果我们的太阳得不到预期的燃料供应,而它的燃料又在这段时间内全部烧尽,那么它

---

1 皮忒阿斯(Pytheas,又译作皮西亚斯、皮提阿斯,原文为Piteas),古希腊地理学家和探险家。
2 新地岛(Novaya Zemlya,原文为Nova Zembla),北冰洋内群岛名,气候严寒,全年冰封。

就会像一根燃尽的蜡烛一样熄灭。没有了太阳的光照，我们的地球该是多么的悲惨？难道我们没有看到邻近的几颗恒星完全消失了？难道我们没有看到白羊座尾巴附近的一颗恒星最近完全熄灭了？

星期四。彗星还没有出现，我对此感到遗憾。第一，遗憾的是我的计算有误；第二，遗憾的是怕太阳缺乏燃料；第三，遗憾的是怕聪明人嘲笑我们错误的预测；第四，遗憾的是如果它今晚出现，它必然会进入地球的吸引力范围，愿上天会帮助它恰好降落的那个不幸的国家。

星期五。全社会都在热切地寻找彗星。我们在天上的不同地方看到了不少于十六颗彗星。然而，我们一致决定，只有一颗彗星才是我们期待的彗星。那颗靠近处女座的彗星只需要一条尾巴，就能与地球上的人对它的观赏完全适配了。

星期六。我发现月亮又开始她的恶作剧了。她的撞击、摆动和其他不规则的动作着实让我大吃一惊。我女儿今天早上也跟一个掷弹兵走了。这也不奇怪。我从来没能让她对智慧产生兴趣。她曾经承诺，她在世界上只是一个多余的人。但是月亮，月亮让我真正感到不安，我深情地幻想着我已经把她固定住了。我曾以为她是不变的，而且只对我不变；但每个夜晚我都会发现她的不忠，证明我是一个被遗弃的凄凉的情人。

惜别。

第93封信

有些人喜欢欣赏贵族之流的著作。

李安济·阿尔坦济寄北京礼部尚书冯煌。

头衔对心灵的影响之大令人惊奇，尽管这些头衔是我们自己创造的。我们就像孩子一样，给木偶穿上华丽的衣服，然后惊奇地看着矫饰的奇观。我听说，这里有一个捕鼠人，他在城镇附近的村庄里闲逛了很久，却没有找到工作。最后，他想到应该打出"常任皇家捕鼠人"的头衔，结果出其不意，大获成功。当人们知道他在宫廷里捕鼠时，所有人都愿意给他面子，给他工作。

但是，在所有的人中，写书的人似乎最能体会到有尊严的头衔的好处。所有人似乎都深信：一般大众写的书既不能指导人，也不能使人进步；除了国王、大可汗和官员，没有人能写出可能会获得成功的书。如果我没记错的话，在这个国家，不仅国王朝臣，还有皇帝本人也会定期向出版社供应作品。

在这里，如果有人写作，并诚实地承认他是为面包而写，那还不如把他的手稿丢到面包师的炉子里去；没有一个人会读他的作品，所有的人都必须是宫廷培养的诗人，或者至少假装是宫廷培养的，才能指望取悦他人。如果一个卑劣的懦夫公然宣称他的目的是要掏空我们的口袋，填满自己的口袋，那么所有读者都会立即抛弃他；甚至那些为面包而写作的人也会联合起来使他不得安宁，因为他们完全明白，他的企图只是从他们嘴里夺走面包。

然而，当我想到这里出现的几乎所有优秀睿智的作品，都纯粹是迫不得已的产物，德莱顿、巴特勒、奥特韦和法夸尔[1]，都是为面包而写作的作家，我就更加惊讶于这种愚蠢的矫情了。相信我，我的朋友，饥饿有一种最神奇的磨砺天才的能力；一个能在饱腹之后像英雄一样思考的人，能够在断食之后升华为半神。

不过，最令人吃惊的是，这群现在被愚人贬得如此一文不值的人，却是他们当中最出色的作家。就我自己而言，如果我要买一顶帽子，我不会从制袜匠那里买，而会从帽匠那里买；如果我要买一双鞋，我也不会去裁缝店买。对于智慧也是如此；如果我一生都希望得到良好的服务，我只会去找那些以智慧为业并以此为生的人。您可能会笑我的想法古怪，但请放心，我的朋友，智慧在某种程度上是机械的——一个人长期习惯于哪怕只是捕捉其形，最终也会很高兴地得其神；长期的写作习惯，使他获得了公正的思维和得体的措辞，假日作家[2]，即使有十倍于他的天才，也只能徒劳地试图与之相提并论。

那么，那些期望从头衔、尊严和外部环境中收获成功的人，为什

---

[1] 乔治·法夸尔（George Farquhar，1677—1707），英国剧作家，代表作为《忠实的夫妻》(*The Constant Couple*)、《花花公子的诡计》(*The Beaux' Stratagem*)。

[2] 假日作家（holiday writer），语出詹姆斯·拉尔夫为职业作家辩护的作品《职业作家或商业作家》(*James Ralph, The Case of Authors by Profession or Trade*)。此处，作者为职业作家辩护的观点在一定程度上可视为对拉尔夫观点的回应与支持。

么有这种错觉呢？成功在某种程度上是通过习惯获得的，被生活迫切的需要磨砺。您和我一样，看到过许多人的文学声誉因时尚流转而得到提升，但这个时尚在他们去世前杳然无踪。您看到了，贫穷的作家几乎从未争取过他们所获得的那点声誉，他们的优点只有在他们无法享受名声之乐时才会得到承认，然而，这样的声誉才值得拥有，它并没有被刻意争取，也无所谓失去。

第94封信

哲人的儿子再次与他美丽的伴侣分离。

莫斯科的兴波寄伦敦的李安济·阿尔坦济。

我的失望将在哪里终结？难道我注定还要指责命运的残酷，在困境中展现我的坚毅，而非在优渥中展现我的节制？我希望至少能把我迷人的伴侣安全地从敌人的魔爪下解救出来，让她再次回到故土。但现在这些希望都破灭了。

离开特尔基后，我们走上了通往俄罗斯领土最近的道路。我们翻过了常年积雪的乌拉尔山脉[1]，穿越了乌法[2]的森林，徘徊的熊和嘶吼的鬣狗是那里无可争议的霸主。接下来，我们乘船在湍急的别拉亚河[3]上航行，尽快来到伏尔加河[4]畔，伏尔加河浇灌了喀山[5]富饶的河谷。

1　乌拉尔山脉（Ural Mountains），位于东欧平原和西伯利亚平原之间，绵延2000多公里，是欧亚两洲的分界线。
2　乌法（Ufa），位于乌拉尔山脉西南侧的城市。
3　别拉亚河（Belaya，原文为Bulija），发源于乌拉尔山脉南部。
4　伏尔加河（Volga，原文为Wolga），位于俄罗斯西南部，欧洲第一大河。
5　喀山（Kazan，原文为Casan），俄罗斯城市，位于伏尔加河和卡赞卡河（Kazanka）交汇处。

有两艘装备精良、配备武器的船只,是用来对抗伏尔加海盗的,据说他们在这条河上出没。在全人类中,这些海盗是最可怕的。他们是由俄罗斯的罪犯和不法农民组成的,他们跑到伏尔加河两岸的森林中寻求保护。在这里,他们结成团伙,过着野蛮的生活,除了掠夺,别无其他谋生手段。由于失去了房屋、朋友和固定的住所,他们甚至变得比老虎还可怕,对人类的一切感情都麻木不仁。他们既不同情他们所征服的人,在自己被制服时也不接受同情。针对他们的法律的严厉性加剧了他们的野蛮,似乎使他们成为介于野性的狮子和狡猾的人类之间的中性生物。如果被活捉,他们会受到可怕的惩罚。他们会被绑在一个漂浮的绞刑架上,随溪流而下,会被一个铁钩钩住肋下,整个身体的重量都压在铁钩上,在最可怕的痛苦中死去,有些人连续几天才能死去。

我们从这条河汇入伏尔加河的地方出发,航行了不过三天,就远远地发现后面有一艘武装的三桅帆船扬帆划桨向我们驶来,准备攻击我们。桅杆上挂着可怕的死亡信号,我们的船长用望远镜很容易就能分辨出他们是强盗。在这种情况下,我们的惊愕无以言表;全体船员立即聚集在一起,商讨最妥当的安全措施。我们很快决定用一艘船送走女人和贵重物品,男人们则留在另一艘船上,勇敢地与敌人作战。这个决定很快就被实施,现在我依依不舍地与美丽的泽丽斯分开了,这是我们从波斯逃出后第一次分离。她所在的那艘船在我渴望的目光中消失了,而那艘海盗船却在向我们靠近。他们很快就靠上来了,但在探查了我们的实力,且也许是意识到了我们送走了最宝贵的东西后,他们似乎更想追我们送走的船只,而不是攻击我们。就这样,他们持续骚扰了我们三天,仍然试图不战而屈人之兵。但到了第四天,他们发现这完全不可能，而且对夺取预期的战利品也不抱期望了，便放弃了努力，让我们不受干扰地继续航行。

我们为此欣喜若狂，但很快，我们又遭遇了更可怕的失望，因为这是我们始料未及的。运送女人和财宝的三桅帆船在伏尔加河畔沉没了，因为没有足够的人手来管理它。全体船员被农民们抬到了村子里。然而，我们直到抵达莫斯科时才得知这一切，我们本以为会在那里见到与我们分离的船，却被告知了它的不幸和我们的损失。我还需要描述我当时的心情么？当我绝望地想到再也不会拥有美丽的泽丽斯时，我的感受还需要描述么？幻想曾为我未来的生活涂上最绚丽的色彩，但命运的一次意外打击却使它失去了所有的魅力。她珍贵的思想混杂在每一个快乐的场景中，没有她来使生活显得有生气，一切都变得乏味、平淡、难以忍受。我承认，既然她已经不在了，我承认我爱她，无论时间还是理性都无法将她的形象从我心中抹去。惜别。

第95封信

父亲安慰此种境况下的儿子。

李安济·阿尔坦济寄莫斯科的兴波。[1]

你的不幸就是我的不幸。但人生的每个阶段都有自己的不幸,你必须学会忍受。爱情失意,是青年的不幸;壮志难酬,是中年的不幸;未果的贪婪,是老年的不幸。在我们的一生中,这三者都会向我们袭来,我们有责任保持警惕。对于爱情,我们应该反对纵情声色,反对力图改变感情的对象;对于野心,我们应该反对懒惰和蒙昧带来的幸福;对于贪婪,我们应该反对对不久于人世的恐惧。这些都是我们应该用以武装自己的盾牌,从而使生活中的每一个场景即使不能令人愉悦,至少也是可以忍耐的。

人抱怨找不到安宁之地。他们错了,他们拥有却仍在寻找。他们真正应该抱怨的是,内心是他们所寻求的安宁的敌人。他们表达不满的对象应该是他们自己。他们寻求能够在短暂的生命中满足千百种欲

---

[1] 这封信是哲人格言的杂编,参见《耶稣会士书简集》。另可参看杜赫德第2卷,第98页。——原注

望，而每一种欲望都是无法满足的。一月过去，新的一月来临，一年过去，新的一年又来临，但人类仍在愚昧中一成不变，仍在偏见中盲目前行。对智者来说，每一种气候、每一种土壤都是令人愉悦的；对他来说，花圃就是著名的黄金谷；对他来说，一条小溪就是幼树期桃树的源泉[1]；对这样的人来说，鸟儿的旋律比整场音乐会的和声更令人陶醉，云彩的色调比最好的铅笔的笔触更可取。

人生是一段旅行，一段无论道路或住宿条件多么恶劣都必须走完的旅程。如果开始时它是危险、道路狭窄和困难的，那么到最后它一定会变得更好，或者我们会因为习惯而学会承受它的不平等。

我看你虽然无法洞悉大道理，但至少也要了解适合人人理解的比喻。我骑在一头可怜的驴身上。我看到另一个人骑着一匹骏马走在我前面，我感到有些不甘。我向身后望去，看到许多人在沉重的负担下蹒跚而行，这让我学会同情他们的境遇，并为自己的境遇感谢上苍。

兴福在遭遇不幸时，一开始会像个孩子一样哭泣，但他很快就恢复了往日的平静。沉浸在悲痛中几天后，他就会像往常一样，成为整个山西省最快乐的老人。他的妻子去世，他的财产被一把火烧光，唯一的儿子也被卖去当俘虏；兴福悲伤了一天，第二天就去官员门前跳舞吃饭。大家看到老人在遭受如此大的损失的情况下还能如此开心，都很惊讶，官员亲自出来问他，前一天他还如此悲伤，屈服于灾难，现在怎么会如此开心？老人回答说："你问我一个问题，那我也问你一个问题作为回答：哪个东西更耐用，坚硬的东西还是柔软的东西？坚持抵抗的东西还是不做抵抗的东西？""肯定是坚硬的东西。"官员回答

---

1 编者不理解这段话。——原注

说。兴福回答说:"您错了,我现在已经八十岁了,您看看我的嘴,我的牙齿全掉光了,但舌头还在。"[1] 惜别。

---

[1] 这段对话与杜赫德《中华帝国全志》中的内容(J. B. Du Halde, *A Description of the Empire of China*, vol. 2, p. 115)雷同,但人名 Shu hyang 被替换为了 Shingfu(兴福)。

第96封信

嘲笑对先王去世的哀悼与祝贺；描述英国的哀悼。

李安济·阿尔坦济寄北京礼部尚书冯煌。

中国哀悼亡友的方式与欧洲截然不同。欧洲的丧服颜色是黑色，而中国的是白色。在这里，父母或亲戚去世时——因为这里的人很少为朋友哀悼——他们只是拍拍身上的貂皮，做痛苦状，几天后很快就忘了这事，一切照旧，除了最喜欢的管家或最喜欢的猫，没有一个人会想念逝者。

相反，在我们中国，这是一件非常严肃的事情。我永远不会忘记您在这种场合表现出的虔诚。我记得那是在您祖母的未婚妹妹去世的时候。灵柩被摆放在大厅里，众人都可以看到。棺木前摆放着太监的，以及马、乌龟和其他动物的塑像，它们的神态悲痛而恭敬。老太太的远亲，包括我在内，都前来吊唁，并按照我们国家的方式向逝者致敬。我们还没来得及献上蜡烛和香水，还没来得及发出离别的哀号，冯煌大人就匍匐着从帘子后出来，神色悲痛而庄重。您神情哀伤，身穿麻衣，腰间系着麻绳。这种悲痛持续了两个月之久。晚上，您躺在一张单人垫子上，白天坐在一张象征郁郁寡欢的凳子上。虔诚的人啊，您为我们的国家树立了一个悲痛和得体的榜样。在虔诚的国家，即便我们不为朋友的离去而悲伤，至少为了我们自己也要学会为朋友而惋惜。[1]

这里的一切都大不相同，令人惊奇不已。我处在什么样的民族中间啊！冯煌大人，伏羲的儿子，我处在什么样的民族中间啊！没有人绕着棺材爬行，没有人穿着麻衣，没有人躺在垫子或坐在凳子上。这里的绅士们在第一次经历丧礼的时候神采飞扬，就像准备迎接新生命之夜一样；寡妇们为前夫穿丧服，实则是在为另一个丈夫穿衣打扮。最好笑的笑话是，有些快乐的哀悼者在袖子上戴着薄纱，它们被称为哭泣师。哭泣的薄纱，唉！唉！真是很悲哀；这些哭泣师似乎要承担全部的痛苦。

但是，在最近的一个场合，我遇到了一种强烈的反差，一种半悲半喜的行为。他们的国王在统治多年后去世了。[2]他的离世虽然突然，但并不出人意料，他的高龄和不稳定的健康状况在一定程度上减轻了臣民的悲伤，他们对继任者的期望似乎使他们的心态在不安和满意之间取得了平衡。但在这样的场合，他们应该如何表现呢？他们当然应该努力表达对亡友的感激之情，而不是宣扬对未来的希望。毋庸置疑，即使是继任者也必须展现爱意，换上奉承的面容，随时准备变换奉承的对象。然而，就在老国王去世的同一天，他们却为新国王欢呼雀跃。

---

[1] 此处可能借鉴了杜赫德《中华帝国全志》中有关中国葬礼上灵柩摆放、灵堂装饰、吊唁习俗等方面的描述（J. B. Du Halde, *A Description of the Empire of China*, vol.1, pp. 306–307）。

[2] 英国汉诺威王朝第二任国王乔治二世于1760年10月25日因病去世。其孙子乔治三世即位。

就我而言，我不理解这种新的方式，既哀悼又欢庆，既欢快又悲伤，送葬队伍与吉格舞和篝火晚会混在一起。至少，在国王生前为他并不拥有的美德而奉承他，在他逝后也应该为他真正拥有的美德而哀悼他，这才是公正的。

由于这一民族悲痛的普遍原因不关涉我自己的利益，所以我很自然地认为自己没有感到真正的痛苦。一位欧洲哲学家说，在我们失去朋友时，我们首先考虑他们的离去对我们自己的福祉有多大影响，并根据这个尺度调节我们真正的悲痛之情。现在，既然我既没有接受也没有期望接受国王或他的谄媚者的恩惠；既然我与他们已故的君主没有特别的交情，我知道国王的位置很快就会有人填补，正如中国的谚语所说，虽然世上有时会缺少鞋匠来补鞋，但不会缺少皇帝来统治他们的王国：出于这些考虑，我可以用最具哲学意义的态度来承受失去一位国王的痛苦。不过，我认为我至少有责任表现出悲痛的样子，装出一副忧郁的面孔，或者用人们的面部表情来设定我的表情。

消息传开后，我遇到的第一群人是一群快乐的伙伴，他们正在为接下来的统治畅饮。我带着绝望的神情走进房间，甚至还期待着大家会为我那极度悲痛的面容鼓掌。然而，我并没有得到掌声，反而被大家一致咒骂为一个扮怪相的娼妓之子，他们希望我去其他地方忏悔。现在，我纠正了以前的错误，带着可以想象到的最活泼的神情来到另一群人中间，他们正在那里讨论即将到来的葬礼仪式。我带着愉快的神情在这里坐了一会儿，这时，一个为首的哀悼者立刻注意到我的好心情，希望我能离开到别的地方笑去，因为他们这里不需要心怀不轨的无赖。因此，离开这群人后，我决心装出一副完全中立的样子，从那时起，我就一直在研究这种时髦的神情，它介于玩笑和认真之间，一副完全纯洁的面孔，不掺杂丝毫的含义。

尽管在这里，悲伤是一件非常轻微的事情，但我的朋友，哀悼却是一件非常重要的事情。在中国，皇帝驾崩时，所有的丧礼费用都由国库支付。这里的大人物去世时，官员已经准备好下令哀悼，但我认为他们不愿意为此付费。如果他们从宫廷里给我送来灰色的便服长披风，或者是没有口袋的黑色大衣，我愿意遵守他们的命令，两样都穿上，但是，以孔子之名起誓！他们强迫我穿上的黑色衣服，还得花钱买，这不是我的好脾气所能忍受的。什么，在他们还不知道我能不能买到之前，就命令我穿丧服！——冯煌大人，伏羲的儿子，我处在什么样的民族中间啊，在那里，买不到黑衣是某种贫穷的征兆；在那里，有悲痛面容的人没有丧服可穿，而穿丧服的人则没有悲痛的面容！

第97封信

几乎所有的文学主题都已经被穷尽了。

李安济·阿尔坦济寄北京礼部尚书冯煌。

这里的书商通常是这样做的,当一本书在某个主题上给人带来普遍的愉悦时,他们就会根据同样的计划再推出几本书,这些书肯定会有购买者和读者,因为人人都希望看到令人愉悦的事物。第一部作品的作用是唤起而不是满足人们的兴趣;兴趣一旦被唤起,最轻微的努力都会使其继续发展;第一部作品的优点会散发出足够的光芒,照亮接下来的努力;在这部作品的优点被耗尽之前,人们不会对其他主题产生兴趣。一部愚蠢的作品就这样紧随一个受人称赞的作品而来,使人的思考脱离了令其快乐的对象;就像在一个发射了炮弹的炮筒里塞海绵,让炮筒可以准备好下一次发射。

然而,这种将一个主题或一种特殊的写作方式榨干的方式,实际上排除了在未来一段时间内复兴这一主题或方式的可能性;餍腻的读者带着一种文学上的反胃转身离去;尽管书名是每一本书里被阅读最多的部分,但他几乎没有足够的毅力去打开书翻到标题页。

我自己也是其中之一。我现在对几个主题和几种不同类型的作品已经麻木了:这些主题最初是否讨人喜欢,我不敢断言;但现在,只要在广告中看到新书的名字,我就会唾弃它;即使在第二页中,作者承诺会把自己的脸整齐地刻在铜版画像上,我也没有丝毫好奇心去看第一页以外的内容。

在阅读中,我已经成为一个十足的美食家,普通的牛肉或坚硬的羊肉是绝对不行的。我喜欢吃中国菜中的熊掌和燕窝,我喜欢用浓烈的阿魏酱汁或用大蒜熏烤过的食物。因此,上百种睿智、有学问、道德高尚、立意良好的作品,对我来说毫无魅力可言。因此,就我的灵魂而言,我再也找不到足够的勇气和风度,去阅读两页以上的关于上帝和自然的思考,或关于天意的思考,或关于自由恩典的思考,或者关于任何事情的思考。看完每日沉思类的书后,我不再沉思了。关于不同主题的文章也不能吸引我,尽管它们从未那么有趣过;至于葬礼布道,甚至感恩布道,我既不会为之哭泣,也不能为之欢欣。

我很少看标题以外的内容,但主要对于温和的诗歌。事实是,我看书是想知道一些新的东西,但在这里,读者什么也没有获知。他翻开书,看到的是非常精美的词句,的确很好,韵律也非常准确,但没有得到任何信息。他的想象中浮现出一堆艳俗的意象,就像梦中之景,但好奇心、归纳、理性和一连串的情感都在沉睡。诗或者有益,或者有趣,[1]那些在愉悦心境的同时又能治愈心灵的俏皮话已被完全遗忘;因此,如果读者想欣赏现代人称赞的此类作品,为了获得愉悦,就必须要先抛开理智,以臃肿而复杂的修饰语作为补偿和指导,并专注于

---

[1] 原文为拉丁语Jucunda et idonea vitce,出自贺拉斯《诗艺》第334行。可参看[古罗马]贺拉斯《贺拉斯诗全集(拉中对照详注本上下)》,第238—239页。

绘画，仅仅因为它们的确都是精耕细作的产物。

然而，如果我们审视一下自己的内心感受，就会发现自己并不喜欢这种用力的矫饰；我们会发现，我们的掌声与其说是来自我们内心的感受，不如说是来自他人的感染，而我们自己进一步扩散了这种感染。有一些主题，几乎所有的人都认为是徒劳无益的，但大家却又互相推崇，认为值得赞扬。但这种强加于人的现象主要出现在文学作品中，人们公开抨击他们私下里津津乐道的东西，在国外称赞他们在国内厌恶的东西。事实上，我们在公开场合发表的批评意见，并不是要为作者伸张正义，而是为了让别人对我们卓越的鉴赏力印象深刻。

但是，让已经赢得如此掌声的此类作品享受这一切吧。我不想减少它们的名气，因为我从来没有足够的能力为它们增光添彩。但今后恐怕有很多诗，我只能读其标题。首先，所有关于冬天、夏天或秋天的颂歌，简而言之，所有的颂歌、长短句抒情诗和独唱抒情诗，今后都会被视为过于文雅、古典、晦涩和高雅，无法阅读，完全超出了人类的理解力。田园诗很美——对于那些喜欢它们的人来说，但对我来说，迪尔西是我曾与之交谈过的最平淡无奇的家伙之一；至于柯吕东，我不喜欢与他为伍。[1]挽歌和宗徒书信对于写作的对象来说很好；至于史诗，我一般只读前两页就能明白整个结构。

然而，现在的悲剧都是很好的、指导性的道德布道，如果你不喜欢美好的事物，那将是一种过错。在那里，我学到了一些伟大的真理，

---

[1] 柯吕东（Coyrden，原文为 Corridon）与迪尔西（Thyrsis）都是维吉尔《牧歌》中的人物。在《牧歌》第七章，两位牧羊人迪尔西与柯吕东进行了歌唱比赛。可参看维吉尔《牧歌》，党晟译，桂林：广西师范大学出版社，2016年，第105—109页。

比如，我们不可能预知未来的道路，惩罚总会降临到恶棍身上，爱是人类胸怀中最美好的抚慰，我们不应该反抗上天的意志，因为反抗上天的意志，上天的意志就会被反抗；还有其他一些同样新颖、细腻和令人震撼的感情。因此，每一部新的悲剧我都会去看，因为悲剧里的道理，如果与适当数量的鼓声、喇叭声、雷声、闪电声或场景转换的口哨声混在一起，就会产生一种还不赖的和声。惜别。

第98封信

对威斯敏斯特大厅内法庭的描述。

李安济·阿尔坦济寄北京礼部尚书冯煌。

我最近打算去参观贝特莱姆[1],那里是关押疯子的地方。我去找黑衣人做我的向导,却发现他正准备去威斯敏斯特大厅,那里是英国人的法庭。当得知我的朋友正在打官司时,我感到有些吃惊,而当他告诉我这已经是好几年前的官司时,我就更吃惊了。我大声说:"这怎么可能呢,一个了解世界的人去打官司?我很熟悉中国的法庭,它们一个个都像捕鼠器,进去容易,出来却就难了,而且常常是比老鼠还狡猾的人才能出来。"

我的朋友回答说:"如果不是在开始之前就确信会成功,我是不会去打官司的;事情以如此诱人的光芒呈现给我,以至于我以为只要宣布自己是获奖候选人,我就可以享受胜利的果实了。就这样,这十年来,我一直处于想象的胜利前夕,在我看来,我一直在胜利的曙光中

---

[1] 贝特莱姆(Bedlam),贝特莱姆皇家医院(Bethlem Royal Hospital)的简称,是英国第一家治疗精神疾病的收容所,始建于1247年。18世纪,该医院搬至穆尔菲尔兹地区。

前行，胜利却总是遥不可及；然而现在，我想我们已经以这种方式阻碍了我们的对手，如果不出现意外的失误，我们今天就能打败他。"

我说："如果事情是这样的，我会陪你一起去法庭，分享你成功的喜悦。"我一边走一边继续问："不过，请问，你有什么理由认为这件事情终于了结了，而这件事以前曾让你失望过那么多次？"他说："我的律师告诉我，索尔克尔德和文特里斯对我很有利，而且有不少于十五个相关案例。"[1]我说："我知道，你的两位法官已经发表了他们的意见。"我的朋友回答说："请原谅，索尔克尔德和文特里斯是几百年前的律师，他们曾就与我类似的案件发表过意见，我的律师会引用对我有利的意见，而我的对手雇用的律师则会引用对我不利的意见，正如我所看到的，我有索尔克尔德和文特里斯为我辩护，他有库克和黑尔[2]为他辩护，引用观点最多的人最有可能胜诉。"我说："但是，又有什么必要引用他人的意见和报告来延长诉讼的时间呢？因为在过去的时代决定律师的理智，今天也同样可以用来指导你们的法官。他们当时只是从理性的角度发表意见，而今日你们的法官也有同样的理性来指导自己，让我再补充重要的一点，因为在以前的时代，有许多偏见，

---

[1] 索尔克尔德（Salkeld），与英国法官威廉·索尔克尔德（William Salkeld，1671—1715）重名。文特里斯（Ventris），与英国法官和政治家佩顿·文特里斯爵士（Sir Peyton Ventris，1645—1691）重名。但此处的索尔克尔德、文特里斯和下文其他律师可能都并非实指，作者仅借用其名字表示知名的、常被引用观点的律师。

[2] 库克（Cooke），与判决英王查理一世死刑的检察长约翰·库克（John Cooke，1608—1660）重名；黑尔（Hales），与英国著名大律师、法官和法学家马修·黑尔爵士（Sir Matthew Hale，1609—1676）重名。此外，这段文字的主要内容借鉴自伏尔泰的作品《诉讼人与律师的对话》(*Dialogue entre un plaideur et un avocat*)。哥尔斯密做了改写，使用了英国法官的名字。具体可参看 Joseph E. Brown, "Goldsmith's Indebtedness to Voltaire and Justus Van Effen", *Modern Philology,* 1926(xxiii), pp. 273–284。

而现在的人已经很高兴地摆脱了这些偏见。如果说其他各门学问都不提倡根据权威进行论证，那么为什么在这门学问中还要特别坚持呢？我清楚地预见到，这种调查方法一定会使每场诉讼陷入困境，甚至使学生感到困惑，仪式会成倍增加，手续会越来越多，由此，花在学习诉讼艺术上的时间会比发现正义的时间更多。"

我的朋友大声说："我明白了，你是支持快捷司法的，但全世界都会承认，考虑任何问题的时间越长，就越能理解它。此外，英国人自诩财产安全，而全世界都会承认，审慎司法是保障财产安全的最佳途径。我们为什么有这么多的律师，就是为了保障我们的财产安全；为什么有这么多的手续？就是为了保障我们的财产安全。不少于十万个家庭生活在富足、优雅、安逸之中，仅仅因为能保障我们的财产安全。"

我回答说："我承认，以繁多的法律使司法陷入窘境，或者以对法官的信任来危害司法公正，是立法者的智慧所劈开的两块对立的岩石。在一种情况下，当事人就像那位皇帝，据说他是被用来保暖的被褥闷死的；在另一种情况下，当事人就像那个城池，它让敌人占领了它的城墙，以向世人证明，他们的安全除了勇气别无可依。但是，天啊，我在这里看到了多少人啊——都穿着黑衣——这么多人，怎么可能有一半能找到工作呢？"我的同伴说："没有那么简单，他们靠互相监视过活。比如说，法庭执达员盯着债务人，法律代理人盯着法庭执达员，法律顾问盯着法律代理人，诉讼律师盯着法律顾问，所有人都能找到够多的工作来做。"我打断他："我想，他们互相监视，但为所有的监视付钱的却是当事人；这让我想起了一则中国寓言，标题是《五禽捕食》。"

一只沾满露水的蚱蜢在树荫下欢快地歌唱，一只专吃蚱蜢的螳螂[1]把它当作猎物，正伸长脖子要吞食它；一条长期只吃螳螂的大蛇盘踞着，准备咬住螳螂；一只黄鸟正展翅飞向大蛇；一只老鹰正从高空俯冲下来，准备抓住黄鸟；它们都一心想着自己的猎物，全然不顾自己的危险：就这样，螳螂吃蚱蜢，大蛇吃螳螂，黄鸟吃大蛇，老鹰吃黄鸟。这时，一只秃鹫从高处飞来，一下子就把老鹰、蚱蜢和螳螂全都吞进了肚子里。

我的寓言故事还没讲完，律师就来通知我的朋友，说他的案子要延期到下一开庭期，需要付定金聘定律师，而且全世界的人都认为，下次开庭他就会胜诉。我的朋友大声说："如果是这样的话，我想，把案子推迟到下次开庭是最明智的做法，这段时间，我和我的朋友会去贝特莱姆看看。"惜别。

---

[1] 螳螂，原文为 Whangam，当为作者杜撰的动物名。作者可能借鉴并改写了杜赫德《中华帝国全志》中的寓言故事（J. B. Du Halde, *A Description of the Empire of China*, vol. 1, p. 600），并将 Tang lang（螳螂）改为 Whangam。

第99封信

花花公子来访。亚洲一些地区对女性的纵容。

李安济·阿尔坦济寄北京礼部尚书冯煌。

最近,花花公子来访,我接待了他。我发现他穿上了新衣服,精神焕发。我们恰好谈到了这里和亚洲对待女性的不同方式,以及美貌对完善我们的礼仪和谈吐所产生的影响。

我很快就察觉到,他对亚洲人对待女性的方式抱有强烈的偏见,而且我不可能说服他,只能告诉他拥有四个妻子的男人比只有一个妻子的男人更幸福。他说:"诚然,你们东方的时尚人士是奴隶,他们的喉咙被细绳勒得生疼,但那又怎样呢,他们可以在后宫里得到充分的安慰;他们在外交流时确实无足轻重,但他们在家里可以得到后宫的安慰。我听说他们没有舞会,没有鼓乐,也欣赏不了歌剧,却有一个后宫;他们可能没有葡萄酒和法式菜肴,但他们有一个后宫;一个后宫,一个后宫,我亲爱的,能消除世界上的一切不便。

"此外,我听说,你们亚洲的美女是所有女人中最合宜的,因为她们没有灵魂。实际上,在自然界中,我最喜欢的就是没有灵魂的女人。在这里,灵魂是女性毁灭的根本原因。一个十八岁的女孩有足够的灵魂去花一百英镑在纸牌游戏中买一张王牌,她的母亲有足够的灵魂在赛马会上参赌,她的未婚姨妈有足够的灵魂买下整个玩具店的家具,其他人有足够的灵魂去表现得好像他们根本没有灵魂一样。"

我打断他说:"说到灵魂,亚洲人对女性比你想象的要仁慈得多。中国的神灵伏羲给每个女人三个灵魂,而婆罗门则给她们十五个,甚至穆罕默德本人也没有把女人排除在天堂之外。阿布-菲达[1]曾记载,有一天,一位老妇人恳求先知告诉她怎样做才能到达天堂,先知回答说:'善良的女士,老妇人永远也到不了天堂。'这位老妇人怒气冲冲地回答道:'为什么老妇人永远到不了天堂?'他说:'永远不会,因为她们在去天堂的路上变得年轻。'"

我继续说:"不,先生,亚洲男人对女性的尊重比你想象的要多。就像你们欧洲人坐下来吃晚饭时做感恩祈祷一样,中国的习俗也是男人上床时对妻子做感恩祈祷。"我的同伴回答说:"天啊,这真是一个非常漂亮的仪式。因为说真的,先生,我看不出一个男人在前一种情况下和在另一种情况下有什么理由不心存感激。我以我的荣誉保证,我发现自己躺在一个漂亮女人的沙发上时,总比坐在西冷牛肉面前更容易产生感激之情。"

我继续说道:"另一个有利于女性的仪式是,新娘在婚后有三天的自由时间。在此期间,男女双方都会有无数的奢侈行为。新娘被安置在婚床上,人们会耍无数的小把戏来转移她的注意力。一位男士闻她的香帕,另一位试图解开她的吊袜带,第三位脱下她的鞋子玩'丢鞋

---

[1] 阿布-菲达(Abulfeda,1273—1331),阿拉伯著名地理学家。

子'[1]的游戏,还有一位假装是白痴,努力通过做鬼脸来引人发笑;与此同时,酒杯轻快地晃动着,直到女士们、先生们、妻子、丈夫和所有的人都混在一起,喝着亚力潘趣酒[2]。"

我的同伴喊道:"天啊,这真是太美了。你们中国女人的屈尊俯就还是有些道理的。不过在我们这里,你几乎找不到一个女人能连续三天保持好心情。就在昨天,我碰巧对我认识的一位市民的妻子说了几句客气话,不是因为我喜欢这样,而是因为我有爱心。你认为这位温柔的女士是怎么回答我的?她只说她讨厌我的假发、高跟鞋和蜡黄的肤色。仅此而已。没有别的了!是的,天啊,虽然她比一个没有上过妆的女演员还要丑陋,但我发现她比一个有教养的贵族女人还要无礼。"

他正在胡言乱语时,黑衣人打断了他的谩骂,黑衣人走进房间,向我们介绍他的侄女,一位美丽动人的年轻女士。她的外表足以让最严厉的讽刺者闭嘴;她从容而不骄傲,自由而不无礼,似乎能给每一种感官带来愉悦;她的外表,她的谈吐,自然而不做作;她既没有被教导要慵懒,也没有被教导要窥视,既不会肆无忌惮地大笑,也不会悲哀地叹息。我发现她刚从国外回来,对世界各地的礼仪都很熟悉。好奇心驱使我问了几个问题,但都被她婉拒了。我承认,我以前从未发现自己对表面的优点有如此强烈的偏好;我本想延长我们的谈话,但过了一会儿,同伴们都走了。不过,就在小花花公子告辞之前,他把我叫到一边,请我给他换一张二十英镑的零钱,由于我没有零钱,他借了半克朗就满意地离开了。惜别。

---

[1] 原文为 hunt the slipper,一种室内儿童游戏,类似于"丢手帕"游戏。
[2] 亚力酒(Arrack)是斯里兰卡地区用椰树汁酿造的一种烈酒,潘趣酒(punch)是一种果汁鸡尾酒。

第100封信

赞扬独立的生活。

李安济·阿尔坦济寄莫斯科的兴波。

道德家们最推崇的美德莫过于慷慨；每一篇实用的伦理学论文都倾向于提高我们对他人痛苦的感受力，放松对节俭的理解。贫穷的哲学家赞美慷慨，因为他们从中受益；富裕的塞涅卡本人也写了一篇关于利益的论文，虽然众所周知，他什么也不会给予。

然而我很惊讶，在众多强调给予义务的人当中，没有一人去灌输接受的耻辱，去说明我们接受的每一份恩惠都会在某种程度上使我们丧失固有的自由，而持续依赖他人的慷慨的生活是一种逐渐堕落的生活。

如果人们在接受恩惠时，也能像被教导给予恩惠时那样，以同样的推理和雄辩的力量来蔑视接受恩惠，那么我们就会看到社会中的每个人都愉快地勤奋工作，履行其职位所要求的职责，既不因希望而松懈，也不因失望而消沉。

一个人接受的每一份恩惠，在某种程度上都会使他的尊严下降——而且与恩惠的价值或接受恩惠的频率成正比——使他放弃与生俱来的独立性。因此，依靠他人的无偿恩惠而过活的人，如果他还有感情的话，就会遭受最恶劣的奴役；戴着镣铐的奴隶可以不受指责地喃喃自语，卑微的依附者却会因稍微不满的迹象而背上忘恩负义的罪名。前者可以对着牢房的墙壁咆哮，而后者却在精神压抑的沉默中徘徊。每一项新的恩惠都会加重他的负担，而以前的负担却会使充满活力的心灵不再活跃；直到最后，它不再有弹性，它约束住自己，并习惯性地奴颜婢膝。

对有感情的人来说是这样的。但有些人天生就没有任何感情，他们接受了一次又一次的恩惠，却仍然渴望得到更多的恩惠，他们心甘情愿地接受慷慨的施舍，就像接受功劳的报酬一样，甚至把对过去恩惠的感谢当作对新恩惠的间接请求。我认为，这样的人不会因依赖而受到贬损，因为他们本就卑鄙无耻；依赖只会使聪明人堕落，使肮脏的心灵停留在原始的卑鄙中。因此，长久持续的慷慨要么是错误的，要么是有害的；要么暴露出一个人的毫无价值，要么使他变得毫无价值。诚然，一个满足于经常受人恩惠的人，根本就不应该得到任何恩惠。

然而，当我描述持续依赖的生活之卑劣时，我不认为它包括存在于每个社会中的自然的或政治上的从属关系。因为在这种关系中，虽然下级必须依赖上级，但双方的义务是相互的。儿子必须依靠父母供养，但父母也有同样的义务给予，就像另一方期待的那样；下级官员必须接受上级的命令，但为了这种服从，前者有权利要求一种互惠关系。我要贬低的不是这种依赖关系，而是想说，每一种被期望的恩惠都必须完全源于给予者的仁慈心地，在这种情况下，恩惠可以被毫无悔意地保留，或公正地转让。例如，靠遗产生活之人在某些国家是可憎的，而在所有国家都是卑鄙的。人们普遍蔑视这些没有违反任何社会法律的人，一些道德家把这种对没有违反任何社会法律的人的普遍蔑视，说成是一种流行的、不公正的偏见；他们从来没有考虑过一个可怜虫必须经历的堕落，因为他以前曾期望通过利益致富，却没有自然或社会的声明来实现他的请求。

但是，这种恩惠和感激的往来通常对施恩者和受恩者都是有害的；一个人若生活在一群被希望或感激之情聚拢到自己身边的人中，他对自己和世界的了解是很少的；他们持续不断的自我谦抑必然会抬高他的相对地位，因为所有的人都会用他们同伴的能力来衡量自己的能力；因此，他被教导要高估自己的优点，实际上却降低了自己的优点；他的信心在增加，但能力却没有增加，他的职业最终以空洞的自夸而告终，他的事业最终以可耻的失望而告终。

也许这是大人物最严重的不幸之一，因为他们一般都不得不生活在这样的人中间，他们真正的价值因依赖而降低，他们的思想被恩惠所奴役。卑微之人起初可能会欣然接受赞助，但很快就感觉到低人一等的痛苦，逐渐沦为谄媚者，最后从阿谀奉承退化为愚蠢崇拜。为了纠正这种情况，大人物往往会辞退旧的依赖者，而接受新的依赖者。这种变化被错误地归咎于主顾的轻率、虚假或反复无常，它们更应该归咎于当事人的逐渐退化。

我的孩子，独立的生活通常是具有美德的生活。它使灵魂合于人道主义、自由和友谊的每一次慷慨的勃发。给予恩惠带给我们快乐，而接受恩惠则是我们的耻辱；宁静、健康和富足，伴随着通过劳动而升起的愿望；苦难、悔恨和不敬，伴随着通过勉强的仁慈而成功的愿望。能够为自己所享受的幸福而独自感谢自己的人，才是真正幸福的人；艰苦贫困带来的坚毅沉静是可爱的，远比崇拜的媚俗更可爱。惜别。

第101封信

人们必须满足于接受由其任命的治理者的教导。一则相关故事。

李安济·阿尔坦济寄北京礼部尚书冯煌。

在每个社会中，有些人生来就是为了教导他人，而有些人生来就是为了接受教导；有些人生来就是为了劳作，有些人生来则无所事事地享受他人的劳动成果；有些人生来就是为了统治，有些人生来就是为了服从。每个民族，无论多么自由，都必须甘于将一部分自由和判断力交给统治者，以换取安全的希望；最初影响他们选择统治者的动机应该与他们后来明显不一致的行为进行权衡。不能让人人都成为统治者，人通常最好由少数人统治。在处理错综复杂的事务时，最小的障碍都可能阻碍由多方讨论而计划的事务的执行；单独一个人的判断力总是最适合穿越阴谋的迷宫和失望的障碍。正如寓言所言，一条长着一个头和多条尾巴的蛇，比一条只有一条尾巴和多个头的蛇更能生存和探险。

尽管这些事实显而易见，但这个国家的人民似乎对他们的力量无动于衷。他们不满足于国内的和平和富裕，仍然咕哝抱怨他们的统治者，并干涉他们的计划的执行；好像他们想要的不仅仅是幸福。正如欧洲人通过论证来指导，亚洲人主要通过叙述来指导，如果我向他们讲话，我会通过下面的一则故事来表达我的观点。

提帕塔拉是一个位于中国西部的肥沃国家，塔库皮曾长期担任这个国家的总理。在他执政期间，人民得到福祉，从艺术、学习和商业中得到好处。人们也没有忘记为国家安全提供必要的预防措施。然而，情况往往就是这样，当人们拥有了他们想要的一切时，就会开始从想象的痛苦中寻找折磨，并减少他们当下的享受，因为他们预感到这些享受将会结束。因此，人们现在努力寻找冤情；经过一番寻找，居然开始觉得自己很委屈。针对塔库皮暴行的请愿书以适当的形式提交给了国王；治理国家的女王愿意满足她的臣民的要求，指定了一个日子，在这一天，原告将发表意见，而总理将站出来为自己辩护。

到了这一天，总理被带到了法庭上，一名为该市供应鱼的运货人出现在原告人中。他惊呼道："这是自古以来的习俗，运货人将鱼装在篮子里，篮子被放在马背上运输；马背上一侧放篮子，另一侧用石头平衡，这样运送起来既轻松又安全。但是，这个有罪之人要么是受到创新精神的驱使，要么可能受篮子制造商的贿赂，要求所有运货人不再使用石头，而是用一个篮子平衡另一个篮子。这一命令完全违背了古代的习俗，特别是提帕塔拉王国的习俗。"

运货人发言完毕，整个法庭都对这位创新的总理摇头。这时，第二个证人出现了。他是城市建筑的检查员，他指责这位名誉扫地的宠臣曾下令拆除一座古老的废墟，该废墟阻碍了一条主要街道的畅通。他注意到，这些建筑是野蛮古迹的高贵纪念碑，很好地展示了他们的祖先对建筑的了解是多么不足，因此，这些纪念碑应该被视为神圣的，人们应任其逐渐破败。

现在，最后一位证人出现了。这是一位寡妇，她曾试图在丈夫的葬礼上自焚，这是令人称赞的行为。但这位富有创新精神的总理阻止了她计划的实施，并且对她的哭泣、抗议和恳求都无动于衷。

女王本可以赦免前两项罪行；但最后一项被认为是对女性的严重伤害，而且直接违背了古代的一切习俗，因此需要立即审判。女王说道："什么，不让一个女人在她认为合适的时候自焚？要是她们被缚住手脚，不能时不时地用一具油炸妻子或烤熟人来款待女性朋友，那可算是被严加管教了。我判决，这名罪犯对女性已经造成损害，应该被永远逐出我的视线。"

塔库皮一直保持沉默，为了表明辞职的诚意而开口。他说道："伟大的女王，我承认我的罪行；既然我要被放逐，我恳求能被放逐到我统治的国家的某个破败城镇或荒凉村庄中。我会在改善土壤中找到一些乐趣，并在居民中恢复勤奋精神。"他的要求看起来很合理，立即得到了满足；一位朝臣受命根据总理的描述找出一个流放地。然而，经过几个月的搜寻，毫无结果。整个王国没有发现一处荒凉的村庄，也没有发现一处破败的城镇。塔库皮对女王说："一个国家既没有一处荒凉的村庄，也没有一处破败的城镇，怎么可能是管理不善呢？"女王认为他的谏言是合理的，总理也比以前更加受到青睐。

第102封信

嘲笑女士们对赌博的热情。

李安济·阿尔坦济寄北京礼部尚书冯煌。

这里的女士们绝不像亚洲的女士们那样热衷于赌博。在这方面,我必须公正地对待英国人,因为我喜欢赞美那些值得赞美的地方。在中国,常常可以看到,两位时尚的女人一直赌博,直到一个人赢光了另一个人的所有衣服,将她脱得几近赤裸;赢家身穿两套华服昂首阔步,而输家则在大自然的原始朴素中退缩。[1]

毫无疑问,您还记得我们的未婚阿姨香和一个骗子赌牌的事吧。她先是把钱输光了,然后是她的小饰品。不久之后,她的衣服一件一件地被输掉,最后她几乎输得一丝不挂。作为一个有骨气的女人,她愿意继续赌下去。她咬紧牙关,把自己赌上去。然而,好运依旧没有降临到她身上,她的牙齿也继她的衣服之后输掉了。最后她赌上了她的左眼,哦,命运多舛,她又输了。然而,她还是感到安慰,自己也

---

[1] 此处关于中国女性赌博的场景可能为哥尔斯密杜撰。李明在《中国近事报道》中描述了当时的中国人对赌博的热情,但对女性赌博活动只字未提。(Le Comte, *Nouveaux memoires sur l'etat present de la Chine*, vol.2, p. 80)

欺骗了那个骗子,因为直到那只眼睛归骗子所有,他才意识到它是玻璃做的。

我的朋友,英国的女士们是多么幸福啊,她们从来没有如此无度地滥用激情;虽然这里的女性天生喜欢玩靠碰运气取胜的游戏,并且从小就被教导掌控游戏的技巧,但她们从来没有以如此惊人的无畏精神去继续迎接厄运。事实上,我可以完全否认她们赌博——我指的是那种赌上眼睛或牙齿的赌博。

诚然,她们经常把自己的财富、美貌、健康和名誉押在赌桌上。有时,她们甚至把自己的丈夫输进监狱,但她们仍然保持着我们中国的妻子和女儿所不熟知的礼仪。我曾在这个国家的一条路上看到,一位时尚女人在输了钱后,在厄运的痛苦中挣扎,但毕竟从未尝试过脱掉一条衬裙,或将她的头巾放在赌桌上,作为最后的赌注。

然而,尽管我称赞她们在赌博中的节制,但我不能掩盖她们的勤勉。在中国,我们的女人除了一些重大的日子,从来不被允许碰骰子,但在这里,每一天都像是节日——夜晚让别人休息,却单单使女赌徒更加勤勉。我听说,乡下有一位老太太,被医生放弃了,她和教区的牧师一起玩牌来打发时间。她赢得了牧师所有的钱后,提议为她的葬礼费而赌。这个提议被接受了,但不幸的是,这位女士在赌博时去世了。

有些激情,虽然追求方式不同,但在每个国家都会带来同样的后果。在这里,她们赌得更有毅力,在那里,她们则赌得更加狂热;在这里,她们输掉自己的家人,在那里,她们输光自己的衣服。在中国,沉迷赌博的女人常常会变成酒鬼;她一手挥动着骰子,另一只手通常会挥舞着酒杯。我绝不能说英国女人赌博时喝烈酒。但我很自然地会想到，当一位女士失去了除荣誉外的一切时，她很可能以其进行交易，并对美好的感情变得麻木不仁，表现得像西班牙人一样——当他所有的钱都花光后，他试图通过典当胡须来借更多的钱。[1] 惜别。

---

[1] 此处或借鉴了孟德斯鸠《波斯人信札》第78封信中的内容：一位葡萄牙将军在需要钱时，剪下一撮胡子作为抵押。可参看［法］孟德斯鸠《波斯人信札》，梁守锵译，北京：商务印书馆，2006年，第146—147页。

第103封信

中国哲人开始考虑离开英国。

李安济·阿尔坦济寄阿姆斯特丹商人×××。

我刚刚收到我儿子的一封信，他在信中告诉我，他努力寻找与他一起逃离波斯的那位女士，但毫无结果。他努力用坚毅的外表来掩饰内心的焦虑和失望。我没有给他什么安慰；因为安慰往往会助长它假装谴责的悲伤，并强化这种印象，而只有时间和事件的外部磨砺才能彻底消除这种印象。

他告诉我，他打算一有机会就离开莫斯科，从陆路前往阿姆斯特丹。因此，在他到达后，我必须恳求您继续保持友谊；并请您为他提供在伦敦找到我的正确指引。您很难体会到我期待再次见到他时的喜悦：我们中国父子之间的联系要比你们欧洲父子紧密得多。

我从阿尔贡寄往莫斯科的汇款平安到账。我对西伯利亚全国盛行的诚实精神赞不绝口：也许这个荒凉地区的野蛮人是世界上唯一没有受过教育的民族，他们培养了道德美德，即便他们不知道自己的行为值得称赞。关于他们的善良、仁慈和慷慨，我听说过一些令人惊讶的事情，中国和俄罗斯之间不间断的贸易往来就是一个佐证。

中国的立法者说:"让我们欣赏无知者的粗鲁美德,而效仿文雅者的精致道德。"在我目前居住的国家,做作完全取代了自然,当然这并不是说坦诚就天然地与仁慈合拍。在这里,各种恶行都被用到极致,不过各种美德的实践也达到了无可比拟的高度。这样的城市为大德和大恶提供土壤,恶棍很快就能在欺骗的奥秘方面得到提升,而实践哲学家每天都能遇到新的刺激促使他修正他坦诚的意图。没有这座城市无法产生的快乐,无论是感官上的还是情感上的。然而,不知道为何,我无法满足于在这里居住一辈子。在我们最初生活的地方,有一种东西如此诱人,除了它没有什么可以取悦我们;无论我们经历了怎样的人生沧桑,无论我们如何辛劳,无论我们漂泊何方,我们疲惫的愿望仍是回到家乡寻求安宁,我们渴望死在我们出生的地方,这令人愉快的期待可以减轻每一次灾难带来的痛苦。

因此,您现在可以看出,我有离开这个国家的打算。然而,我对即将到来的离别充满了不舍和遗憾。虽然旅行者的友谊通常比春雪更易逝,但我还是对打破我抵达后建立的联系感到不安;尤其是,离开我平时的同伴、向导和导师,我将感到非常痛苦。

我要等待我儿子到来后再出发。他将是我未来每一次计划的旅程的旅伴。在他的陪伴下,我会以加倍的热情来抵挡旅途中的疲劳,乐于能即刻传达教诲且要求他服从。惜别。

第104封信

一些人为了显得博学多才而使用的技艺。

李安济·阿尔坦济寄北京礼部尚书冯煌。

我们中国的学者对形式有着最深刻的崇敬。即便是一流的美女也从未如此勤勉地研究着装礼仪。可以说，他们是在用智慧穿着打扮，从头到脚。他们有哲学的帽子和哲学的胡须，有哲学的拖鞋和哲学的扇子，甚至还有测量指甲的哲学标准。然而，人们常常发现，这些看似睿智的人只是空洞的伪装者。

哲学浪荡子在欧洲并不常见，但我听说这里也有这样的人。我指的是这样的人：他们按时学习一切礼节，却并不真正博学多才，也没有天生的敏锐洞察力；他们努力争取文学上的荣誉称号，奉承别人，以求反过来被人奉承，而且只为了成为有思想的学生而学习。

这类人物一般都在书房里接待客人，拖鞋、睡袍和安乐椅，沉思的装备一应俱全。桌上放着一本大书，书总是翻开着，但他从来不看它，独处的时间都用来打瞌睡、修笔、把脉、用显微镜观察，有时还读一些有趣的书，一些他在人群中会对其进行谴责的书。他的书房非常整洁，里面一般都是些珍稀的书，价格不菲，因为这些书过于枯燥或无用，无法通过普通的出版方式普及。

这样的人一般都是文学俱乐部、学院和机构的候选人，他们定期在那里聚会，给予和接受一些指导和大量的赞美。在谈话中，他们从不暴露无知，因为他们似乎从不接收信息。有人提出一个新的观点，他们表示以前就听过了；有人在争论中抓住他们的漏洞，他们就会报之以讥笑。

然而，无论这些小伎俩看起来多么微不足道，它们都能实现一个有价值的目的，那就是为实践者赢得他们所希望得到的尊重。一个人只要够谨慎，他的知识范围就很容易被掩盖；所有人都能很容易地看到和欣赏一座镀金的图书馆、长长的指甲、银色的墨水台或梳得整整齐齐的胡须，却无法分辨出一个呆瓜。

当第一位欧洲传教士利玛窦[1]神父来到中国时，宫廷得知他在天文学方面拥有很高的造诣，因此派人来考验他。国家公认的天文学家们承担了这项任务，并向皇帝报告说，他的技能非常肤浅，根本无法与他们相提并论。然而，传教士提出挑战，呼吁在实践中一决高下，提议计算几天后的夜晚将发生的月食。有人说："一个不留指甲的野蛮人，怎么能与那些把天文学作为毕生研究事业的人争论呢？怎么能与那些认得一半可知文字、戴着科学帽、穿着科学拖鞋、在掌声中获得每一种文学学位的人相提并论呢？"他们接受了挑战，充满了必胜的信心。月食开始了，中国人拿出了一台最豪华的设备，却有十五分钟的误差；而传教士只用了一台仪器，就精确到一秒内。这很有说服力，

---

[1] 利玛窦（Matteo Ricci，1552—1610，原文拼作 Matthew），意大利神父、学者，天主教最早来到中国传教的传教士之一。

但宫廷天文学家无法被说服。他们非但不承认自己的错误，反而向皇帝保证说，他们的计算结果肯定是准确无误，但那个不留指甲的陌生人一定对月亮施了魔法。这位好皇帝嘲笑他们的无知，说道："好吧，你们继续做月亮的仆人吧，但我要让这个人成为月亮的掌控者。"

因此，中国充斥着这样的人，他们自诩的博学只来自外部环境，而在欧洲，每个国家也都充斥着这样的人，其数量与其无知程度成正比。西班牙和佛兰德[1]在学问上落后于欧洲其他国家至少三个世纪，但他们却有二十种法国或英国所不知道的文学头衔和荣誉，他们有"声名隆盛"和"声名煊赫"，他们有"精准无误"和"毫发不爽"；[2]一顶圆帽使一个学生有权辩论，一顶方帽使另一个学生有权教学；而一顶带璎珞的帽子可以使它刚好盖住的头部变得神圣。但是，当真正的知识得到培养时，这些礼节就消失了；貂皮斗篷、庄严的胡须和曳地的拖尾都被搁置一旁；哲学家们像其他人一样穿着、说话、思考，而羊皮衣匠、帽子制造商和拖尾的搬运工都在对文学的衰败表示遗憾。

就我自己而言，朋友，我已经看够了自以为是的无知者，永远不会崇尚智慧，除非它真的出现。我自己也曾获得过文学头衔和荣誉，从我自己的智慧来看，我知道它们能赋予我的智慧是多么微不足道。惜别。

---

1 佛兰德（Flanders），比利时北部的一个荷兰语地区。
2 声名隆盛、声名煊赫、精准无误、毫发不爽，原文为拉丁语 Clarissimi、Preclarissimi、Accuratissimi、Minutissimi。

第105封信

对拟议中的加冕典礼的描述。

李安济·阿尔坦济寄北京礼部尚书冯煌。

年轻国王的加冕典礼日益临近[1],无论大人物还是小人物都在急切地期盼着。一位来自乡下的骑士举家前来观礼,为了在这个场合被人看到,他占据了我所住房子的底层。他的妻子正往房间里铺大量的丝绸,绸缎商告诉她,这些丝绸是下一季的流行款,而她的女儿在仪式开始之前就已经听腻了相关讨论。在这一切繁忙的准备工作中,我被当作废旧家具,被上移了两层楼,以便给房东太太认为比我优越的人腾出空间,但在我面前,她只称他们为很好的同伴。

这位强行来到我身边的花花公子,昨天向我详细介绍了游行的细节。所有人都会在自己喜欢的话题上滔滔不绝,而这个话题似乎特别适合他的体形和理解力。他满脑子都是各种闪闪发光的形象:皇冠、徽章、蕾丝、流苏、宝石、号角和玻璃丝。他说:"在这里,嘉德勋

---

1 英王乔治三世的加冕典礼于1761年9月22日在威斯敏斯特大教堂举行。

章[1]骑士团在行进,在那里,红龙勋章[2]获得者背着盾牌行走。在这里,克拉伦斯[3]卫队行进,在那里,蓝斗篷纹章官助理[4]不甘落后。在这里,议员们两两并肩而行,在那里,无畏的英格兰捍卫者[5]丝毫没有因为众多绅士和淑女的出现而感到恐惧,身穿盔甲,骑马前行,并带着无畏的气势扔下他的手套。"他继续说:"啊,如果有人如此大胆,拿起那只致命的手套,接受挑战,我们将看到一场精彩的比赛,捍卫者一定会毫不留情地教训他;捍卫者很快就会在证人的见证下展示他所有的招数。不过,恐怕没有人在即将到来的场合跟捍卫者比试,原因有两个:第一,他的对手有可能在单挑中被杀死;第二,如果挑战者逃脱了捍卫者之手,肯定会因叛国罪被绞死。不,不,我想没有人敢如此胆大妄为,与他这样天生的捍卫者比试;我们可能会看到他一手拿着马缰绳,一手挥舞着他的酒杯,未受阻拦地离开。"

有些人的描述方式只会让主题变得比以前更加模糊,因此我和同伴们都无法对游行形成一个清晰的概念。我确信,国王的就职典礼应该是庄严肃穆、充满宗教敬畏感的,而我无法相信这段描述中有多少庄严的成分。我在心里说:如果这是真的,欧洲人肯定有一种奇怪的方式,把庄严和梦幻般的形象混合在一起,既滑稽又崇高。在国王与他的子民缔结最庄严的契约时,肯定不允许有任何东西削弱仪式的真

---

1 嘉德勋章(Garter),1348年英王爱德华三世设立的骑士勋章,是英国荣誉体系中最高级别的骑士勋章。

2 红龙勋章(Rouge Dragon),1485年英王亨利七世设立的勋章。

3 克拉伦斯(Clarencieux),英国高级纹章官。纹章院是英国的皇室机构,成立于1484年,由君主任命的纹章官组成,其职责是代表皇室处理各种和纹章有关的事务。

4 蓝斗篷纹章官助理(Blue Mantle),英国纹章院属官。

5 英格兰捍卫者(Champion of England,又称 The King's/Queen's Champion),是一个世袭的荣誉职位,其职责是对新王加冕典礼上质疑王位的人进行应战。

正威严。在这样的时刻出现了一个滑稽的形象，会给整个仪式带来一丝滑稽的色彩。这有点像我见过的阿尔布雷特·丢勒[1]设计的一幅画：在庄严的可怕场景中，神明在审判，颤抖的世人在等待判决；画家引入了一个快乐的凡人，用手推车推着他发出责骂声的妻子下地狱。

我的同伴把我在沉思期间的缄默误认为惊讶的狂喜，他开始描述演出中那些最能激发他想象力的琐碎部分，并向我保证，如果我在这个国家再待几个月，应该会看到好东西。他继续说："就我自己而言，我已经有十五套镶金边的衣服，所有这些都是为了首次在典礼上展示而设计的，至于钻石、红宝石、祖母绿和珍珠，我们将看到它们像中国轿子里的铜钉一样密集。然后，我们都要威风凛凛地走着，这样，这只脚总是跟在前面那只脚的后面。女士们要抛出花球，宫廷诗人要挥洒诗句，观众们都要盛装出席，提布斯夫人穿着新的荷叶边长袍，留着蓬松的法式发型，女士们一个比一个更漂亮。提布斯夫人向公爵夫人致意，公爵夫人则以鞠躬还礼。使者大喊'让开'，执事大喊'让路'，卫兵大喊'打倒他'。"他对自己的描述感到惊讶，继续说："艺术竟能从最小的场景中创造出多么惊人的壮观场面，当一个人戴上另一个人的帽子时，它就这样变成了奇迹。"

现在，我发现他的心思完全放在庆典的花哨上，完全不顾这种昂贵的准备工作的真正意义。培根说，庆典是很好看的东西，但我们应该研究如何使它们变得高雅，而不是昂贵。[2]游行队伍、骑兵队，以及

---

[1] 阿尔布雷特·丢勒（Albrecht Dürer，1471—1528），德国文艺复兴时期的著名画家。
[2] 这句话是作者对培根《谈假面具与演武会》（"Of Masques and Triumphs"）内容的阐释。可参看［英］培根《培根随笔》，蒲隆译，上海：上海译文出版社，2010年，第163—165页。

所有这些由裁缝、理发师和头饰女工提供的华而不实的东西，机械地牵动着人们的敬意；一个戴着睡帽的皇帝所受到的尊敬，还不及一个头戴闪亮皇冠的皇帝所受到的尊敬的一半。政治类似于宗教，试图摒弃任何一种仪式是使之受到蔑视的最可靠的方法。弱者和智者一样，都必有让人崇拜的诱因，而一个明智政府的职责就是让所有阶层的人都有一种从属感，无论它是通过钻石搭扣还是德行诏书，是通过节制法还是玻璃项链来实现的。

这段思考的间隙让我的同伴精神抖擞地重新开始他的描述。为了进一步激发我的好奇心，他告诉我，观众们为获得席位而付出了巨大的代价。他说："从观看仪式所付出的高昂代价就可以看出，仪式一定很精彩。有几位女士向我保证，她们宁可舍弃一只眼睛，也不愿被阻止用另一只眼睛观看典礼。"他继续说："来吧，来吧，我有一个朋友，为了我，他会以最合理的价格为我们提供位置。我会照顾好你不被人挤着。他会比我更好地告诉你整个仪式的用途、装饰、狂喜、灿烂和魅力。"

经常重复的愚蠢行为会失去其荒谬性，并呈现出理性的样子。他输出论点如此频繁，如此有力，以至于我真的有些想成为一名观众。于是，我们一起去预定位置，但让我吃惊的是，那个人竟然要求我用一袋金子换一个座位：我简直不敢相信他是认真的。我大声说："朋友，我花二十英镑在这里坐一两个小时，能把加冕礼的一部分带回去吗？""不能，先生。""离开后我还能靠它生活多久？""不久，先生。""加冕礼能当衣服穿、当饭吃吗？"那人回答说："先生，您似乎搞错了，您所能带回去的只是一种说您看到了加冕礼的快乐。"提布斯喊道："见鬼，如果仅仅是这样的话，那就没必要为此付钱了，因为不管我在不在那里，我都决心要得到这种快乐！"

我的朋友，我意识到这只是对计划举行的仪式的非常混乱的描述。您可能会反对，我既没有确定等级、优先顺序，也没有确定地点；我似乎不知道红色队伍是走在嘉德勋章骑士团之前还是之后；我既没有提到勋爵帽子的尺寸，也没有测量女士拖裾的长度。我知道您喜欢细致的描述，不幸的是，我无法提供这些。但总的来说，我认为它无法与我们已故皇帝[1]与月亮成婚时，其游行队伍的壮丽相媲美，冯煌大人您亲自主持了仪式。惜别。

---

1 皇帝，原文为 Whangti，或指杜赫德在《中华帝国全志》中描述的 1722 年去世的康熙（Kang-hi）皇帝（J. B. Du Halde, *A Description of the Empire of China,* vol. 1, p. 138, 234）。

第106封信

嘲笑写给大人物们的悼文。一则样例。

李安济·阿尔坦济寄北京礼部尚书冯煌。

这里以前的习俗是，当有名望的人去世时，他们在世的熟人会向坟墓里各扔一件小礼物。为此，人们会使用一些价值不大的东西：香水、遗物、香料、苦草、甘菊、艾草和诗句。不过，这种习俗几乎已经消失了。现在，人们在这种场合中，只会挥霍诗句。他们认为，这种祭品可以与死者一起埋葬，而不会对生者造成任何伤害。

因此，当大人物去世时，殡葬业者和诗人都会找到工作。一方提供长袍、黑杖和丧车，另一方则创作牧歌或挽歌、独白颂歌或神曲。贵族们无须担心，可以在他们认为合适的时候死亡，诗人和殡葬业者随时准备为他们提供服务。只需要半小时，他们就能找到隐喻中的眼泪和饰有家族纹章的盾。当一方严肃地把尸体放进坟墓时，另一方已准备好将其象征性地固定在群星中了。

在这种场合，有几种表达诗意悲伤的方式。吟游诗人现在是一位沉思的科学青年，坐在坟墓中哀叹；他又变成了迪尔西，在无害的羊群中抱怨。现在，不列颠尼亚坐在她自己的海岸上，流露出母性的温柔；而在另一个时刻，帕尔纳索斯[1]山，甚至帕尔纳索斯山，也为悲伤让步，流下悲痛的眼泪。

但最常见的方式是这样的：达蒙[2]遇到脸色阴沉的梅纳尔喀斯[3]。牧羊人问他的朋友，为什么会有如此忧伤的表情？对方回答说，皮西厄斯已经不在了。达蒙说："如果真是这样，让我们到远处的凉亭去吧，那里的柏树和茉莉花为微风增添了芬芳。让我们为皮西厄斯哭泣吧，他是牧羊人的朋友，也是每一位缪斯的守护神。"他的牧羊人同伴回答道："啊！你觉得喷泉边的那个洞穴怎么样？潺潺的溪水有助于我们的倾诉，旁边树上的夜莺也会加入我们的音乐会。"地方定下来后，他们就开始了：小溪静静地听着他们的哀鸣；牛儿忘记吃草；就连老虎也从森林中跑出来，满怀同情。亲爱的冯煌大人，以我们祖先之名发誓，我在这一切痛苦中丝毫不受影响——这一切对我的精神来说是液体鸦片，而一只通情达理的老虎比我温柔二十倍。

虽然我永远无法与哀怨的牧羊人一起哭泣，但我有时也会同情诗人，因为他的职业就是制造半神和英雄，以此谋生。在自然界中，没有什么人比坐下来编写奉承话的人更悲惨。他写的每一节诗都在默默地指责自己职业的卑劣，直到最后他的愚蠢变得更加愚蠢，他的乏味变得更渺小。

因此，令我惊讶的是，至今还没有人找到既能奉承无用之人，又

---

1 帕尔纳索斯（Parnassus），位于希腊中部的山脉名，古时被认为是文艺女神的灵地。是诗人和诗歌的代名词。
2 达蒙（Damon），罗马传说中的人物，与其好友皮西厄斯（Pythias，原文拼作 Pollio）为生死之交。
3 梅纳尔喀斯（Menalcas），维吉尔《牧歌》中的牧羊人。

能保全良知的秘诀。我常常希望能找到一种方法，使一个人既能为自己和已故的赞助人主持公道，又不会受到自我的可恨指责。经过长时间的思考，我终于想到了这样一个权宜之计。现在我把一首悼念大人物去世的挽诗样本寄送给您，在这首诗歌中，奉承之词绝佳，而诗人却完全无辜。

　　在尊敬的×××逝世之际

　　缪斯，倾注怜悯的泪水吧
　　为皮西厄斯的离去：
　　噢，若他再活一年！
　　——他就不会在今天死去。

　　噢，他若为泽被人类之故，
　　生在昔日的良善时代，
　　众英雄也只能甘为殿后！
　　——不论他所在何夕。

　　丛林和平原显得多么悲哀，
　　同情的羊群：
　　甚至怜悯的山丘也会落下眼泪！
　　——如果山丘也会哭泣。

　　他的慷慨之举十分崇高

每位吟游诗人都可以尽情展示：
因为没有人白白地祈求救济！
——他们宽慰地离去。

听！我听到人群的歌唱
葬礼禁止赞歌。
他将依然活着，长久地活着
——正如每一位逝者那样。

第107封信

英国人太喜欢不加验证地听信每一份报道。一则煽动者的故事。

李安济·阿尔坦济寄北京礼部尚书冯煌。

人们对待一份报道，最常见的方法是先查验其可能性，然后根据情况采取行动。然而，英国人在这种情况下表现出不同的精神。他们首先采取行动，当为时已晚时，才开始检验。由于了解英国人的这种性情，这里有一些人每隔一段时间就会编写新的报道，所有这些报道都倾向于谴责他们同辈和后代的堕落。公众急切地捕捉到这种谴责，他们四处散播危险信息，在一个地方卖出，在另一个地方买进，抱怨他们的统治者，在人群中大喊大叫，他们这样像傻瓜一样表现了一段时间后，便冷静地坐下来争论和谈论智慧，用演绎推理相互迷惑，并为下一份流行的报道做准备，而下一份报道总是取得同样的成功。

因此，他们总是刚从一份报道中抽身，又在另一份报道中沉沦。他们就像井里的狗，拼命挣脱。当它的上半身浮出水面，每个观众都以为它脱离了水面，但它的下半身又把它拖下水，鼻子沉入水中；它又努力浮出水面，但每次努力都会加剧它的虚弱感，只会让它沉得更深。

我听说，这里有些人靠着同胞的轻信过着不错的生活。他们发现民众喜欢鲜血、受伤和死亡，于是就为一年中的每个月份设计出政治上的损失。这个月，人们被法国人用平底船打败；下个月在旨在击退法国人的战役中被法国士兵击败；现在，人们将跳进奢侈的深渊，除了鲱鱼订购活动之外，没有什么能把他们再捞上来。时间流逝，报道被证明是不真实的；新的环境产生新的变化，但人民从未改变，他们仍在坚持愚蠢的行为。

在其他国家，那些不怀好意的政客只能独自为自己的计划烦恼，变得忧郁，却不希望感染其他人。但是，英国似乎正是容易滋生忧郁的地方；一个人不仅可以在自己身上无限制地制造混乱，而且如果他愿意，还可以将其传播到整个王国，并且一定会成功。他只需大声疾呼："政府，政府全都错了，他们的计划正在走向毁灭，英国将不复存在。"在这种情况下，每一个优秀的联邦成员都会认为自己有责任谴责普遍的颓废，带着同情的悲伤，想象宪法的衰败，极大地削弱它的活力。

如果我建议他们在预言灾难时不要那么悲观，在试图抱怨之前先冷静地审视一下，这些人会嘲笑我单纯。我刚刚听到一个故事，虽然是在一个私人家庭里发生的，却很好地描述了整个国家在面临灾难威胁时的表现。这里既有公共的煽动者，也有私人的煽动者。最近，其中一个煽动者，不知是为了取悦他的朋友，还是为了缓解自己的脾脏忧郁症，给我附近的一个有名望的家庭送了一封恐吓信，大意如下：

"先生，我知道您非常富有，而我自己又非常贫穷，所以我想告诉您，我已经掌握了给男人、女人和儿童下毒的秘密，而且没有被发现的危险。先生，您不必担心，您可以选择在两星期内中毒，或在一个月内中毒，或在六周内中毒，您将有充分的时间来处理您的一切事务。虽然我很穷，但我喜欢像个绅士一样做事。但是，先生，您必须死，我已经下定决心，您必须死。先生，鲜血，我以喋血为业，所以我希望您能在六周后的今天，向您的朋友、妻子和家人告别，因为我不可能再给您更长的时间。为了让您更加确信我的投毒艺术的力量，让您知道我说的是真话，请拿着这封信。当您读完之后，撕掉封条，折叠起来，交给您最喜欢的坐在火边的荷兰獒。它会吞下这封信，先生，就像吞下黄油吐司一样。在它吞下这封信的三小时四分钟后，它会试图咬掉自己的舌头，半小时之后就会裂成二十块。鲜血，鲜血，鲜血，无须赘言。来自您最顺从、最忠诚、至死听命于您的卑微仆人。"

您不难想象，这封信让整个善良的家庭陷入了怎样的惊愕之中。那可怜的收信人更是惊讶，因为他不知道自己怎么会招致如此无情的恶意对待。这家人所有的朋友都被召集起来，大家一致认为这是一件极其可怕的事，应该请求政府给予悬赏和赦免，因为这样的人将会毒害一个又一个家庭，不知破坏会在何时结束。做出决定后，他们向政府提出申请，对煽动者进行严密搜查，但都徒劳无功。最后，他们想起还没有在狗身上进行试验，于是把荷兰獒牵来，让它站在亲朋好友中间。他们撕掉封条，小心翼翼地叠好信袋，不久就惊讶地发现——这只狗根本不会吞下这封信。惜别。

第108封信

东方之旅可能带来的效用和乐趣。

李安济·阿尔坦济寄北京礼部尚书冯煌。

我经常惊讶于几乎所有向东深入亚洲的欧洲旅行者的无知。要么受商业动机的影响,要么受宗教信仰的影响,他们的描述可能符合受过非常狭隘或带有偏见的教育之人的合理期望,是迷信的叙述,或是无知的结果。在如此多的冒险家中,竟然找不到一位哲人,这难道不令人惊讶么?至于杰梅利[1]的旅行,有识之士早就一致认为,这一切只不过是一场骗局。

几乎没有一个国家的居民,无论他们多么粗鲁或未开化,不掌握一些自然或艺术方面的特殊秘密,而这些秘密都可以成功地移植到其他国家。例如,在西伯利亚鞑靼地区,当地人从牛奶中提取一种烈性酒,这可能是欧洲的化学家所不知道的秘密。在印度最原始的地区,他们掌握了把植物染成猩红色的秘密;同样,他们掌握了把铅提炼成

---

[1] 杰梅利(Giovanni Francesco Gemelli Careri,1651—1725),意大利冒险家和旅行家,曾通过搭乘贸易船只环游世界。

一种金属的秘密，这种金属的硬度和颜色几乎不亚于银；这些秘密中的任何一个，在欧洲都能让人发财致富。欧洲人很容易把亚洲人造风或降雨的能力当作神话，因为他们自己没有类似的例子；但是，如果他们被告知，在火药和航海罗盘在他们国内普及之前，中国人就已经使用了这些技术，他们也会以同样的方式对待这些技术的秘密。

在所有英国哲学家中，我最敬仰培根，这位伟大而坚韧的天才。正是他揭示了尚不为人知的秘密；他毫不畏惧困难，激发人类的好奇心去探究大自然的每一部分，甚至鼓励人类去尝试是否能将暴风雨、雷霆甚至地震置于人类的控制之下。哦，如果有一个像他这样有胆识、才华、洞察力和学识的人，去那些只有迷信和唯利是图者才会去的国家旅行，人类会有什么期待呢？他又会给他旅行过的地区带来怎样的启迪呢？他又会带回怎样的知识和有益的进步呢？

也许没有一个如此野蛮的国家，如果从旅行者那里得到同等的信息，会不透露它所知道的一切；我很容易想到，一个人如果愿意给予比他所得到的更多的知识，无论他走到哪里，都会受到欢迎。在旅行中，让他的知识盛宴同与他交谈之人相匹配，是他所关心的全部。他不应该试图教不识字的鞑靼人天文学，也不应该教文雅的中国人粗鲁的生存艺术。他应该努力使野蛮人掌握舒适生活的秘诀，使更高雅国家的居民感受科学思辨的乐趣。一位哲学家这样消磨时间，要比坐在家里一心一意地在他的目录中多添一颗星，或在他的收藏中多添一只怪物，或在可能的情况下，沉迷于更微不足道的事物如给跳蚤下咒或雕刻樱桃石，要高尚得多。

英国那些旨在促进艺术和学术进步而建立的协会中，没有一个想过要派遣一名成员到亚洲最东部地区去，去尽其所能地发现。每每想到这个话题，我总是感到惊讶。为了使他们相信这样做的效用，请让他们阅读一下他们自己旅行者叙述的故事。他们会发现，他们自己经常被欺骗，就像他们试图欺骗别人一样。商人也许会告诉我们不同商品的价格、打包方法，以及欧洲人在国内保持健康的最佳方式。另一方面，传教士则告诉我们，他被派往的国家是如何欣喜地接受基督教的，他使多少人皈依了基督教；在一个没有鱼的地区，他采取什么方法来度过大斋节，或者在一个没有面包和酒的地方，他是如何通过转化来庆祝宗教仪式的。这些记述，加上婚丧嫁娶、碑文、河流和山脉等常见的附加内容，构成了欧洲旅行者日记的全部内容；但居民所掌握的所有秘密，则普遍被归因于魔法；当旅行者无法对他所看到的奇迹做出其他解释时，他就会非常满意地将其归因于魔鬼的力量。

英国化学家波义耳[1]经常说，如果每个艺术家都能在自己的工作中有新发现，那么哲学就会获得巨大的进步。我们还可以更公正地指出，如果每个国家的有用知识，无论这个国家多么野蛮，都被明智的观察者收集起来，那么其好处将是不可估量的。即使在欧洲，不是也有许多有用的发明只是在一个地方为人所知或付诸实践么？例如，在我看来，德国收割玉米的工具要比英国使用的镰刀方便和快捷得多。无须发酵就能廉价快速地制造醋的方法，只有法国的一部分地区才知道。如果说这些发现在国内仍属未知的话，那么在那些尚未被开发，或者只有无知的旅行者跟随匆忙的商队经过的国家，我们又能收集到多少知识呢？

---

[1] 波义耳（Robert Boyle，1627—1691），英国自然哲学家、炼金术师，在化学和物理学研究上都有杰出贡献。其著作《怀疑的化学家》(*The Sceptical Chymist*) 被视作化学史上的里程碑。

亚洲接待外国人的谨慎态度，可能会被认为是反对这一计划的理由。但是，几位欧洲商人是多么容易地以桑家平[1]或北方朝圣者的身份进入不信任生人的地区，甚至中国也没有拒绝他们进入。

派遣一名能胜任这些工作的旅行者，可能是全国关注的目标；这在某种程度上可以弥补野心造成的破坏；它可能表明，仍然有一些人自称热爱全人类，他们的名声比自诩爱国者更响亮。唯一的困难是如何选择一个合适的人来完成如此艰巨的任务。他应当是一个富有哲思的人，一个善于从特殊事件中推断出具有普遍意义的结论的人，既不因骄傲而自满，也不因偏见而僵化，既不拘泥于某一特定的体系，也不只精通一门特定的科学，既不完全是一个植物学家，也不完全是一个古董商。他的头脑中应当掺杂着各种知识，他的举止应当因与人交往而变得人性化。在某种程度上，他应当是一个热衷于规划的人，因想象力丰富而喜欢旅行，天生喜欢变化，身体能够承受各种疲劳，内心不容易被危险吓倒。惜别。

---

[1] 桑家平，原文为 Sanjapins，音译。此处也可能指撒拉逊人（Saracen），即阿拉伯人的古称。

第109封信

中国哲人试图找出名人。

李安济·阿尔坦济寄北京礼部尚书冯煌。

我来到这里,向自己提出了一项主要任务,就是了解那些作为学者或智者而声名远播的在世者的名字和性格。为了成功实现这一计划,我认为最可靠的方法就是从无知的人开始调查,因为这样可以判断谁的名气最大,大到足以让普通人听到。就这样,我开始了寻找,结果却是感到失望和困惑。我发现每个地区都有自己独特的名人。在这里,会讲故事的鞋匠吸引了街道一侧的人,而擅长接住东西的侍者则在街道另一侧悄无声息地占据一席之地。在小巷的一端,教堂司事被认为是世上最伟大的人,但我还没有走过半条巷子,就发现一位热心的老师已经分走了他的名声。我的房东太太知道了我的计划,好心地在这件事上给了我一些建议。她说,她的确不是评判者,但她知道什么能让自己高兴,如果我相信她的判断,我应该把汤姆·科林斯列为世界上最聪明的人,因为汤姆能够惟妙惟肖地模仿所有人,此外还能惟妙惟肖地模仿母猪和公猪。

我现在意识到,如果以在俗人中的名声为标准,我的名人录就会膨胀到比宫廷日历还大，因此我放弃了这种追寻方法，决心到书商的店铺——名望常住之地，继续我的调查。于是，我恳求书商告诉我，现在有哪些人在道德、智慧或学识方面最出色。他没有直接回答我，而是从书架上抽出一本小册子《青年律师指南》。他说："先生，您看，这本小册子一天就卖了一千五百册，我认为，无论从这本小册子的标题、序言、计划、正文还是索引来看，其作者都是英国最出色的作家。"我发现在这里继续我的调查是徒劳的，因为我的消息提供者似乎是个不称职的评判者，因此，我付钱买下《青年律师指南》，出于礼貌，我不得不买下它，然后就离开了。

我对名人的追求现在把我带进了一家印刷厂。我想，在这里，画家能反映公众的声音。正如每一个值得尊敬的人都曾在罗马广场上树立雕像一样，在这里，除了那些值得在我们心中占据一席之地的人，没有其他人的画作会被公开出售。但是，当我来到这个著名的画像储藏室时，猜猜我有多吃惊；所有的区别在这里都被抹平了，就像在坟墓里一样，我不得不把它视为真正功绩的墓穴。砖粉商占据了与手持权杖的英雄一样多的空间，而法官则被捕贼团伙成员挤到了一边；庸医、皮条客和小丑壮大了队伍，著名的种马只会为更著名的妓女腾出空间。在来英国之前，我曾欣喜地读过一些现代作家的作品，但我发现他们在这里没有一席之地。墙上挂满了我不认识或努力忘却的作家的名字；挂满了一天里印刷出来的自我标榜的小画像，能让自己跻身时尚，却无法拥有名声；我可以在一些画的底部看到××、×××和×××的名字，他们同样都是粗俗大众呼声中的候选人，最重要的是要在铜版画上宣传他们不会脸红的面孔。因此，在这些人中我找不到最喜欢几个名字，我的不安现在却变成了庆幸；我不禁想到塔西佗在类似场合的精辟见解。历史学家说:"在这支阿谀奉承的队伍中,没有看到布鲁图斯、卡西乌斯和加图的画像,缺席是其功绩的最有力证明[1]。"

我说:"在这些未埋葬的逝者的纪念碑中寻找真正的伟大者是徒劳的;让我到那些公认的名人坟墓中去,看看最近是否有值得后人关注的人被安放在那里,他们的名字可以传给我远方的朋友,作为当代的荣耀。"我下定决心,再次访问了威斯敏斯特大教堂。在那里,我发现了为纪念伟人而树立的几座新纪念碑;伟人的名字我完全记不得了,但我清楚地记得,鲁比利亚克[2]是雕刻这些纪念碑的雕像师。其中的两篇现代墓志铭,让我情不自禁地笑了。其中一篇赞扬死者是古老根脉的苗裔[3],另一篇赞扬死者,因为他是著名家族的后裔[4];后者的主要功绩是他支撑起了一个正在没落的家族。我说:"天啊,像这样的纪念碑不是赋予伟人的荣誉,而是赋予雕刻家鲁比利亚克的。"

迄今为止,我对追寻当今时代的大人物感到失望,于是我决心混入人群,在咖啡馆试试能从批评家身上学到什么东西;正是在这里,我听到人们谈论我最喜欢的名字,但声名倒转。一位功绩显赫的绅士,作为作家,却被笼统地贴上坏人的标签;另一位精致细腻的诗人,却被指责缺乏善良的天性;第三位被指责思想自由,第四位因曾经是个演员而被指责。我说:"奇怪,人类在名声的分配上是多么不公正。我

---

[1] 原文为拉丁语 eo clariores quia imagines eorum non deferebantur。

[2] 鲁比利亚克(Louis-François Roubiliac,1702—1762),法国雕刻家,18世纪30年代来到英国。

[3] 原文为拉丁语 ortus ex antiqua stirpe。

[4] 原文为拉丁语 hanc ædem suis sumptibus reædificavit。

最初找到的那些无知的人，他们愿意给予他人名声，却无法识别那些值得拥有名声的人的美德，而现在与我交谈的人，他们虽然知道应该钦佩的对象，但将嫉妒与掌声混在一起。"

　　由于经常失望，我现在决心亲自审视一下那些世人如此津津乐道的人物。通过与真正有功绩之人交谈，我开始发现那些真正值得称赞的人物，尽管他们极力避免掌声。我发现，粗俗大众的钦佩完全是错位的，而他们的恶意却没有刺痛效果。真正伟大的人虽然有无数的小缺点，但有着光辉的美德，在道德上和写作上都保持着崇高的状态。凡是在这两方面都取得卓越成就的人，常有无数僭越行为，这是理解力最普通的人也可以察觉到的。无知的批评者和呆板的评论家很容易发现口才或道德上的瑕疵，他们的情感还不够高尚，无法观察到美；但这样的人既不是书籍的评判者，也不是生活的评判者；他们的谴责不会削弱坚实的声誉，他们的掌声也不会赋予持久的品格：总之，我通过调查发现，只有自身具备实至名归美德之人，才能将真正的名声赋予他人。惜别。

第110封信

将亚洲的职位引入英国宫廷的计划。

李安济·阿尔坦济寄北京礼部尚书冯煌。

在东方君主的宫廷里,有许多职位是在欧洲完全没有存在过且不为人知的。例如,他们没有为皇帝挠耳朵或剔牙的官员,他们的宫廷中从未引入被任命携带皇家烟草盒的官员,也没有在后宫中指导训练的严肃主管。英国人在这些细节上都没有模仿我们,这令我感到惊讶,因为他们通常对来自中国的所有东西都很满意,而且分外热衷于创造新的、无用的工作。他们用我们的家具填满他们的房子,用我们的烟花填满他们的花园,用我们的鱼填满他们的池塘。我的朋友,我们的朝臣就是他们应该引进的鱼和家具,我们的朝臣能比欧洲的朝臣更好地履行宫廷的必要仪式,前者会满足于做很少的事却能得到高薪,而这个国家的一些人却不满足于他们什么都不做却能获得高薪。

因此,我最近想在此提出一项建议,将一些新的东方职务和头衔引入其宫廷登记册。由于我自认为是一个世界主义者,所以我在为我碰巧居住的国家出谋划策时,就像在为我出生的国家出谋划策时一样感到满足。

勃固皇宫最好的居室里经常有老鼠出没。该国的宗教严格禁止人们杀生。因此，在这种情况下，他们不得不求助于宫廷中的一些大人物，这些大人物甚至冒着自己不能被拯救的风险，也要拯救皇家的居所。一个软弱的君主统治后，宫廷里每个角落的害虫数量都令人吃惊，但一个谨慎的国王和一名警觉的官员很快就会把它们从垫子下和挂毯后的庇护所赶走，并有效地解救宫廷。在我看来，在英国，这样的官员在这个时刻是非常有用的；因为，正如我听说的那样，如果宫殿很老旧，那么毫无疑问，一定有许多害虫躲在壁板和帷幔后面。因此，应该授予一位大臣"宫廷害虫杀手"的头衔和尊严，他应该拥有充分的权力，使用魔法、陷阱、白鼬或鼠药来驱逐、捕杀、毒死或消灭害虫。他可以毫无顾忌地挥舞着扫帚，把家具上的每一个地方都刷得干干净净，连一个蜘蛛网都不放过，无论它是多么神圣的奉旨存在之物。几天前，我在一群上流的、担任国家最尊贵司职的人群中传达了这一建议。其中包括英国监察员[1]、内政部长亨里克斯先生[2]、财务司库本·维克托[3]、秘书约翰·洛克曼[4]，以及《帝国杂志》的经理。他们都认为我的建议很有用，但担心可能会遇到宫廷装潢师和女仆的阻挠，他们会反对我的建议，因为这会毁坏家具，而且使用白鼬和鼠药也很危险。

我的下一个提议比前一个更有普遍性，可能遇到反对也更少。虽

---

[1] 英国监察员（Inspector of Great Britain），作者调侃英国作家约翰·希尔（John Hill, 1716？—1775）的一种讽刺说法。希尔曾在英国报刊上以"监察员"为名开设专栏。
[2] 内政部长（Director of the Ministry），作者调侃英国商人亨里克斯（Jacob Henriques, 1683—1768）的一种夸大说法。他曾在英国报刊上多次刊登彩票广告。
[3] 指德鲁里巷皇家剧院的经理和财务司库本杰明·维克托（Benjamin Victor, 1722—1778）。
[4] 约翰·洛克曼（John Lockman），为自由英国渔业协会（The Society of Free British Fishery）的秘书。

然世界上没有哪个民族比英国人更会奉承，但我知道没有哪个民族比英国人更不懂奉承这门艺术，而且奉承得如此不讲究。英国人的赞美之词就像鞑靼人的盛宴，的确是丰盛无比，他们的烹饪方法却令人难以忍受。这里的奉承者会为他的主顾烹制一道焖肉，这道菜还未进门就会冒犯一个普通人的嗅觉。一个镇上的人要给一位伟大的部长送上他们的呈文，这将立即被证明是对部长和他们自己的讽刺。不论当下最受欢迎的人坐着、站着或睡着，都会有诗人将之写成诗歌，由牧师在讲坛上宣讲。因此，为了让赞美者和被赞美者都摆脱可能对双方不利的职责，我建议设立专职的奉承者，就像在印度的一些宫廷中一样。这些奉承者被任命在王公贵族的宫廷里，指导人们在什么地方发出赞美，在什么地方着重赞美。但是，当君主与拉甲[1]及其他贵族以熟悉的方式交谈时，总会有这样一位官员在一旁等候。君主每说一句话，都会停顿一下，并对他说的话报以微笑；被称为"卡拉麦特"[2]的奉承者就会理所当然地认为，君主说了一句好话。"卡拉麦特！卡拉麦特！奇迹啊，奇迹。"他大声说着，举起双手，双眼放光。周围的朝臣也随声附和，而君主却一直闷闷不乐地坐在那里，享受着笑话的胜利，或者构思新的巧妙回答。

我希望英国每一位大人物的餐桌上都有这样一位官员。通过经常练习，他很快就会成为这门技艺的完美大师，久而久之，就会让他的赞助人感到满意，对他自己也不会造成任何麻烦，还可以防止更多无知的装模作样者进行令人作呕的尝试。我相信，这里的神职人

---

1 拉甲（raja），指印度的酋长、王公贵族。
2 卡拉麦特（Karamat），在伊斯兰教中，指穆斯林圣人创造的超自然奇迹。

员会喜欢这个建议。这将为他们中的一些人提供职位。事实上，从他们最近的一些作品来看，许多人似乎已经具备了担任这一职务候选人的资格。

但我认为最后一项建议至关重要。您可能还记得，我们的邻国俄罗斯的女皇设立了女骑士团。德国女皇也建立了一个，中国自古以来就有这样的骑士团。我很惊讶英国人从未建立过这样的机构。在这里，当我想到什么样的人能被封为骑士时，我觉得很奇怪，他们从未授予女性这种荣誉。英国人让奶酪商和糕点师成为骑士，那为什么不能是他们的妻子呢！英国人召集动物油脂蜡烛制造商来坚守维护骑士精神和保持武装的艰苦职责，那为什么不召集他们的妻子呢？正如我认为所有骑士都必须宣誓，男装店店主宣誓，永远不会在战斗中逃跑，以马具和其他骑士装备来维护和捍卫骑士精神的崇高地位。如果男装店店主都宣誓遵守这一切，那么他们的妻子为什么不呢？我敢肯定，他们的妻子比他们更懂战斗，也更精通混战和战斗的技巧，至于骑士马和马具，可能夫妻二人都是除单驾马车的马具外，什么都不懂。不，不，我的朋友，与其授予丈夫们爵位，不如给他们的妻子爵位。不过，在这种情况下，国家不必为新的机构而烦恼。可以恢复一些古老的、被废除的勋章，它们既可以作为座右铭，又可以作为封号名，女士们可以自己选择。例如，德国的龙勋章，苏格兰的芸香勋章和法国的箭猪勋章，这些名字都很好听，非常适合我打算建立的女性机构。惜别。

第111封信

关于英国的不同教派,尤其是卫理公会派。

李安济·阿尔坦济寄北京礼部尚书冯煌。

英国的教派比中国的多得多。在这里,一个人只要有足够的兴趣租一个修道院,就可以自立门户,推广一种新的宗教。目前,最新教派的推销者给出了极高的折扣,他们让弟子们花极少的钱就能获得诸多使人安心的东西。

他们的店铺经常有人光顾,顾客也与日俱增,因为人们天生就喜欢用尽可能少的花费去天堂。

然而,您千万不要以为这个现代教派与国教在观点上有分歧。观点分歧确实曾使他们的教派分裂,有时还把他们的军队引向战场。白袍和黑斗篷、遮耳帽和十字口袋[1]曾经是争吵的明显原因;那时人们有理由争斗,他们知道争斗的原因是什么。但现在,他们在宗教创立方面达到了如此精细的程度,以至于他们实际上形成了一个没有新观点

---

[1] 此处提到的服饰都指涉天主教和新教各教派有关着装的规定。其中,"十字口袋"可能指男性长裤前部缝制的口袋,18世纪是口袋开始兴起的时期,此时有关口袋的位置和功用有很多争执,在宗教语境中尤甚。

的新教派；他们为共同捍卫的观点而争吵；他们互相憎恨，这就是他们之间的全部区别。

尽管他们的原则是一样的，做法却有些不同。国教的信徒高兴时会大笑，除了感到痛苦或遇到危险，他们很少发出呻吟。相反，新教派则以哭泣为乐，除了叹息和呻吟的合唱或模仿呻吟的曲调，很少使用音乐。他们厌恶笑声。恋人们在哀叹声中互相追求；新郎在悲哀的庄严中走近婚床，新娘看起来比殡仪馆里的人还要忧郁。在他们看来，在房间里跳舞就像直接奔向魔鬼；至于赌博，他们开玩笑说，他们宁愿玩响尾蛇的尾巴，也不愿用手指玩骰子。

此时，您已经意识到我在描述一个狂热者教派。您把他们与东方的托钵僧、婆罗门与僧侣[1]做了比较。在这些人中，您知道有几代人从未笑过，他们所夸耀的功绩都是自愿受苦。每个国家的狂热分子都有类似的表现；用针扎托钵僧，或把婆罗门关进害虫医院里，让僧侣平躺在大地上，或让教徒的眉宇间充满悔意；那些抛弃理性之光的崇拜者永远是阴郁的；他们的恐惧与他们的无知成正比地增加，就像行走在黑暗中的人总是忧心忡忡一样。

然而，还有一个更有力的理由让狂热者与笑声为敌，那就是他本身就是适当的嘲讽对象。值得注意的是，虚假教义的传播者从来都不喜欢笑，当他们打算冒名行骗时，总是首先推荐严肃。中国的偶像伏羲据说从未笑过；婆罗门的领袖琐罗亚斯德据说只笑过两次，一次是在他来到这个世界时，另一次是在他离开这个世界时。先知本人虽然喜欢享乐，却公开反对欢乐。有一次，先知告诉他的追随者们，他们

---

1 僧侣，原文为 talapine，疑为 talapoin 之误，指东南亚的僧侣。

在复活时都赤身裸体地出现,他最宠爱的妻子认为这样的集会不体面,不符合礼仪。这位庄严的先知说道:"愚蠢的女人,虽然所有会众都赤身裸体,但那一天,他们会忘记笑的。"像他这样的人反对嘲笑,宣扬庄重,是因为他们知道嘲笑是最可怕的对手。

讥讽一直是狂热者最强大的敌人,可能也是唯一能够成功与狂热者对抗的对手。迫害只会有助于新教派的传播;它们在刽子手和斧头下获得新的活力,就像一些生命力旺盛的昆虫一样,通过自我解体而繁殖。同样,也不可能用理性来对抗狂热,因为尽管狂热者会表现出抵抗的姿态,但它很快就会逃避压力,把你指向无法理解的区别和无法解释的感情。如果一个人试图通过争论来说服一个狂热者,那他还不如试图用手指来涂抹水银。要征服一个异想天开者,唯一的方法是鄙视他;火刑柱、柴薪和争论不休的博士,在某种程度会使他们要反对的观点变得更加崇高;这些事物和人对创新的骄傲是无害的;只有蔑视才是真正可怕的。猎人一般都知道他们追捕的野兽最脆弱的部位,每只动物都会小心翼翼地保护最脆弱的部位;狂热者最脆弱的部位是什么,可以从他一开始就小心翼翼地培养弟子们的庄严,并防止他们受到嘲笑的影响而得知。

当腓力二世[1]任西班牙国王时,萨拉曼卡[2]有两个修会在争夺优越地位。一方的传奇人物包含更多非凡的神迹,但另一方的传奇人物被认为是最真实的。他们互相谩骂,就像神学争端中很常见的那样。人们分成了不同的派别,一场内战似乎不可避免。为了防止这种迫在眉

---

[1] 腓力二世(Philip Ⅱ of Spain,1527—1598),西班牙国王,在其统治下,西班牙帝国的国力达到巅峰。

[2] 萨拉曼卡(Salamanca),西班牙城市名。

睫的灾难，人们说服交锋的双方将他们的传奇人物置于烈火的考验之下，未被烈火灼伤的一方将获得胜利，并受到加倍的尊敬。每当人们蜂拥而至观看奇观时，他们百分百能看到神迹，因此，这次聚集在一起的人数多得令人难以置信。双方的修士都走了过来，满怀信心地把他们各自的传奇人物扔进了火中，但令所有集会者大失所望的是，两个传奇人物非但没有显现神迹，反而都被烧毁了。除了让双方都受到蔑视，没有什么能阻止流血事件。现在，人们都在嘲笑他们以前的愚蠢行为，不明白他们为什么会闹翻。惜别。

第112封信

描述一次选举。

李安济·阿尔坦济寄北京礼部尚书冯煌。

目前，英国人正在举办每七年一次的节日庆祝活动；届时，国家议会将被解散，新的议会将由选举产生。这种隆重的节日在华丽壮观方面远不及我们的灯笼节；东方的节日也比它更整齐划一和虔诚纯粹，但在吃这方面，世界上没有任何一个节日能与之媲美。他们的饮食着实让我吃惊：假使我有五百个脑袋，而且每个脑袋都有智慧，也不足以计算在这个节日里为国家的利益而死去的牛、猪、鹅和火鸡的数量。

说实话，在英国所有的狂热聚会、商业活动或娱乐活动中，吃似乎都是一个重要的组成部分。当要建造一座教堂或捐赠一所医院时，董事们就会聚集在一起，他们不是就此事进行磋商，而是就此事大吃一顿，通过这种方式，业务得以顺利开展。当要救济穷人时，受命发放公共救济金的官员们就会聚集在一起，就此事大吃一顿——也从来没有听说过，他们是先填饱穷人的肚子，然后再使自己的肚子得到满足。但在选举地方行政长官时，人们似乎超越了一切界限。候选人的优劣往往以他请客的次数来衡量。他的选民们聚集在一起，大吃特吃，令他们给予候选人掌声的不是他的正直或理智，而是他的牛肉和白兰地的数量。

不过，我可以原谅这些人在这种场合大吃大喝，因为每个人在免费的情况下吃很多东西是非常自然的；但令我惊讶的是，所有这些美好的生活都无助于改善他们的心情。相反，他们似乎在失去食欲的同时也失去了好脾气；他们吞下的每一粒食物，喝下的每一杯酒都会增加他们的敌意。许多诚实的人，以前就像驯服的兔子一样无害，当他们吃了一顿选举晚餐后，就变得比装上弹药的长炮还要危险。有一次，我亲眼看到一个头脑发热的服饰用品商带领着一群人冲了出来，决意迎战一个绝望的糕点师，他是对立党派的将军。

但是，您千万不要以为他们这样殴打对方是没有托词的。恰恰相反，这里没有人会不文明到在没有非常充分理由的情况下就殴打自己的邻居。例如，一位候选人用杜松子酒，一种他们自己酿造的烈酒；另一位候选人总是喝从国外进口的白兰地。白兰地是一种有益健康的酒；杜松子酒则完全是他们自己酿造的。这显然是一个引起争吵的原因：究竟是用杜松子酒喝醉最合理，还是用白兰地喝醉最合理？人们争论不休；打架打得自己清醒了；然后抽身再去喝醉，并为另一次交锋蓄能。因此，英国现在可以被恰当地称为战争状态；因为他们在国外制服敌人的同时，在国内也打得头破血流。

最近，我到邻近的一个村庄远足，目的是观看在这个场合举行的仪式。我带着三位小提琴手、九打火腿和一个诗人团体一起离开了小镇，他们是杜松子酒会的增援力量。我们进城时脸色很好；小提琴手们丝毫没有被敌人吓倒，一直在主要街道上摆弄着他们的武器。通过这种谨慎的战术，他们在众人的欢呼声中和平地占领了他们的总部，这些人听到他们的音乐似乎非常高兴，但最高兴的还是看到了他们的熏肉。

我必须承认，我很高兴看到在这种场合所有人都是平等的，穷人在某种程度上享受着大自然的原始特权。如果说有什么区别的话，那么最底层的人似乎也都是从富人那里得到这种区别的。我注意到一个鞋匠在他的门前开招待会，一个服装店老板在柜台后面招待顾客。不过，我的思考很快就被一群人打断了，他们问我是支持蒸馏酿酒厂还是啤酒厂。由于对这些术语完全不熟悉，所以我起初选择了沉默；然而，我不知道我的沉默会产生什么后果，因为人们的注意力被白兰地酒商的牛和杜松子酒商的藏獒之间的一场冲突吸引了过去，结果令人们非常满意，藏獒胜出。

这个场面给人以极大的娱乐，最后因一位候选人的出现而结束。他是来向大众夸夸其谈地演讲的。他就最近外国酒的过度进口和酒厂的倒闭发表了非常悲情的演说——我可以看到一些听众流下了眼泪。陪同他游行的有议员夫人和市长夫人。议员夫人丝毫没有酒意；至于市长夫人，一位观众在我耳边向我保证说，她在得天花之前是个非常漂亮的女人。

我混在人群中，现在被带到了选举地方法官的大厅。这里混乱的景象难以言表。整个人群似乎同样被愤怒、嫉妒、政治、爱国主义和冲撞所激励：我注意到有一个人在此时被两个人抬了起来。起初，我自然地同情他的羸弱，但很快就发现这个家伙是因为醉酒而不能站立。另一个人过来投票，虽然他还能站立，但实际上失去了舌头的功能，只能保持沉默。第三个人虽然醉得厉害，却能站立和说话；当被

449

问及他投票支持的候选人姓名时,除了烟草和白兰地,他别无其他答案。总之,选举大厅就像一个剧院,在这里可以看到各种毫不掩饰的激情;这里就像一所学校,傻瓜很容易变得更坏,而哲人则可以收集智慧。惜别。

第113封信

一场重要的文学竞赛。双方以警句[1]进行竞赛。

李安济·阿尔坦济寄北京礼部尚书冯煌。

现在，这里的学者们之间的争论以一种比以前更简明的方式进行。曾经，人们用对开本的形式展开竞争，获胜者的名号往往终其一生都被记录在连锁诡辩的战旗上。现在，争论以一种简易的方式进行；一句警句或一首藏头诗就能结束争论，参战者就像入侵的鞑靼人一样，前进，然后打一仗就撤退。

目前，一场重要的文学辩论引起了全城的关注。这场辩论进行得非常激烈，恰当地表达了警句式的愤怒。一位作者似乎对几位演员的面孔很反感，于是写了几首诗来证明他的反感；演员们向作者发难，并向全城保证他一定很无趣，而他们的面孔则很好看，因为他只是想要一顿晚餐；一位批评家来帮助诗人，声称这些诗是独特的，而且非常精妙，如果没有朋友的帮助，诗人是绝对写不出来的；诗人的朋友们据此谴责批评家，并明确证明这些诗都是作者自己写的。就这样，

---

[1] 警句（epigram），指只有一个主题并以机智或巧妙的思维转折结束的短诗或韵文。

四方争吵不休，朋友们指责批评家，批评家指责演员，演员指责作者，作者又指责演员。人们无法确定这场多方角逐的结局如何，也无法确定该支持哪一方。全城的人谁也不站在哪一方，就像传说中的古代英雄一样，观看这场有悬念的战斗，目睹尘世中的兄弟们互相伤害，又在无差别的毁灭中倒下。

这在某种程度上就是目前争论的现状，但这里的战斗者在一个方面不同于寓言中的冠军。每一个新的伤口只会为下一次打击提供动力，尽管他们看起来是在打击对方，但实际上是在考虑夸大自己，结果是为彼此的名声做了宣传。今天，一个人说自己的名字将出现在报纸上，第二天，对手的名字也将出现在报纸上；人们自然会打探我们的情况；这样，我们至少可以在街上引起轰动，尽管我们没有东西来做自我宣传。我读到过一个类似的争论，大约发生在二十年前。希尔德布兰·雅各布[1]，应该是这个名字，和查尔斯·约翰逊[2]都是诗人，当时两人都声名显赫，约翰逊写了十一部戏剧，演出都很成功，而雅各布虽然只写了五部，但它们都赢得了全镇经久不衰的掌声。他们很快就互相倾慕对方的才华；他们写作、感受，在镇上挑战对方。约翰逊向公众保证，在世的诗人中没有像雅各布那样轻松淳朴的，而雅各布则把约翰逊描述为一位怜悯大师。他们的相互赞美并非没有效果，镇上的人看了他们的剧本，都很兴奋，没有责备他们，然后就忘了他们。

---

1 希尔德布兰·雅各布（Hildebrand Jacob，1692—1739），英国诗人和剧作家，主要作品包括史诗《特洛伊人布鲁图斯》(*Brutus the Trojan*) 和悲剧诗剧《致命的恒定》(*The Fatal Constancy*)。

2 查尔斯·约翰逊（Charles Johnson，1679—1748），英国剧作家，主要作品有《妻子的解脱》(*The Wife's Relief*)、《成功的剽窃者》(*The Successful Pyrate*)。

然而，如此强大的联盟很快就遭到西奥博尔德[1]的反对。西奥博尔德断言，一个人的悲剧有缺点，另一个人的喜剧则以机智代替了活泼；联合起来的拥护者们像老虎一样向他扑来，指责批评者的判断，并控告他的诚意。雅各布、约翰逊和西奥博尔德谁才是最伟大的人，这在有识之士之间争论了很长时间；他们都曾在舞台上取得过巨大成功，他们的名字几乎见诸每一份报纸，他们的作品出现在每一家咖啡馆。然而，就在争论最激烈的时候，第四位战斗者出现了，他将三位战斗者、悲剧、喜剧和所有作品一扫而空，变成了毫无特色的废墟。

从那时起，他们似乎就落入了批评家之手。他们几乎没有一天不被当作令人憎恶的作家而受到指责。批评家，这些德莱顿和蒲柏的敌人，就是他们的敌人。雅各布和约翰逊不是用批评来解决争端，而是称之为嫉妒，因为德莱顿和蒲柏受到谴责，他们就把自己与德莱顿和蒲柏相提并论。

我们回到原来的话题上，在目前的争论中主要使用的武器是警句，而且肯定没有比它更为锋利的了。双方都发现了这种武器惊人的锋利性。这次出现的第一篇文章是采用这种方式的一种新作品，与其说是警句，不如说是警句式论文更合适。它首先包括用散文写的论点，接下来是罗斯康芒的格言，然后是警句，最后是解释警句的注释。不过，您将看到配有许多装饰的警句。

---

[1] 西奥博尔德（Lewis Theobald，原文拼作 Tibbald，1688—1744），英国编辑和作家，曾在编辑莎士比亚文本方面发挥过重要作用。

一则警句

致《罗斯亚德》[1]中提及的先生们，
此乃一首诗作，由作者撰写。

债务缠身，保释无望，
　他用笔来逃避目标。

罗斯康芒

不要让饥饿的巴维乌斯愤怒的笔触
唤起怨恨，或激起你的狂暴，
怜悯他的苦难，让美德（1）闪耀，
噢，赐予每个人礼物，（2）让他进餐。
如此使之留存，正如博学的政务委员会
无论情况多么糟糕，都会涂上日本亮漆；
通过快速的转接句，清楚地表明
不是你的作品有缺陷，而是财力太少，
导致他腐臭的狗窝溢满了污物。

　（1）慈善。

　（2）这首诗的价格，定为一先令。

最后几行无疑是以一种非常高超的方式完成的。它属于那种所谓

---

[1]《罗斯亚德》(*The Rosciad*)，1761年诗人查尔斯·丘吉尔（Charles Churchill）匿名发表的一首批评伦敦知名戏剧演员大卫·加里克（David Garrick）的诗。

令人困惑的论证方式，有效地将对手抛入迷雾之中，让他无从回答；当他努力寻找笑话时，笑声已经响起。它一下子表明，作者有一个狗窝，而且这个狗窝是腐臭的，这个腐臭的狗窝溢满了污物。为什么会溢满了污物？因为作者的财力有限！

此外，还有一种新的尝试，即在这一场合发表了一则散文式的警句。它内容丰富，评论家可以把它分成十五则警句，每则都有适当的刺痛力。您将会看到这一点。

致 G.C. 和 R.L.

是你，是我，是他，还是所有人，

是一个人，两个人，还是三个人，他们都不知道。

我相信，这是我们之间事，无论伟大还是渺小，

不是你、我、他，——是丘吉尔[1]写下的。

这就是一个令人困惑的论证！我真希望作者都能像以前一样，加上注释，使之更加完美。几乎每个字都有注释，而且都很长。我、你、他！如果有陌生人问，你是谁？这里说的是三个不起眼的人，他们可能会在很短的时间内被彻底遗忘。因此，他们的名字应该在底部的注释中提及。但是，当读者读到"伟大"和"渺小"这两个词时，就无法走出迷宫了。在这里，陌生人可能会潜入迷宫，却永远无法到达底部。那就让他知道，"渺小"这个词纯粹是为了押韵而引入的，而"伟大"则是与"渺小"为伴的一个非常恰当的词语。

---

1 诗歌《罗斯亚德》匿名发表后，伦敦评论界对作品的归属问题展开了讨论。

然而，在旁观他人的危险的同时，我必须承认，我开始为自己的文学竞赛而颤抖。我开始担心，我向罗克医生发出的挑战是不明智的，它给我带来的对手比我最初预想的还要多。我收到了这里几位文人的私信，这让我的内心充满了忧虑。我可以肯定地说，除了我的对手罗克医生，在这座美好的城市里，我从未冒犯过任何人。然而，在我每天收到的信件中，以及我看到的一些印刷品中，我时而被指责为一个无趣的家伙，时而又被指责为一个顽固的人，时而被指责轻浮，时而被指责太沉重。我以祖先之名发誓，他们对待我比对待一条飞鱼还要不人道。如果我潜入水中，鲨鱼就会把我吞进肚子里；如果我浮出水面，一群海豚就会咬住我的尾巴；而当我展翅高飞，试图飞走逃避它们的追捕时，我就会成为高空中每一只贪婪的鸟儿的猎物。惜别。

第114封信

反对婚姻法。一则寓言。

李安济·阿尔坦济寄北京礼部尚书冯煌。

在这里,缔结婚约前的手续、拖延和失望通常与缔结和平条约时一样多。这个国家的法律旨在促进所有商业活动,但不包括两性之间的商业活动。他们对麻作物、茜草和烟草的鼓励确实令人钦佩!婚姻是唯一不被鼓励的商品。

然而,从春天柔和的空气、青翠的田野、清澈的溪流和美丽的女士来看,我知道没有几个国家比这里更适合求爱。在这里,爱情可以在如画的草坪上和莺歌燕舞的林间嬉戏,在大风中狂欢,同时散发着芬芳与和谐。然而,爱神似乎已经抛弃了这个岛屿;当一对新人要结为夫妇时,相互爱慕或心灵相通是最后也是最微不足道的考虑因素。如果他们的物品和财产能够结合在一起,那么他们富有同情心的灵魂将随时准备为条约提供担保。绅士抵押的草坪迷上了女士适婚的果树林,结婚协议被建立,双方虔诚地相爱了——根据议会法案。

因此,拥有财富的人至少拥有一些美好的东西;但实际上,我同情那些一无所有的人。我听说,曾经,除年轻、美德和美貌外没有其他优点的女士也有机会找到丈夫，至少在牧师和官员中是这样。据说，十六岁的羞涩和天真对这两种职业有着强大的影响力。但最近，一项明智的法令禁止了所有的脸红、挤眉弄眼、露出酒窝和微笑等小动作。一位女士的所有微笑、叹息和低语都被宣布为违禁品，直到她到达温暖的北纬二十二度，因为在那里，这种性质的商品往往会腐烂。当她的酒窝消失时，她被允许笑靥如花，当她变得丑陋时，她又被善意地允许无限地使用她的魅力。然而，此时她的情人已经离她而去；船长已经另结新欢；牧师本人也离开了她，孤独地哀悼她的童贞，她甚至在没有神职人员的帮助下死去。

因此，您会发现欧洲人就像索法拉[1]最粗鲁的野蛮人一样，煞有介事地阻止爱情。爱之精灵现在肯定已经不复存在了。在每个地区，似乎都有武装的敌人在压迫他。欧洲的贪婪、波斯的嫉妒、中国的礼仪、鞑靼人的贫穷、切尔卡西亚的欲望，都在准备反对他的力量。尽管精灵曾以各种形式受到崇拜，但他无疑已被逐出人间。他无处可寻，每个国家的女士所能提供的，不过是他曾经居住过、受欢迎的一些微不足道的遗迹。

东方的寓言故事说，爱之精灵长期居住在幸福的阿布拉[2]平原，那里的每一缕微风都是健康的，每一种声音都能带来宁静。他的神庙起初人山人海，但每过一段岁月，他的信徒人数就会减少，或者他们的虔诚会降温。因此，当他发现自己的祭坛最终被遗弃时，他决定搬到一个更有利的地方，并通知每个国家的美女，希望得到适当的接待，

---

[1] 索法拉（Sofala），非洲东南部港口名，今属莫桑比克共和国。
[2] 阿布拉（Abra），位于菲律宾吕宋岛。

让他出现在她们中间，维护她们的权利。作为对这一公告的回应，世界各地的女士都派使团来邀请他，并展示她们的优越性。

首先出现的是中国的美女。无论在表情、衣着还是举止方面，没有哪个国家的美女能比她们更端庄。她们的眼睛从未离开地面，最美丽的丝绸长袍遮住了她们的手、胸部和脖子，只有脸部没有被遮盖。她们没有任何可能表达放纵欲望的举止，她们似乎只研究无生命之物的美。然而，爱之精灵反感她们的黑齿和拔过的眉毛，只是当他要查看她们的小脚时，却把这些完全抛在了一边。

接下来，切尔卡西亚的美女出场了。她们手挽着手，唱着最不雅的歌曲，以最奢华的姿态跳舞。她们的衣服只遮住一半身体，脖子、左胸和四肢都暴露在外面，一段时间后，这些与其说是满足欲望不如说是令欲望厌腻。百合花和玫瑰花争相衬出她们的肤色，柔和的睡眼为她们增添了不可抗拒的魅力；但她们的美貌是粗暴的，不是献给她们的崇拜者的，她们似乎是在给予而不是接受求爱。爱之天才将她们拒之门外，认为她们不值得他重视，因为她们交换了爱之职责，自己不是被追求者，而是追求异性者。

接下来，克什米尔王国也派出了迷人的代表。这片幸福的地区似乎是为适合居住，被大自然特别区隔开来的。一边是挡住灼热的太阳的群山，一边是海风拂面，空气格外清新。她们的肤色是明亮的黄色，看起来几乎是透明的，而她们的脸颊上似乎绽放着深红色的郁金香。她们的五官和四肢都精致得连雕像也无法表现，她们的牙齿比象牙还要白。精灵几乎被说服要住在她们中间，但不幸的是，其中一位女士说要为他指定后宫之人。

在这支队伍中，南美洲的裸体居民也不甘落后。她们的魅力超过了最热烈的想象力所能想到的一切，并证明了即使肤色是看似不利的棕色，美丽也可以是完美的。但是，她们所受的野蛮教育使其完全没有资格适当地利用自己的能力，她们被拒绝了，因为她们没有能力将精神和感官的满足结合起来。其他王国的代表也是这样被拒绝的：贝宁的黑美人和婆罗洲的黄褐色女儿，脸上有疤痕的威达女人和卡弗拉里亚的狰狞处女；拉普兰[1]三英尺高的矮胖的女士和巴塔哥尼亚[2]的巨型美女。

欧洲美女终于出现了，她们步履优雅，每个人的眼中闪烁着感性的光芒。当她们走近时，人们普遍认为她们将会获胜；而精灵也似乎对她们给予了最有利的关注。她们以最谦虚的态度开始了自夸，但不幸的是，当演说者继续说下去时，她碰巧说到了城里的房子、钱财转让协议和零用钱等词。这些看似无伤大雅的词立即产生了惊人的效果，精灵带着难以抑制的愤怒从众人围成的圈子中冲了出来，挥舞着他年轻的羽翼离开了人间，又飞回了他天上的府邸——他的来处。

全场都惊呆了，她们现在有理由担心，既然爱之精灵已经抛弃了她们，女性的力量也将不复存在。她们就这样在茫然绝望中持续了一段时间，这时，其中一人提议，既然真正的爱之精灵已经离开了她们，为了延续她们的权力，她们应该设立一个偶像来代替他，每个国家的女士都应该为他提供各自最喜欢的东西。这一提议立即得到了大家的赞同。一尊黄金偶像诞生了，它集合了所有集会者多样的礼物，但它与逝去的精灵毫无相似之处。中国的女士给这个怪物装上了翅膀，克

---

[1] 拉普兰（Lapland），位于芬兰、挪威北部，属极地气候。
[2] 巴塔哥尼亚（Patagonia），南美洲南部地区，主要位于阿根廷境内，小部分属于智利。

什米尔的女士为他装上了角,欧洲的女士在他的手里塞上了一个钱包,刚果的处女给他装上了尾巴。从那时起,所有的爱情誓言实际上都是向偶像发出的;就像在其他虚假的宗教中一样,在内心最不真诚的地方,崇拜似乎是最狂热的。惜别。

第115封信

关于对人性评价过高的危险。

李安济·阿尔坦济寄北京礼部尚书冯煌。

人类总是喜欢夸夸其谈地赞美人性。人的尊严一直是人道主义者最喜欢谈论的话题。他们以一种炫耀的口吻大肆宣扬,因为他们有把握获得部分听众,他们取得胜利,因为没有人反对他们。然而,从我所读到或看到的一切来看,人们似乎更容易犯错,因为他们对自己的本性有过高而不是过低的评价,他们试图抬高自己在万物中的原始地位,这降低了他们在社会中的真正价值。

最无知的民族总是自视甚高。人们一直认为神灵特别关注他们的荣耀和对他们的保护,为他们打仗,启发他们的老师,据说他们的巫师熟悉天堂;每个英雄都有一支天使卫队,以及随从人员。当葡萄牙人第一次来到非洲海岸那些可怜的居民中间时,这些野蛮的民族很快就承认,这些陌生人掌握着更多航海和战争技能,但他们仍往最好的方面考虑,认为葡萄牙人充其量不过是他们的守护蛇神带到他们海岸的有用的仆人,为他们提供他们本不需要的奢侈品。虽然他们可以给予葡萄牙人更多的财富,但他们永远不会允许葡萄牙人拥有像托蒂蒙德莱姆这样一位脖子上戴着贝壳链子、腿上缠满象牙的国王。

按这种方式，将一个野蛮人放到其国家和前辈的历史背景下去考察，您会发现他的勇士能够征服军队，他的圣人拥有着超乎可能的知识。对他来说，人性是一个未知的国度，他认为人性能够做伟大的事情，因为他对人性的边界一无所知。凡是能够想到的事情，他都认为是可能的，凡是可能的事情，他都猜想一定已经做到了。他从不以自己的能力来衡量他人的行为和能力，也不以自己的能力为标准来正确评价他人的伟大。他满足于自己是一个曾经创造过伟大成就的国家的一员，并幻想别人虚幻的力量能给自己带来荣光。就这样，他在对人类非凡力量的模糊概念中逐渐失去了认为自己渺小的想法，并愿意将非凡的礼物给予每一个装腔作势之人，因为他不了解他们的主张。

这就是在愚昧和野蛮的时代或国家中，半神和英雄被树立起来的原因；他们针对的是那些对人性有很高评价的人，因为后者不知道人性能延伸多远，他们针对的是那些愿意允许人成为神的人，因为后者对神和人的了解还不完全。这些骗子知道，所有人天生喜欢看到用人类的小材料制造出伟大的东西，无知的国家建造一座高耸入云的塔或一座存续万年的金字塔，并不比在自己的国家中树立一个半神更值得自豪。同样的自豪感让巨像或金字塔拔地而起，也会让神灵或英雄屹立不倒；但是，热衷崇拜的野蛮人可以使巨像高耸入云，却无法将英雄提升到比人类标准高出一英寸的高度，因此，他无法拔高偶像，只能贬低自己，在偶像面前匍匐。

当人类对其物种的尊严产生了错误的认识时，他和众神就会变得亲密无间；人不过是天使，天使不过是人，甚至不过是等待执行人类命令的仆人。例如，波斯人曾对他们的先知哈利说了一番话。[1] "我向您致敬，光荣的造物主，太阳只是您的影子。您是人类造物主的杰作，伟大的正义和宗教之星。大海富饶广阔，全靠您慷慨的恩赐。天使在您肥沃的花园中收获成果。如果不是出于对你的挚爱，第十层天[2]绝不会将太阳之球从天堂的树干中射出，为清晨服务。天使加百列，真理的使者，每天都在亲吻您的门扉。如果有比上帝至高无上的宝座更崇高的地方，我肯定那就是您的地方，哦，信徒的主人啊；加百列拥有所有艺术和知识，但对您来说只是个普通学者。"我的朋友，人们认为这样对待天使是恰当的，但如果真有这样的一种生命，他们又该以怎样讽刺蔑视的态度来倾听凡人互相奉承的歌声。就这样，比猴子更聪明、比牡蛎更活跃的生物，自称是天堂的主宰，小如微粒，篡夺了创造大自然的合作伙伴的地位！当然，上天是仁慈的，它不会向那些有罪的头颅发出雷霆；这是上天的仁慈，它会怜悯人类的愚蠢，却不会摧毁它所爱的生灵。

但是，无论这种制造半神的做法在野蛮国家取得了怎样的成功，我不知道在一个居民都很有教养的国度里，人是如何被塑造成为神的。这些国家通常过近地观察人性的弱点，以至于不认为它具有天神的力量。他们有时确实承认陌生人或祖先的神灵，这些神灵曾在蒙昧时代存在过，他们的弱点已被遗忘，而人们只记得他们的力量和神迹。

---

[1] 夏尔丹的《游记》。——原注（让·夏尔丹［Jean Chardin, 1643—1713］，又称约翰·夏尔丹爵士，法国珠宝商和旅行家，1686年出版十卷本著作《约翰·夏尔丹爵士波斯和东印度游记》［*The Travels of Sir John Chardin into Persia and the East-Indies*］。——译者注）

[2] 第十层天，原文为拉丁语 primum mobile，指古希腊天文学家托勒密的天动说中的最外层天体。

例如，中国人从未有过自己国家的神，今天大众崇拜的偶像都是从他们周围的野蛮国家带来的。罗马帝国的皇帝们假装自己是神，但一般都被匕首[1]教育他们是凡人。亚历山大虽然在野蛮的国家中寻找真正的神，但他永远无法说服他文雅的人民产生类似的想法。拉丁美洲人精明地遵从了他的命令，发布了如下讽刺性的法令：

既然亚历山大希望成为神，就让他成为神吧。[2]

惜别。

---

[1] 匕首，原文为法语 Poignard。
[2] 原文为拉丁语。

第116封信

爱情是自然的抑或虚构的激情。

李安济·阿尔坦济寄北京礼部尚书冯煌。

优秀女性的谈话有一种不可抗拒的愉悦感，哪怕她沉默寡言，她眼神中的雄辩也能传授智慧。心灵与所见之物的规律性产生共鸣，被外部的优雅打动，产生和谐的反应。在这种愉快的氛围下，我最近与我的朋友及他的侄女在一起聊天。我们的话题转到了爱情上，她似乎既捍卫它也受它鼓舞。在这个问题上，我们各持己见。这位女士坚持认为，爱情是一种自然、普遍的激情，如果培育得当，会给人带来幸福。我的朋友否认它是自然的产物，但同意它真实存在，并肯定它对完善社会有无穷的作用。而我，继续我们的讨论，则坚称爱情只是一个名称，最初是由女性中狡猾的那部分人使用的，后来被我们男性中愚蠢的那部分人接受，因此它并不比吸鼻烟或嚼鸦片更自然。

我说道："我们认为，甚至对激发爱情的美感的看法，也完全是时尚和任性的结果，那么这种激情怎么可能是天生的？自诩为艺术鉴赏家的古人曾赞美过狭长的前额、红色的头发和在鼻子上方连在一起的眉毛。卡图卢斯[1]、奥维德和阿那克里翁[2]都曾被这些魅力吸引。如果现在的女士们被她们的爱人称赞有这样的魅力,那么她们就会闷闷不乐;如果一位古代的美女在当今复活,那么她的脸一定会受到镊子、额布和铅梳的管束,然后才能在公众场合露面。

"但是,古人和现代人之间的差异并不像当今世界不同国家之间的差异那么大。例如,贡戈拉[3]的情人赞叹厚嘴唇,而中国的情人则会诗意地赞美薄嘴唇。在切尔卡西亚,人们认为挺拔的鼻子最符合美学标准,但在一山之隔的鞑靼,鼻子扁平、皮肤黝黑和双眼距离三英寸都是时尚的。在波斯和其他一些国家,男人结婚时都会选择处女做新娘,而在菲律宾群岛,如果新郎在第一夜发现自己和一个处女结婚,那么这桩婚姻就会被宣布无效,新娘也会丢脸地被送回来。在东方的一些地方,漂亮的女人被适当地喂养以出售,往往可以卖到一百克朗;在卢安果王国,最漂亮的女人可以卖到一头猪的价格,而女王的卖价更高,有时可以卖到一头牛的价格。总之,即使是在英国,我难道没有看到美丽的女性被忽视么?除了存了些钱的老男人和老女人,现在没有人结婚或求婚。我难道没有看到,十五岁到二十一岁之间的美貌完全失效,女性六年宝贵的时光被置于贞操的规约之下?什么!难道要把五十六岁的老单身汉和四十九岁的寡妇之间的腐烂激情称为爱情吗?决不!决不!在这种结合中,男人往往都大腹便便,社会能从中得到什么好处呢?谁能说服我,这样的激情是自然产生的?除非人类在走向衰亡的过程中更适合恋爱,就像蚕一样,在临死前成为繁殖者。"

---

1 卡图卢斯(Gaius Valerius Catullus,约前84—约前54),古罗马诗人。
2 阿那克里翁(Anacreon,前573—前495),希腊诗人。
3 贡戈拉(Góngora,1561—1627),西班牙诗人,著名文学流派"贡戈拉主义"的创始者。

我的朋友严肃地回答说:"不管爱情是天生的还是后天的,它都会为每个社会的幸福做出贡献。我们所有的快乐都是短暂的,只有彼此间隔一段时间才显得有魅力,爱情是延长我们最大快乐的一种方法,当然,赌注越大、获益越多的赌博者,在生命的最后一刻一定会取得胜利。这就是瓦尼尼[1]的观点,他断言,没有在爱情中度过的每一个小时都是虚度光阴。他的指控者无法理解他的意思,这位可怜的爱的倡导者被烈火焚烧,唉,这绝不是比喻意义上的。当时,无论个人会从这种激情中得到什么好处,社会肯定都会因引入这种激情而得到完善和改进:所有旨在阻止爱情的法律,都会使人变得残忍,使国家变得虚弱。虽然爱不能在人的胸中种下道德,但它能培养道德:怜悯、慷慨和荣誉因它的帮助变得更加光辉灿烂;一段真挚情事就足以让丑陋的求爱者自讨无趣。

"然而,爱是一种最微妙的外来物种,最伟大的艺术才能将其引入一个国家,而最微小的挫折就足以将其击退。我们只要想一想,它以前在罗马是多么轻易地消失了,而最近在欧洲又是多么艰难地复苏,它似乎沉睡了很久,最后通过骑马持矛冲刺、骑士比武、龙骑枪和骑士的所有梦想,终于在我们中间打出了一条路。除中国外,世界上其他国家的人对它的乐趣和优势一无所知。在其他国家,当男人发现自己比女人强大时,他们就会声称绝对的优越感,这是自然而然的,而令他们放弃这种自然优势的爱情肯定是艺术的结果。这是一种可以延长我们的幸福时光,为社会增添新的光彩的艺术。"

---

[1] 卢奇利奥·瓦尼尼(Lucilio Vanini,1585—1619),意大利哲学家、自由思想家。因传播激进思想被处以火刑。其思想成为17世纪英国自由主义思想的基石,1730年伦敦出版瓦尼尼传记。

这位女士说:"我完全同意您的观点,您认为这种激情有很多好处,但我不能不赋予它一个比您所说的更高尚的起源。我认为,那些摒弃这种激情的国家,不得不借助艺术来扼杀这种自然的产物,而那些培育这种激情的国家,只会让它更接近自然。有些地方用以压制怜悯及其他自然激情的努力,也可能被用来扼杀爱情。无论多么粗鲁的民族,如果不以这种激情闻名,就会以纯真而闻名;它在最寒冷的地区和最温暖的地区都能蓬勃发展。即使在美洲南部闷热的荒野,情人也不满足于仅占有情人的身体,而不占有她的心。

> 我的恩纳美不胜收
> 在奢华之中我仍感痛苦;
> 尽管她把胸脯交给了我
> 但喘息的心房并不属于我。[1]

但是,爱情的影响太强烈了,不可能是人为的激情的结果。时尚的力量也无法迫使习俗发生我们每天都能看到的变化。有些人死于爱情。很少有恋人不知道一对意大利恋人达科尔辛和尤利娅·贝拉马诺的命运,他们在长期分离后,在彼此的怀抱中快乐地死去。这些事例有力地证明了激情的真实性,也说明压抑激情只会违背内心的自然要求。"惜别。

---

[1] 一首南美颂歌的译文。——原注。

第117封信

城市夜景。

李安济·阿尔坦济寄北京礼部尚书冯煌。

钟声刚刚敲过两点，即将熄灭的烛光在烛台中升起又落下，守夜人在沉睡中忘记了时间，劳累的人和幸福的人都已安歇，除了沉思、内疚、狂欢和绝望，什么都没有被唤醒。醉汉再一次盛满毁灭之碗，强盗在午夜巡回，自杀者对着自己神圣的身体举起罪恶的手臂。

让我不再为古代的书页或当代天才的俏皮话而浪费今晚的时光，而是追寻孤独的脚步。在那儿，虚荣心不断变化，就在几个小时前，它还在我面前走过，继续表演着，而现在，像一个倔强的孩子，因自己的恳求而沉默着。

四周笼罩着一片阴霾！即将熄灭的灯发出微弱的黄光，除了钟声和远处的看门狗的叫声，再也听不到其他声音。所有人类骄傲的喧嚣都被遗忘，这样的时刻很能让我们意识到人类的虚荣是多么无聊。

总有一天，这种暂时的孤独会持续下去，城市本身也会像它的居民一样逐渐消逝，留下一片荒芜。

如许伟大的城市，它曾辉煌过，取得过伟大的胜利，拥有公正而无限的欢乐，以短视的妄想，它曾许诺永垂不朽。后人难以追溯其中一些城市的境况。悲伤的旅行者在他人可怕的废墟上徘徊，当他看到这些时，他学到了智慧，感受到所有尘世财产的短暂。

他喊道："这里曾是他们的城堡，如今长满了杂草；那里曾是他们的元老院，如今却成了各种有毒爬行动物的出没之地；这里曾是神庙和剧院，如今却成了一堆不起眼的废墟。他们衰落了，因为奢侈和贪婪首先使他们变得虚弱。国家的奖赏授予娱乐者，而不是社会的有用之人。财富和富足招来了入侵者，这些入侵者虽然一开始被击退了，但又卷土重来，以顽强的毅力征服了他们，最后将抵抗者彻底毁灭。"

几个小时前还拥挤不堪的街道上，现在行人寥寥。而那些出现的人，现在也不再戴着白天的面具，也不试图掩盖他们的淫荡或悲惨。

然而，那些以街头为家，在富人家门口找到短暂安身之所的人又是谁呢？这些人是异乡人、流浪者和孤儿，因为处境太卑微，他们根本无法指望得到补偿，因为太悲惨，他们甚至得不到怜悯。他们的悲惨遭遇与其说引起了怜悯，不如说引起了惊恐。有些人甚至衣不蔽体，有些人因疾病而瘦骨嶙峋；世界抛弃了他们；社会对他们的苦难置之不理，任凭他们赤身露体，忍饥挨饿。这些可怜的瑟瑟发抖的女性，曾经有过幸福的日子，也曾被奉承为美人。她们曾被那些追求奢靡生活的恶棍玩弄，如今却要面对严酷的寒冬。也许，她们现在正躺在背叛者的门前，向那些麻木不仁或放荡不羁的恶棍控诉，这些人可能会诅咒她们，却不会缓解她们的痛苦。

为何，为何我生而为人，眼睁睁看着我无法缓解其痛苦的可怜人！可怜的无家可归者！世界会责难你，却不会救济你。大人物最轻微的不幸，富人最虚幻的不安，都会被雄辩的力量加剧，引起我们的关注和同情。穷人的哭泣无人理睬，他们受到各种暴政的迫害，每一条能给予他人安全的法律却都成了他们的敌人。

为什么我的心如此敏感？为什么我的财富不适合它的冲动！没有缓解他人痛苦能力的温柔，只会让感受到它的人比寻求帮助的对象更可怜。惜别。

第118封信

荷兰人在日本宫廷中的卑微表现。

冯煌寄永不满足的流浪者李安济·阿尔坦济，
信件在莫斯科中转。

我刚刚被派往日本担任使节；我们的使团将在四天后出发，你很难想象我在重回祖国时会有多高兴。我将满怀喜悦地离开这个骄傲、野蛮、荒凉的地方，这里的一切会降低我的满足感，增强我的爱国之情。

虽然我发现这里的居民很野蛮，但获准在这里进行贸易的荷兰商人似乎更可恶。他们让我对整个欧洲产生了厌恶之情；从他们身上，我了解到贪婪可以让人性堕落到何种地步，欧洲人会为了利益遭受多少屈辱。

我参加了皇帝接见荷兰使节的仪式。荷兰使节在入宫前几天向所有朝臣送了礼物，但他不得不参加这个为皇帝本人设计的觐见仪式。我听到过关于这一仪式的描述，好奇心促使我观看了仪式的整个过程。

首先是礼物，摆放在精美的珐琅桌上，用鲜花点缀，由男士肩扛，随后是日本音乐和舞者。从礼物本身受到尊重的程度来看，我想捐赠者一定受到了近乎神圣的礼遇。但是，在礼物被耀武扬威地抬走后，特使和他的随从被带上前来，大约有一刻钟之久。他们从头到脚都罩着长长的黑纱，看不清路，每个人都由一个从最卑贱的人中挑选出来的引路人带领。他们以这种不光彩的方式穿越了江户[1]城，终于来到了王宫门前，在等待了半个小时后，被允许进入警卫室。在这里，他们眼睛上的纱被揭开，大约一个小时后，传令官引他们来到觐见大厅。皇帝终于现身，他坐在房间较高处的一个壁龛中，荷兰特使被引向宝座。

他刚走近一段距离，传令官先生就高声喊道："荷兰上将！"话音刚落，特使就匍匐在地，手脚并用地爬向王座。走近后，他又双膝跪地，将前额磕在地上。这些仪式结束后，他被指示退下，仍然匍匐在地，像龙虾一样向后退去。

在如此卑躬屈膝的条件下赚取财富之人，一定十分贪财。欧洲人崇拜上天的时候比这更充满敬意吗？因为野蛮的国王准许他们购买饰品和瓷器，他们就俯首称臣，他们也这样表达对上天的尊崇吗！为了一面屏风或一个鼻烟盒，他们放弃了自己国家的荣誉，甚至放弃了自己的人类称号，这是多么光荣的交换啊！

如果说第一次觐见时的仪式显得令人难堪的话，那么第二次觐见时的这些仪式就更加令人难堪了。在第二次觐见中，皇帝和宫女们被安排在格子后面，这样就可以看到他人而不被人看到。在这里，所有的欧洲人都被指挥着列队通过，像以前一样卑躬屈膝，像蛇一样爬行；整个宫廷似乎都非常喜欢这种场面。这些异乡人被问了无数可笑的问

---

[1] 江户（Jedo，又拼作 Yedo 或 Yeddo），东京的旧称。

题，比如他们的名字和年龄；他们被命令写字、立正、坐下、停止、互相恭维、喝酒、说日语、说荷兰语、唱歌、吃饭；总之，他们被命令做一切可以满足女人好奇心的事情。

亲爱的阿尔坦济，想象一下，一帮严肃的人就这样变成了小丑，扮演的角色就像节日里北京街头向大众表演的那些受训的动物一样。然而，仪式并没有到此结束，因为宫廷里的每一位大人物都要以同样的方式接受拜访；女士们从她们的丈夫那里得到了灵感，都同样喜欢看异乡人的表演，甚至孩子们也被跳舞的荷兰人逗得乐不可支。

看完这样的场面后，我自言自语道："唉，这就是那个在北京宫廷里摆出如此高贵姿态的民族吗？这就是那个在国内以及在他们拥有一点权力的每个国家都显得如此骄傲的民族么？对利益的热爱是如何将最严肃的人变成最可鄙、最可笑的人的？我宁愿一辈子贫穷，也不愿意以这样的代价致富。那些以牺牲我的荣誉和人性为代价换来的财富，都将消失。"我说："让我离开这个国家吧，在这个国家里，只有像奴隶一样对待其他人的人，而遭受这种待遇的人更加可恶。我已经看够了这个国家，我想多看看其他国家。让我离开这个多疑的民族吧，这个民族道德败坏，迷信和恶习同样使他们堕落，这个民族的科学没有得到发展，这个民族的大人物是王公的奴隶，是人民的暴君，这个民族的女人只有在被剥夺了越轨的权利时才是贞洁的，这个民族的孔子的真正弟子受到的迫害不亚于基督教的弟子。总之，在这个国家里，人们被禁止思考，因而在最悲惨的奴役——精神奴役——下劳作。"惜别。

第119封信

穷人的苦难，以一名列兵的生平为例。

李安济·阿尔坦济寄北京礼部尚书冯煌。

我的朋友，大人物的不幸被展示，吸引我们的注意力，被人们以惊叹的语调放大，整个世界都应声将视线投给那些高贵的受难者；他们同时得到钦佩和怜悯的安慰。

然而，当被整个世界注视时，承受不幸的气度何在？在这种情况下，即使是出于虚荣，人们也能勇敢地行动。在默默无闻的情况下，能够勇敢地面对逆境，没有朋友的鼓励，没有熟人的怜悯，甚至减轻痛苦无望，却能够泰然处之的人，才是真正伟大的人：无论是农夫还是朝臣，这样的人都值得钦佩，值得我们效仿和尊敬。

穷人的苦难却被完全忽视了；尽管有些人在一天内所经受的实际困难比那些大人物一生中经受的困难还要多。最卑微的英国水手或士兵忍受着怎样的困难而没有怨言或遗憾，这的确令人难以想象。对他来说，每一天都是痛苦的一天，他却毫无怨言地承受着艰难的命运。

听着悲剧英雄们抱怨不幸和艰辛，我是多么愤慨，他们最大的灾难源于傲慢和骄傲。与许多历险的穷人每天毫无怨言地忍受的苦难相比，他们的苦难是一种享受。这些人每日吃喝，有仆人服侍，终生衣食无忧，而他们的许多同胞却不得不流浪，得不到朋友的安慰或帮助，每一项法律都对后者充满敌意，后者甚至穷得无法获得理应得到的待遇。

我想到这些，是因为几天前，我偶然在本镇的一个市场遇到了一个行乞的可怜人，他装着一条木腿。我很想知道是什么原因让他沦落到今天的地步；我给了他我认为合适的东西，我想了解他的身世和不幸，以及他是如何沦落到今天的困境的。这位伤残士兵拄着拐杖，带着真正的英国人的无畏精神，摆出一副顺从我请求的姿态，向我讲述了如下故事：

  至于我的不幸，先生，我不能假装比别人经受得更多。除了失去肢体和不得不乞讨，我不知道有什么理由要抱怨，感谢上帝；有些人失去了双腿和一只眼睛；感谢上帝，我的情况还不算太糟。

  我父亲是乡下的一个劳力，在我五岁的时候去世了；我被送到了教区。他是个四处流浪的人，教区的人不知道我属于哪个教区，也不知道我在哪里出生；于是他们把我送到另一个教区，那个教区又把我送到第三个教区；直到最后，人们认为我根本不属于任何教区。最后，他们终于确定了我的归属。我想成为一名学者，而且实际上已经会认字；但是，当我能够拿起木槌时，救济院的人就把我送去干活了。

  在那里，我过了五年轻松的日子。我每天只做十个小时的活，我的劳动能换来吃喝。不过，我不能离开房子太远，因为他们害怕我会跑掉。但那又怎样呢，我可以自由支配整个房子和门前的院子，这对我来说就足够了。

接下来，我被送到一个农夫那里，每天起早贪黑，但我能吃好喝好，也很喜欢我的活计。后来他去世了。我不得不自谋生路，我决心去寻找财富。就这样，我从一个镇子到另一个镇子，有活儿干就干，没活儿干就挨饿，本可以一直这样过下去。但有一天，我碰巧经过一个地方法官的田地，发现一只野兔正从我面前的小路上跑过。我相信是魔鬼出现在我脑子里，让我用棍子打它的——不然怎么解释呢？我杀了野兔，正准备把它带走，法官迎面走来。他骂我是恶棍，把我铐起来，要我交代自己的罪行。我立即把我所知的有关我出生、家世和生平的一切都说了出来；我做了真实的交代，法官说我无足轻重；我被起诉了，被判犯有贫困罪，并被送往新门监狱，以便被送往种植园。

人们可能会对坐牢有这样或那样的怨言；但就我而言，我发现新门监狱是我这辈子待过的最舒服的地方。我吃饱喝足，不用干活；但可惜，这种生活太美好了，不可能永远持续下去！五个月后，我被带出监狱，上了一艘船，和另外两百多人一起被送走。我们的旅途并不轻松，因为我们都被关在船舱里，由于缺乏新鲜空气和食物，很多人死去；但就我而言，我并不想吃东西，因为我一路上都在发烧：天意是仁慈的，食物越来越匮乏，我却没有胃口。上岸后，我们被卖给了种植园主。我干了七年活，由于我没有学识，忘记了我的学问，所以我不得不在黑人中间干活；我尽职尽责地服完了规定年限的劳役。

劳役期满后,我艰难地回到国内,很高兴再次见到古老的英格兰,我热爱我的祖国。哦,自由,自由,自由!这是每个英国人的财产,我愿意为捍卫它而死。不过,我害怕再次被指控为流浪汉,所以不大愿意去乡下,而是在城里转悠,有机会就干点零活。就这样,我很快乐地过了一段时间,直到有一天晚上,我干完活回家,我被两个人撞倒,对方要我站住。他们是一个抢劫团伙;我被带到法官面前,由于我无法解释自己的身份(这是一直困扰我的事),我只能选择是上船参战还是注册当兵。我选择了当兵;在这个绅士的职位上,我参加了两次战役,参加了佛兰德的战斗,只受了一次伤,伤在胸口上,至今仍很痛苦。

和平到来后,我被遣散了;由于伤口有时疼痛难忍,我无法工作,便服务于东印度公司,做了土地征用员。我在这里与法国人打了六场激战;我坚信,如果我能读会写,上尉一定会提拔我,让我成为一名下士。但我没有这样的福气,我很快就病倒了,当我变得全无用处时,我被打发回国,口袋里装着我在服役时攒下的四十英镑。当时正值战争初期,我希望能上岸享受花钱的乐趣;但政府需要人手,我还没来得及上岸就又被驱赶回去。

水手长找到我,正如他所说,他是个顽固不化的家伙。他发誓说我非常能干,但我却装病游手好闲。天知道,我对航海一无所知。他打我时根本不知道自己要做什么。尽管如此,我的四十英镑还是让我在每次挨打时感到些许安慰;这笔钱是我的安慰，也可能是我至今仅能拥有的财富；但我们的船被法国人占领了，我失去了所有的钱。

船员被关进了法国监狱，很多人都死了，因为他们不习惯在监狱里生活；但对我来说，这不算什么，因为我很老练。然而有一天晚上，我睡在木板床上，身上盖着温暖的毯子，因为我总是喜欢好好地躺着。我被水手长叫醒了，他手里拿着一盏昏暗的灯笼。他对我说："杰克，你能打爆法国佬的脑袋吗？"我努力使自己保持清醒，说道："我不在乎，如果我伸出手的话。"他说："那就跟我来吧，我希望我们能做点事。"于是我站起来，把我的毯子，也就是我所有的衣服，系在腰间，和他一起去打法国人。我讨厌法国人，因为他们都是奴隶，穿着木鞋。我们没有武器；但一个英国人在任何时候都能打败五个法国人；于是我们走到门口，两个看门人都在那里，我们冲上去，一下子就抓住了他们的武器，把他们打倒在地。随后，我们九个人一起跑到一块岛礁上，匆忙上了我们遇到的第一艘船，离开港口，驶向大海。还没到三天，我们的船就被一艘英国私掠船劫夺，他很高兴有这么多好手；我们一致同意寻找机会逃跑。然而，我们的运气并没有想象中那么好。三天后，我们遇到了一艘法国战舰，它有四十门炮，而我们只有二十三门；我们就这样开战了。战斗持续了三个小时，我真的相信我们本该拿下那个法国人；但不幸的是，就在我们即将取得胜利的时候，我们失去了所有的士兵。我又一次落入了法国人的手中，我相信，如果我被带回布雷斯特的老监狱[1]，我的处境会很艰难：但幸运的是，我们被解救了，再次被运回英国。

我差点忘了告诉你，在上次交战中，我有两处受伤；左手失去了四根手指，腿也被打掉了。如果我有幸在一艘国王的船上而不是一艘私掠船上失去了腿和手，就能在余生中过上衣食无忧的生活，但我没有这样的运气；有人生来就含着银勺，也有人生来就含着木勺。然而，上帝保佑，我身体健康，并永远热爱自由和古老的英格兰。自由、财产和古老的英格兰，万岁！

说罢，他一瘸一拐地走了，留下我和我的朋友钦佩他的无畏和知足；我们不得不承认，习惯于承受苦难，是勇气和哲学真正的学校。惜别。

---

1 指法国的布雷斯特监狱（Brest Prison），建于1749—1751年间，1858年关闭，20世纪40年代末被拆除。

第120封信

论某些英国头衔的荒谬性。

李安济·阿尔坦济寄北京礼部尚书冯煌。

欧洲王公的头衔比亚洲王公的头衔多得多,但绝不那么崇高。维萨布尔[1]或勃固的国王不满足于将地球及其所有附属物都归他们和他们的继承人所有,他们甚至宣称拥有苍穹,并将命令延伸到了银河系。欧洲的君主们则更为谦虚,他们将自己的头衔仅限于地球,但用数量来弥补其崇高性的不足。他们热衷于一长串华丽的修饰,我认识的一位德国王子的头衔比臣民还多,一位西班牙贵族的名字比衬衫还多。

与此相反,上个世纪的一位作家说:"英国君主不屑于接受这些头衔,因为它们只会增加他们的骄傲,而不会提高他们的荣耀,他们不依赖纹章的微弱帮助来获得尊重,他们完全满足于公认的权力意识。"然而,现在这些格言已被抛在一边,英国君主们最近又有了新的头衔,

---

[1] 维萨布尔(Visapour),古印度王国名,其首都维萨布尔即现在的比贾布尔(Bijapur)。

并在钱币上印上了不知名的公国、小国和附属机构的名称和徽章。[1]毫无疑问，他们这样做的目的是给英国王位增添新的光彩，但实际上，微不足道的称号只会减少他们想要获得的尊重。

国王的头衔和建筑的装饰一样，都有一种威严的朴素感，这种朴素感最能激发我们的崇敬之情；繁多而琐碎的装饰都是设计者卑微或隐藏畸形的强烈信号。例如，如果中国皇帝在其头衔中自称澳门[2]的副官，大不列颠、法国和爱尔兰的君主希望被承认为布伦特福德公爵、卢嫩堡[3]公爵或林肯[4]公爵，那么观察者就会对这种重要和微不足道头衔的混杂感到反感，并且人们会在熟悉公爵或副官这些头衔后忘记君主的身份。

我记得，米南加保人[5]杰出的国王在与葡萄牙人签订第一份条约时，也曾有过这种野心倒置的类似例子。在葡萄牙大使送给他的礼物中，有一把黄铜剑柄的剑，他似乎对这把剑特别珍视。他认为这对他的荣耀意义重大，不应该在他众多的头衔中被遗忘。因此，他下令让臣民今后应称他为塔利波特[6]，米南加保人不朽的君主，晨曦的使者，

---

[1] 暗指乔治三世发行的新货币，货币上刻着的字符"M.B.F. ET H.REX F.D. B.ETL. D.S.R.I.A.T.ET T."，代表"大不列颠、法兰西和爱尔兰国王，信仰的捍卫者，不伦瑞克公爵和卢嫩堡公爵，神圣罗马帝国的大财务官和选帝王"。参见 Charles Oman, *The Coinage of England,* Oxford, 1931, p. 348。

[2] 澳门，原文为 Maccaw，为 Macao 的不规范拼写形式。参见 Oliver Goldsmith, *The Works of Oliver Goldsmith,* J.W.M.Gibbs ed., 1885-1886, vol. 3, p. 435。

[3] 卢嫩堡（Lunenburg，原文拼作 Lunenburgh），加拿大港口城市。1753年，该地成为英国殖民地。

[4] 林肯（Lincoln），新西兰小镇名。

[5] 米南加保人（Minangkabau，原文拼作 Manacabo），印度尼西亚苏门答腊高地原住民。

[6] 塔利波特（Talipot），原指伞干顶桐棕树及其叶片，哥尔斯密在此处将其当作东南亚君主的头衔。

太阳的启迪者，整个地球的拥有者和铜柄剑的强大的君主。

这种将威严和微不足道的头衔混合在一起的做法，这种将一个伟大帝国和一个不起眼的省份的纹章印在同一块勋章上的做法，源于英国已故君主美好的偏爱。为了表达对故土的感情，他们在钱币上印上故土的名字和国徽，从而在某种程度上使这个无名之地变得高贵起来。一个把国王交给英国的民族，应该得到一些荣誉上的等价物作为回报，这确实是公正的；但现在这些动机都不复存在了；英国现在有了一个完全不列颠化的君主，在英国钱币上印上英国的头衔是合理的。

然而，如果英国的货币是用来在德国流通的，那么在货币上印上德国人的名字和纹章就不会有任何明显的不当之处。不过，虽然以前可能会有这种情况，但我听说将来不会有这种危险。既然英国打算保留它的黄金，坦率地说，我认为卢嫩堡、奥尔登堡和其他一些地方完全可以保留他们的头衔。

认为有几个响亮的名字就能获得新的尊重，这是王公们的偏见。真正伟大的人从来都对称号不屑一顾：当跛子帖木儿[1]征服亚洲时，一位职业雄辩家前来恭维他。雄辩家开始了慷慨激昂的演说，说皇帝是全能的、最光辉的造物主。皇帝似乎对这些微不足道的恭维很不满，但雄辩家还是继续恭维他，说他是最强大、最英勇、最完美的人。跛脚皇帝喊道："就此打住，我的朋友；就此打住，直到我有另一条腿才能说我是完美的。"事实上，只有孱弱或专制的人才能在这些虚荣的

---

[1] 帖木儿（Timur，1336—1405），蒙古贵族，帖木儿帝国（1370—1507）的创建者，因在战争中受伤成为跛子，绰号为"跛子帖木儿"（Tamerlane）。

盛会中找到乐趣，而力量和自由有更崇高的目标，而且往往能在庄严的简朴中找到最美好的赞美。

这个国家年轻的君主已经对王室的一些无用的附属物表示了应有的蔑视。厨子和干粗活的厨工被迫放弃他们的火炉；绅士们及那些无所事事的必要人员都被解雇了，不再继续服务。年轻的君主，如果能在宫廷中重拾朴素和节俭之风，那么他很快就会为自己的荣耀获得真正的尊重。他已经取消所有无用的工作，可能也不屑于接受空洞或有辱人格的头衔。惜别。

第121封信

英国人优柔寡断的原因。

李安济·阿尔坦济寄北京礼部尚书冯煌。

每当我试图概括英国人的特点时，总会出现一些无法预料的困难来扰乱我的计划；我在指责和赞扬之间犹豫不决：当我把他们视为一个理性的哲学民族时，我会赞扬他们；但当我看相反的方面，观察他们的反复无常和优柔寡断时，我几乎无法使自己相信我观察的是同一个民族。

然而，经过研究发现，他们之所以如此反复无常，无非是因为他们喜欢推理。一个人如果对一个复杂的问题进行全方位的研究，并借助理性来帮助自己，那么他就会经常改变，就会发现自己被对立的可能性和有争议的证据困扰：每一次换位都会改变视野，都会推动一些潜在的论点，使得头脑一直处于无政府的状态。

相反，那些从未用自己的理性去审视的人，他们的行事更简单。无知是积极的，本能是顽强的，人类在残酷统一的狭窄圈子里安全地活动。这点对个人如此，对国家也是如此。像英国这样的理性政府会不断变化，而那些教导人们不要争论而要服从的王国却始终如一。例如，在亚洲，君主的权威是靠武力支撑的，并通过恐惧得到承认，政府的更迭完全是未知的。所有居民的精神面貌似乎都是一样的，他们满足于承袭的压迫。君主的享乐是职责的最终原则，政府的每一个部门都是整个政府的完美缩影；如果一个暴君被废黜，另一个暴君就会在同一个房间里像前任统治者一样开始统治。与此相反，英国人不是被权力牵制着，而是努力用理性指导自己；不是诉诸王公的享乐，而是诉诸人类的原始权利。一个阶层的人所主张的东西会被另一个阶层的人否认，因为双方的理由或多或少都令人信服。亚洲人遵循的是永不改变的先例，英国人遵循的是不断变化的理性。

亚洲政府以先例行事的弊端是显而易见的；原有的错误就这样继续下去，没有纠正的希望，所有天才的评价被拉低到一个标准，因为在修补明显缺陷时不允许发挥任何思想优势。但是，为了弥补这些缺陷，他们的政府没有发生新的变化，他们不需要担心新的罪恶，体制中也没有继续发酵的东西：权力斗争很快就结束了，一切都变得平静如初；他们习惯于服从，人们被教导除被允许满足的欲望外，不产生其他欲望。

像英国政府这样受理性直接影响而行事的政府，其弊端并不比前者少。要让一群自由的人为了共同的利益而合作是极其困难的；他们必然会寻求一切可能的益处，而每一次获取益处的尝试都会引起新的骚动；各种推理会引导不同的方式，公平和利益往往会被喧嚣和偏见所抵消。不过，尽管这样的民族可能因此犯错，但他们受一种幸福错觉的影响，很难预见到自己的错误，只能听任其发生：也就是说，人人都是自己所臣服的暴君，这样的主人会轻易被原谅。事实上，他所感受到的弊端可能与在最专制的政府中所感受到的相同；

但是，当人知道自己是自己不幸的制造者时，他就会以毅力承受一切灾难。惜别。

第122封信

嘲笑旅行者惯常的叙述方式。

李安济·阿尔坦济寄北京礼部尚书冯煌。

长期居住在这里，我开始感到疲倦，因为每样东西都不再新鲜，也不再令人愉悦；有些人是如此喜欢变化，以至于快乐本身如果是永久性的，就会让人无法忍受，因此我们不得不寻求新的快乐，哪怕会招致痛苦；因此，我只有等待儿子的到来，来改变这琐碎的场景，从危险和疲惫中获得新的快乐。我知道，这样四处漂泊的生活充其量不过是空虚的消遣。但是，追求琐事是人类的命运。无论我们是在哑剧中喧哗，还是在加冕礼上昂首阔步，无论我们是在篝火晚会上叫喊，还是在议会中喧闹，无论我们追求的是什么目标，最终都必然会徒劳无功，失望而归。在盛大豪华的场面中，智者匆匆忙忙，谈笑风生，愚者匆匆忙忙，步履沉重，这大概就是他们之间的全部区别。

这也许是对我以前书信中的轻率行为的道歉；我谈论的都是琐事，我也知道它们都是琐事；要想让生活中的事情变得荒谬，只需说出它们的名字就足够了。

此外，我在描述这个国家时省略了一些引人注目的情况，因为我认为这些情况要么是您已经知道的，要么是我自己并不完全了解的。但有一处疏漏，我不指望得到原谅，那就是我对这个国家的建筑、道路、河流和山脉只字未提。这是一门科学的分支，所有其他旅行者对此都有非常详尽的描述，因此我的不足就显得更加突出。然而，这些描述有什么意思？例如，有人读到一位旅行者在埃及用手杖丈量一根倒下的柱子，发现它正好有五英尺九英寸长；读到他匍匐穿过一座墓穴的洞口，从一个与他进入时不同的洞口出来；读到他不顾监视他的警察，偷走了一尊古代雕像的手指；或者读到他在已经发表的关于奥西里斯和伊西斯[1]名字的一百一十四种猜测之外，又增加了一种新的猜测。

我想，我会听到中国的一些朋友要求我对伦敦和附近的村庄做类似的描述；如果我在这里待得更久些，很可能会满足他们的好奇心。我打算在其他话题枯竭之后，认真考察一下城墙；描述那座美丽的公馆；我将列举贵族们主要居住的宏伟广场，以及为接待英国君主而指定的皇家宫殿；我也不会忘记描写鞋巷[2]的美景，我自抵达伦敦后就一直居住在那里。您会发现，在描述技巧方面，我丝毫不逊于许多旅行者兄弟。现在，作为这种写作方式的一个样例，我给您寄去我最近一次去肯蒂什镇[3]旅行时匆忙写就的评论，这是以现代旅行者的方式写的。

---

1 奥西里斯（Osiris）与伊西斯（Isis），古埃及神祇，前者为冥王、植物之神，后者为主掌生命、婚姻和生育的女神。
2 鞋巷（Shoe-Lane），位于伦敦舰队街（Fleet Street）旁的一条小巷。
3 肯蒂什镇（Kentish Town），位于伦敦西北部的近郊地区。

久闻肯蒂什镇的大名，我非常想去看看那个著名的地方。我本希望不去那里就能满足我的好奇心，但那是不切实际的，因此我决定去那里。去肯蒂什镇有两种方法：一种是坐马车，花费九便士；另一种是步行，不花一分钱。在我看来，坐马车是最方便的，但我还是决定步行，因为我认为步行是最便宜的方法。

从狗屋酒吧[1]出发，进入一条平坦的小路，两边都有栏杆的，右边是果园和田野，景色宜人，花团锦簇，如果不是左边有一座粪堆，花香和粪堆的臭味混杂在一起，那么闻起来一定会让人心旷神怡。这座粪堆的历史要比这条道路悠久得多，在此，我一定不能遗漏我要犯的一个不公正的错误。我的愤怒是针对粪堆的制造者的，因为他们把粪堆堆在了离大路这么近的地方；而我的愤怒应该是针对道路的建造者的，因为他们把道路建在了离粪堆这么近的地方。

这样前行一段时间后，一座有点像凯旋门的建筑出现在旅行者眼前。不过，这种建筑是这个国家特有的，俗称收费门。我可以看到正面有一串长长的大字铭文，可能是为了纪念某个胜利的时刻，但由于时间仓促，我就把它留给后来可能碰巧走过这条路的冒险家去辨认了。于是我继续往西走，很快就到了一个没有城墙的小镇，名叫伊斯灵顿。

伊斯灵顿是一个十分整洁的城镇，大部分建筑都是砖砌的，有一座教堂和一些钟。镇中心有一个小湖，或者说是池

1　狗屋酒吧（Dog-House bar），伦敦南部肯宁顿（Kennington）十字路口边上的街角酒吧。

塘，目前完全被废弃。我听说夏天它是干涸的；如果是这样的话，它就不是一个非常适合养鱼的地方了，居民们自己似乎也很清楚这一点，因为他们从伦敦带来了所有在这里吃的东西。

在参观完这座美丽小镇的奇珍异宝后，我继续向前走，在我的右边有一座名为"白色管道屋"[1]的漂亮的石头建筑：伦敦的居民经常在这里集会，举办面包和黄油的盛宴。我看到如此多的人，每个人面前都摆着自己的小桌子，毫无疑问，这对于旁观者来说是非常有趣的一幕，而对于那些参加隆重仪式的人来说，更是如此。

然后，我不情愿地离开这里去潘克拉斯，它是这样写的，或潘克里奇，这是它的读法；但它的读法和写法都应该是**潘克瑞斯**。我将大胆地进行这一修改：[2]在希腊语中，*Ilav*表示"所有"的意思，加上英语单词"恩典"，构成"**所有的恩典**"，即"潘克瑞斯"。事实上，对于一个像潘克瑞斯这样被普遍尊为圣地的地方来说，这是一个非常恰当的称谓。然而，除了教堂及其优美的钟声，潘克瑞斯没有什么值得好奇的观察者注意的地方。

从潘克瑞斯到肯蒂什镇有一英里又四分之一的路程：这条路穿过一片美丽的平原，这里水渠纵横，各色花卉争奇斗艳，要不是风中更多的是灰尘而不是花香的味道，一切都会

---

1 白色管道屋（The White Conduit House），1641年建造的白色石头屋，从17世纪晚期起成为休闲胜地，1849年被拆除。
2 原文为 This emendation I will venture meo arbitrio，英语和拉丁语混杂。

让每一种感官感到愉悦。

  进入肯蒂什镇，映入眼帘的是工匠的店铺，如蜡烛店、煤灯店和扫帚店；还有几座庄严的红砖建筑，上面有无数的标志杆，或者说是柱子，建筑顺序很特别；我给您寄了几座建筑的图画，参阅图片A、B、C。这座漂亮的小镇可能是因为靠近肯特郡而得名：事实上，这也是自然而然的，因为这里只有伦敦和邻近的村庄。不管怎样，夜幕降临，我匆匆吃了点烤羊肉和一种被称为土豆的干果，决定回来后再继续我的评论——我本来会很乐意写下去，却被一个我早已预料到的情况阻止了，夜幕降临，我无法对这个乡村再进行适当的考察，我不得不在夜幕中回家。

惜别。

第123封信

结尾。

李安济·阿尔坦济寄北京礼部尚书冯煌。

在经历了各种失望之后,我的愿望终于实现了。我期待已久的儿子到来了,他的出现立刻驱散了我的焦虑,给我带来了意想不到的快乐。他在心智和人格上的进步甚至远远超出了一位父亲的期望。我离开他时,他还是个孩子,而现在,他已长大成人,他的性格令人愉悦,他在旅途中变得坚毅,在逆境中获得进步。

然而,他对爱情的失望为他的谈话注入了忧郁的气息,这似乎时不时影响着我们双方的满足感。我认为这只能靠时间来治愈;而幸运女神似乎愿意给我们更多的恩惠,即刻就用喜悦回报了我们的不安。

他抵达两天后,黑衣人带着他美丽的侄女来向我们祝贺这一喜事:当发现我朋友美丽的侄女正是我儿子从波斯救出的俘虏时,我们都大吃一惊,她在伏尔加河上遭遇沉船,被俄罗斯农民带到了天使港。如果我是一位小说家,我可能会长篇大论地描述他们在如此意外的会面中的感受,但没有我的描述,您也可以想象他们的喜悦之情,语言无法表达他们的喜悦之情,我又该如何用语言来描述呢?

当两个年轻人真心相爱时，没有什么比看到他们结婚更能让我高兴：无论我是否认识这对新人，我都很高兴，因为这样在宇宙的链条上又多了一环。大自然在某种程度上把我塑造成了一个媒人，并赋予我支持人类各种幸福的灵魂。因此，我立即询问黑衣人，我们是否可以用婚姻来满足他们的共同愿望。他的灵魂似乎和我的相似，他立即表示同意，第二天为他们举行婚礼的事就定下来了。

我抵达后结识的所有朋友都出席了这一欢快而庄严的盛会。花花公子提布斯被任命为仪式主持人，他的夫人提布斯太太端庄得体地组织了娱乐活动。黑衣人和典当商的寡妇在这个场合表现得非常活泼和温柔，寡妇在提布斯夫人的指导下盛装打扮，而她的情人则头戴提布斯借给他的猪尾巴假发，使他的脸显得更加俊俏，让求爱看起来更正式。人们很容易看出这将是一场两对新人的婚礼，我的朋友和寡妇毫不掩饰他们的激情；他甚至把我叫到一边，想知道我的真实想法，问我是否认为他有点太老了，不适合结婚。他继续说："至于我自己，我知道我要去扮傻逗乐，但我所有的朋友都会称赞我的智慧，并将我塑造成别人眼中谨慎的典范。"

晚宴时，一切都很愉快、和谐，令人满意。人群中的每个人都神采奕奕，每个笑话都能逗乐大家。黑衣人坐在他的情妇身边，帮她夹菜斟酒，在她耳边低语，她则拍拍他的脸颊；这种古老的激情从未像这对可敬的夫妇之间的这样顽皮、无害且有趣。

现在第二道菜上来了，在各种菜肴中，一只上好的火鸡摆放在寡妇面前。您知道的，欧洲人边吃边切肉；我的朋友恳求他的情妇帮他分一份火鸡。寡妇很高兴有机会展示她的切肉技艺，她似乎被激起了对这门艺术的兴趣。她先把火鸡腿切下来。我的朋友说："夫人，如果允许我提建议的话，我建议先切掉翅膀，这样鸡腿就更容易切下来了。"寡妇回答说："先生，让我自己来，我总是从鸡腿开始切。"她的情人说："好的，夫人，但如果从鸡翅开始是最方便的方法，我就会从鸡翅开始。"女士打断他的话："先生，您要是自己切鸡，如果您愿意，就从鸡翅开始吧；但请允许我从鸡腿开始。我希望不要这个时候教我切鸡。"他打断说："女士，我们都还没有老到不需要别人指导的地步。"对方打断说："老？先生，您说谁老？当我老去时，我知道有些人会因恐惧而发抖。要是鸡腿没有切下来，就把火鸡拿给你。"黑衣人回答说："夫人，我一点也不在乎切下的是鸡腿还是鸡翅，如果您要先切鸡腿的话，您为什么和我争论？即使事实正如我所说的那样。"另一个人回答说："至于这个问题，是把鸡腿切下来还是安上去，我毫不在乎；朋友，我们以后还是保持距离吧。"另一个回答说："哦，这很容易做到，我只要移到桌子的另一端就可以了，夫人，我会照做的，您最顺从的仆人。"

于是，这对老年人的求爱顷刻间毁于一旦，因为这次对话有效地中断了这对体面夫妇之间刚刚缔结的婚约。最小的意外也能让最重要的条约落空。虽然这在一定程度上影响了大家的兴致，但丝毫没有减少那对年轻夫妇的幸福，而且，从这位年轻女士的神情中，我可以看出她对这次干扰没有丝毫的不满。

几个小时后，我们似乎完全忘记了这件事，人人都享受着让彼此快乐的共识所带来的满足感。我的儿子和他美丽的伴侣定居在这里，黑衣人给了他们一座乡下的小庄园，再加上我所能给予的，足以满足所有真实不虚的幸福需求。至于我自己，世界对我来说不过是一座城市，我并不太在乎我碰巧住在哪条街上，因此，我将用余生来考察不同国家的习俗，并说服黑衣人做我的旅伴。孔子说，人若想获得持久的幸福或智慧，就必须经常改变。[1]惜别。

---

[1] 出自李明《中国近事报道》中所附的中国格言的第三条："一个人如果想要保持智慧，就必须灵活变通。"（Le Comte, *Nouveaux mémoires sur l'état present de la Chine,* vol.1, p. 339）这句引文并不能在孔子的言论和思想中找到确切的对应，与孔子尝试恢复周礼的总体旨趣也是相异的，唯一可与之关联的孔子话语是《论语·子罕篇》中的："孔子曰：'麻冕，礼也，今也纯，俭，吾从众。'"总体来说，李明的这句格言很可能是借孔子之口表达了耶稣会的立场——应变通基督教教义的表述，以适应在中国传教的目的。

497

译后记

人与人的缘分，人与书的缘分，都是那样出人意料而妙不可言。

机缘巧合，我在上海外国语大学攻读博士的第二年，决定专攻英国18世纪作家奥利弗·哥尔斯密（Oliver Goldsmith, 1728—1774）研究；通读作家全集是文学研究的基础，我花了半年多时间阅读他的五卷作品。我在阅读中发现，自己最爱的是其书信体散文集《世界公民：中国哲人信札》，它轻松幽默，又辛辣讽刺，是英国散文中的精品。这部作品目前在国内尚无中文全译本，只有零星片段的翻译。指引我进入18世纪文学研究领域的成桂明老师鼓励我干脆"顺手"将它翻译出来，以便在后期博士论文写作时参考。我欣然答应。不久，我幸运地得知，华东师范大学金雯教授主持的国家社科基金重大项目"18世纪欧亚文学交流互鉴研究"子课题"长18世纪欧洲涉东方题材文学目录汇编和精选译注"的出版书目中包含这部作品，由此，译稿得以成形并有机会出版。

哥尔斯密的作品至今在中国未有系统的译介，哥尔斯密研究相比于斯威夫特、菲尔丁和约翰逊等18世纪作家,也算是个"冷门",鉴于此,笔者将首先简略介绍哥尔斯密其人其事。

一、哥尔斯密其人其事

奥利弗·哥尔斯密是英国18世纪中期的重要作家。1728年11月10日,哥尔斯密出生在爱尔兰中部一个名叫帕拉斯(Pallas)的小镇上。其父查尔斯·哥尔斯密(Charles Goldsmith)是英国圣公会牧师,曾就读于三一学院(Trinity College)。哥尔斯密家族虽不显赫,但他们有地产,有进入教会并获得晋升的机会,也有在三一学院上学的机会。1745年,十七岁的哥尔斯密以工读生的身份进入三一学院。哥尔斯密大学时并没有表现出写作上的天赋或其他方面的特长。1749年,二十一岁的哥尔斯密大学毕业,回到故乡等待申请获得牧师职位。在乡下待业的这段时间是他过得最愉快的时光,他时常和同伴聚会,喝酒、打牌。几个月过后,哥尔斯密申请牧师职位失败。关于他求职失利的原因,学界认为有两个,一是大学寄来对他评价不佳的报告,二是他求职时穿着不适合牧师穿的猩红色的衣服。申请牧师职位失败后,哥尔斯密做了一年的家教,买了一匹马,带着三十英镑去了爱尔兰南部的一座港口城市。他想从这里搭船去美洲,然而几周后,他身无分文地返回家乡。1752年9月,二十四岁的哥尔斯密在姑父托马斯·坎特莱因牧师(Reverend Thomas Contarine)的资助下到爱丁堡大学学医。这次离开后,哥尔斯密此生再也未返回过爱尔兰。1754年2月,哥尔斯密离开爱丁堡到荷兰莱顿大学(Leiden University)继续学医,他在这里的学医生活在其书信中得以记述。1755年2月,哥尔斯密离开莱顿大学，开始徒步在欧洲大陆旅行，其大致的行进路线是：莱顿大学—法国巴黎—瑞士—意大利—德国—英格兰。哥尔斯密的大陆旅行生活经历不断出现在他的作品中，例如《威克菲尔德牧师传》《世界公民》，以及诗歌《旅行者》等。1756年2月，二十八岁的哥尔斯密来到伦敦，几乎身无分文。他依靠医学知识，受雇成为一名药剂师，并联系上他在爱丁堡大学医学院结识的医生，其中包括一位贵格会教徒、医生芬恩·斯莱（Fenn Sleigh），他常在经济上和精神上都给予哥尔斯密帮助。哥尔斯密后来成为伦敦郊区一所学校（Peckham）的助理教员。不久，他又在学校校长的引荐下认识了伦敦评论杂志《每月评论》(The Monthly Review) 的主编拉尔夫·格里菲思（Ralph Griffiths），于1756年4月成为一名职业报刊作家，直至1774年4月因病辞世。哥尔斯密十八年的写作生涯使他成为那个时期优秀的诗人、散文家、小说家、戏剧家和通俗历史作品编撰者，使他在英国文坛上占据了独特的位置。他的小说《威克菲尔德牧师传》和《汤姆·琼斯》《克拉丽莎》《项狄传》齐名，至今仍被广泛阅读、入选欧美学校阅读书目；他的戏剧作品《屈身求爱》(She Stoops to Conquer: The Mistake of a Night) 盛演两个世纪不衰，同期的剧作中只有谢里丹（Sheridan）的作品能如此；他的诗歌《旅行者》《荒村》与托马斯·格雷（Thomas Gray）的《墓畔哀歌》同等重要。

1774年3月25日，哥尔斯密因肾部感染而高烧，他坚持自己服药导致病情恶化，4月4日离世，年仅四十六岁。哥尔斯密去世后，被葬在其居住地的圣殿街公墓，两年后以塞缪尔·约翰逊为首的伦敦文人在威斯敏斯特大教堂为其树立纪念碑。

二、《世界公民：中国哲人信札》简介

1760年1月至1761年8月，哥尔斯密在《公共记录报》上以中国游客之口吻发表书信119封，畅谈伦敦见闻，评论时政，笔锋诙谐。这些书信充满机敏的幽默和温和的讽刺，受到读者好评，增加了报纸销量。1762年5月，这些书信以《世界公民：中国哲人信札》为题结集成书。这个版本调整了部分书信的序列，又补书信4封，凡两卷，123封书信。

《世界公民》的故事情节并不复杂：一名中国人（李安济·阿尔坦济）曾在广州居住，会讲英语，在欧洲商人的推荐下游历至伦敦。在这里，他广受欢迎，和英国朋友（黑衣人、提布斯等）一起游历伦敦各地，和各阶层的人交谈，将见闻印象写信寄给北京礼部大臣冯煌。李安济离开中国后，他的儿子兴波来欧洲寻找父亲，曾在波斯被俘为奴，后设法逃走并解救一名女奴，父子二人的通信充满戏剧性的变故和道德说教。最终父子二人在伦敦团聚，兴波与他解救的女奴泽丽斯在伦敦完婚定居，李安济则与他的英国朋友黑衣人继续游历世界。

《世界公民》对人生和世态的观察与描写细腻深刻，充满智慧和幽默，揭露了世间的丑态愚行，风格宏伟又轻松，正如哥尔斯密同代的职业报刊作家威廉·赖德（William Rider）所指出的，其"语言堪称完美，闲适又精致"[1]。这些特质共同使《世界公民》成为18世纪欧洲一批东方信札作品中的佼佼者。

---

1 William Rider, *An Historical and Critical Account of the Lives and Writings of the Living Authors of Great Britain*, London: Printed for the Author, 1762, p. 14.

《世界公民》是哥尔斯密在18世纪中期英国社会对中国事物和思想抱有浓厚兴趣的情形下写作的。它在中西文化关系史上具有重要意义，是一个值得注意的里程碑。它体现了18世纪欧洲启蒙学者曾从中国文化中汲取养料，即重视儒家学说中伦理和理性的思想成分。《世界公民》是17—18世纪欧洲流行的"东方小说"的一种。"东方小说"是一种借东方题材讨论本国议题的文学实践，为欧洲作家提供了一个相对安全的文学空间，使其能公开地讨论本国较敏感的政治话题，以规避国内的图书审查制度和政治禁忌。代表作有法国作家格莱特的《达官冯皇的奇遇：中国故事集》和《苏丹古吉拉特的妻子们：莫卧儿故事》等。然而，相比于这些东方信札作品，《世界公民》更具有独特性：信札的主人公讽刺英国社会，其本身也是被讽刺的对象；作者充分利用了差异化视角带来的新颖，满足了报刊读者对新奇见闻的需求。在伦敦的中国哲人是观察者，其与英国大众读者在知识上的鸿沟增添了作品的吸引力。在《世界公民》的结尾，李安济的儿子、儿媳准备在英国定居。然而，这样的安排在东方书信体裁中几乎是独一无二的，他们的结合是中、英两种文化的结合，展示了不同文化融合的可能性。《世界公民》在众多东方小说中的独特性，不仅和哥尔斯密个人的巧思天赋有关，也与报刊的盛行、英法七年战争等因素促成的时代文学环境的变化不无关系。这些信札中的一些道德说教类的内容是哥尔斯密提前写好的，另外一些如对疯狗事件、新国王登基和园艺等热点话题的评述是即兴写作的。哥尔斯密借用当时流行的中国人信札这种文类形式和新奇的东方故事吸引读者兴趣，迎合市民读者的阅读趣味。他在"反对物质上的'中国风'的同时而又实践着一种文学意义上的'中国风'"[1]。

《世界公民》的文类具有模糊性。[2]若从虚构故事框架与人物，并假托某一契机或身份以表达政治见解、文化立场或启蒙观念等角度视之，它可以被称为"书信体小说"，但若与《帕梅拉》和《少年维特之烦恼》等典型的书信体小说比较，它们之间又有较大的区别。《世界公民》被称为散文或游记也不无道理，因为作者仅仅借用一种当时受众较广的通俗文学形式以传达其见解，这也是启蒙时代的一种文学传统。因此，尽管《世界公民》采用了"小说中流行的书信体，但却很难说是新闻报道还是杂文或小说"[3]。

《世界公民》和其他书信体小说一样包含多重声音，书信的往来应答中传递的话语信息前后呼应，呈现出互动的状态，而非自说自话的个人独白。不同人物之间的信件构成了一个多声部的世界，呈现多重声音的对话性。在不同的篇目中，哥尔斯密对《世界公民》的主人公做了不同的处理，当李安济·阿尔坦济批评伦敦的文学界和图书贸易时，哥尔斯密提高了其批判的可信度与权威性，然而当李安济抨击英国盛行的中国风时，哥尔斯密却削弱他的可信度。《世界公民》显示出一定的复杂性和不一致性，我们解读这部作品时不能预设一种内在的和谐。

《世界公民》中塑造的人物对哥尔斯密时代的读者具有很强的吸

---

[1] 闫梦梦:《"中国人和我们很像"——奥利弗·戈德史密斯〈世界公民〉中的文化相遇》，《国外文学》，2022年第2期，第96页。
[2] 关于《世界公民》的文类问题，译者写信请教杨莉馨教授，得到了有启发性的回复和指导，在此表示感谢。
[3] 黄梅:《推敲"自我"：小说在18世纪的英国》，北京：生活·读书·新知三联书店，2015年，第333页。

引力。这是这些中国信札能够连续一年半在报刊上连载的基本市场需求。文学批评家韦恩·布思（Wayne Booth）评价《世界公民》时指出，它没有以特定的艺术形式或既定的统一体来组织这些信件，仅靠主人公完美的性格特征。[1]《世界公民》的核心人物是一位居住在伦敦的中国哲人李安济·阿尔坦济。他显然是一个虚构的人物，尽管哥尔斯密在第一封书信中赋予了他名字、生活背景和经历，以使他显得真实，但18世纪中期的市民读者没人把他当作一个真实存在的人物看待，读者们持续关注阅读，不是为了等待有什么故事发生，而是为了看看主人公转向一个个新的话题时会有怎样天才般的表现。

《世界公民》和孟德斯鸠的《波斯人信札》、德·阿尔让的《中国人信札》的一个关键区别是，它是在报刊上连载的。哥尔斯密在《世界公民》中提供了一种由差异化的视角带来的新颖，以取代日常新闻中快速消失的新颖性。哥尔斯密借用中国人的眼睛观看英国，中国人和英国读者之间的知识差使英国本身就是最好的新闻。在《世界公民》中，李安济是一个类似英国人的人，他穿着欧洲人的衣服走来走去，在英国与人交流似乎没有任何困难。他很高兴用英国的餐具代替中国的筷子吃英国的牛肉。他对为了吸引英国人的眼球而展示中国性并不感兴趣，他以令人羡慕的精力和好奇心在伦敦四处游荡，给他在北京的朋友写了大量的信件，讲述他所见到的是一个多么好奇又荒唐的民族。他处于当代事件中，在这点上，《世界公民》与东方故事惯用的延迟的、重复的时间不同。哥尔斯密在报纸连载的游戏空间里，将东

---

[1] Wayne Booth, "'The Self-Portraiture of Genius': The Citizen of the World and Critical Method," *Modern Philology*, 1976（4）, p. 86.

方的和民族的、想象的和真实的、外国的和国内的信息交织在一起。报纸连载给中国故事带来了一种不同于传统东方故事的效果。借此，哥尔斯密将一个中国人引入了现代英国日常的生活空间中，为读者带来了熟悉性、接近性和即时性。以一种想象的和文学上的方式，中国哲人与英国读者居住在相同的时空里。报刊连载提供给大众读者参与感，读者被鼓励以一种高度参与的和个人化的方式与新闻发生联系，读者的生活被带入了印刷品的范围内。李安济给英国读者带来一种有趣的感觉，即一个中国人正和他们居住在同一空间和时间框架内，这缩短了他们与中国之间的距离。

李安济与他在伦敦的英国朋友黑衣人在一定程度上都是作者的化身，他们用不同的方式表达作者对当时英国的政治流弊和司法腐败等社会问题的看法，讽刺伦敦现代都市生活的细节。

最初的几封书信具有试验的性质。通过频繁地提及中国的名字、地名、谚语、儒家格言、逸事、节日、礼仪和习俗等，哥尔斯密试图营造一种形式上的逼真，即伊恩·瓦特在《小说的兴起》中所说的"形式现实主义"，即提供一种"与真实生活密切（相关）的详细的一致性"。[1] 然而，当哥尔斯密意识到读者并不相信这些信是出自一位中国人之手时，他不再努力伪装主人公的中国背景和身份。信件连载三个月之后，东方背景弱化，哥尔斯密甚至开始在一些信件，例如第68、83和95封中以脚注的形式说明文中东方知识的来源。哥尔斯密开始逐渐抛开形式上模仿中国现实的伪装，信件变得更加具有讽刺性。

---

1 ［美］伊恩·瓦特：《小说的兴起》，高原、董红钧译，北京：生活·读书·新知三联书店，1992年，第28页。

《世界公民》中明显的特征是"温和的讽刺"。例如，哥尔斯密借中国哲人之口大力讽刺英国新闻的生产、传播和消费方式，新闻变成一种被故意地、系统地制造的商品：

> 然而，您千万不要以为编写这些报纸的人真正了解一个国家的政治或政府。他们只是从咖啡馆先知那里收集材料，而这些材料都是这些先知在前一天晚上的赌桌上从某浪荡子那里收集来的，浪荡子的消息则来自一位大人物的脚夫，而脚夫从大人物那里听来的故事，是前一天晚上大人物自己为了找乐子编造的。

《世界公民》中的中国是作为英国社会文化的对立面——一种异域形象——而存在的。在这些中国人信札中，中国是哥尔斯密表达其政治和美学观点的载体。哥尔斯密与众多启蒙者一样，践行着异国情调为国内带来真理的启蒙理念。哥尔斯密在作品中谈论中国人的习俗，主要是将其作为文学上的修饰，借此批评和讽刺英国的生活。《世界公民》中有两种中国形象，一种是理想化的乌托邦形象，哥尔斯密以异域为英国的镜子和参照系，中国作为英国和欧洲大陆的对立形象存在；另一种是哥尔斯密想象出来的真实中国的形象。这两种形象交替出现，一旦中国作为理想的世界完成了它的对比的作用，就会被建构起来的真实形象所取代。

《世界公民》采用中国传说多是为了道德说教。例如第70封信中贪婪的磨坊主的故事，第80封信中皇帝善待俘虏的故事，这些故事多借鉴自当时哥尔斯密能读到的有关中国的材料，但他对故事中的人名、国家名和情节等进行了加工处理，赋予这些材料以新生命。此外，这些中国传说具有装饰性的作用，作者借用它们增加作品的异国色彩。哥尔斯密在《世界公民》中表现出的对中国文化的认知程度是当时一般的英国知识阶层的普通认知水平。例如，他认为中国人是伏羲的后代，中国政府是父系制度的，中国人热爱现世，厌恶死亡，中国人喜爱世俗的事物，喜爱华丽的葬礼，爱看戏、看跳舞，中国女人懂礼数，她们几乎不离开家，她们赌博，她们最看中的美德是贞洁，爱情被礼制压制等。

《世界公民》指出，当时伦敦流行的中国风尚是对中国文化的歪曲。哥尔斯密揭示了伦敦流行的中国风尚的虚假性，例如中国哲人受到一位杰出的英国女士的接见，她对东方的所有知识都来自小说和东方历史书，她想知道这位中国人有没有带鸦片或烟盒，晚餐时她认为中国哲人会要求食用熊掌或燕窝，她惊讶于中国哲人吃饭并不使用筷子。中国哲人对英国的伪东方风格表示抗议。

在18世纪，"世界公民"常常用来表示一种思想开放和中立的态度。"世界公民"一词可以追溯到希腊罗马时期，苏格拉底、柏拉图、西塞罗和中世纪的诗人但丁等对此均有表述。它有多重内涵，通常指一个人不赞同源于国籍的传统地理划分。17世纪后期英国政论家坦普尔爵士在任荷兰大使时称，荷兰联邦的各国人民相互往来影响，好像变成了"世界公民"。1751年，法国作家蒙布罗恩（Louis-Charles Fougeret de Monbron）出版了一本自传性的作品《世界主义者，或世界公民》（*Le Cosmopolite ou le Citoyen du Monde*），叙述他旅游的动机时表述要做一个"世界公民"，因为"宇宙是一本书，但你只看了自己的国家时，你只读了书的第一页"。他声称自己没有狭隘的国家观念:"所有国家对我来说都是一样的,(我)根据自己的想法改变居住地。"1766年,约翰·兰霍恩(John Langhorne)在《友谊和想象的流露》(*The Effusions of Friendship and Fancy*)中使用了"世界公民":"我们不是世界公民吗?我们不都是普世君主的臣民吗?宇宙不是我们的家吗?不是每个人都是兄弟吗?贫穷者和不自由者是一种仅限于特定国家、社会的慈善行为。"

哥尔斯密选用"世界公民"作为书信集的标题,并不意味着他在倡导一种具有开阔胸怀的世界主义精神。哥尔斯密一方面沉浸在启蒙信息和出版革命带来的英国中心主义和欧洲中心主义中;另一方面,他对文化差异的欣赏态度也在一定程度上平衡了这种文化上的自恋。学者周云龙指出:"早期近代那些世界公民的主体位置本身是可疑的,表面上这个主体的位置在不断流动,但事实上它们总是以共同体为欲望对象……'确定性'是共同体的诡计,是一种'世界主义'的伪装……在跨文化的意义维度上暗示着共同体的绝对化和排外性。"[1] 诚然,在《世界公民》中,除李安济和英国人外,整本书中再也找不到一个"世界公民"。换言之,哥尔斯密作品中的"世界公民"是指祛除了民族偏见和地方主义荒谬性的英国人。

《世界公民》出版后第七年,1769年,一名叫作奇官(Chitqua)的中国人来到伦敦。他和《世界公民》中的中国人李安济有很多相似处:来自广州,乘坐东印度公司的船只来到英国,在英国住了三年,受到英国各个阶层的欢迎。历史学家大卫·克拉克(David Clarke)考

---

[1] 周云龙:《别处的世界:早期近代欧洲旅行书写与亚洲形象》,北京:商务印书馆,2021年,第238页。

证了奇官留下的两件作品。哥尔斯密的好友珀西（Thomas Percy）叙述了自己1770年和奇官进餐的情形。哥尔斯密在《世界公民》中似乎预见到一位中国人来到英国，也表明英国已经为与中国的一次实质接触做好了准备。

是为后记。

我能翻译这部作品，既感到荣幸，又深感不安。荣幸在于，通过个人绵力，我能够将18世纪英国文学史上一位重要作家的代表性作品翻译成中文，为国内学界提供基础参考文献；不安在于，个人学养尚浅，无法将原文的精彩完美译出，虽经多次校对，讹误仍在所难免，敬请读者批评指正。

在翻译和出版过程中，我受惠于多位师友的大力帮助和鼓励，在此一并表示感谢：感谢宋炳辉教授和成桂明老师带领我走上18世纪文学研究的道路，没有他们的鼓励和帮助，我无缘翻译此书。感谢金雯教授给了我出版译著的平台和机会，更要感谢金老师在译文修订过程中对我细致的、专业的指导和帮助。在百忙之中，金老师逐一解答我提出的译文中的疑难问题，尤其对脚注和诗句的翻译，提供了诸多专业的建议和意见。金老师渊博的知识和严谨的学风是我学术道路上的标杆。最后，要特别感谢本书的编辑们，感谢他们的耐心和鼓励。